El año que rompí contigo

Alfaguara es un sello editorial del Grupo Santillana

www. alfaguara.com

Argentina
Beazley, 3860
Buenos Aires 1437
Tel. (54 114) 912 72 20 / 912 74 30
Fax (54 114) 912 74 40

Bolivia
Avda. Arce 2333
La Paz
Tel. (591 2) 44 11 22
Fax (591 2) 44 22 08

Chile
Dr. Aníbal Ariztía 1444
Providencia
Santiago de Chile
Tel. (56 2) 236 85 60
Fax (56 2) 236 98 09

Colombia
Calle 80, nº10-23
Santafé de Bogotá
Tel. (57 1) 635 12 00
Fax (57 1) 236 93 82

Costa Rica
La Uruca
100 m oeste de Migración y Extranjería
San José de Costa Rica
Tel. (506) 220 42 42 y 220 47 70 / 1 / 2 / 3
Fax (506) 220 13 20

Ecuador
Avda. Eloy Alfaro 2277 y 6 de Diciembre
Quito
Tel. (593 2) 244 52 58 / 244 66 56 /
    244 21 54 / 244 29 52 /244 22 83
Fax (593 2) 244 87 91

España
Torrelaguna, 60
28043 Madrid
Tel. (34 91) 744 90 60
Fax (34 91) 744 92 24

Estados Unidos
2105 N.W. 86th Avenue
Miami, F.L. 33122
Tel. (1 305) 591 95 22 / 591 22 32
Fax (1 305) 591 91 45

Guatemala
30 Avda. 16-41
Zona 12
Guatemala C.A.
Tel. (502) 475 25 89
Fax (502) 471 74 07

México
Avda. Universidad 767
Colonia del Valle
03100 México D.F.
Tel. (52 5) 688 75 66 / 688 82 77 / 688 89 66
Fax (52 5) 604 23 04

Paraguay
Avda. Venezuela, 276, entre Mariscal Ló-
pez y España
Asunción
Tel/fax (595 21) 213 294 / 214 983 / 202 942

Perú
Avda. San Felipe 731
Jesús María
Lima
Tel. (51 1) 461 02 77 / 460 05 10
Fax. (51 1) 463 39 86

Puerto Rico
Centro Distribución Amelia
Calle F 34, esquina D
Buchanan – Guaynabo
San Juan P.R. 00968
Tel. (1 787) 781 98 00
Fax (1 787) 782 61 49

República Dominicana
César Nicolás Penson 26, esquina Galván
Edificio Syran 3º
Gazcue
Santo Domingo R.D.
Tel. (1809) 682 13 82 / 221 08 70 / 689 77 49
Fax (1809) 689 10 22

Uruguay
Constitución 1889
11800 Montevideo
Tel. (598 2) 402 73 42 / 402 72 71
Fax (598 2) 401 51 86

Venezuela
Avda. Rómulos Gallegos
Edificio Zulia, 1º
Boleita Norte
Caracas
Tel. (58 212) 235 30 33
Fax (58 212) 239 79 52

El año que rompí contigo

Jorge Eduardo Benavides

ALFAGUARA

© 2003, Jorge Eduardo Benavides
© De esta edición:
2003, Santillana Ediciones Generales, S. L.
Torrelaguna, 60. 28043 Madrid
Teléfono 91 744 90 60
Telefax 91 744 92 24
www.alfaguara.com

ISBN: 84-204-6567-4
Depósito legal: M. 51.976-2002
Impreso en España - Printed in Spain

Diseño:
Proyecto de Enric Satué

© Cubierta:
Proforma

A mis hermanos, los de sangre.
Y a los otros: Nora Schoof, Richar Primo,
Maurizio Medo. Por tantas cosas en Lima...

«Ya no tengo veinticinco años y he visto cambiar muchas cosas en torno mío; ya no reconozco ni la sociedad, en la que se han roto barreras, en la que una turbamulta sin elegancia y sin decencia baila el tango hasta en mi familia, ni las modas, ni la política, ni las artes, ni la religión ni nada.»

MARCEL PROUST
En busca del tiempo perdido (La prisionera)

1.

En Lima, capital mundial de la desesperanza, el tiempo había empezado a remover despacio sus dedos lentos de garúa y niebla depositando charcos, fango y una suave pátina de melancolía sobre las calles. Los parques no podían disimular su abandono de animal famélico, hirvientes de maleza y de tierra reseca donde los chicos levantaban remendados campos de fútbol cuyos límites imprecisos aceptaban la irrupción de transeúntes distraídos. Los edificios del centro, antiquísimo reducto de prosperidad, respondían con sombras y hollín a los bocinazos impacientes de un tráfico vespertino y perdido en las caóticas rutas siempre improvisadas a causa de la defensa neurótica de embajadas y locales oscuramente necesarios para que el herrumbroso mecanismo estatal siguiera funcionando sin desmoronarse a causa de los frecuentes atentados. En las calles, apenas transitables por culpa de un gentío gris de zombies, flotaba un paisaje inextricable de olores violentos: orines esquinados que empezaban a horadar las paredes de quincha, naranjas peladas y frituras caseras mezclándose con el humo turbio que exhalaban los micros descascarados y repletos, sobacos y pelos sucios de una multitud indigente que estiraba las manos para pedir unos soles, para comprar un pancito, para vender un huachito de lotería, que hoy juega, míster, hágame caso, para arrancar una cadenita o un reloj dorado, lujos tentadores a los que cedía una masa fluctuante de ladrones camuflados por el maquillaje de miseria que vestían todos, y que echaban a correr descaradamente entre la gente impasible que comía pollo frito y grasiento en los snacks envejecidos. Desde allí, desde el centro de Lima donde resistían bancos y oficinas, gente bonita y blanquiñosa escapaba hacia San Isidro, Monterrico, San Borja y Miraflores, donde persistía escasamente un ligero respiro de barrio decente y burgués a sus horas, de casas coquetas y edificios flamantes, ajenos por completo al cáncer que empezaba a carcomerles las orillas donde se instalaban mercadillos y ferias artesanales con sus regateos huachafos que eran sólo el anverso de la medalla, juegos necesarios de correspondencia entre cholos y blancos, tan distintos de los juegos nocturnos de las discotecas y bares, restaurantes y cines que se abrían mimosos para respirar un tiempo irreal, vago territorio de la levedad occidental en Lima, capital mundial de la desesperanza.

Para muchos, durante un tiempo fue sencillo escapar sin pretextos de la sarna limeña: bastaba con cerrar los ojos al noticiero, no transgredir nunca las fronteras de la ciudad transitable, intuir —sin preocuparse demasiado por ello— que Lima también tenía su south of the border, aunque para el caso se abriese al norte, al sur y al este, allí donde se alzaban las cuadradas chozas de paja sobre aquellos inmensos campos eriazos en los que se apostaba el hambre nunca saciada de los pobres cholos que rumiaban su resentimiento de siglos: miles de ojos que acechaban la ciudad prohibida y que fueron invadiéndola sin pudor, como una mancha mestiza que se arrogaba el derecho de protestar, formar sindicatos, de estudiar y hasta de existir ante el escándalo de la gente decente, para quienes bastaba con encogerse de hombros ante la insolencia o maldecir un rato la alarmante cholificación del centro cuando un trámite cualquiera —un giro bancario, una minuta de compraventa, un poder amplio y general— obligaba a recorrer sus calles coloniales o adentrarse en los edificios solemnes de los bancos a cuyas puertas se asilaban, como emisarios de la pobreza creciente, mendigos o vendedores de lotería, ambulantes o niños de mirada decrépita. Ante ello bastaba simplemente con hilar un camino de araña entre Monterrico, San Isidro, La Planicie y Miraflores, una armazón inexpugnable y geométrica de bicho sedentario.

Bastó en realidad con tan mínimas cosas para seguir sintiéndose vivo hasta hacía poco, lavándose el asco del día con cubalibre y Marlboros de contrabando; con las chicas lindas y carositas, ojiverdes y patilargas que noche tras noche bailaban en las discotecas su alegre música de olvido, en el supuesto de que recordasen alguna visita al centro, alguna mirada de soslayo a las casuchas de esteras que se arrimaban poquito a poco, pasito a paso, a los barrios elegantes donde vivían, y que las hacían exclamar que la situación de esa pobre gente, ay, es horrible, como si sus frases extendiesen el salvoconducto necesario para una vida implícitamente ignorada hasta que en la universidad algún profesor vanguardista, de barba y militante de izquierdas les provocase un ligero entusiasmo, casi un cosquilleo social. Porque en la universidad, ya sabemos. Los amigos, por ejemplo (sí, ya que estamos, pongamos un ejemplo). Los amigos que por aquel entonces empezaban su esgrima feroz contra el sistema que sin embargo hacía posible su esgrima feroz contra el sistema que sin embargo hacía posible su esgrima feroz contra el sistema que sin embargo: sí, paradoja griega, subrutina servomecánica, perro que se muerde la cola, círculo viciado y vicioso: de qué otro extremo se puede cuestionar si no es desde el aula prístina y aséptica de la universidad, desde el sofá tibio y mullido que acepta con el mismo interés a Lenin y a Harold Robbins; desde un par de cervezas heladitas y arquetípicamente proletarias en el Juanito de Barranco, especialmente acondicionado para que uno se sienta del pueblo; desde la penumbra sensualota del Lions Pub o La Estación y, en fin, desde tan escasos y escogidos puntos de la ciudad en los que resultaba magnífico y consecuente exclamar por qué tanta desigualdad si todos somos iguales, carajo, parapetados, claro, en la confianza inconfesable de sabernos distintos a todos. Y todos era el cholo que acababa de asomar la jeta en Miraflores. Punto.

Semejante gimnasia mental agotaba por completo a Aníbal, a quien le asaltaban accesos similares cada vez que, cansado de dar vueltas en el Toyota sin encontrar clientes pa'trabajar, se dedicaba a mirarle las esquinas a la ciudad, de un punto a otro; del Rímac bullanguero y populoso a la pretenciosa y medio pelín Jesús María; desde la zambería de La Victoria al pobre pero honrado Lurigancho; desde el San Isidro quisquilloso y con abolengo hasta el Surquillo desconcertado y populachero: formaba así el mecano psicodélico de los contrastes que armaban Lima como si fuera el juguete absurdo de un bebé lunático, el compendio neurasténico de su rutina de taxista, el cotidiano grito de una realidad a la que prefería anteponer la música de sus casetes para entregarse machaconamente a la nada en cualquiera de sus apariencias: nada a la nada, nada al vapor, nada al horno, nada con arroz —que es casi nada—. Nada que te nada llegaba exhausto a las playas de un miedo sin origen donde sin embargo era preferible quedarse, irreconciliado para siempre con todo —que de tan opuesto a la nada era casi lo mismo—, poseedor al menos de una certeza: el cuestionamiento verdadero no podía ser intelectual y cómodo, ni estomacal y analfabeto (algo así como ni con Marx ni con Jesucristo, se lo comentaría a Ivo por la noche), porque el primero era diarrea y el segundo, golpe ciego. La carencia recíproca en ese concubinato de filosofía y acción era el leit motiv de la peruanidad.

«Colón», se dijo despegando del parabrisas el cartelito de taxi y optando por meterse sus disquisiciones al culo antes de partir rumbo a los tallarines de María Fajís.

El gato permanecía quieto y dormitante sobre la cornisa, peludo, rubio, inmóvil y perfilado contra un cielo plúmbeo que se quebraba en la simetría de los edificios viejos de la ciudad. Un rayo de sol le acarició despacito el lomo y el gato se estremeció con los ojos aún cerrados, ronroneando satisfecho y lleno de pelos soplados por la brisa que venía del mar, plenamente agradecido de ser gato a esas horas de la mañana en que los bocinazos y las voces han disminuido por completo —todo el mundo en el colegio, en la oficina, en el mercado— y la quietud es un juego de sombras que avanzan hacia el mediodía con su escarceo de viento en las esquinas donde comenzará a levantarse nuevamente el bullicio del almuerzo, los niños que vuelven de clases sembrando gritos por las calles, las dependientas de las tiendas cercanas que salen a comer ensaladitas, los bocinazos (otra vez los bocinazos, carajo): el mundo y su pequeña manifestación cotidiana, diana, esos disparos de risas, voces, ruidos, como hilos de colores que lo distraen (a Aníbal, que contempla al gato, no al gato) una y otra vez, obligándolo a abandonar la *Teoría pura del derecho* en la que se parapeta Kelsen para afirmar que el hombre es un complexo de normas, un puto centro imputativo de deberes y derechos, ya lo estaba fastidiando el tema, y eso que aún era temprano para empezar a fastidiarse.

Acababa de sacar el tablero a la terracita para aprovechar el sol que dentro de un momento empezaría a empellonear las nubes, y ahora lo lamentaba; el gato y su quietud oriental le dieron una envidia del ajo y poco propicia para entregarse a Kelsen, y piensa que hoy es tu examen, hay que estudiar porque no sabes nada, amor, le había dicho entre tiernos almohadonazos María Fajís tempranito mientras se vestía para ir a clases: ayer, después de que se fueron la Chata y Mauricio me juraste que hoy te dedicarías en cuerpo y alma a estudiar. ¿Pero yo dije eso?, preguntó Aníbal aferrado a la almohada, los ojos cerrados con fuerza, la voz pastosa de noche y vino. El arrepentimiento y la culpabilidad —doble efecto de su promesa— revolotearon como palomas grises en la habitación cargada de aliento y sopor y vaho de ducha tibia. Sí, dijo María Fajís descorriendo las cortinas como si fuesen un telón: y ya levántate porque van a ser las ocho, mira qué solcito más rico va a hacer, ay, y yo encerrada en la universidad, se quejó mordiéndose una uña.

Fresquita y sin el culo adolorido, replicó Aníbal pensando que a golpe de una, cuando el sol cae a plomo sobre Lima, él iba a estar en el auto llevando a un abogado al centro, o a un farmacéutico a Pueblo Libre, o a un comerciante gordo y con olor a repollo al mercado de frutas, enmarañado en un tráfico atosigante de semáforos ciegos y calles cortadas. Pero en realidad no dijo nada, sólo lo pensó, barajando también las muy grandes posibilidades de dar vueltas y vueltas sin conseguir ningún cliente y gastar gasolina y putear como loco, y resumió todo, avasallado de realidad, diciendo: «Ay, también yo», sumergiéndose otra vez en el abismo negro de la cama revuelta. María Fajís quedó desconcertada, bueno, allá tú, dijo saliendo de la habitación. Un momento después Aníbal escuchó la puerta de calle pero ya no pudo dormir, pese a que se concentró en hacerlo antes de darse cuenta de lo contradictorio que resultaba aplicar empeño y raciocinio para abandonarse al vértigo esponjoso del sueño. Se incorporó de la cama desde un bostezo inmenso y provocador, paseó por la habitación con la torpeza propia de un sonámbulo, tratando de organizar el caos local y rotundo de la mañana, encendió la radio con un clic que tenía mucho de llamada al orden y se metió a la ducha. Luego se bebió un feca con chele (el lunfardismo lo importó de Mauricio, quien a su vez hizo lo propio de un argentino que laboraba en la emisora, y que además le hacía recordar a la riquísima Zita, ay, amor de años idos) y sin pensarlo mucho sacó el tablero para estudiar en la terraza.

Ahora el rayo de sol que se restregaba contra el lomo del gato —¿o era al revés?— parecía la sediciosa propuesta para asumir la apatía sin tapujos que lo inundaba obligándolo a quedarse sentado ahí, sin hacer nada, sin siquiera mirar su escritorio lleno de Kelsen —imputativo, impúdico, imposible—, colmado de Kelsen —ininteligible, inaguantable, insoportable—, disfrutando con el sabor dulzón y natoso de la leche en el paladar. Y dentro de unas horas tendría que salir a taxear. Y más tarde a estudiar, ahora sí, lo juro, lo juro, para el examen, porque era un hecho que por aquel momento el gato ocupaba por completo su interés. Y más tarde aún, entrar al aula temblando de miedo y asco y hojas fotocopiadas, parchadas aquí y allá con resaltador amarillo. Y con toda seguridad, al salir de clase lo llamaría el profe Paz para encargarle más chamba, maldita la hora en que se metió de ayudante de cátedra, por los pocos cobres que ganaba, el asunto no merecía la pena. Ya se imaginaba la cantidad de libros por clasificar, las notas que habría de preparar para las clases del Pato Chaz. Ya se lo habían dicho, cuando el profesor lo llamó la primera vez: qué honor, el Chato Paz sólo se digna llamar a los mejorcitos, ahora vas a estar enchufado, y él se sintió algo ufano, estúpidamente convencido de que se trataba de un ascenso, o su equivalente curricular, digamos. Sólo Ivo se encargó de bajarlo rápidamente de las nubes: todo un honor, le dijo, pero ya verás la chamba que te espera. Y así fue.

El asunto se veía venir, admitió Aníbal, y el gato saltó afelpadamente de la cornisa, súbitamente contrario al solcito tan rico —María Fajís dixit—, y decidió arquear el lomo de forma alarmante, mostrando unas garras que lo devolvieron repentinamente a su origen nada urbano. Michi, michi, michi, lo llamó Aníbal alargándole las manos, pero el gato ni siquiera lo miraba pese a que él, michimichimichi, le ofrecía rascarle el lomo, michimichimichi, y desapareció en el negro rectángulo de la puerta que conducía a la cocina. Yo también debería huir, pensó Aníbal maravillado del negro absoluto que engulló literalmente al gato como en un acto de magia. Desaparecer así, tragado por una noche rectangular y perfecta, devuelto a los cigarrillos fumados en solitario, a las estrellas y a las calles donde los pasos van componiendo un camino sin más propósito que el antojo y el placer, con el eco allí detrás, como un conspirador de leotardo negro brillante, animándolo a buscar el vacío en sus distintas modalidades; en una cantina con una Cristal heladita y espumosa, en el Malecón Cisneros y el cercano faro afranjado de azul y blanco, en el Parque Salazar colmado por la miríada de ojos con que los edificios vigilan y acechan a las parejas de enamorados; a los choros que se agazapan entre los arbustos fingiendo orinar para de pronto caer sobre el paseante distraído y solitario; a los transeúntes sigilosos que recorren la noche miraflorina; a las sombras que hurgan en los montones malolientes de basura confundiéndose con los perros y los locos. Ir a ningún sitio, itinerario estimulante cuyo plano inmenso Aníbal desplegaba de tarde en tarde, de cuando en cuando. A eso yo lo llamo escapar, evadir responsabilidades, le había dicho María Fajís, que siempre tenía la punta de la lengua —esa roja y húmeda fabriquita de besos— llena de amonestaciones.

Aníbal se lo había comentado hacía unas tardes, tumbados en la cama tibia, mientras fumaban compitiendo en hacer argollas que se deshacían contra el techo de la habitación. A la séptima argolla —recordaba ahora Aníbal viendo cómo avanzaba inexorablemente el sol hacia el tablero— se animó a comentar lo que María Fajís tipificó con precisión de código penal como escapismo y evasión de responsabilidades. Qué tal concha, había pensado él al oírla, porque recordaba las muchas veces en que ella soltaba un alarido libertario y un zapato volaba limpiamente al otro extremo de la habitación, seguido casi de inmediato por su par, y anunciaba que esta tarde no voy a clases, amorcito, con su cara absoluta de ardilla y las manos amenazando con despeinar la perplejidad de Aníbal que preguntaba ¿y eso por qué? Porque era viernes y estaba harta de estudiar las manchitas de Rorschach, porque la tarde se anunciaba espléndida para comerse un helado juntos o porque le daba la más elemental y absoluta gana de no ir, eran algunas de las previsibles respuestas con que ella zanjaba la cuestión, ya encogida en la cama y entregada a la lectura de un libro que Aníbal había elegido para leer esa semana, argumento suficiente para que ella lo tomara sin dilaciones. A la décima argolla —siguió recordando Aníbal encerrado en el último reducto que ofrecía la mañana ante el avance caliente del sol— él, cejijunto y rostrienojado, había respondido «qué tal concha», dejándola desconcertada como casi siempre, pues Aníbal, basándose en un absurdo principio telepático-conyugal, desdeñaba argumentar sus exclamaciones. María Fajís le dijo picón, eres un picón, ni siquiera disimulas tu fastidio porque he ganado, interpretando equivocadamente el sentido de la frase, plenamente convencida de la perfecta argolla ganadora, que además no era perfecta —únicamente gorda— y mucho menos ganadora. Aníbal dio por clausurado el concurso, declaró vacante el primer lugar y explicó pacientemente que consideraba una conchudez calificarlo como escapista e irresponsable precisamente a él, cuya culpa consistía en soñar con una huida más emparentada con Ícaro y su vuelo nefasto que con la brutal realidad, esa que ella transgredía una y otra vez y sin motivo alguno.

—Lo mío es hartazgo, lo tuyo vagancia a secas —había dicho María Fajís arrojándole una argolla petulante a la cara.

—Qué tal concha —insistió Aníbal preparando una argolla fenomenal—. ¿Por qué no puede ser al revés? ¿Por qué no puede ser que el hartazgo lo sufra yo y la vagancia la asumas tú?

—Porque mi universidad queda lejísimos, soporto profesores neuróticos, me dejan una cantidad horripilante de trabajo y además tengo que lavar, planchar y cocinar.

Aníbal soltó la argolla que tembló un momento a punto de disolverse, ascendió lentamente, poco menos que concreta, y se plantó unos segundos contra el foco, casi pavoneándose de su existencia.

María Fajís lo miró con odio.

—Tú estás todo el día paseando y cuando quieres paras de taxear, te tomas una cerveza o te vas donde tu mamacita y luego sigues como si tal cosa —dijo ella soplando inútilmente la estúpida argolla que seguía prendida al foco.

—Yo me muelo el culo —resopló él—, me ahogo de calor, soporto la conversación de las viejas que suben al auto, manejo todo el bendito día y de ahí empalmo con la universidad, querrás decir. Sin contar el trabajucho con Paz.

María Fajís lo acusó de quejumbroso y remolón, de malhablado (había dicho culo con una soecidad nauseabunda) y tramposo. Luego se levantó de la cama buscando a tientas los zapatos, Elsa y Mauricio los estarían esperando en el Colinita, que se vistiera de una vez, pero Aníbal la cogió de la cintura diciéndole despacito al oído culo, culo, culo, mordisqueándole el lóbulo de la oréjula, respirándole la nuca, pulsando los secretos resortes que activaban la risa, las cosquillas, ay amor, de María Fajís que, no amor, amagaba con soltarse sin mucha convicción de las manos que iban y venían preparando el territorio donde los labios se perderían gozosos, culo, culo, culo, seguía diciéndole despacio, porfiado, feliz con la palabra, locu, locu, locu, ya despojada de sentido, lavada de su carácter soez y nauseabundo.

Se dejó atrapar finalmente por el sol que le lamía las manos y se encaramaba sobre la tapa azul de la *Teoría pura del derecho;* se acomodó mejor en la silla que crujió satisfecha también de recibir el sol en la cara y arqueó la espalda recordando el buen ejemplo del gato, pensando tibiamente que tal vez María Fajís le había dicho eso de escapismo y evasión de responsabilidad porque la propuesta de Aníbal, aunque formulada de manera tácita, no la incluía. Él había hablado de cigarrillos fumados en solitario y otras cojudeces que encerraban abiertamente (encerraban abiertamente, se lo tendría que comentar a Ivo esta noche, la frase era hermosa) la imposibilidad de compartir la fuga. Aunque si es necesario ser sincero, se ensombreció, él quería escapar a solas, rumbo a esos brazos que nunca debió conocer —no recuerdes, no pienses, no se te ocurra— y que estarían dispuestos a recibirlo para arrastrarlo hacia esa oscuridad que lo cegaba y atraía como una fiebre. ¿Por qué, si apenas la conocía? ¿Quizá porque ese segundo e imprevisible encuentro aquella noche que se le quedó el carro en San Martín les dio a entender que había entre ellos ese vínculo ciego y atroz que otros llaman destino? Cojudeces, eces. Además, María Fajís no merecía nada de esto, ella era el extremo soleado y limpio, la calma y la risa. Hoy mismo se lo iba a decir. Pero inmediatamente pensó que decírselo era admitir algo que no había formulado. «Explicación no pedida, acusación manifiesta», se le escapó. Aníbal se puso en guardia, cuatro años de Derecho lo estaban convirtiendo peligrosamente en un abogado. ¿Y entonces, huevón, para qué estás estudiando, qué es lo que deseas, cuál es tu meta?, se enderezó repentinamente en la silla que crujió como dispuesta a escuchar una reflexión seria y alturada de la vida.

El gato apareció devuelto por el rectángulo negro que lo había tragado hacía un momento, aburrido quizá de vagar por las habitaciones, se detuvo a olfatear aplicadamente el aire y de un brinco se encaramó otra vez en la cornisa. Al verlo, Aníbal pensó que ajá.

Cosas que le producían nostalgia: el olor de los cuadernos forrados pulcramente con celofán, las cornetas de los panaderos que cruzaban las tardes invernales de su niñez, el aroma que se desprendía como una ráfaga bienhechora de algún horno de pan, las galletas Charadas y el cuento del soldadito de plomo. Apoyado en la ventana que se abría hacia el parque solitario, Mauricio fumó arrojando deliciosas bocanadas de humo contra la llovizna que empezaba a caer lentamente sobre la tarde. Los árboles estaban pelados y ofrecían sus ramas estériles contra un cielo grisáceo y encapotado. ¿En qué parte de su cerebro se incubaría esa nostalgia que lo asaltaba de cuando en cuando para estrangularlo mansamente, activada por aquellas boberías? Sí, claro, él de psicología nada de nada, pero no era necesario ser un lince para entender que aquellos aromas, sabores y temperaturas sólo eran símbolos, improntas telúricas que sacudían las galerías más recónditas de su organismo. Por ejemplo, rastreando diligentemente como un sabueso resultaba fácil advertir —en medio de ese bosque en el que se iba aventurando mientras fumaba asomado al parque vespertino— una tarde lluviosa y tibia detrás de los cristales, una tarde como ésta, vamos, contemplando a sus padres que hablan y discuten allí abajo sin saber que son observados, la mano de papá en la portezuela del Pontiac azul y grande como un buque, la silueta de mamá acercándose a la ventanilla, el gesto agrio de papá que agita la mano como espantando lo que está diciendo su mujer, el final de la calle por donde el auto enfila, se detiene momentáneamente para que pasen otros autos y por último se pierde en el tráfico mientras la lluvia sigue cayendo contra los cristales y la corneta de un panadero cruza a lo lejos como un lamento. Bastante vulgar, la verdad, nada del otro mundo, le dijo el doktor Freud limpiando con un pañuelo sus gafas redondas. Era cierto, admitió entre dientes Mauricio. Pero las galletas Charadas, por citar otro ejemplo, resultaban casi un ejercicio de sutileza. Ahí va: es domingo por la tarde —interesante el papel que juegan las tardes, dijo herr doktor anotando pulcramente en una libreta—. Mamá ha tenido que ir al hospital para visitar a tía Carola y papá se ha quedado con sus dos hijos. La pequeña María Eugenia jode y jode todo el tiempo pero esta vez papá no se enoja, no les grita ni les pega, no lo persigue y acosa a él, pórtese como un hombrecito, carajo, no está con su uniforme verde y temible que lo hace parecer más alto, más torvo, no, nada de eso: han cocinado los tres juntos y Mauricio encuentra una lata de galletas que mamá había escondido en la alacena. Sentado en la mesa de mayólicas se las come una a una —en realidad sólo lame la crema blanca y dulce antes de tirar la galleta de chocolate— mirando a su padre con el delantal puesto, a María Eugenia que corta dificultosamente las papas sobre una tabla de madera. De pronto su padre lo mira y se acerca y él siente que algo se inmoviliza en su pecho, que la sangre ha dejado de circular momentáneamente en sus venas y que es inútil esconder las manos embarradas de chocolate, esperando el castigo, los gritos, el sopapo que vuelva todo a ese orden severo que este domingo ha quebrado sin ninguna lógica, pero su padre lo ha cogido de la cintura, él siente las manos fuertes rodeándolo sin hacerle daño, y lo deja de pie en el suelo y le da un coscorrón cariñoso y lo despeina y le dice con una severidad fingida vaya a limpiarse esas manos y ponga la mesa, que ya va a estar lista la comida. El doktor Freud apenas ha sonreído, ensimismado en la limpieza de sus lentes, y Mauricio admite que buscar el pozo de donde se nutre su melancolía es sucumbir al desencanto de saber que únicamente encontrará allí en el fondo una historia más bien triste y ordinaria. Además no quiso seguir con el inventario de sus nostalgias porque comprendió adónde conducirían todas y cada una de ellas. Resultaba difícil explicarse, encontrar exactamente dónde le dolía la ausencia del cabrón de su padre y por qué seguía siendo su referencia obligada al cabo de tantos años, por qué seguía enredándose en sus recuerdos, en ese amago de tristeza que lo hunde en tardes como ésta, vencidas de lluvia y hojas secas, si después de todo se fue tan pronto de su vida, de la vida de mamá, que se encerraba largas tardes en su habitación pensando que ni él ni María Eugenia se darían cuenta de nada, sin saber que ellos estaban detrás de la puerta, encogidos, asustados, escuchando sus sollozos, mordidos por un miedo demasiado grande para ser abarcado por sus pocos años. Papá nunca fue más que una ausencia, un recuerdo extraviado entre los juguetes de su niñez, un temor y un odio cuando quiso regresar al cabo de unos años, cuando pretendió seguir ejerciendo su paternidad como si la vida también fuese un cuartel, descanso, firmes, uno, dos, uno, dos, mierda de tipo.

Arrojó la colilla contra el pavimento donde empezaban a estrellarse, plaf, plaf, gotas cada vez más gruesas y observó cómo se humedecía el papel del cigarrillo, su quieta postración de objeto sin vida, una vez apagada la brasa. Por el extremo más alejado del parque cruzó apresurado un colegial con cuadernos bajo el brazo y Mauricio se dijo que sus nostalgias —en el fondo todas las nostalgias— sólo eran anodinos juegos de espejos, un detritus del pasado que sigue fermentándonos en el fondo mismo de las vísceras y que además ya estaba bien de andar hueveando con tonterías, carajo. En menos de una hora tendría que estar en la emisora y él perdía el tiempo en mariconadas. Se quitó el pantalón del pijama encaminándose al baño. Terminó de ducharse, encendió la radio y dispuso todo para darse un estupendo afeitado. Encendió otro cigarrillo mientras iba enjabonándose la cara con brochazos circulares y precisos y tuvo que entrecerrar los ojos a causa del humo, vanamente orgulloso de su mirada patibularia y viril. Entre el vaho que empañaba el espejo, su rostro iba disolviéndose como si también fuera una evocación, el aliento de un hada que lo busca para sumergirlo en el engaño de la melancolía, bah. Cogió una toalla y la pasó prolijamente por el espejo, cerró el grifo e introdujo ambas manos en el agua caliente, dejándose invadir por esa sensación terapéutica y voluptuosa que iría lavando sus humores nefastos, sintiéndose secretamente contento de saber que bastaba tan sólo con abrir el tapón del lavabo para que todas sus oscuridades se fueran por el sumidero como la espuma sucia del afeitado. Ni nostalgias ni cojudeces, el otoño era el dolor menstrual de las estaciones y nada más, su flujo hormonal, su sinrazón. La Chata se acercaría a casa de Mariafá y Aníbal y allí lo esperaría. Luego irían los cuatro a comerse un chifita y a dar una vuelta por ahí. Él les llevaría los últimos datos de la campaña política (a juzgar por las encuestas se las lleva ampliamente Vargas Llosa, qué carajo) y se sentarían en las bancas de Pardo o en algún cafetín cercano para discutir a gritos, entre cervezas y papas fritas con salsa golf, sobre lo divino y lo humano: Miraflores abriéndose nuevamente como una rosa nocturna para ellos. Un poco más tarde acompañaría a Elsa hasta su casa, y ahí, casi refugiados bajo la higuera del jardín, se besarían sintiendo el calor que iba despertando en las caricias, en la juguetona exploración de las bocas y los susurros. Entonces se dirían las cosas de siempre, las bromas amables y los falsos enojos que mantenían lubricado el amor, los planes para mañana, los te llamo el miércoles, a las cinco pasa por la U y recógeme, en fin, todo está okey, Mauricio, todo está en su sitio, se dijo dándose golpecitos animosos con la toalla. Sólo cuando terminó de vestirse y miró el almanaque que colgaba detrás de la puerta de su dormitorio advirtió que era el cumpleaños de su padre. Seguramente su madre lo llamaría a la emisora para suplicarle que hicieran las paces, que no fuera tan rencoroso, Mauricito. Sintió unas cosquillas desagradables subiéndole desde la garganta y casi de inmediato la arcada lo obligó a doblarse como si fuera a vomitar. Mierda, dijo con los ojos llenos de lágrimas, otra vez.

Tenían un afiche del carnaval de Río de Janeiro que era una garota de pubis canela y cimbreante apenas cubierto por escasas plumas multicolores, otro de Humphrey Bogart en blanco y negro mirándolos como desde abajo y soportando con impavidez de artista el humo del cigarrillo que colgaba de su boca desdeñosa y cruel. De ambos afiches parecía burlarse Marilyn Monroe en la pared de enfrente, toda piernas y sonrisa rubia, feliz en su ignorancia también bidimensional y monocromática. En la terracita tenían zinnias y geranios, a más de otras plantas cuya ignorada clasificación botánica molestaba vagamente a Aníbal pero no a María Fajís, quien prodigaba agua y cuidados a manos llenas, sobre todo tempranito por las mañanas o bien muy de noche, pero nunca en las tardes cuando el sol parecía dejarlas exhaustas de inmovilidad y miedo. Aníbal las contemplaba sobre todo a mediodía, cuando regresaba de hacer taxi y se tumbaba a descansar un momento antes de ir a la universidad. Varias veces estuvo a punto de ir por un baldecito de agua pero le ganaba un incongruente y sordo sentimiento de victoria ante esa quietud enfermiza que mostraban las plantas y que lo hacía sospechar —algo antropocéntricamente, tenía que admitirlo— de que estuvieran vivas, de que no fueran sólo objetos, adornos que María Fajís traía del mercado de Surquillo para acomodarlos en la terraza que parecía mirar miopemente hacia 28 de Julio y por el otro lado hacia un trecho de océano brumoso. Allí, en ese espacio desolado que advirtió María Fajís al mudarse definitivamente, colocaron unas viejas sillas de mimbre y una mesa que hacía juego —además de llenarse de polvo y hojas secas cada vez que soplaba fuerte esa tramontana depauperada que es el viento limeño.

En la cocina que miraba a la terraza que miraba al mar, lograron meter con ayuda de Mauricio y la Chata una refrigeradora cuyo motor exhausto trepidaba con estertores agónicos cada cierto tiempo, haciendo temer lo peor; una mesa pequeña y tres banquitos que fueron regalados por Elsa, porque meter sillas en tan reducido espacio hubiera sido una locura, había dicho María Fajís con un pañuelo rojo en la cabeza, pirata feliz y resoplante aquella tarde de mudanza definitiva. La cocina y el fregadero ocupaban los escasos metros restantes. Así y todo estaban contentos con la austera y bastante ergonómica —decía Aníbal— funcionalidad conseguida. Tenían muchos cojines en tonos pastel desperdigados en la sala donde más plantas dejaban resbalar gotitas contra el parquet inmaculado y color caoba. Allí estaba el equipo de sonido al que Aníbal había instalado seis altavoces estratégicamente dispuestos (incluyendo dos en la habitación y uno en la terracita, pero este último finiquitó al parecer a causa de la lluvia, con gran despliegue de chispas y estallidos que hicieron desaparecer al gato por varios días) para disfrutar resueltamente con Benson, que siempre, Aníbal no sabía muy bien por qué, sonaba más limpio que Mahler, tan deprimente, o Debussy, amariconado.

El gato lo trajo María Fajís, un poco *y a ti te encontré en la calle,* la verdad, y estaba con ellos más o menos desde la época en que andaban embroncados con sus viejas por el asunto del arrejuntamiento, y aunque tenía una caja tibia y limpia, desde mucho tiempo atrás prefería acurrucarse en la cama, pese a que Aníbal denunció públicamente el reguero de pelos y aseguró castigo ejemplar para el culpable que no obstante parecía más dispuesto a exponerse a gritos y empellones, a miradas fulminantes y amenazas, que a cobijarse en la habitación destinada para él y que era utilizada por María Fajís para pintar. Probablemente la decisión del gato respondía —razonaba Aníbal— a que durante mucho tiempo en aquella habitación asfixió el olor amoniacal y ardiente del aguarrás y los botes de pintura. Y es que allí se había encerrado María

Fajís con sus pinceles y carboncillos después de convencer a Aníbal de que aquella habitación prácticamente no la utilizarían, que era perfecta porque tenía mucha luz y que lo quería muchísimo por ayudarla en su carrera artística; carrera que, por lo demás, languideció de un verano para otro. La habitación se convirtió en algo que con bastante esfuerzo podría llamarse estudio, sobre todo porque allí continuaba el tablero de dibujo, ahora convertido en escritorio, y se apilaban algunos de esos libros cuya clasificación no se sabe bien cuál es y por lo tanto se los destina al moho y las arañas, empaquetados en cajas grandes de Ace, junto a una cama plegable, algunos muebles viejos, raquetas de tenis y una bicicleta de carrera que nadie usaba y cuya venta parecía siempre inminente.

En aquel cuartito pasaba Aníbal largas horas hasta que, convencido de que bastaba de estudio por hoy y en vista de que María Fajís ha ido donde su madre, salía a la calle, se sumergía noche adentro, buscaba cigarrillos en la bodeguita que alumbraba mustiamente la esquina de su calle y andando sin mayores prisas recorría las últimas cuadras de Larco, que parecía esperarlo con sus luces de neón y sus mallas metálicas, con sus restaurantes pequeños y sofocados de gente, de música a todo volumen, de patotas de chicos que jugaban al pinbol o bebían cerveza con descaro quinceañero. Alcanzaba así, sin proponérselo y con las manos en los bolsillos, alejarse de la gente y de las luces, ya apagadas en el último tramo de la avenida que desembocaba en el Parque Salazar. Útil y provechoso como parecía el deber de todo lo emprendido en la vida, no era aquel paseo; Aníbal estaba tan seguro de ello como de la incertidumbre que lo alcanzaba como un viento caldeado de presagios y que soplaba desde las entrañas mismas de la ciudad abierta a sus espaldas; al menos así pensaba él, fumándose el primer fayo de la noche que servía como excusa para atisbar ese trecho del Pacífico sur riquísimo en plancton y refrescado por la corriente de Humboldt y el fenómeno de la afloración (de la afloración de naderías, retazos de ideas, hilachas de miedo y malestar difícilmente formulable con tan escaso instrumental sociológico como el que manejaba, pero siempre presente como la amenaza de un calambre cuando en pleno Parque Salazar, bastión hasta hacía poco inexpugnable de la pituquería limeña, aparecían esas sombras intrusas que no eran parejas buscando cancha para el chupeteo precoz o el paleteo arrechón, ni eran solitarios como él buscando una parcela de intimidad con vista al mar, ni eran rateros (los rateros nunca eran sombras sino simplemente presencia sorpresiva, nerviosismo y aliento contenido, insultos y una chaira filuda). Ni parejas, ni solitarios ni locos (porque los locos eran todos unos exhibicionistas que preferían las dos de la tarde con muchos niños y sirvientas o mamás jovencitas para pasearse con ese andar resuelto con que muestran la mugre hecha jirones que los cubre). Nada de eso: eran hombres y mujeres de edad indefinida, sigilosos como la desesperanza, que bajaban desde el parque hacia los acantilados, esos escarpados ocultos por la maleza y los matorrales de buganvillas resecas donde concluía el parque bonito y que desembocaba en unos serpenteantes caminos polvorientos y angostos que —a excepción de los colegiales que se tiraban la pera para disfrutar de una mañana de sol— casi nadie usaba para bajar al circuito de playas. Allí se amontonaban cerros de basura donde hurgaban las sombras, reconcentradas y meticulosas en su quehacer de inventariar los despojos de los despojos de la tres veces coronada Ciudad de los Reyes, donde sin embargo se podía encontrar..., ¿qué?

Aníbal, arequipeño de nacimiento y convencimiento, había vivido sin embargo en Lima unos buenos años

como para no dejar de asombrarse de aquella multiplica-
ción de sombras que hasta hacía no mucho eran inexistentes en Miraflores, comuna jactanciosa, blanquita y sobra-
da como las chiquillas que la recorrían candorosamente
felices de sábado a sábado; demasiado pituca como para
admitir aquel bofetón mestizo y miserable que le volvía
la cara hacia sus despojos, escandalizándola con aquella
invasión de cholos que hundían los hocicos acezantes en
los costillares abiertos de la basura embolsada: no, aquello era demasiado reciente como para que Miraflores sa-
liese de su asombro y actuase. Además, pensaba Aníbal
observando el sigiloso ballet de las sombras entre los desechos malolientes, todo ocurría de noche, cuando el distrito entero se instalaba a comer en familia, como Dios
manda, y a suspirar con Falcon Crest o a espeluznarse con
un atentado de ETA, la represión en Soweto, la miseria en
Calcuta, una matanza de Sendero Luminoso o el MRTA,
o cualquiera de esas noticias terribles que ocurren a miles
de kilómetros de Miraflores, en lugares difícilmente ubica-
bles en el atlas forrado en cuero que compró papá hace
poco para desasnar a la familia. Así, los hocicos acezantes
podían sumergirse tranquilamente en los costales ahítos de
basura, compitiendo con esos perros de pelambrera hir-
suta y belfos rojizos que los acompañaban: Miraflores empezaba a apagar sus luces con bostezos educados, una a una,
ajenos por completo a su traspatio.

   ¿Pero no era mejor —más lógico sí, mejor no—
decir que Miraflores era el traspatio de la miseria inmensa como ese océano turbio que tenía enfrente? Aníbal se lo
había planteado más de una vez, y más de una vez se quedó callado porque el orden de los factores ya sabemos, y él
eso lo había aprendido en La Salle con el padre Iturri hacía
una punta de años. No obstante, la incertidumbre desba-
rataba cualquier intento de definición y, pensándolo me-

jor, las cosas no estaban para andar especulando, como un Quintiliano criollo, con sorites y jueguitos del tipo el huevo y la gallina: miraflores traspatio de la Miseria o miseria traspatio de Miraflores estaba allí; esas sombras chinescas eran como la deformada proyección de los edificios pomposos que erizaban la costa limeña, por no hablar de San Isidro, La Planicie, Monterrico, en fin).

De manera que la afloración había sido ese intervalo fumado en calma, asistiendo al ballet mugroso que se desplegaba ante él, sentadito en su banca del parque y siempre de espaldas a Miraflores porque sabía, intuía más bien, que le había tocado vivir de espaldas a un huevo de cosas. Ahora mismo, por ejemplo, mientras emprendía el regreso a casa, se iba dándole la espalda a un espectáculo que empezó, y continuaría, además, a expensas suyas. El espectáculo del Perú hundiéndose como un nenúfar en sus propias miasmas era algo cotidiano, todo el mundo lo sabe, pero desde hacía un tiempo ya ni siquiera resultaba necesario salir de Miraflores para asistir a las diarias exequias de una nación sin remedio.

En momentos así le venían unas ganas terribles de putear, pero nunca había contra quién, porque eso de putear contra el sistema además de gaseoso le parecía un vano esfuerzo de molino. Entonces se fijaba modestos pero muy concretos objetivos contra los que maldecir: el Toyota que se caía a pedazos y cuyos repuestos resultaban cada vez más caros; el imbécil de Revilla que siempre le pedía sus copias de Procesal Civil —tendría que empezar a tomar sus notas en inglés, a ver si así lo dejaba de joder—; los domingos y su sopor mortal de periódicos infinitos, pijamas hasta mediodía y café con leche y la enciclopedia grandota que abría para enterarse de tonterías y, en fin, el gato no era suyo porque si no ya lo hubiera estrangulado. Además «en fin» no significaba «finalmente» sino todo lo contrario, y Aníbal, poseedor de una profunda vena filosófica, se abandonaba blandamente al río de malhumor y desasosiego, se dejaba arrastrar corriente abajo porque se sabía esperado por la calma marina que le permitiría respirar la paz oceánica donde desemboca todo río.

Claro, tenía que ser la Chata, siempre con sus ideas diabólicas, rezongó Mauricio, qué ganas de joder con historias de miedo, con lo bien que estaban los cuatro en la sala, escuchando música y comiendo pizza, sin importarles la súbita ausencia de luz, apenas unas velas, esperando las primeras noticias del atentado por la radio. Él se había acercado hasta la cocina para sacar otra botellita de vino y en medio de la oscuridad —precisamente a causa del bendito apagón se le había ocurrido a la Chata lo de la ouija— sintió una mano huesuda que lo aferraba del hombro. Se volvió con rapidez, caramba, Aníbal, qué susto me has dado, no te oí entrar.

—Oye, Mauricio, si no quieres no lo hacemos —Aníbal empezó a enjuagar algunas copas, desde la sala llegaba la luz espectral de las velas, se oían las voces apagadas de Elsa y María Fajís, que se apuraran con ese vino, oigan.

—No, si no es que no quiera —dijo Mauricio—. ¿Dónde está el maldito sacacorchos en esta casa? Lo que ocurre es que estábamos de lo más bien conversando, no veo la necesidad. Me parece una niñería. Lo entiendo de Elsa que toda la vida ha sido así, pero de ustedes...

—Sí, de acuerdo —insistió Aníbal abriendo un anaquel y poniéndole el sacacorchos en la mano como si fuera un revólver—, es una tontería, pero total, sólo se trata de un juego.

Mauricio se cruzó severamente de brazos: para él, razonablemente anclado en el universo de lo tangible, aquello era cualquier cosa menos un juego, más bien se le antojaba el límite donde la curiosidad se convertía en ejercicio malsano, la pretensión del hombre por conocer los secretos de un universo que no le correspondía, despertar fuerzas desconocidas, eso era, a eso se reducía la ouija. Podía soportar el tarot, el horóscopo, la quiromancia, el Tao Te King y hasta la Tabula Smaragdina si lo apuraban un poco, porque total, si uno quiere asomarse a su propio futuro, pues bueno, a joderse, pero lo de entrar en tratos con otras vainas no, ni hablar.

—Pero si acabas de decir que es una niñería —articuló Aníbal incrédulo.

Mauricio colocó la botella sobre la mesa y lo miró de reojo.

—Sí, bueno, tampoco es que yo crea que van a entrar los fantasmas como en alguna cojuda película de miedo, sólo que no me gusta. Eso es todo. Pero no te preocupes, no les voy a arruinar la diversión, yo me quedo leyendo tranquilito. Supongo que un fenómeno Poltergeist sería mucha pretensión para unos aficionados como ustedes.

—*Poltergeist* en Miraflores —rió Aníbal abriendo un tarro de mermelada—. Con lo que consume esa buena gente en energía nos despachan el presupuesto o nos arman un apagón en todo el barrio.

—Interesante, Sendero Luminoso hace lo mismo y a Spielberg no se le ha ocurrido tocar el tema pese a que reúne idénticos ingredientes: terror, acción, energía eléctrica chupada a cañonazos y muertes atroces.

—El componente político es el que falla. Nadie se traga una historia de terroristas como la nuestra —dijo Aníbal antes de chuparse con deleite un dedo untado en mermelada.

—La realidad siempre es superada por la ficción —Mauricio movió la cabeza decepcionado. Clavó la punta del sacacorchos con un golpe seco y comenzó a darle vueltas.

—¿No era al revés? —dijo Aníbal algo confundido, el dedo nuevamente untado de mermelada.

—Otro que cree a pies juntillas las cojudeces de Wilde —Mauricio extrajo el corcho limpiamente y lo miró apreciativo, como si fuera una muela—. Qué cerdo eres para comer así la mermelada, carajo.

—¿Traen ese vino o se van a quedar chismoseando en la cocina toda la vida? —escucharon la voz de Elsa.

—Eh, menos prepotencia —gritó Aníbal cerrando el frasco como cogido en falta—. Por una vez que les hacemos el favor de atender nosotros las labores que les corresponden a ustedes, caramba.

—Aníbal —se oyó la voz de María Fajís—: Mañana tú vas a comprar el pan.

—Qué tanto grito, señoras —dijo Aníbal apareciendo fantasmal con las copas y una botella de vino—. Ya estamos aquí.

En la sala todo era bruñido por las velas y las sombras se alargaban afilando rostros y objetos, resbalando hacia los rincones más alejados, como si la oscuridad fuera un norte que se hundía en el pasillo. Desde la calle llegaba el paso raudo de los autos y, aguzando el oído, podían escucharse lejanos disparos, sirenas persiguiéndose frenéticas en ese laberinto vertiginoso que era la ciudad devastada por el reciente atentado terrorista. María Fajís había encendido una radio portátil y los cuatro escuchaban Radioprogramas, directo en directo, una sola voz para todo el Perú, aunque Mauricio protestara, por qué carajo no sintonizaban su emisora, shht, que dejara escuchar, regañó Elsa llevándose un índice enérgico a la boca. Es que desde esta casa no se capta bien tu emisora, explicó María Fajís, toda cejas, voz compungida, créeme, Mauricito, ya pues, cállense, dijo Aníbal: habían sido cuatro bombas, estaba diciendo el locutor, una en el Banco de Crédito de San Isidro (uy, eso es por casa de mi tío Joaq..., shht, por favor), otra en el Wong de Canevaro y una tercera en el local del PPC en Lince. La que había originado el apagón había sido una que los terroristas colocaron en la central hidroeléctrica del Mantaro, aunque se esperaba más información... Un policía muerto en el Banco de Crédito y cuantiosas pérdidas materiales.

—Malditos terrucos, carajo —dijo Aníbal sirviendo las copas de vino, probando un sorbo del suyo aunque sabiéndolo de antemano emponzoñado por la bronca y una oscura conciencia de que no tenía derecho a decir nada, a protestar mientras saboreaba el Tacama—. Salud —de pronto alzó algo bruscamente su copa.

—¿Y nuestra ouija, qué? —dijo la Chata señalando la mesa— Ya está dispuesto todo.

Mauricio resopló mostrando un libro que misteriosamente había aparecido en su diestra: él pasaba, explicó caminando hacia el sofá más alejado de la mesa, consciente del desencanto que su actitud había despertado en los demás, pero no dispuesto a dar su brazo a torcer, a él que no le vinieran con historias, pensó sentándose con resolución en el sofá antes de arquear una ceja sorprendida hacia ellos, ¿qué?, que siguieran sin él nomás, si venía algún espíritu del purgatorio que lo llamaran, pues.

—Cualquier otra excusa sería más eficaz —despreció Elsa sacando una puntita de la lengua—. No me digas que pretendes leer a la luz de una vela.

—Está bien, déjenlo. Ha elegido Borges —dijo Aníbal muy serio, señalando el libro de Mauricio—. Supongo que eso se puede leer a ciegas.

Mauricio se enfurruñó como un chiquillo y alzó el libro hasta casi cubrirse el rostro, a ellos qué les importaba, hasta con la luz de un fósforo podía leer él si le daba la gana. Y Borges o San Cipriano, que ya había visto el libraco en la estantería, Aníbal, que no se hiciera el cojudo. Todavía gruñó un rato sobre la estupidez que resultaba entregarse a esas cosas, parecía mentira, tan grandotes y tan huevones, pero como ya nadie lo escuchaba decidió leer a duras penas, hilvanando párrafo a párrafo una historia de la que apenas se enteraba porque la luz de la vela era un chiste, qué diablos, no iba a dar su brazo a torcer. De lejos le llegaban las voces concentradas de ellos que de vez en cuando, shht, a callar, gruñón. Al cabo de un momento de silencio salió a flote de su ficción de lectura y observó la espalda de Aníbal, los cabellos de María Fajís acariciados por el oro antiguo de las velas, la sonrisa de Elsa que pedía con voz apagada juntemos las manos, por favor.

A Aníbal le gustaba afeitarse despacio, ordenada, meticulosamente. Levantándose la barbilla con el pulgar y el índice repasaba con precisión cirujana la espumosa humedad con que la cuchilla iba dejando su rastro de trineo sobre la nieve. Las manos actuaban con rigor ajeno volteando la cara a derecha e izquierda, arriba, abajo, nuevamente arriba, forzándolo a reconocerse de soslayo en el espejo, a enfrentarse con su imagen cotidiana de Papá Noel en camiseta, casi posando de medio lado, de frente, violentamente de perfil, espiándose con ojos torvos, ofreciéndole cristianamente una mejilla al trazo azul y decidido de la maquinilla; imágenes repetidas y sin embargo nunca monótonas bajo la luz fragmentada que entraba por la claraboya. De pronto aparecía el rostro de María Fajís en el espejo, todavía encallada en una niebla somnolienta desde donde pedía apúrate, amor, con voz demorada y correosa. Aníbal, ya casi despapanoelizado por completo, abría el grifo de agua tibia para terminar de lavar posibles rastros de noche en sus facciones y se daba golpecitos de toalla estudiando el resultado sin importarle un pito que María Fajís, sentada sobre la tapa del wáter y con la cara escondida entre los brazos, reclamase con un balido apúrate, tengo que ir a la universidad y ya es tarde.

De metabolismo lento, a María Fajís le costaba reencontrarse con las mañanas, iba dando tumbos por la habitación mientras elegía —con eso que debía ser intuición femenina, porque lo hacía con los ojos cerrados— blusa, falda, chompa, zapatos, ropa interior, un bulto que transportaba algo desprolijamente al baño del que salía Aníbal canturreando y satisfecho del afeitado que le dejaba la piel tirante y mentolada, dispuesto a preparar un café de putamadre, que era como se lo ofrecía con gestos cortesanos a su mujer. Después de escuchar el chicotazo de agua fría y el grito invariable con el que ella anunciaba su regreso a la vida real, Aníbal esperaba en la cocina a una María Fajís de flecos negros y escurridos sobre la blusa, de gestos eléctricos y precisos que sorbía el café de putamadre de pie, apuradísima porque ya se le había hecho tarde, sacudiendo unos dedos largos con los que parecía alentar a un hipotético caballo en el hipódromo de su apuro, el profe Villar me tiene fichada, no puedo ni llegar cinco minutos tarde. Aníbal la miraba despectivo untando hábilmente las tostadas, dueño de un tiempo propio que empezaba con la atención a Buenos Días, Perú y la puteada al Toyota que nunca arrancaba a la primera.

Pero esa mañana el apuro de María Fajís empezó con un par de cordiales empujones a Aníbal, que salió del baño desconcertado y espumoso, vagamente hidrofóbico, porque hoy tengo examen en el Touring, amorcito, explicó ella cerrando la puerta. Aníbal maldijo la ocasión en que, cuando recién vivían juntos, le advirtió a María Fajís lo promiscuo que resultaba compartir, además de la cama —donde toda promiscuidad quedaba implícitamente abolida—, el cuarto de baño pequeñísimo en el que se estorbaban obstinada y lastimosamente. De manera que mientras terminaba de afeitarse en el caño de la terracita donde el agua corría helada y vulgar, agua apropiada para lavar calcetines y pantalones, escuchaba a María Fajís recordándole que ese día era su examen de manejo.

—Si lo apruebo me dan el brevete —dijo ella a gritos para acallar, exageradamente en realidad, el chorro de la ducha.

—¿Eso es lo que llaman lógica femenina o me estás tomando el pelo con tu silogismo de pacotilla? —preguntó Aníbal, francamente asombrado.

María Fajís salió del baño más eléctrica que de costumbre y a medio vestir.

—Ya puedes pasar —dijo—. Aquí te vas a congelar, ¿cómo se te ocurre salir así? —añadió contrastando el pijama liviano de Aníbal con la neblina sucia y fría que ocultaba los edificios de Miraflores.

—Gracias —contestó él dudando entre aceptar la preocupación de María Fajís, que parecía sincera, o mandarla al carajo.

María Fajís corrió a la habitación en busca de su bolso y aún tuvo tiempo para mirarse un segundo en el espejo, Elsa ya debía estar esperándola, quedaron en encontrarse en 28 de Julio para que la Chata no perdiera tiempo entrando hasta aquí, amor, que no se molestara en preparar café, ella desayunaba cualquier cosa por ahí, dijo ya caminando hacia la puerta.

—El café es una institución en este hogar —reivindicó Aníbal caminando junto a ella y remedando sus pasos apurados para finalmente ganarle por puesta de mano y bloquearle la puerta—: Igual se bebe, estés o no estés, a las siete y cuarenta y cinco a.m., hora de Lima.

María Fajís le dio un beso fugaz en los labios, lo apartó suavemente de la puerta y salió. Antes de bajar las escaleras pareció dudar volviéndose a él con expresión convencida.

—Igual que el amor —dijo—: Estés o no estés, a las once de la noche.

Sin esperar a que Aníbal pudiese contestar bajó atropelladamente las escaleras, riendo fuerte para aniquilar la protesta que amagó él, todavía con una toalla en la mano.

La mañana empezaba a subir hasta la terraza llena de bocinas y voces, frenazos, risas escolares y un sol que evaporaba lentamente el apelmazado húmedo de la neblina: el rumor cotidiano y ligero al que Aníbal añadió la radio encendida que no lograba transgredir su confinamiento de voces al fondo, frases inconexas cuyo sentido noticioso acabó de apagarse con el duchazo tibio y razonablemente breve en el que se sumergió.

Se estaba poniendo los zapatos sentado en la cama cuando escuchó las ráfagas de metralleta y casi inmediatamente el remezón estrepitoso que reventó un cristal levantándolo casi en peso, un estallido esférico y sordo que trajo hasta él una resaca de paredes desplomadas y vidrios destrozados en alguna calle cercana. ¡María Fajís!: sintió que el nombre le subía como una fiebre, el tiempo detenido en un segundo larguísimo y lleno de humo, de gritos lejanos y carreras confusas, silbatos de guardias invisibles que llegaban entremezclados hasta la habitación donde por un momento inabarcable Aníbal se había quedado de pie, estúpidamente alelado, furioso consigo mismo. Dio cuatro trancos hasta la puerta de calle y bajó saltando malamente las escaleras, incapaz de pensar otra cosa que ¡María Fajís!, agotadísimo y aún descalzo en la cuadra que empezaba a hormiguear de gente y voces histéricas, ¡María Fajís!, que corrían, ha sido en Larco, no, ha sido en la comisaría de Porta, han puesto un coche bomba, ay, Jesús, señoras en bata, inmóviles en las puertas de sus casas, multiplicadas en zaguanes y ventanas, oficinistas desconcertados y colegiales corriendo entre los autos detenidos, una mujer joven con la que tropezó porque ella caminaba en dirección contraria y a la que él pudo mirar a los ojos durante un segundo después de seguir corriendo, quedándose absurdamente con el lunar que tenía aquella chica cerca a la boca, con su rostro bonito, desconcertado, ajeno, antes de seguir su carrera: Dos policías pálidos que se cruzaron con Aníbal le dieron la pista de por dónde avanzar, ¡María Fajís!, encaminándose hacia el tumulto efervescente por el que intentaba abrirse paso un coche patrullero que ululaba tiñendo de rojos y azules fugaces la intersección de Porta y San Martín. Desde allí aparecía una humareda que la brisa jaloneaba bruscamente levantando un olor a chamusquina y fierros hirvientes, ¡María Fajís!, se escuchaba decir Aníbal, que corría abotonándose la camisa con dedos torpes y llamaba a su mujer, que debía estar por ahí, confundida entre la gente amontonada ya por completo en la calle, curioseando asustada y no regada en el asfalto como ese cuerpo que entrevió Aníbal abriéndose paso a empellones furiosos en medio del gentío estupefacto, ¡María Fajís!, contemplando la desolación de maderas y trozos de escritorio, retazos de fierros absurdamente retorcidos y humeantes, una silla de la que colgaba un saco verde, permiso, carajo, un confeti irreal de vidrios, un vómito de papeles y ceniceros y muebles viejos, astillados y oreados a la vista de los curiosos que no permitían el avance de una ambulancia muy probablemente inútil, porque ese cuerpo de muñeco roto que estaba tirado entre los arbustos de una casa vecina no podía estar vivo, ni tampoco ese otro pedazo de oreja y pelos ensopados en un charco sanguinolento que le aflojó las piernas haciéndole subir un regurgitar ácido a la garganta: no, no podía ser que esos muñones hubieran conformado cuerpos hasta hacía apenas unos minutos, que hubieran sido manos alcanzando papeles y cogiendo lapiceros, que esos rostros como dopados y grotescos de los cadáveres hubiesen animado sonrisas, bromas, órdenes; no podía ser que esos muñecos inertes tuvieran tanta sangre, succionada ahora por periódicos vanos que alguien había colocado sobre los cadáveres intentando un pudor último, un pudor de hojas empapadas cubriendo torsos, una pierna rematada en un zapato negro y brillante todavía no alcanzado por la sangre que empezaba a mezclarse y correr calle abajo, espesa y oscura como un río de lodo caliente, avanzando hasta los pies del gentío que gritaba, retrocedía ante la furia nerviosa de los policías, atrás, carajo, váyanse, dejen pasar a la ambulancia, y voces confusas que apuntaban a un cuerpo, ¡la mujer!, ¡la mujer está viva! Arrinconada contra un auto deshecho, una blusa totalmente enrojecida se arrastraba como un caracol sin rumbo, unos cabellos negros y largos ocultaban el rostro de la mujer que parecía huir en cámara lenta o buscar algo o aferrarse al asfalto como si en la grava estuviera encerrada la razón esencial de la vida. ¡María Fajís!, corrió Aníbal puñeteando a un guardia que quiso impedirle el paso. Sintió los vidrios cortando sus pies y sólo entonces advirtió que no se había puesto los zapatos. De inmediato la asquerosa viscosidad de un charco que pisaba le subió como un torbellino repulsivo hasta la nariz, un olor dulzón y atosigante de fluido íntimo, pero sin saber exactamente cómo, alcanzó a los médicos que colocaban el cuerpo súbitamente inmóvil de la mujer en una camilla, por favor, por favor, dijo con una voz que no reconoció como suya zarandeando a uno de aquellos hombres, por favor, por favor, repetía incapaz de otra fórmula, desesperadamente vacío, desprovisto de palabras, conteniendo unas ganas horribles de saltar y patalear para hacerse entender, por favor, por favor, señalaba al cuerpo que empezaba a dejar una mancha oscura en la camilla, ¡por favor!, gritó escuchando el eco de su voz en un universo repentinamente sordo donde sólo existía el rostro del médico moviendo la boca, diciendo algo que poco a poco Aníbal fue entendiendo: cálmese, hombre, cálmese. ¿Es pariente suyo?, añadió obligándolo a mirar el rostro descompuesto y de mechas mojadas que yacía en la camilla y cuyos ojos vidriosos lo contemplaban desde un tiempo remoto y lunar.

—Aníbal, ¡estoy aquí! —escuchó la voz a sus espaldas antes de volverse lentamente, como si reingresase a un mundo que gradualmente iba poblándose de voces, de rostros y colores.

Aníbal se sintió repentinamente cansado, y con gran esfuerzo consiguió abrazar a María Fajís, que lloraba contra su hombro, asustada por el equívoco que se iba borrando en los gestos de Aníbal al tocarla como por primera vez. Se estorbaban mutuamente constatándose vivos, demasiado perplejos al saberse exhaustos de todavía, de aún, de somos. Recorriéndose en un intercambio de frases disueltas en sosiego y respiro caminaron sin decirse nada hacia Ocharán, casi detrás de la ambulancia que partía con resignada lentitud entre los curiosos que se alejaban comentando fragmentos de una historia que el olvido y un protagonismo dudosamente de excepción sancionarían luego de imprecisiones: «Eran dos hombres y una mujer, los esperaba con el motor encendido un Taunus azul y sin placas; no, fueron tres hombres y dos mujeres que ametrallaron a los guardias, pintaron aquella pared y luego escaparon con rumbo distinto antes de que estallara el carro; no, sólo había una mujer, una cholita insignificante pero parecía ser la cabecilla, sí, los esperaba un Taunus pero no era azul. ¿Quién sería la que se llevaron en la ambulancia? Una de las terrucas, bien hecho, carajo, malnacidos hijos de puta; no, era una señora que pasaba por aquí cuando ocurrió todo, esa que está parada ahí es una de sus hijas».

Caminaron sorteando los escombros desperdigados, alejándose de las voces, entre la hilera de autos abollados por la explosión, y sin cambiar palabra llegaron a la primera esquina. Antes de girar hacia Ocharán Aníbal volteó a mirar la desolación en la que aún se movían algunos curiosos, atraídos ahora por las cámaras y micrófonos que disponían los periodistas recién llegados y que hurgaban junto a los policías entre los pedazos de ladrillos, madera, papeles y restos de algo que parecía un naufragio. Abrazando a María Fajís, casi apoyándose en ella a causa de las heridas de los pies, Aníbal alcanzó a leer en la pared de una casa cuyas ventanas estaban destrozadas: «Viva la lucha armada, así mueren los enemigos del pueblo, PCP», y una hoz y un martillo chorreando tinta fresca.

¿Por qué Aníbal? Nadie se llamaba así en su familia y el nombre le apretaba como una gargantúa cada vez que lo pronunciaba, secretamente resentido por esa falta de contexto histórico y geográfico con que sus padres lo llevaron a la pila bautismal. Sentía que era demasiado pueril preguntárselo a su madre al cabo de tantos años ejerciendo de Aníbal, y además a preguntas pueriles no hay que esperar con demasiado entusiasmo respuestas profundas. Le hubiera gustado llamarse Pedro o Arturo o José, algo menos apabullante en todo caso, porque Aníbal se prestaba a las más deliciosas disquisiciones, a expensas suyas, por supuesto. Aníbal. «¿Cómo te llamas?» «Aníbal.» Demasiado escueto tal vez, demasiada sílaba junta, demasiada pendejada. Tumbado en la cama con la cara vuelta hacia su nombre se vio arrojado a un patio rojo y gigantesco, como suelen ser los patios durante el primer recreo del año escolar. Allí estaba él, con su lonchera firmemente asida, con sus rulos castaños y el cuello duro de la camisa rozándole horriblemente la piel, algo temeroso porque era el nuevo de la clase y el gordito que se sentaba detrás de él había hecho unas señas al grupo de amigos que ahora parloteaba cerca al jardín de las tortugas. De pronto todos se volvieron hacia él. «¿Cómo te llamas?», había preguntado el jefe de la banda de la que el gordito con aire entre maligno y querubinesco parecía ser el lugarteniente. «Aníbal», dijo él como quien convida un caramelo a lo que el otro retrucó «¿Caníbal?», y los secuaces rieron a carcajadas la broma del jefe. «Caníbal», repitieron una y otra vez entre risas, pasándose el nombre, rebotándolo de boca en boca, comentándolo hasta en los límites más alejados de aquel reino rojo y gigantesco y hostil, y Caníbal no supo si darse a la fuga o pegarle una trompada al gordo lugarteniente, en vista de que el jefe era más alto, aunque por su honor se hubiera trabado en mortal combate con aquel tunante, igual que D'Artagnan. Sintió que le ardían las mejillas y se quedó mirándolos con una sonrisa que le bailoteaba a medio camino entre la vergüenza y el festejo cobarde.

Ajá, se dijo incorporándose lentamente de la cama, molestamente encantado por la espeleología efectuada en las galerías más profundas de su subconsciente: de manera, so treta, so caifás, zopenco, que ahí estaba el quid del asunto, the matter of fact, el meollo de la cuestión y hasta la madre del cordero. Sentado en la cama lanzó una carcajada fuerte y algo amarga. Desde la cocina María Fajís preguntó que cuál era el chiste, pero él no se dignó contestar, sumergido por completo en la maravilla de su descubrimiento. O sea, que no era la carencia histórico-geográfica lo que le molestaba en su nombre sino aquel pasaje de su muy tierna infancia que acababa de cartografiar con psicoanalítica precisión. Iba a decirse que el *Caso Dora* era una mierda al lado del suyo, pero lo contuvo un atisbo de modestia y también una pizca de objetividad. De todas mangas, probablemente allí estaba su timidez, contenida como en una botella, su falta de resolución para tantas cosas, el enigmático desenvolvimiento de las charlas cuando recién conocía a alguien, sobre todo si era mujer, su constante vivir en guardia contra las bromas de sabor antropofágico. Ajá, ajá y ajá, dijo encendiendo un cigarrillo contento por el resultado del análisis, porque gnoscete ipsum, el nombre dejaría de pender sobre él como una espada de Anibalocles una vez aceptado el problema. Caminó hacia el baño canturreando satisfecho y se preparó para el afeitado vespertino. Todavía le dolían los cortes en los pies, pero no tanto, simplemente se dejaba atender con ese esmero maternal que había puesto María Fajís desde la mañana del atentado. Tuvo que admitir que tenía su lado bueno eso de estar convaleciente. Abrió el grifo de agua caliente hasta que el vapor empezó a empañar el espejo. Lo limpió viendo con saludable narcisismo cómo iban apareciendo bajo la mano que frotaba levemente los ojos cafés, la nariz flaca, el mentón partido, la sonrisa que lo recibió satisfecha primero y luego burlona, antes de que los labios se movieran para decirle bajito, casi despectivamente: Caníbal.

—¿De qué te reías? —María Fajís apareció en el espejo del baño.

—Tonterías —respondió él apresurándose en esbozar una mueca sufrida.

—¿Todavía te duele? —preguntó María Fajís poniéndole un brazo sobre los hombros y ayudándolo a regresar hasta la habitación, vamos, ella lo afeitaba pero él debía quedarse en camita, si no las heridas no iban a cicatrizar nunca.

Aníbal se recostó apagadamente en la cama, suspirando con un gesto que pretendía sofocar su callada agonía, y dejó que María Fajís le acomodara inútilmente las almohadas, que le revisara con aire crítico las vendas de los pies para finalmente quedarse sentada junto a él, pasándole una mano suave por los cabellos, como si tuviera fiebre. Sonó el timbre.

—Deben ser la Chata y Mauricio —dijo María Fajís incorporándose y saliendo de la habitación justo cuando él empezaba a aletargarse, sumido en un dolor que ya sólo era un vestigio, apenas la respuesta de su cuerpo a esa bienaventuranza ofrecida por los cuidados de la Mariafá.

Sí, eran la Chata y Mauricio, que entraron a la habitación algo cohibidos, como si estuvieran en un hospital. Aníbal los miró convaleciente, intentando sonreír.

—¿Qué tal, compadre? —susurró Mauricio sentándose a la vera de la cama, poniéndole una mano en la rodilla huesuda—. Te hemos traído una botellita de vino.

—Hola, amiguito —dijo Elsa con su mejor sonrisa—. ¿Cómo sigues?

Aníbal fue dulcemente lastrado por una vaharada de melancolía y se limitó a ampliar su sonrisa triste, embargado tontamente por esa tierna emoción que debían sentir los héroes de guerra al volver del frente y ser saludados por el pueblo, condecorados de medallas y admiración.

—Está bien —advirtió María Fajís volviendo a acomodarle las almohadas y alisando unas arrugas del edredón floreado—. Lo que pasa es que es un engreído.

Aníbal no le dio importancia al comentario porque bien sabía que para ella era, efectivamente, una suerte de héroe, alguien que de cuatro trancos había salido a buscarla a la calle, a enfrentarse al horror del atentado sin darse tiempo siquiera a ponerse los zapatos. Ese olvido pueril, esa tonta inconsciencia había sido para ella una especie de prueba de amor.

—Qué tales hijos de puta los terrucos, ¿no? —dijo Mauricio, y casi comete la estupidez de preguntar si podía encender un fayo. Lo encendió sin más.

—Unas mierdas —dijo Aníbal—. No quiero ni recordarlo. No se imaginan lo que fue aquello.

—Yo estaba como a cinco cuadras ya —dijo María Fajís con algo de envidia—. Sentí el bombazo y regresé corriendo porque me imaginé que este loco iría a buscarme.

Aníbal manoteó con humildad las frases de María Fajís sonriendo esfumadamente.

—¿Tú hubieras salido a buscarme así? —preguntó de repente Elsa, volviéndose a Mauricio.

—¿Cómo así? —dijo él, que estaba ensimismado leyendo la etiqueta de la botella de vino—. Ah, sí, claro, Chata, cómo puedes siquiera cuestionarlo. ¿Qué? ¿Abrimos la botella?

—Eso ni se pregunta —dijo Aníbal.

—Tú no puedes —María Fajís se cruzó de brazos—. Estás tomando antibióticos.

—Qué antibióticos ni qué niño muerto —dijo él dando una palmada enérgica en la almohada.

—Déjalo que se tome una copita, Mariafá —pidió Mauricio, que por nada del mundo quería chupar solo.

—Pero apenas una copita, ¿eh? —dijo ella después de pensarlo y saliendo de la habitación por las copas.

—Te acompaño —dijo Elsa caminando detrás de ella.

—Te parecerá una tontería —dijo Mauricio despacio, una vez que las mujeres se hubieron ido—, pero en la esquina me pareció ver un tira. Ya sabes, no hay nada más fácil de identificar que un policía de paisano. Si se vistieran de Santa Claus o de Pancho Villa pasarían más desapercibidos.

—No me extrañaría nada —dijo Aníbal—. Después del atentado se empezó a rumorear que por aquí había terrucos. Doña Lucía se lo contó ayer a la Mariafá. Estaba verde la vieja.

—¿Por aquí? —dijo Mauricio incrédulo antes de sufrir un violento acceso de arcadas, mirar con odio el cigarrillo y musitar unas disculpas.

—La lucha del pueblo no se puede empezar sin la infraestructura necesaria: cafeterías de lujo, bares, el bowling, casonas antiguas junto al mar, hoteles cinco estrellas, ¿cómo carajo crees que se puede hacer la revolución popular si no?

—Vete a cagar —dijo argentinamente Mauricio, pero Aníbal se incorporó de la cama muy serio.

—No te estoy toqueando, compadre. No sería raro que por aquí tengan algún lugarcito los senderistas. ¿Por qué no? Al principio me pareció una pendejada, uno de esos miedos distritales que empiezan como un bulo, casi como la necesidad de afianzar rencorosamente el temor por el susto que nos han hecho vivir o qué sé yo. Pero luego, pensándolo mejor, no sería raro. No digo siquiera que tengan que ver con este atentado, sólo digo que la idea común, y posiblemente equivocada, es desplazar a los terrucos a la periferia de la ciudad, a los confines de nuestro miedo: barriadas, pueblos jóvenes, Comas, Carabayllo y Mangomarca.

—Ate, Previ y San Juan de Lurigancho —añadió Mauricio impulsado por una vena algo jodona y catastral.

—Sí, Independencia, Lurín y Pachacamac.

—Pero nunca Miraflores, San Isidro y Monterrico —insistió Mauricio sentándose con más holgura en la cama y estirándose las medias que dejaron momentáneamente al descubierto unas canillas flacas.

—Ni tampoco La Planicie, Chacarilla o Las Casuarinas, bueno, deja ya de joder. Pero ¿por qué no? Incluso Miraflores, que es de medio pelo, debe de tener terrucos. Para todo el mundo resulta más difícil creer que tengan sus células o cuarteles generales, o como se llamen, aquí mismo, ¿no? Por lo tanto es más fácil actuar con tranquilidad. Una reunión en el Haití, un paseíto andando hasta el chalet alquilado en pleno Malecón Cisneros, una botella de whisky y la lucha de clases, habanos traídos directamente de Cuba y el irremediable avance del campo a la ciudad, todo aquello que pueda parecer a ojos de los vecinos tranquilos y respetables una simple reunión de intelectuales burgueses.

—No sé —dijo Mauricio rascándose la coronilla con furia—, me parece que es una visión algo cinematográfica la tuya.

—Dime lo que quieras —se emperró Aníbal—. Pero no negarás que tiene su lógica. Además, ¿no dices que viste a un tira en la esquina?

Mauricio iba a contestar, pero en ese momento aparecieron María Fajís y Elsa, y sin saber por qué prefirió callarse. Aníbal debió pensar lo mismo porque esbozó una sonrisa de cocodrilo y se repantigó más entre los almohadones, cruzando unos brazos cardenalicios e inocentes sobre el abdomen.

—Sólo una copita —dijo María Fajís sirviendo el vino.

2.

El fósforo chasqueó contra el borde de la cajita iluminando un segundo la noche, apenas lo imprescindible para hacerle pantalla con una mano y encender un fayo sin llamar la atención del soldadito que montaba guardia en la azotea vecina del Comando Conjunto. Aníbal admitió sin ningún escrúpulo que le gustaba imaginar el desconcierto y la bronca de los cachacos cada vez que Ivo y él subían al techo de la Facultad y se sentaban con las espaldas apoyadas contra las gruesas columnas que sostenían el depósito de agua. La primera vez, cuando Ivo lo hizo salir de una clase de Tributario para conducirlo en enigmático silencio hasta los baños del último piso y mostrarle la tosca escalera metálica, Aníbal se maravilló de sus posibilidades conspiratorias. La escalera —apenas diez peldaños de submarino o portaaviones, esas imágenes prefabricadas que ofrecen las películas— estaba empotrada en una pared y pasaba fácilmente inadvertida entre tablones y sacos de cemento dejados por alguna reciente reforma. Desembocaba a un horizonte cuyo perímetro cercado por muros poco altos le daban un aspecto abandonado y lunar, un paisaje *2001 odisea del espacio,* con el tanque de agua alzándose desnudo y neutro en el centro, semejante a un monolito extraterrestre o algo ligeramente Stonehenge, sostenido por aquellas dos columnas que servían, entre otras cosas, explicó Ivo, que al parecer ya había estudiado el terreno, para proteger los cigarrillos del viento crudo y nocturno y recostarse allí sin más pretensiones que contemplar retazos de Lima:

el Campo de Marte al fondo, distinguible sólo por las copas de los árboles; el Estadio Nacional hacia el otro extremo, envuelto en su propia luz cada vez que había fútbol por la noche, semejante a un navío rabiosamente señalado por el fuego de San Telmo o quizá un ovni apocalíptico y gigantesco; la Petit Thouars y la Arequipa, por donde fluía bifurcado el río metálico de microbuses y autos, un ciempiés infinito arrastrándose por las malheridas arterias de la ciudad; el jardín de una casona que se abría entre el Comando Conjunto y la Facultad y donde a veces tomaba sol una tía bastante potable: el Lima puzzle y sus miles de variantes necesarias para vencer un aburrimiento vespertino que empezaba con alguna clase particularmente ímproba y odiosa.

El único problema, pensó Aníbal fumando parsimoniosamente, eran los soldaditos que montaban guardia en la azotea del Comando Conjunto, ahí mismo, a tiro de piedra, aquisito nomás. Los cachacos se ponían saltones al verlos, no cabía en su pobre esquema de custodios del orden la presencia de esos dos allí al frente, demasiado cercanos para que el instinto los acepte, demasiado lejanos para considerarlos transgresores, carajo, les hacían gestos para que se fueran, bájense, mierdas, y ellos en contrapartida les dibujaban frenéticas pingas con las manos, por qué carajo se iban a bajar, se encogían de hombros y volvían a sentarse a fumar, pero tenía que transcurrir un buen rato para poder olvidarse de que eran hoscamente observados, incómodos con la posibilidad de que hubiera un atentado cercano o contra el mismo Comando —ya había ocurrido y felizmente ninguno de los dos se encontraba allí en aquel momento— y que los soldados, nerviosos, soltaran una ráfaga de metralleta contra ellos. Hacía tan sólo un par de días que uno de los soldaditos les había apuntado, luego de rastrillar su arma, furioso por las pingas especialmente enfáticas que le dibujaron. «Cholo huevón», había gritado Ivo haciendo bocina con las manos, «a ver que se te escape un tiro». «Y qué, conchatumadre, te mueres nomás», respondió el cachaco apuntándole. «No deja de tener su lógica el tipo, olvídate, hombre», terció Aníbal aquella vez, indisimulablemente pálido y recordando inmediatamente el incidente de hacía unas semanas, el bombazo en la comisaría de Porta y la certidumbre de que la muerte también los rondaba a ellos.

Aun así, la azotea de la Facultad se convirtió no sólo en recoleto ambiente de estudios cuando se abría la temporada de exámenes y los profesores salían a la caza del indefenso alumnado, sino también en una suerte de acceso fácil a las estrellas y sus convites de lujo, esa sencilla dimensión de la tranquilidad que se encendía con el primer cigarrillo y la noche soplándoles enigmas contra el rostro hasta que súbitamente una repentina corriente de aire o un bocinazo estridente allí abajo —esos secretos resortes que activaban la conciencia— los sacaba de su delicioso abandono para advertirles que la clase de Derecho Agrario empezaba en unos minutos más y era inevitable, o que se acercaban peligrosamente al límite de faltas con el Chato Paz, afable aunque desesperado Mentor en busca de Telémacos, y entonces recordaban que debían revisar una bibliografía detallada y apabullante, Kelsen y Planiol, Capitant y Spota, Weber, Ferrero y Laski, nuevamente ángeles custodios de lo razonable y estricto. El Debe Ser, imperativo y categórico, caía sobre ellos como una piedra en el estanque de aguas límpidas que era ese cielo lleno de estrellas al que debían renunciar una vez más, absurdamente alcanzados por la culpa, el tiro de gracia con que la responsabilidad —oh, esa loca de la casa— los conminaba tajantemente a portarse como los buenos chicos que (muy en el fondo) eran.

Putamadre, masculló aplastando el cigarrillo en el cenicero. Dejó que el teléfono siguiera timbrando con la oculta esperanza de que por fin se rindiera, que volviera a ser el gato gris que dormía apacible sobre el velador. ¿No contestas?, escuchó la voz adormecida y fastidiada de Elsa que estiraba un brazo sobre su torso desnudo. No, carajo, dijo él, es mi madre. ¿Cómo lo sabes si no has contestado?, dijo ella incorporándose a medias en la cama, ya completamente despierta. El cabello suelto le caía sobre los pechos grandes y rosados y Mauricio los miró sintiendo un tibio presagio de deseo. Es mi madre, porfió suspirando cuando finalmente el teléfono dejó de timbrar, dejando que su eco fuera poco a poco ganando el abismo quieto de la habitación silenciosa y la penumbra donde brillaban los ojos de la Chata. Mauricio se volvió despacio hacia ella y le besó gentilmente los labios y el cuello, resbalando hacia sus senos, hundiendo la nariz en aquel desfiladero blando para encontrar un olor sosegado de pleamar y arena, los botoncitos rugosos que apuntaban hacia el cielo, estremecidos por el mordisqueo amable a que los empezaba a someter, sintiendo cómo el silencio se iba volviendo espeso, desplomándose en una nada que de golpe los absorbe y los vuelve tardos cuando ella se encarama sobre él, que siente los pechos oscilantes y dormidos rozando su rostro, ofreciéndose como dos cimitarras tibias que son atrapadas de pronto por la luz lechosa que entra por la ventana. Bajó las manos para cogerla de las piernas y así montarla delicadamente en su deseo encendido ya del todo. «Mauricio», la escuchó murmurar como si fuera una invocación o una súplica: un dulce ahogo le desacompasó el corazón al sentir la humedad de Elsa y abrió los ojos para disfrutar observando su gozo, el bamboleo de sus pechos absortos, la avaricia con que ella se mordía los labios enrojecidos sabiendo que aquello lo excitaba, «Mauricio, métemela», le exigió con una sonrisa que se adivinaba rabiosa bajo el cabello desordenado, y él notó las piernas femeninas atrapando las suyas y se sintió succionado, incapaz de pensar en otra cosa que no fuera ese grial musgoso donde germinaba el deseo, la sed que debía saciar en aquella fuente dorada y palpitante, en aquel manantial de pétalos rosados. La derribó encogiéndole las piernas y la penetró sin piedad mientras ella se dejaba hacer como una esclava mansa y gimiente, le buscó los labios y los exploró sin recato, aferrando sus brazos extendidos para poder crucificarla inmisericordemente, sintiendo los muslos de ella tensándose sobre los suyos y volviéndola ahora boca abajo para tomarla de la cintura y observar el arco de su espalda, su hermosa nuca sometida, sus nalgas acopladas a él que la ceñía de las caderas: todo era un fuego que empezaba a arderlos, un remolino donde chispeaban ascuas y luces, un grito de sorpresa o júbilo o dolor que se anunciaba inmediato, avanzando incontenible desde el cauce de las venas, y un timbrazo estridente y luego otro y otro más.

—La putamadre —dijo Mauricio soltando a Elsa, que volvió a él unos ojos aún extraviados en el estupor, ovillándose entre las sábanas.

—Contesta de una vez —dijo ella con bronca, pero ya Mauricio se había abalanzado al teléfono.

—¿Aló? —dijo con rencor, conteniendo el regurgitar ácido previo a las arcadas.

Elsa lo observó quedarse un momento en silencio mirando hacia el techo de la habitación, escuchando a su interlocutor. Le puso una mano en el hombro arrugando la nariz en un gesto interrogativo. Él le hizo espera, espera con la mano y continuó escuchando.

—Sí, mamá. Es casi la una de la mañana, claro que estaba durmiendo..., no, ya te dije que..., sí, pero... —otro silencio y la Chata estiró una mano hasta el paquete de Winston que estaba en el velador.

Sentada en la cama y con las sábanas cubriéndole a trechos el cuerpo parecía una romana licenciosa, una hetaira. El cigarrillo era apenas una brasa que bajaba y subía de tanto en tanto iluminando débilmente su rostro. Mauricio alargó una mano pidiéndole el fayo.

—Ahora escúchame tú a mí —dijo con dureza volviendo su atención a la bocina—: No lo llamé porque no me interesa hablar con él, ¿qué quieres que le diga?, ¿feliz cumpleaños, viejo querido, hace veinte años que estoy deseando darte un abrazo?

Otro silencio, esta vez más largo, y Elsa hizo un movimiento para saltar de la cama pero Mauricio la detuvo con un gesto.

—Por favor, no te pongas así —dijo más suavemente, pero sin poder evitar una nota de fastidio en la voz, otra vez el cosquilleo en la garganta, ese falso atisbo de náusea subiéndole desde el estómago—. Mira, vieja, este tema ya lo hemos recontra tocado... Sí..., sí..., que sí, pero..., ¿ah sí? Bueno, pues adiós.

Colgó con rabia y se llevó una mano a los cabellos, suspirando.

—¿Qué te ha dicho? —preguntó Elsa acariciándole los hombros.

—¿No adivinas? —sonrió amargamente él, dándole una pitada furiosa al cigarrillo—. Lo de toda la vida: por qué no hago las paces con mi padre, que ya es mucho tiempo, que no deberíamos estar peleados, el arrepentimiento del buen hombre, el ejemplo de María Eugenia que no es rencorosa, etcétera y etcétera. Y luego termina lloriqueando como siempre. La reina ofendida.

—¿Y por qué no te amistas de una vez? —Elsa lo abrazó por la espalda apoyando la barbilla en el hombro de Mauricio como si fuera un cachorro—. El día que tu padre se muera te vas a arrepentir.

—El día que mi padre se muera voy a descorchar una botella de Dom Perignon aunque me cueste el sueldo de dos meses.

—¿Cómo puedes hablar así? —Elsa se retiró bruscamente y de dos trancos estaba en pie frente a él, envuelta en las sábanas—. No digas eso ni en broma.

—Digo lo que me da la gana —advirtió él respirando entrecortadamente y dando un golpe en el velador—. Yo no voy a hacer las paces con ese hijo de puta nunca. Y hazme el favor de no meterte en esto.

Como si hubiera estado esperando esa frase para moverse, Elsa recogió nerviosamente la ropa amontonada que había sobre una silla, los zapatos, el sostén y el calzón que encontró entre el desorden azul de las sábanas y se encaminó hacia el baño.

—Okey —le dijo furiosa desde allí, apuntándolo con un dedo justiciero—. Yo no me meto. Allá tú y tus resentimientos idiotas.

—No quería decirte eso, Chata, no te pongas así, ya tengo bastantes problemas —dijo él contrito, pero su voz sonó algo vacilante.

—Ya lo has dicho —contestó ella encendiendo la luz del cuarto de baño y apoyándose en el marco de la puerta: ahora sólo era una silueta dorada en los contornos, una imagen eclipsada por el foco del baño o una holografía—. Y ya me voy que es tarde. No te molestes en acompañarme.

—Discúlpame, Elsa —dijo Mauricio acercándose hasta donde ella, que seguía inmóvil con el bulto de la ropa entre las manos—. Discúlpame —musitó contra sus labios, como si en realidad quisiera dibujarle la palabra en la boca, amoldándose a su piel, obligándola a desistir de esa terca tristeza de cabeza gacha y silencio en que ella se había sumido.

—Yo sólo trato de ayudarte, idiota —dijo Elsa replegándose aún más.

—Ya lo sé —murmuró Mauricio poniéndole el índice bajo la barbilla—. Sólo que mi madre me desquicia con ese tema. Ya te lo he contado, ¿no? Ese hombre le hizo mucho daño a mi vieja y a mi hermana. Nos abandonó, Elsa, nos abandonó cuando éramos unos chibolines y mi madre se las vio negras para sacarnos adelante. El militarote macho se fue detrás de una perra y al cabo de unos años vuelve como si tal cosa. ¿Cómo voy a olvidarme de eso?

—Tu madre lo ha hecho, ¿no? ¿Entonces por qué no lo puedes hacer tú también? —Elsa alzó unos ojos de niña hacia Mauricio y aferró más la ropa contra su cuerpo. Sus pechos se abultaron con la presión de los brazos.

—No hablemos más del tema, por favor, sólo discúlpame —dijo él, y le hizo soltar aquel amasijo de telas y encajes dejando que la luz del baño iluminara sus pechos antes de buscárselos con la boca.

—Déjame, por favor —dijo Elsa sin moverse, sintiendo el andar goloso de los labios en sus senos, resbalando por el vientre como una queja y un ansia.

—Perdóname, chiquita, no debí contestarte mal, tú no tienes la culpa —dijo Mauricio bajando cada vez más por el vientre de Elsa, que cerró los ojos y se dejó hurgar entre las piernas, aferrada al marco de la puerta, apenas conteniendo un suspiro y un temblor imperioso que le tensó el cuerpo al saberse repentinamente atacada, abrevada así, sintiendo esa caricia blanda y retráctil con que él empezaba a explorarla, la curiosidad insaciable que la iba devolviendo a una felicidad dolorosa de la que no quería ser rescatada jamás, vislumbrando en un segundo de lucidez que la vida era eso que empezaba a resbalar como un néctar desde su sexo, y entonces todo era bueno, oh, sí, el principio y el fin, aquél era el centro de su alma, de su corazón, se supo una fruta mordida con voracidad, se sintió reconciliada para siempre, se adivinó hembra, mujer, destino y fe.

—Voy a descolgar el teléfono —escuchó la voz de Mauricio en su oído y abrió los ojos como volviendo lentamente en sí, sin saber en qué momento había emergido él de entre sus piernas.

—Sí, hazlo —dijo ella por decir algo. Estaba aturdida. Lo abrazó con fuerza y fueron dejándose caer lentamente sobre el suelo—, desconecta el teléfono —insistió absurdamente, sintiendo en la espalda el frío azul de las losetas del baño. Abrió los ojos observando un universo invertido de cortinas plásticas y lavabo, de colonias y after shave y champús y un espejo pequeño y al fondo una ventanita de marco blanco que se abría a un trozo negro de noche en cuyo centro brillaba apenas una estrella.

Estoy aquí, frente a la ventana. Ventana ana, como dice Aníbal con esa manía suya de repetir el final de cada palabra pronunciada ada y que a mí se me está pegando ando, porque tiene su encanto canto eso de buscarle la cola ola a las frases ases, persiguiendo iendo otras nuevas uevas: es como jalar de una madeja deja, de un ovillo de lana ana. Un juego ego, una tonta forma orma de hacer charadas adas y reírnos irnos de este mundo que es una joda oda porque nunca hay plata ata y..., ay, la plata.

Se le rompió el encanto canto de las cinco de la tarde a María Fajís con la inevitable reflexión flexión sobre el dinero. Estaba parada frente a la ventana, envuelta aún en la toalla, bañada por un chorro de luz que descubría a su alrededor el cosmos minucioso del polvo atrapado en el aire. Suspiró pensando en el dinero, sobre todo ahora que doña Lucía le vino con el asunto del alquiler.

Recién terminaba de ducharse cuando escuchó el timbre que siempre la sobresaltaba por esa estela de alarma y miedo que dejaba flotando en el ambiente. María Fajís entornó la puerta ligeramente, ¿sí?, porque apenas se había envuelto en una toalla y los cabellos se le escurrían bajo el turbante fofo que armó con otra y que ahora empezaba a resbalar lentamente. Con una mano contenía la felpa rosada contra las pecas. Doña Lucía metió la cabeza y esbozó una sonrisa de ratón.

—Cómo está, doña Lucía, qué se le ofrece —apuró María Fajís levantando un poquito la toalla que empezaba a aflojarse.

—Cómo estás, hijita. No te quito tiempo: mira, me da no sé qué tener que decirles esto precisamente a ustedes que son tan jóvenes y que además siempre han pagado el alquiler puntualmente, porque tal como andan los jóvenes hoy en día, tan irresponsables, tan inconscientes..., pero ustedes son otra cosa, se ve que son gente decente y hasta da gusto tenerlos aquí —doña Lucía vaciló un segundo al ver el semblante imperturbable de María Fajís, y carraspeó antes de concluir—: Bueno, ya han visto cómo se han puesto las cosas desde el último mensaje del ministro.

A María Fajís le importó un pito que se le cayera el turbante. Aparecieron sus cabellos largos y escurridos chicoteando como tentáculos sobre sus hombros.

—Pero doña Lucía, apenas hace dos meses que nos subió el alquiler.

—Sí, hijita —concedió la mujer con una sonrisa que a María Fajís le pareció medio insultante—. Pero este mes las cosas se han vuelto a disparar.

Doña Lucía terminó de decir disparar y María Fajís se sintió desarmada.

—¡Pero a nosotros no nos suben todos los meses! —dijo María Fajís más que nada por decir algo, con la absurda sensación de que extendiendo un diálogo inútil conseguiría demorar lo previsible.

Doña Lucía mostró sus palmas inocentemente y una sonrisa candorosa iluminó su rostro, ella les avisaba nomás, así estaban las cosas, si ellos no podían pagar le daba mucha pena, pero.

De pronto, María Fajís cerró violentamente la puerta y observó fascinada los ojos de la mujer buscándola desorbitados y sorprendidos, las manos crispadas como arañas blancas intentando aferrarse inútilmente a las suyas que cerraban con más fuerza, lentamente, entusiasmadas con el estertor de fuelle que brotaba de la garganta ya violácea y surcada de venitas verdes.

Sonrió sacudiendo la cabeza con lentitud y observó los ojillos aviesos de doña Lucía mirándola vagamente extrañada, cruzada de brazos.

—Bien, señora Lucía, apenas llegue Aníbal hablaré con él.

Doña Lucía sonrió comprensiva.

—Sí, estas cosas hay que consultarlas bien, con calma.

—Sí.

—Sobre todo un matrimonio joven como el de ustedes, ahora que las cosas se han puesto tan difíciles. A mí, que estoy sola desde que murió mi marido, apenas me alcanza lo que me paga el señor Romero por el piso de abajo, y lo de ustedes, claro; por supuesto que me daría mucha pena que se fueran: una nunca sabe quién viene luego —hizo una pausa y luego habló más bajo—: Aquí, entre nos, preferiría no tener de inquilino al señor Romero, ese hombre nunca me ha dado buena espina, ¿sabes, hijita? Es tan sigiloso, hay tanto libro en su casa, lleva casi ocho años viviendo allí y yo todavía no sé ni a qué se dedica, todo es tan..., no sé, extraño. Y esos chicos que vienen todos los jueves a su casa, con esas pintas... Pero mi marido, que en paz descanse, le arrendó baratísimo el piso cuando llegó este hombrecito del extranjero, creo que porque habían sido amigos o conocidos, yo qué sé, mi difunto nunca me aclaró nada y no quería jamás subirle el alquiler. Se ponía furioso si apenas le tocaba el tema. En fin, no sé por qué te estoy diciendo esto.

La mujer hizo un amago de persignarse, una escaramuza de dedos que sobrevolaron el rostro arrugado dejando una estela de Segundo Debut y naftalina en el aire.

María Fajís cerró suavemente la puerta cuando escuchó los pasos reumáticos bajando las escaleras. Recogió la toalla que había dejado una forma húmeda de riñón en el parquet y caminó hacia el dormitorio. Se detuvo frente a la ventana del baño que se abría a una pared de ladrillos crudos y polvorientos desde la que, asomándose un poco, se divisaba el patio del primer piso donde vivía el señor Romero. Sólo unas inocentes cajas llenas de libros enmoheciéndose a causa de la intemperie. Era una lástima. ¿Qué había dicho doña Lucía? Vieja chismosa, el pobre señor Romero apenas se metía con nadie. Pero era cierto, resultaba un hombre extraño, cada vez que se cruzaban con él en las escaleras parecía sobresaltado, como si lo hubiesen pescado haciendo algo prohibido, la calva brillante de oficinista —que a María Fajís le hacía recordar a *Bartleby el escribiente*— se le llenaba de diminutas gotas de sudor, apenas tartamudeaba un saludo y se escurría a toda prisa, como un topo hacia su madriguera. Y desde que Aníbal había descubierto el asunto de los libros no paraba de especular sobre las actividades del buen hombre. Bueno, pero a ellos qué les importaba, se amonestó María Fajís ya en el dormitorio, apoyada en la ventana desde donde veía los matices cambiantes de un sol que se restregaba contra los edificios con la lentitud bruñida del atardecer.

Encendió un cigarrillo sintiendo una inquietud extraña, inexplicable, y que vanamente quiso asociar con esa hora rojiza y triste en que los árboles hervían de trinos agudos y un tráfico largo de bocinazos llegaba desde Larco haciéndola sentirse desprotegida o nuevamente niña. Esa hora de tránsito entre el día y la noche comenzaba a empozar su penumbra cotidiana y entonces sentía que también los problemas alargaban sus sombras convirtiendo lo trivial en profundo, lo efímero en constante, el miedo en algo instalado para siempre, los recuerdos más pequeños y frágiles en una desesperante nostalgia difícilmente ubicable pero que felizmente duraba hasta que por fin se encendía la noche con su sincera oscuridad, siempre preferible a la ambigüedad de la penumbra.

«En la vida hay amores que nunca pueden olvidarse», entró Aníbal a la habitación dando pasitos de boîte y con una voz deplorablemente seductora. María Fajís volteó llevándose una mano al pecho, qué susto, no te sentí entrar, pero él no la atendía. Caminó acariciando un micrófono de aire, pegando voluptuosamente los hombros contra el cuerpo y echando la cabeza hacia atrás para forzar unas estrofas nasales y tembleques. Cogió a María Fajís de los brazos y la sacudió obligándola a dar unos pasos junto a él ante el delirio del público. «He besado otras bocas buscando nuevas ansiedades», le cantó con las cejas arqueadas y separándose un poquito de ella como para verla mejor: «... y otros brazos extraños me estrechan llenos de emoción», se estrechó solito para volver a atrapar de los hombros a una desconcertada María Fajís: «Pero sólo consiguen hacerme recordar los tuyos / que inolvidablemente vivirán en mí», terminó haciendo un giro aprendido seguramente en *Trampolín a la Fama*, recibiendo una cerrada ovación del respetable y la cara de palo de María Fajís.

—Siéntate, por favor —invitó ella empujándolo contra la cama.

Aníbal la miró entre desencantado y curioso.

—A Julio Iglesias no lo recibirías así, estoy seguro —dijo con aire resignado y encendiendo un cigarrillo. Con una mano distraída empezó a acariciar el lomo de un libro que cogió del velador.

—Acaba de estar doña Lucía —explicó ella, intentando tener por lo menos veintiocho años.

—Estamos a quince, qué carajo quiere —reaccionó Aníbal, súbitamente sesentón.

María Fajís lo miró con un poco de pena. Intentó diluir la noticia en una sonrisa pero sólo esbozó una mueca.

—Nos va a subir otra vez el alquiler.

—La reparinpanputa madre que la recontra mal parió —dijo Aníbal, siempre proclive a los reduplicativos.

—Completamente de acuerdo, pero eso no cambia nada.

—¿Esa vieja cree que tengo una máquina de hacer guita? —dijo él caminando hacia la ventana desde donde arrojó una rabiosa bocanada de humo contra la vida.

—¿Qué vamos a hacer? —dijo María Fajís al cabo de un momento, acercándose a Aníbal con los brazos cruzados.

—No sé, pues, estoy pensando —contestó Aníbal silbando unas eses arequipeñas y furiosas.

—Oye, yo no tengo la culpa, no te enojes conmigo —lo empujó suavemente María Fajís.

—¿Pero qué quieres que te conteste ahorita? ¿Qué sé yo qué diablos vamos a hacer? —se siguió enojando de espaldas Aníbal, mirando hacia la calle como quien busca algo.

—Es sólo una manera de decir, no te pongas tonto.

Se quedaron nuevamente en silencio, molestos y reconcentrados en los cigarrillos, sabiendo que era mejor no decir nada más; había quedado flotando una chispita que podía encender el montón de paja que acababan de apilar. Afuera el sol se había ido dejando una brisa desorientada que iría refrescando lo poco que quedaba ya de la tarde. Otras veces, cuando ninguno de los dos tenía universidad ni nada imperioso y obligatorio, aprovechaban esa hora de colegiales y tráfico denso para ponerle los cuernos al bullicio urbano y salir a caminar bordeando el Terrazas donde quedaban atrapados los últimos rayos de sol bajo el puente: una postal de dorados y penumbras violetas con el mar al fondo, una tarjetita lista para la firma y para que María Fajís se sintiera encantada, recordando que por allí fue donde se conocieron. Llegaban al parquecito del Sunset y entonces pedían cerveza para sentarse a ver los cuadritos mal hechos que compraban los turistas. Les divertía escuchar al pintor-marchand chapurrear un inglés plagado de tuenti dolars y vérigud paintin que casi siempre surtía efecto a expensas del peruano-norteamericano o del británico, según Aníbal, que la llevaba de la mano por entre los pintores y turistas, burlándose sutilmente de unos y de otros, explicándole con aire docto cosas que ella al principio creía ciertas, teorías sociales y largas disertaciones sobre escuelas y tendencias plásticas que al final acababan siendo inventos suyos para burlarse también de la credulidad con que lo atendía María Fajís. Pero ella lo dejaba nomás porque en realidad eran bromas y no burlas: era la forma que tenía él de mostrarse contento. Luego, cuando los pintores empezaban a hartarse de las mil preguntas de Aníbal, se iban un poco más allá para contemplar el mar desde los acantilados en que acababa Miraflores: el mar y los surfistas de juguete que regresaban a la orilla en unas olitas amarillentas y espumosas allá abajo, mira, mira, en las playas de la Costanera. A veces quedaban en encontrarse con Elsa y Mauricio, y al verse se hacían grandes, exagerados adioses, volvían al Sunset por unas cervezas y más papas fritas para sentarse a conversar o a disfrutar de los súbitos ventarrones que refrescaban la tarde, o se iban hacia las canchas de fulbito donde, entre gritos y saltos fervorosos, seguían las pichangas de barrio, pundonorosos partidos donde brillaba la gambeta corta, el pasecito de lujo y los mil chiches con que los miraflorinos desafiaban a sus contrincantes, casi siempre venidos del vandálico Surquillo, cholos recios y fornidos que batallaban con un denuedo en el que se presentía harta lucha de clases; partidos que resultaban asunto de honor para Mauricio, que provenía de José Gálvez esquina Martín Napanga y para el propio Aníbal, que inexplicablemente apostaba por los forasteros, quienes se desconcertaban un huevo por los hurras y los vivas de ese blanquiñosito al que ya sólo le faltaba darles indicaciones técnicas a pie de cancha. Para María Fajís aquella actitud no era otra cosa que la solidaridad de un arequipeño no del todo ubicado en Miraflores, para Mauricio en cambio era casi alta traición y discutían largamente de fútbol, aunque en el fondo siempre era otra cosa, el conflicto norte-sur, la miseria de occidente, la cholificación de un Perú que los desvelaba aunque allí nadie admitía nada. Por último, si cabía ultimar algo tan sin inicio y acabo como aquellos paseos, regresaban por Porta o a veces, si no corría mucho viento, iban como hacia el Casino y allí se despedían de la Chata y Mauricio para regresar a su intimidad, ya con las luces encendidas, y tomaban por Larco simplemente para prolongar un paseo que minutos más tarde sería la delicia previa al té y los libros, a la música bajita que ponía Aníbal encendiendo una luz que María Fajís encontraba un poquitín nostálgica y reflexiva. Se creaba entonces un ambiente de biblioteca y silencio que lentamente se iba adueñando de la casa, y Aníbal también lo entendía así porque al ratito de estar leyendo silbaba Rolling Stones, irreverente con Mozart, que seguía sonando ajeno a la falta de atención. María Fajís recordaba escasas oportunidades en que había podido terminar de escuchar una pieza completa de música clásica en compañía de Aníbal. Una vez, entusiasmada con el *Mefistófeles* de Liszt —que le hacía pensar en berlinas lustrosas y salones rococós, no sabía por qué—, Aníbal cambió sin preguntarle y puso Dave Valentin, que a ella también le gustaba pero no era el caso, vaya. Entonces fue que le preguntó con el aire de quien lanza una vieja pregunta, una cuestión elemental que sin embargo nunca se planteó formalmente, por qué demonios jamás dejaba una pieza íntegra. Aníbal se volvió a ella dolorido, descubierto en una manía vergonzosa, y le dijo que a su padre le encantaba la música clásica y eso que él estaba hasta aquí de Tchaikovski y Rachmaninov, cuando se mudó al departamento advirtió que le faltaba algo y era precisamente esa música. Se lo dijo con tal cara de perro resondrado que María Fajís no supo si reírse o consolarlo. Al final, ganada por una ternura complicadamente definible, hizo ambas cosas al mismo tiempo, arrastrándolo junto a ella al sofá grandote que los recibió lleno de quejas y resortes.

Pero ahora, suspiró María Fajís regresando a la penumbra cenicienta de la habitación, no habría paseo ni cervezas, ni fulbito, ni té y libros y Rolling Stones sobre Mozart ni nada de nada. Sintió el asco de la toalla humedeciendo su cuerpo ya seco y caminó hacia el baño donde había dejado la ropa. Aníbal continuaba de espaldas y mirando por la ventana cuando ella salió. De un tiempo a esta parte Aníbal siempre estaba de espaldas.

A lo franco, franco, no le gustaba hablar de aquel tema, se le notaba en la repentina torpeza con que se llevaba el cigarrillo a los labios, fijando la vista todo lo lejos que podía, asumiendo una pose enigmática que era puro truco pero que poco a poco le iba ganando, alcanzándole de verdad, y entonces sí, caramba, cómo pasaba el tiempo, qué lejanos quedaban esos días en el seminario.

Habían subido a la azotea de la Facultad, aburridos porque los apristas del Cefede invadieron la clase con sus arengas y, excepción hecha de los huevones que se quedaron para corear Alva Castro pre-si-den-te y abajo Var-gas Llo-sa, la mayoría se las picó. La cafetería estaba llena y ambos confesaron prudencia suficiente como para no aventurarse hasta El Tambito, porque cervezas van y cervezas vienen y ninguno de los dos quería faltar a clase del Chato Paz, hombre irascible donde los haya, y que además ya los tenía fichados. De manera que compraron un par de Coca-Colas y un paquete de cigarrillos, dispuestos a entregarse a la noche y a la charla ociosa. Pero en algún momento la conversación había dado un giro extraño, y ahora Ivo, tirando piedritas contra los muros del tanque de agua, se iba abriendo lentamente, la sonrisa floja, las manos como aspas lentas.

—Era una búsqueda personal, ¿sabes? —dijo casi como pidiendo disculpas, y Aníbal animó a seguir, por supuesto, quién no se ha zambullido en el eterno misterio, temeroso y lleno de acné, la injusticia social, la preguntita de Hans Küng, los dimes y diretes del cura, del tutor, de tu vieja que tanto reza, y además estaba aquello del miedo nocturno, la paja y el pecado, la bondad y el principio de la razón suficiente, por supuesto que lo entendía, hombre, se apresuró a decir, porque Ivo nuevamente estaba callado, como si las ideas sucumbieran a la lentísima hibernación que es el necesario mecanismo del pudor, pero ya estaba otra vez hablando—. El problema es que la búsqueda no sabes bien cómo termina, ¿no? Empiezas por acá, fíjate —susurró moviendo teleológicamente el paquete de cigarrillos a un costado de sus piernas—, y terminas por aquí —y colocó los Winston otra vez en su sitio.

—Ajá —dijo Aníbal sin comprender ni michi pero bueno, allí parecía ir Ivo, como un barquito que se interna en el mar embravecido.

—La mía, mi búsqueda, empezó en Cristo y terminó en la marihuana.

Antes de que Aníbal pudiera enganchar siquiera una exclamación Ivo soltó su risa de clown, sacudió la ceniza del cigarrillo y dijo que sí, sí, así había sido, compadre. El asunto había empezado con Eje.

—¿Qué Eje? —preguntó Aníbal sin poder evitar que le vinieran a la cabeza el rostro congestionado y charlotesco de Hitler, la mandíbula obscena del Duce levantando un brazo ante la multitud.

—Ah, carajo, ¿mi compadre no sabe qué demonios es Eje? Encuentros Juveniles del Espíritu, así se llamaba la pendejada. Un marketing del diablo. Se trataba de algo así como una terapia de grupo a lo bestia, católica y redentora. Quien te llevaba era alguien que ya había asistido a una anterior sesión psiquiátrico-cristiana y volvía renovado, alegre, moralmente cero kilómetros, pero cuando le preguntabas algo no te decía ni mu, no soltaba prenda por nada del mundo. Tienes que ir, si quieres yo te llevo, era todo lo que decían. Pero para que tu curiosidad fuera debidamente azuzada debían pillarte en un momento existencialmente flaco, y luego, sibilinamente, cualquier conversación era lastrada al Gran Tema.

—¿La economía del país? —preguntó burlón Aníbal.

—No, hombre, ya sabes a Quién me refiero —dijo Ivo señalando con el pulgar y levantando las cejas hacia el cielo sin nubes—. Bueno, si notaban un mínimo interés, que era mi caso, entonces te hablaban de lo conveniente y saludable que resultaba un retiro espiritual, aliviar esos cólicos metafísicos que de vez en cuando lo asaltan a uno. Que sí, que no, que sí, que no, al final te veías embarcado en el asunto. Así fue conmigo y un viernes me encontré a las cinco de la tarde en San Miguel, en el colegio Santa Bárbara, ¿lo conoces? Bueno, es lo mismo. Allí nos recibieron, henchidos de labor pastoral, los curas-psiquiatras y los monitores encargados de darnos un buen lavado de cerebro, hijo mío, adelante, el Señor está con vosotros y con tu espíritu. Espero no parecerte irreverente. Total, que te encontrabas con un chuchonal de patas y hembritas más o menos de tu misma edad, más o menos tan asustados y perplejos como tú. Y así te iba. Nos dividieron en grupos; familias, les llamaban, y cada una de ellas tenía una mesa y un letrerito con su nombre. La mía se llamaba Corintios. También había Romanos, Apóstoles y otras barbaridades por el estilo. ¡Joder! —dijo dando un palmazo en el suelo como si de pronto hubiera recordado algo importantísimo—, qué buena estaba la Katia

Revoredo. Esa misma tarde conocí a mi familia y a nuestro tutor o guía espiritual, Juan Pedrito Vargas Machuca. Era un pituco sanisidrino con tal fe en la vida, con tal optimismo bienaventurado, que le revolvía las tripas a cualquiera. Tenía una carita de perfecto cretino que para qué te cuento. Llevaba su misal a todas partes y en el anular un denario como éste —dijo señalándose el dedo—. ¿Sabes para qué es, no? Para rezar el rosario, lo conservo porque me lo regaló mi vieja. Decían que era marica, pero bien que le miraba las tetas a la Katia Revoredo, a mí esas cosas no se me escapan, ya sabes. Bueno, también es cierto que quien no se las miraba no era de este mundo. En fin, para ahorrarte detalles te diré que teníamos reuniones desde muy temprano, sesiones de deschave en que tenías que explicar a tu familia el porqué y el cómo esa bella creación divina que eras tú se había convertido en un monstruo apocalíptico envenenado de pensamientos atroces, dispuesto a las más viles tropelías. Cada quien vaciaba su psiquis durante unos minutitos y luego le tocaba el turno a otro. Al principio tímidamente, pero después con un entusiasmo asqueroso. Juan Pedro tenía que interrumpirlos porque se quitaban la palabra de la boca para culparse de las cojudeces más inimaginables. Lo mismo ocurría en las otras mesas. Miraba a mi alrededor y tenía la sensación de estar contemplando una partida de bridge en el manicomio. Yo estaba realmente escandalizado y esa primera tarde me negué en redondo a buitrear mis intimidades allí, delante de todo el mundo. El Vargas Machuca, bien pendejo, no me dijo nada, seguramente intuía que desde el arranque empecé a detestarlo. Terminó la sesión, tuvimos un rato libre y luego a comer. La cosa es que terminando el papeo se me acercó el padre Casimiro, ¿Ivo, verdad?, me invitó un fayo y salimos al patio a conversar. Me trató como a un adulto, tienes que entenderlo, Aníbal, yo no tenía ni diecisiete años y el cura se parecía a Pat O'Brien en *Ángeles con caras sucias,* esa en que hace de cura buenote y amigo del rufián del barrio. No sé cómo, pero me convenció de que tenía que hablar, que al menos probara abrirme a los demás, nadie me presionaría, sólo hasta donde yo quisiera, ya sabes: me ganó la moral, y al día siguiente en nuestra sesión de la mañana yo también destapé mi vertedero. No era tan malo, después de todo. Con toda humildad me acusé de orgulloso, si se me permite el oxímoron, como diría Borges, y creo que decepcioné a la gente, porque parecían esperar algo más sustancioso. Era increíble cómo a las pocas horas todos tenían un saludable aspecto de enfermos psíquicos. El único que me incomodaba era Juan Pedrín Serafín, como ya le habían apodado. Bueno, como le habíamos apodado Ramón y yo. Su interés en todo lo que escuchaba estaba emponzoñado de morbo, se le notaba en la sonrisa, en la manera que tenía de entrelazar sus dedos de monaguillo, sigue, sigue, decía cuando empezabas a dudar, un verdadero coprófago el tipo. Pero ahí nomás empecé a hacer migas con un pata que no parecía tan cojudo como los otros miembros de mi familia. Se llamaba Ramón, era algo mayor que yo y, si te soy sincero, jamás supe cómo carajo llegó allí. Con Ramón chequeábamos a las chicas, una por una, primero durante la comida, un comentario trivial, otro un poco más subido de tono y después como locos, durante las horas libres que quedaban entre sesión y sesión. En nuestra familia también había un pobre chico, medio tarado y mucho mayor que nosotros, nunca me acordaré de su nombre. El día que recibimos cartitas de nuestras familias, las verdaderas, quiero decir, él fue el único que no recibió nada. Fumaba como un murciélago y con Ramón pensábamos que al infeliz lo habían enviado creyendo que aquello era una especie de festival de psiquiatría o algo así. No se enteraba de nada. También era de la familia Scott Weaver, un pelirrojo furibundo que estaba allí (nos lo confesó después) porque había perdido una apuesta con sus amigos del cole. Estudiaba en el Markham y era protestante. Había otro pata, Carlos Salarriaga, que confesó en la reunión de clausura y delante de todo el mundo, cuando el que menos cogía el micrófono para decir lo fantástico que había resultado aquel encuentro, que hacía once años que llevaba consigo el vicio de la masturbación. Textualmente, tal como lo oyes. El pajero redimido prometía enmendarse, gracias a la inestimable ayuda de Eje, que le había enseñado el camino hacia Cristo Nuestro Señor. Lo único que no calculó es que detrás de la cortina que se había colocado en medio del auditorio estaban nuestros padres, hermanos, tíos, primos, amigos y abuelos, dispuestos a darnos la sorpresa de acercarse a compartir con nosotros aquel momento de gozo espiritual. Había ido su enamorada con los padres, porque parece que estaban comprometidos. Pobre ángel. En el grupo había dos chicas, una de ellas era Mónica no sé cuantitos. Una bala. Ésa no podía arrepentirse ni en cuatro encuentros juveniles. Diecisiete años y dos abortos en su haber. O en el debe. Fugada de casa varias veces, había enloquecido a la madre, a quien alguna vez tuvieron que internar con crisis nerviosa en la Clínica Americana. El padre no quería saber nada de su hija y ella, desesperada, se metió a Eje como si fuera su última salida. Bueno, la estrella del grupo era Katia. Katiaza Revoredo, como le decíamos Ramón y yo. Siempre andaba sola o con una amiga gordita y horrible que no paraba de mirar a los chicos y que pertenecía a otra familia, porque allí la consigna era que hicieras nuevos amigos, para evitar argollas, supongo. Pobre Katia, su drama consistía en que con aquel cuerpazo

le estaba vedada la más mínima posibilidad de redención.
Estaba hecha para el pecado, soliviantaba a todo el mundo con semejantes pechos. Yo creo que ni los curas podían dejar de mirárselos, era como si en ellos durmiera la fórmula de la gravedad. Pero no sé si soy lo suficientemente explícito: quiero decir que no era un cuerpo bonito. Era *el cuerpo.* Era de ese tipo de chicas con las que jamás puedes imaginar algo mínimamente casto. Todo en ella exudaba perdición, lujuria y desenfreno. Quizá porque tenía carita de niña buena y virginal, no sé, algo hormonal, supongo, la vaina es que todos querían tirársela. Y ella lo único que quería era cantar *un millón de amigos* y adorar al Señor. Además era consciente del asunto. Su vida era un rosario de insinuaciones, piropos lascivos, nalgadas y toqueteos de una larga lista de profesores, tutores, amigos de sus padres y compañeritos de clase que no perdían la oportunidad de mandarse con ella, nos confesó entre lloriqueos durante aquellas sesiones, y todos la intentamos consolar, pero cuando dijo que le tenía verdadera aversión al sexo Ramón y yo casi pegamos el grito. ¿Te imaginas?

Ivo se quedó un momento callado, sonriendo y meneando la cabeza, asomado a ese abismo desde donde seguramente lo hipnotizaban los pechos de la tal Katia Revoredo. Katiaza.

—Bueno —dijo Aníbal—, con semejante experiencia no es de extrañar que quisieras entrar al seminario.

—Me he extendido demasiado —sonrió Ivo—. Y además creo que te he dado una imagen equivocada de todo aquello.

—Y ahora me lo dices —Aníbal bebió un sorbo de su Coca-Cola y buscó los cigarrillos apenado—. Yo que estaba empezando a entusiasmarme con el asunto. Parece más bacán que *Children of God,* por lo menos.

—Déjame que termine, porque fue bastante extraño. Yo desde el arranque fui a Eje acorazado por una suspicacia tremenda, y peor aún después de ocurrir todo lo que te he contado. Pero poco a poco te vas encariñando con la gente, ¿sabes? A fuerza de prorratear basura terminas compartiendo el mismo contenedor y ya ni siquiera eres capaz de oler la mierda. Es esa especie de promiscuidad que tiene la confesión grupal lo que te va mondando todo vestigio de recato a la hora de abrirte a los demás. Pero no olvides que todos estábamos allí porque buscábamos algo, y en la misma noción de la búsqueda, de toda búsqueda, hay algo pavoroso, que es encontrar. Yo no lo sabía. ¿Y sabes por qué? Porque te convences de que aquello que te ofrecen es exactamente lo que tú querías hallar. De pronto, en la última sesión que tuvimos, nos hicieron orar. Ya habíamos escuchado testimonios de veteranos en el asunto, jugado al amigo secreto, compartido canciones y cosas así, pero en la última sesión, cuando nos hicieron pasar a la sala de reuniones de siempre, habían cambiado la disposición de los muebles. Sacaron las mesas y en el lugar donde habían estado cada una de ellas sólo vimos una silla. Una silla por familia. El asunto consistía en hacer un círculo en torno al que nos sentaríamos todos, uno a uno, mientras nuestros compañeros rezaban por los demás. No un padrenuestro o un avemaría de paporreta sino una de esas oraciones que te salen del fondo del alma o del inconsciente colectivo o del quinto carajo, no sé, el fervor en su estado originario, esa exaltación del esenio que hay en cada uno de nosotros, invocaciones, frases, ruegos, todos abrazados haciendo un corro y en el medio tú, conmovido, atemorizado. No te será difícil creer que hubo llantos histéricos en cada uno de aquellos aquelarres.

—¿Y entonces fue que se despertó en ti la vocación sacerdotal? —instó Aníbal, a quien el relato de Ivo le parecía francamente macanudo.

—No, nada de eso —Ivo abrió unos ojos de espanto—. Yo sólo pensaba en ese momento que los lagrimones de Mónica estaban mojando la silla donde me tocaba en un momentito sentarme a mí.

—Desgraciado.

—En mi defensa deberé decirte que en la misa final, después de la confesión de Carlos Salarriaga y todo eso, pensé que el Señor iba a descargar su cólera divina contra mí por ser tan indiferente y poco permeable a sus mensajes. Llegué a sentirme francamente mal por no estar alborozado como los demás. Hasta Ramón estaba emocionado. Pero a la semana siguiente, cuando volvíamos para inscribirnos en algunas actividades de ayuda social y vainas por el estilo, me encontré con el padre Casimiro. Estaba apoyado en una baranda del segundo piso y desde allí miraba hacia nosotros, bulliciosos, juveniles, alborozados, compartiendo nuestra recién estrenada fe en Cristo. Confieso —dijo dándose un golpecito en el esternón—: Fui a ver si encontraba a Katia. El padre Casimiro no se dio cuenta que era observado por este pechito y, ¿esas cosas, no?, en un periquete yo estaba a su lado. El síndrome de Pat O'Brien. No me dijo nada, se limitó a invitarme un cigarrillo y ahí nos quedamos, fumando y mirando hacia el patio donde estaba la gente. Más o menos así fue. De mi familia sólo había ido Mónica y la verdad no tenía ganas de bajar a conversar con ella. Eso estaba pensando, lo juro, pero sin embargo me encontré confesándole a Pat O'Brien que durante la clausura de Eje no había llorado como todos, que me sentía fatal por ello y que algo en el mundo me dolía, pero era incapaz de encontrar el camino a Dios.

—Amén.

—El padre O'Brien sonrió con una benevolencia algo tristona y me dijo: «Ah, si el mundo se construyera con lágrimas..., ¿cuántos de estos chicos crees que volverán por aquí, Ivo? ¿Cuántos me dirán lo que tú?».

—Vamos, que fue más o menos como aquello de te llamarás Piedra y sobre esta piedra..., etcétera.

—Acabas de hacer añicos uno de los pasajes más profundos de mi vida, grandísimo hijo de puta, pero tienes razón. En el fondo yo estaba orgulloso de que el cura me tratase así, casi como el adulto que a esa edad todos queremos desesperadamente ser. Y además sus palabras fueron directas a mi vanidad, pulsaron las cuerdas para que vibrase la melodía secreta de mi vocación sacerdotal.

—Entonces allí fue.

—Vana ilusión la de querer cuantificar todo, caro Aníbal de mis pelotas —suspiró Ivo—. Bueno, sí, si quieres fecha y hora, allí fue. El quinto de media lo hice en el seminario. Mi estancia allí acabó por un asunto más bien vulgar. Roco Uceda llevó marihuana y nos dio a probar a unos cuantos. Eso ocurrió a medio año más o menos, cuando ya había descubierto Queen y Camel gracias a un cura bastante moderno y algo joven que nos daba Escatología. La verdad es que cada vez me resultaba más difícil imaginarme casto, y además empezaba a cansarme de tanta austeridad. Por no hablar de las grandes dudas, tema para rato. El caso es que la grifa fue el desencadenante. La segunda noche que Suárez, el loco Pastrana y yo nos prendimos en una habitación abandonada nos ampayó el director porque seguramente alguien tiró dedo. Más que fijo. Roco juraba que era el gordo Berróspide, un mariconcito de mierda que quería llegar a ser Papa, y le pegó tal pateadura que casi lo manda al hospital. Lo agarró en la iglesia. El gordito estaba orando fervorosamente hasta que lo levantaron de una patada en el culo. Se le hizo mierda la espiritualidad del momento. Felizmente había pocos fieles, apenas unas viejas que huyeron de allí empavorecidas por los gritos y las palabrotas. Si aún viven deben estar persuadidas de que Roco era el Anticristo, un verdadero demonio echando espumarajos de rabia y pegando tremendos patadones en el casto culo de Berróspide mientras se cagaba en su quinta generación. Sólo pudieron reducirlo entre tres seminaristas y el padre Gibb. Lo malo es que el pobre padre, que era un viejito frágil y tembleque, se ganó una trompada perdida en la confusión que lo hizo volar al otro extremo de la iglesia. Dos horas inconsciente. A Roco, que ya estaba expulsado como nosotros, lo amenazaron hasta con la excomunión. Pero su viejo soltaba una buena guita anual para el seminario y todo se arregló civilizadamente. Siempre me he preguntado por qué quería ser cura ese búfalo. Ahora tiene una gasolinera en La Victoria, ¿sabes?

—¿Y la devoción tuya, entonces? ¿La indignación social, la lucha contra la injusticia? —preguntó Aníbal con una pincelada de burla en sus frases.

—Se fue a la mierda —dijo Ivo lanzando una piedrecita contra la noche y sin poder evitar que su voz sonara avinagrada.

Esa noche, cuando Aníbal terminaba con remordimientos *La muerte de Artemio Cruz,* a expensas del *Antidüring* que debía estar leyendo para sus clases, María Fajís llegó a casa con el niño.

Era un chiquillo que parecía haber vivido veinte años entre los seis y los nueve, donde con probabilidad se encontraba. Tenía el cabello cortado al ras y en el cráneo se le notaba la cartográfica precaución de la violeta gensiana con que alguien lo había salvado de liendres y piojos; los bracitos flacos y de codos puntiagudos escapaban de una camiseta cuyo cuello desbocado le daba un aspecto de Rigoletto, de bufoncillo triste; los ojos brillantes y esquivos destacaban en la grisácea inmovilidad del pequeño, donde sin embargo parecía aletear contenida una viveza erizada de temor y suspicacia. Olía a infinitos sudores superpuestos, a remedio y legumbres.

—El Apra es una mierda —dijo Aníbal, pero María Fajís lo miró muy seria. Desde que entró a la casa no había soltado la mano del niño que parecía sentirse protegido y no obstante al acecho, temeroso de que aquella misma mano que lo llevaba a la cocina pudiese cerrarse y golpear, crisparse en un puño para abrirse luego en una, dos, tres bofetadas.

Aníbal se quedó mirando la puerta antes de cerrarla con lentitud y caminó hacia la cocina donde María Fajís había puesto leche en una olla pequeña y rebuscaba panes y platos en un armario. De vez en cuando miraba al niño como temiendo que huyese o desapareciera.

—Qué hay, viejo —le sonrió Aníbal con timidez, apoyado en el marco de la puerta y observando el inquisitivo silencio del niño que se había sentado en un banco y tiritaba en el calor de la cocina. Aníbal cerró la puerta que daba a la terraza pero de inmediato comprendió que de allí no venía el frío. No era absurdo pensar en el miedo y en el hambre que venció al miedo.

María Fajís preparaba unos panes con mantequilla y vigilaba la leche. De cuando en cuando miraba alternativamente al niño y luego a Aníbal, como pidiéndole una explicación o reprochándole algo. Al menos así lo entendió él, que se encogió de hombros y enganchó con un pie el banco que sobraba antes de encender un cigarrillo y contemplar el perfil revejido del pequeño que olfateaba la leche. Pensó en la charla de la otra noche con Ivo. ¿Cuál era la vocación redentora? ¿La guerrilla o el sacerdocio? Qué carajo, ninguna, por supuesto.

—Cuidado te vayas a quemar —advirtió María Fajís colocando la taza frente al niño. Luego puso el plato de panes y se apoyó contra el fregadero cerrándose la chompa como si ella también tuviese frío. Y no sería raro, porque dentro de poco nosotros también vamos a estar como este chibolo, pensó Aníbal sacando cuentas a una velocidad pasmosa cuando se percató de que ya estaban nuevamente a fin de mes.

El niño parecía ignorarlos, bebía ruidosamente, se llenaba la boca con pan y balanceaba las piernas que apenas tocaban el suelo. A veces hacía una pausa y respiraba, pero Aníbal comprendió que todo estaba medido, la pausa no era disfrute sino aliento, reconcentrar fuerzas para seguir masticando lenta, obstinada, precisamente. Sólo el balanceo de las piernas huesudas y carcosas delataba algo tan antiguo como el gozo, un ritmo desvergonzado de baile arcaico que era también como un insulto, pensó Aníbal entregándole el cigarrillo a María Fajís; como un insulto a ellos que no sentían frío en la cocina de ventanas cerradas. Pero había algo más que se le escapaba a Aníbal, algo que le fastidiaba en la boca del estómago, algo que tenía que ver con el descaro del pequeño para comer. Manoteó el silencio espantando no sabía qué. Recordó cuando el doctor Jiménez le revisó aquella maldita muela que lo tuvo en jaque toda una semana y le dijo que no era ésa la mala sino la de arriba. «Dolor reflejo», había explicado el dentista.

Pero esto no era dolor, por qué se iba a engañar, a quién iba a engañar. No le dolía como le dolía a María Fajís, se le notaba en el envés de los gestos a la pobre, tan

Nightingale, tan Cruz Roja Peruana, tan Unicef, con su chompita azul de monja buena y su belleza de cuento de hadas. Lo suyo en cambio no era dolor pero sí reflejo, y eso era precisamente lo malo, porque el dolor se combate, se toma, aspira o se anestesia, se hace la guerrilla o se invita leche, pero el reflejo puro, el reflejo en estado reflejo, reflejo de nada, bote pronto ontológico, rebote condenado a una eternidad sin paredes, abstracción inadmisible, ¿cómo se combate?

El niño apartó el plato y la taza casi al mismo tiempo. Lo hizo con una delicadeza doblemente horrorosa, porque le quedaban mal los gestos limpios y porque esos gestos educados lo devolvían brutalmente a una humanidad a la que parecía haber renunciado mientras comía, haciendo evidente lo indigno que puede ser el hambre, reflexionó Aníbal sorprendido de su crudeza.

—Gracias —había dicho el niño con una sonrisita de comisuras blancas, apuradamente instalado otra vez entre los vivos.

«El hombre se diferencia de los animales porque bebe sin sed y ama sin tiempo», recordó involuntariamente Aníbal prometiéndose no volver a leer a Ortega y Gasset. María Fajís seguramente había estado pensando algo parecido. Por eso se tapó la cara para llorar.

El niño se puso en pie de un salto, intuyó en el llanto un puño cerrado, una bofetada; no comprendía en todo caso, pero no era necesario comprender para buscar la puerta con los ojillos desorbitados por el miedo. Aníbal terminó de joder todo estirando una mano hacia el pequeño, que se encogió como preparando el cuerpo para recibir un golpe.

—¡No, no, chiquito! —dijo María Fajís con una voz asombrosamente rota y abrazando al niño como en una estúpida película hindú—. No, no, chiquito, chiquito, chiquito —se le iba la voz en un ahogo gutural y el niño miraba hacia la ventana, aterrado e inmóvil, dejándose acariciar por María Fajís, que se pasaba el dorso de la mano por las mejillas e intentaba sonreír al abrazarlo con fuerza.

—Con-cha-de-su-ma-dre —vocalizó Aníbal como cada vez que algo se le escapaba del cartesianismo que esgrimía con más entusiasmo que convicción. Sintiéndose como en un sueño arrancó a María Fajís del cuerpo inmóvil del niño y la dejó llorando, aferrada a la palabra «chiquito».

Love story podría ser un espectáculo de varieté al lado del cuadrito que escenificaba María Fajís arrodillada en el piso de mayólica negra, con las manos apretando ahora los ojos que habían visto por primera vez, se dijo Aníbal acariciando la cabeza de erizo violeta mientras lo conducía afuera y colocaba unos billetes en la manito perpleja del niño, que no esperó a que Aníbal abriera la puerta del todo y se escurrió por el primer ángulo que dejó entrar el frío oscuro del pasillo. Aníbal lo escuchó bajar a la carrera, luego la puerta del edificio se abrió violentamente y después una nada en la que flotó largo rato el olor ácido de legumbres descompuestas. Si no hubiera sido porque María Fajís continuaba llorando en la cocina, extraviada en el laberinto de sílabas repetidas una y otra vez, chiquito, chiquito, Aníbal hubiera jurado que todo fue una alucinación, que él todavía estaba en la cama viendo cómo caían los jinetes de Villa, oyendo la voz entrecortada del capitán Cruz negándose a admitir una derrota, completamente sumergido en la novela mientras esperaba a que María Fajís regresara de donde su madre, y entonces todo era la rutina calma, esa deriva deliciosa a la que ellos se entregaban sin saber comprender, sin querer admitir la minuciosa infamia que los acosaba.

—De no ser por la efectividad que hasta el momento ha demostrado el Triquilar, juraría que estás embarazada —intentó bromear, pero sólo consiguió sentirse bastante imbécil.

Acercó un vaso de agua, la obligó a beberlo, le acarició el cabello sentándose junto a ella, rodeándola fuertemente con los brazos, extraviado él también en frases sin sentido, en arrullos torpes y elementales que poco a poco iban surtiendo su efecto porque María Fajís espaciaba ahora los sollozos, cancelaba una a una sus cuotas de dolor, miraba con los ojos enrojecidos pero ya secos el banco donde había estado sentado el niño (¿pero realmente hubo un niño sentado ahí?, se asombraba Aníbal). Allí se quedaron todavía un buen rato, dejando que el silencio fuera tejiendo su lenta labor de olvido, contemplando a ratos el banco donde Aníbal dudaba, con algo que empezaba a parecerse mucho a la esquizofrenia, si efectivamente alguna vez hubo un niño sentado allí.

El gato apareció en la cocina con su andar redondo y afectado. Los miró más allá de toda duda y se ovilló contra el horno, satisfecho y lleno de gatitud hacia la vida.

—¿Se puede? La puerta estaba abierta —asomaron los rostros de Elsa y Mauricio en la cocina—. Hemos traído vinito.

¿Pero quién carajo era el tal Romero?, bostezó Mauricio acurrucando a la Chata contra su pecho. La verdad, a esas horas de la noche le importaba un pito saber si se trataba de un viejo atrapado en la mezquindad de su rutina de jubilado, un solterón maniático y solitario o un maricón maduro, porque para él la soltería a esa edad normalmente conllevaba el ejercicio de la marico-

nería. No daba esa impresión, retrucó Aníbal sirviendo
más café, a ver si así reaccionaban Mariafá —que seguía
tristísima por lo del niño— y Elsa, que empezaba a pegar
unos bostezos de la gran flauta. Más bien parecía un outsider, un personaje de Ribeyro. Era tan calvo, tan escu-
rridizamente anodino, tan insignificantemente gris y tenía tal cantidad de libros que no encajaba en ninguna
categoría a excepción de las literarias, añadió Aníbal des-
tapando una botella de aquel excelente pisco de producción familiar que el flaco Benavides le enviara de Arequipa
por su cumpleaños. A ver, que explicara, hermano, propuso Mauricio sin mucho entusiasmo; ya se sabía que
cuando a Aníbal le daba por especular acerca de alguien
no había más remedio que escuchar sus teorías sin obje-
tar mucho porque si no las cosas podían acabar con la
madrugada metida como una cuña en el fondo mismo
del cansancio. El hecho de que Romero tuviera una biblioteca acojonante apenas si le confería un soplo de
enigma a una situación por demás trivial, pensaba Mauricio; probablemente sólo era un vendedor de libros de
segunda mano, pero para Aníbal, que hablaba haciendo
girar un cigarrillo enfático y llenando de humo sus palabras, el asunto era un golpe en el corazón mismo de lo
baladí. Nadie podía ser un simple jubilado con esa biblioteca que el azar de una puerta abierta le hizo entrever
hacía unas semanas. Había libros sobre una mesa grande
y solemne, y en otra más, improvisada sobre unos burros
de madera; la visión de aquello y cierta irrefrenable y
pueril curiosidad hicieron que Aníbal detuviera sus pasos
antes de asomar vacilante la cabeza para husmear a fondo: aquello parecía una de esas viejas librerías de Azángaro
o La Colmena, flotaba en el aire el mismo aroma a moho
y erudición. Además de las mesas donde se apilaban cientos de volúmenes de todos los tamaños, se levantaban,

arqueadas por el peso, tres estanterías que rozaban el techo. Todas llenas a tope de libros. Maravillado, hechizado, Bastian Baltasar Bux casi mete un pie en aquella desmesura borgiana, sin saber si había alguien o no, pero un ruido mínimo proveniente del extremo de la casa lo devolvió abruptamente a la realidad, escapó de allí a trancadas y llegó a su departamento con el corazón desbocado.

Desde entonces la imagen ratonil y asustada de Romero lo asaltaba furtiva, dotada de cierta aureola legendaria o mágica, proyectándose como un enigma que era necesario resolver. ¿El profesor de Historia Comparada separado de su cátedra por alguna oscura intriga política y condenado así a una vida estéril? ¿El erudito que eligió el anonimato, hastiado por la incomprensión de su tiempo y su país? ¿Un intelectual excéntrico? Qué profesor ni qué huevada, dijo Mauricio contundentemente e interrumpiendo las divagaciones de Aníbal, un pobre vendedor de libros de segunda mano y nada más. No tenía pinta de erudito, admitió María Fajís saliendo a flote de su tristeza, eso era cierto. Aníbal la miró con desdén, casi acusándola de traición a la patria, ¿no tenía pinta, cariño? A ver, que le explicara cómo era la pinta de un sabio, ¿como el papá de Indiana Jones, más o menos? Encendió un cigarrillo y bebió el resto de pisco que quedaba en su copa. A él le parecía todo muy extraño. Bueno, dijo Mauricio removiendo a Elsa, que había quedado definitivamente k.o. en sus piernas, Chata, no te duermas, y si fuera un profesor universitario o un erudito sin chamba, ¿qué? No se trataba de qué, carajo, sino de por qué, explicó impaciente Aníbal, empecinado como un arequipeño y levantándose de su asiento para caminar alrededor de la salita. Porque no sólo era la cuestión de los libros, nononono, también estaba aquello que le dijo la vieja Lucía a Mariafá la otra tarde, algo sobre una extraña amistad entre el marido de la doña y Romero. Y unos chicos que vienen los jueves a su casa. También hubo un largo viaje al extranjero, susurró en el oído de Mauricio, apoyándose en el respaldar del sofá donde estaba sentado. Ay, Aníbal, suspiró María Fajís soplándose el cerquillo, no inventes cosas: no hubo un laaargo viaje al extranjero, sólo que el señor Romero vino de fuera del país, eso es todo. Pues eso, dijo Aníbal sirviéndose otra copita de pisco que secó de un trago antes de confundirse y decir disculpa, hermanito, y llenarle la copa a Mauricio que alargaba la suya. Libros, ocho años en la más absoluta soledad, un viejo pacto de amigos, un viaje al extranjero..., la intriga estaba servida. Se volvió a sentar en el sofá desperezándose, divertido por el silencio de Mauricio y María Fajís que intercambiaron miradas. Y si a ellos no les interesaba saber cómo y por qué había llegado hasta allí ese venerable señor, a él sí, dijo cruzándose de brazos y volviendo un rostro vindicativo hacia ellos. La Chata murmuró esponjosas incoherencias desde el sueño en que navegaba y Mauricio le acarició los cabellos, escuchando a medias los planes de Aníbal, su terca decisión de conocer a como diera lugar a aquel viejo que probablemente —insistió por tercera vez— sólo era un vulgar vendedor de libros, un profesorcito de tres al cuarto que se ganaba los cobres dando clases particulares. Pero en el fondo, como el avance lentísimo de una oruga, la curiosidad empezaba a tenderle sus trampas, qué carajo, así era el espíritu periodístico; hubo de admitir que Aníbal tenía razón, había algo extraño en toda esa historia, aunque en el fondo a él qué le importaba, volvía a replegarse en sí mismo: tenía la cabeza a mil kilómetros de allí, después de la sorpresita que había recibido hacía unos días en la radio, maldita sea, quizá le estaba dando demasiada importancia a esa huevada, no era cuestión de dejarse ganar la moral. Miró su reloj con expresión fatigada, bueno, murmuró dándole un coscorroncito a la Chata, ya era hora de irse, si a Aníbal no le importaba, que por favor los acercara hasta Larco, pero María Fajís se levantó del sofá y dijo ni hablar, los llevamos, ¿no Aníbal?, y luego al gato, que observaba en un silencio discreto desde la puerta de la cocina, cuando ellos ya se iban: y usted, quédese a cuidar bien la casa, ¿eh?

En el trayecto hubo más bostezos que frases. Putearon sin muchas ganas contra Alan García, comentaron flojamente el asunto de la huelga de los maestros y luego se sumieron en un silencio lleno de humo y letargo. Dejaron a la Chata en su casa y luego enfilaron hacia la Vía Expresa, para alcanzar a Mauricio hasta la radio. ¿A esta hora?, preguntó Aníbal dándole una pitada al cigarrillo que María Fajís ponía entre sus labios. Mauricio masculló que sí, debía revisar qué carajo habían hecho los reporteros porque si el noticiero mañana salía mal lo cafeteaban a él, pero casi en contra suya hubo de admitir que no entraría al trabajo, como se propuso desde que dejaron en casita a Elsa; en realidad sólo quería un tiempo para estar solo y pensar. Les hizo adiós desde la puerta de la emisora, y cuando el Toyota de Aníbal dobló la esquina para coger nuevamente Aramburú se encaminó en sentido contrario, silbando despacito algo de Sting. Casi en la puerta del colegio Alfonso Ugarte, sintió la contracción en la garganta, algo como un dedo violento que lo obligaba a replegarse como si fuera a vomitar. Sí, una visita al negro Cuenca, pensó.

Hubo un tiempo en que vivir consistía en dejarse resbalar por un tobogán ondulante y liso, el rostro enfrentado al viento y los ojos cerrados mientras duraba ese deslizarse delicioso que acababa siempre en salto feliz sobre la arena, inmensamente lleno de gritos y quesohelado, esos domingos por la tarde en el Club Internacional; un tiempo almibarado como el algodón de azúcar que dejaba una saliva dulcísima y glucosa, deshecha por la Socosani fresca y exultantemente elemental, como sólo puede serlo el agua en la sed de los nueve años.

En el Inter lo esperaba Diego, y Aníbal no se explicaba cómo demonios se las arreglaba para llegar antes que él, si vivía en el otro extremo de Arequipa, allí donde ahora se alzan las casonas blancas y modernas de Sachaca. Apenas se descubrían el uno al otro, y casi sin mediar palabra, estimulados por una consigna tácita de amistad viril, pugnaban a toda carrera, a ver quién llegaba primero esta vez al terral donde se levantaban los juegos, trepaban en el laberinto de cubos cuyos rojos y azules descascarados que mostraban el esqueleto de fierros por donde encaramándose sin mucha dificultad alcanzaban una cima horizontal para sentarse a contemplar la campiña: un río de árboles y verdes intensos que cortaba en dos la ciudad, al fondo el Chachani y el Pichupichu, pero en el medio, majestuosamente indiferente a la altura de sus vecinos, se erguía el Misti, aristocrático y blanco. Con Diego habían jurado escalarlo algún día que la ingenuidad de sus años consideraba no muy lejano. Muy temprano se encontrarían en la Plaza de Armas, con las mochilas a la espalda igual que los gringos que llegaban a Arequipa desplegando mapas y hablando su extraño idioma de suaves maullidos. Era arriesgadísimo porque el Misti, explicaba Diego, es mucho más grande de lo que parece, y además, si llegaban arriba, podían caerse en el cráter donde bullía aterradora lava incandescente. El asunto de la lava lo traía medio preocupado a Aníbal, pero siempre prefirió no comentarle nada a Diego, esos mecanismos que se fabrica el orgullo, y así, planeando la expedición al Misti, se pasaron todo un verano en el Inter, haciendo competencias en la piscina y también carreras para treparse a los cubos una y otra vez (el estado físico era importantísimo), y jugando a los piratas cuando a Diego le regalaron por su cumpleaños un libro de Sandokán que traía fascinantes ilustraciones de furiosos abordajes y lánguidas princesas secuestradas. Pero al verano siguiente el padre de Diego, que era diplomático, se fue de cónsul al Uruguay. Diego le dejó el libro de Sandokán y también —pero sólo en enfiteusis, o algo parecido, porque dijo «te la dejo hasta que regrese y a condición de que me cuides a mi hámster, ¿de acuerdo?»— la colección, algo estropeada ya, de mariposas y escarabajos disecados que Aníbal siempre había envidiado con obstinación y paciencia.

Como ya no había con quién jugar porque entre ellos creció una amistad que los volvía cómplices y los excluía de los demás chicos del Inter, Aníbal se fue aburriendo en el club, aunque sin mucho trauma ya que ahora las tardes resultaban estupendas leyendo *Los tres mosqueteros* o *El prisionero de Zenda,* y así era más fácil encajar ese primer golpe de la ausencia. Hubo más amigos, claro, más piratas (aunque resultaba difícil iniciarlos en Salgari; preferían invariablemente la acción sin sutilezas y a grito pelado, la praxis sin filosofía, jamás leerían a Gramsci, eso estaba claro, pero en aquellos años Aníbal sólo podía transigir y avivarse para que no se le amotinaran, al mismísimo Tigre de la Malasia le había ocurrido alguna vez). Y también hubo más competencias en la piscina, pero de súbito ya se encontraba en la de los grandes, donde entre chapoteo y chapoteo de tarzanes flaquitos y jubilosos siempre había tiempo para mirar a las chicas en bikini, imágenes de agua que luego quedaban flotando en la noche, piernas y senos, sonrisas y rostros de los que Aníbal se adueñaba en secreto y que le iban disolviendo poco a poco la confusión y el miedo inicial cuando su mundo se pobló de mujeres: de pronto fueron los quince años, los dieciséis, y Ana María Blacker bailando con el imbécil de Azcueta en la fiesta de promoción, la certeza de que jamás se recuperaría del golpe y Dionne Warwick cantándole *I know I'll never love this way again* y acompañando desde la casetera los largos sorbos de whisky ardiente que él iba bebiendo con furia y rencor, mientras aceleraba más y más, dueño absoluto de aquella carretera cuyo serpenteo antojadizo era casi una bendición para su agonía, y de pronto el Ford nuevecito del viejo hecho leña en una curva mal tomada rumbo a Tiabaya. No se mató porque Dios no sólo es grande sino arequipeño (aunque se fracturó el dedo pulgar, y con un par de copas encima aprovechaba para mostrárselo a cuanta mujer se le cruzaba en el camino, esperando quién sabe qué posibilidad de consuelo postraumático cuyo carácter retrospectivo trasladaba abiertamente el hecho al terreno de la pelotudez, al menos según Mauricio). El calentón de su padre duró más de un mes, pero fue disipándose con el aroma del adobo que mamá obstinadamente preparaba domingo a domingo para sepultar el asunto, porque la verdad, viejo, no es para tanto, y más bien agradece que tu hijo siga con vida y enterito, si ha sido un milagro.

El que seguía con vida y enterito, sin embargo, empezaba a darse cuenta de que el tiempo iba arrojando paletadas de un barro gris sobre los días, las semanas y los meses. La Salle acabó y con él el buenote del padre Iturri (en realidad se llamaba Iturriberrigoicorracotacoechea, Dios lo perdone, los vascos tienen la mala costumbre de llevar esos nombres), el hermano Domínguez, Cristo Pobre Arispe, Pepe Villar, el loco Vargas Prada, el cuy Chirinos, qué sería de ellos, en qué repliegue de la vida se quedaron, perdidos en esta feria cotidiana diana, qué me dices, las amistades eternas que se acaban de un verano para otro, como si los años que pasaron juntos hubieran sido sólo un ensayo de la vida empeñada en demostrarnos que nada dura lo suficiente como para vencer al olvido. Luego, casi inmediatamente y pese a que los negocios del viejo no marchaban nada bien de un tiempo a esta parte, Lima y su indiferencia de puta hermosa, su abrazo gigantesco y turbador, Miraflores para él solito en la pensión de Dos de Mayo (horribles guisos de la señora Álvarez, qué asco de domingos), el billar de Enrique Palacios, las noches en el bowling, los sábados en Barranco y casi todas las mañanas en La Herradura o en el Waikiki —gracias al Palomo Montes de Oca, el único de su promo que llegó con él a Lima, y el más pesado también, pero él tenía familia allí desde siempre, y además una hermana que no te imaginas—; sí, al Waikiki o a la playa a tomar sol, a zambullirse en las olas estruendosas, a tomar cremoladas que parecían hidrógeno líquido de tan frías, a frecuentar limeñitas que al conocerlo se reían un poco de su acento serraniforme, pero él no se quedaba atrás, arequipeño ni grande ni pequeño, y también les tomaba el pelo a las limeñitas con sus *poyos* y sus *pajariyos* y sus *kiojkos* que soltaban cada dos por tres, pero fue haciéndose pata de todo el mundo porque era más adaptable que una cucaracha, tanto que apenas si había un momento para escribir un par de cartas trimestrales y dar cuatro telefonazos, sí estoy estudiando, papá, sí voy a ingresar a la universidad, mamá, claro que los extraño, viejos, pero era falso, pues ni siquiera había tiempo para hacerlo de tanto ponerse al día con esta ciudad inmensa, nublada y gris que parecía seguir creciendo sin que Aníbal jamás llegase a sus extramuros. De súbito la muerte de papá, esas cosas que se te atracan en la garganta de sólo pensarlo: el recuerdo afable del viejo leyendo *El Comercio,* con la pipa eternamente apagada, lo alcanza como una bofetada sorpresiva, una sed de aire y calma que no llega, reproducción exacta y reiterada de esa primera soledad con mamá en el departamentito de Pardo que los tíos se encargaron de conseguirles a buen precio; los dos solos, sabiéndose imprescindibles el uno para el otro, confabulados para reinventarse una rutina liviana donde no encajaran tantos y tantos recuerdos dejados en Arequipa, como si en lugar de haberse trasladado definitivamente a Lima se hubiesen trasladado a una vida sin memoria, a un presente necesariamente sin ayer, adverbio de mierda.

De ahí en más el camino cuesta arriba era sólo cuesta abajo, un sendero de topo cediendo detrás de él a cada paso que daba hacia adelante (¿adelante es hacia adónde?), sin dejarle pretexto alguno para recomponer los socavones rutinarios por donde avanzaba miopemente, como suelen hacerlo los topos, sin tiempo para preguntarse por qué la universidad, por qué la insatisfacción, por qué Lima como una cárcel y Miraflores como una celda, por qué no saber por qué tantas preguntas, hasta quedar conforme con su inconformidad, aceptándola finalmente cuando consiguió comprar el carro con el poco dinero que se cachueleó enseñando en la Academia Agroperuana aquel primer verano de su vida de exiliado en Lima, y felizmente que su madre se decidió a vender el piano, anacrónico, absurdo, fúnebre, abandonado en la casa de Arequipa, que también se vendió porque ya para qué, ¿no?, de tal manera que eso supuso los cobres que faltaban para la compra del Toyota. Al principio apenas si taxeaba para apoyar los ingresos que conseguía en la Agroperuana; un poco para los cigarrillos, otro poco para mamá y otro poco para pagar la universidad (donde por fin empezó con los cursos de Derecho), porque todo sube año a año, mes a mes, semana a semana y ahora día a día; el escepticismo de saber que ahorrar no sirve para nada era el mejor estímulo para vivir la inmediatez, para comer, vestirse, gozar y hasta prever la inmediatez, y un buen día se encontró plenamente taxista, aburrido de enseñar la misma materia en la Agrioperuana, como ya empezaba a llamarla, ciclo tras ciclo y ganando cada vez menos, por mucho que el ministro de Economía se empeñara en convencerlo de lo contrario. De esa manera, como a sorbos, se fue bebiendo los últimos restos de una vida que empezó a diluirse como las lluviecitas sonsas que caen en Lima, encendiendo cigarrillos contra el crepúsculo y tomándose chelitas solitarias que servían para pasar el rato, para olvidarse o recordar la chamba de todo el día, el tanteo de las rutas y el tonteo de los pasajeros. Y luego del cigarrillo, el crepúsculo y la chelita, había que hacer acopio de valor y de entusiasmo para meterse de lleno en las clases de la universidad. Y así hasta que irrumpió la que duerme a su lado, y que apareció en el matri aquel del Terrazas donde lo llevó el Palomo Montes de Oca: linda María Fajís que él miraba y miraba sin decidirse a atacar, preparando una estrategia que se le iba llenando de whiskys porque la vio y le vino a la mente la palabra ajajá y no le quedó más remedio que aceptar que era ella, que siempre había sido ella y que, aun cuando ella misma no lo supiera, le estaba tendiendo las manos para que él se acercara. Lo malo es que Aníbal no sabía cómo acercarse y tuvo que sobornar a un mozo para conseguir la botella de champán, bastante maluco, pero era sólo un gesto simbólico, una forma de regar con espuma y burbujas algo tan especial como conocer a la que aún no se llamaba María Fajís y que sólo era una sonrisa con flequillo allí al fondo de la fiesta, en medio de varias amigas alborotadoras. Sí, eso fue poco tiempo después de conseguir este departamentito bastante barato en realidad, casi una ganga, y que él alquiló aprovechando que lo abandonaba un amigo chiclayano que regresaba p'al terruño. Además por esas fechas la tía Esther decidió acompañar a mamá, tan arequipeñamente sola en esta ciudad horripilante y sucia, querida, y el departamento de Pardo ya resultaba demasiado pequeño porque en realidad era un dúplex y, como su propio nombre indica, no servía para tres. Fue una suerte encontrar este juguete funcional que quedaba a tiro de piedra de cualquier sitio; fue una suerte porque la Mariafá terminó quedándose después de la trifulca con las madres, y el día que apareció en casa con sus dos maletones y la cara tristísima a él le dio mucha ternura abrazarla, saberla tan machaza como para enfrentarse a su madre, que se quedó más divorciada que nunca porque al viejo, en Nueva Jersey hacía una punta de años, no le importaba mucho su hija. Y ahí estaba ella, llorándole en el pecho, acurrucada para sentirse protegida, humedeciéndolo con sus lágrimas hasta dejarlo empapado de necesidad, de esta necesidad en la que se repliega ahora, en medio de una noche donde la preocupación cala a fondo y no lo deja dormir, ni pensar ni decidir, únicamente contemplar a María Fajís que ronca tan poco femeninamente a las tres menos cuarto de la mañana, carajo, y mañana hay que salir tempranito a chambear. Y en cinco días más a pagar el alquiler que otra vez había subido. Habría que pedirle dinero prestado a Ivo o a Mauricio. Mierda.

Normalmente era una delicia ver las manos morenas batiendo la coctelera donde crepitaban los hielos al disolverse con lentitud, los giros y quiebres del recipiente metálico estremeciéndose víctima del trance que el barman propiciaba, la inocente alegría de aquel ritual nocturno que empezaba con el primer pisco souer y la charla sicalíptica de Carlitos Cuenca, conversador, grone del Callao, quimboso y de manos inmensas y finas. Pero ahora Mauricio fumaba con los codos apoyados en la barra, distraído, observando sin entusiasmo el tablero de backgammon que el barman había puesto frente a él nada más verlo llegar. Esta vez había aceptado casi por inercia, porque cada vez que iba a Los Olivos se enfrascaba en aquel combate silencioso con Carlitos, quien servía copas, atendía con esmero a los escasos clientes de media semana, seguía con la mirada ávida a las chiquillas que frecuentaban el pub y se daba maña para plantear sus estrategias con movimientos rápidos y angulosos, estrategias que Mauricio deshacía con habilidad entre sorbitos de pisco souer y profundas pitadas de cigarrillo. Pero ahora ya llevaba dos partidas perdidas inocentemente y un par de pisco souers que se le estaban trepando de mala manera, de forma que cuando el negro le puso la última copa, él cogió una ficha marrón y la colocó de canto antes de hacerla rodar por el tablero de terciopelo.

—Paso, Carlos —le dijo con la lengua algo trabada.

El barman empezó a secar vasos de highball y copas que colocaba cuidadosamente, colgándolas como estalactitas tintineantes sobre la barra. De vez en cuando caía una gota temblona cerca a los dedos de Mauricio, pero apenas duraba una fracción de segundo antes de ser devorada por el trapo blanco que Cuenca pasaba una y otra vez sobre la superficie de madera.

—¿Mucha chamba hoy, jefe? —preguntó Carlitos mirándolo de reojo mientras hacía una especie de venia burlona a una pareja que entraba al pub.

—Sí —dijo Mauricio levantando la copa con ambas manos para beber un sorbo mezquino de pisco souer.

Luego se volvió en el taburete y miró hacia las pocas parejas que bailaban bien aparradas en la pista.

Se llevó un cigarrillo a los labios y casi de inmediato sintió el calor de la lumbre que le ofrecía el barman. También percibió la mirada curiosa de éste, el gesto eficiente y automático de recoger las fichas, guardar el tablero de backgammon y luego frotar la superficie de la barra como si estuviese intentando borrar las huellas de tantos dedos como los suyos, de tantas noches sirviendo copas a individuos como él, seguramente cansado de escuchar confidencias, y sin embargo dispuesto, cortés, eficaz, como si fuese parte de su trabajo sumergirse en el humo ajeno de miles de cigarrillos, ay, carajo, qué le podría aconsejar Carlitos Cuenca en una situación así, qué chucha iba a saber el negro. Quizá debió haber hablado con Aníbal, invitarlo a tomar unas chelas y soltarle el asunto así como quien no quiere la cosa. Pero Aníbal, debido a ese abominable y tácito pacto conyugal donde quedan abolidos todos los secretos, se lo habría soltado de inmediato a María Fajís, quien, debido a ese abominable y tácito pacto amical donde quedan abolidos todos los secretos, hubiera corrido donde Elsa y entonces el maldito boomerang en que acaban las confidencias, cómo no me lo dijiste, para qué somos enamorados, qué barbaridad enterarme por una amiga y no por ti, etecé, etecé y más etecé. O quizá lo único que hubiera hecho Aníbal habría sido burlarse con todo esmero —y probablemente con razón— al desmentirle esa absurda sensación estropajosa que siente en la guata desde que ayer por la tarde, nada más llegar a la radio, le entregaron la correspondencia, y entre las cartas rutinarias de asociaciones de vecinos, clubes de madres, jefes de prensa de partidos políticos y managers de cantantes de tres al cuarto, se encontró con aquel sobre manila. Todo era tan cotidiano, tan menudo, tan martes después del café y un cigarrillo entre los labios hasta que sacó el póster doblado cuidadosamente en cuatro partes y lo desplegó sobre su escritorio como si se tratase del plano donde buscaría orientar el presentimiento horrible que desde el fondo del estómago le empezó a subir despacio al adivinar lo que encontraría: el dibujo algo naïf de fondo rojo, la masa campesina y combativa avanzando del campo a la ciudad, la justiciera silueta de Túpac Amaru, la hoz y el martillo; el MRTA que cortésmente le enviaba aquel afiche sobre la guerrilla y una cartita toscamente mecanografiada sobre la postura radical que ellos asumían contra el gobierno corporativista, macartista, proburgués y putamadresco de Alan García. Más o menos. Cuarenta líneas que terminaban *con el ruego de su difusión.* «Vaya», había silbado él, y Montero, que estaba cerca, se volvió. «Al menos son educaditos estos pendejos», le dijo mostrándole el póster.

Quizá no le hubiera dado tanta importancia, sonrió bebiendo un sorbo de pisco souer, si el rostro de Montero no hubiese cambiado tan violentamente de color cuando Mauricio le colocó la carta en las manos. Seguramente pensaba en Pepe Cardoso, claro, cómo no pensar en Pepe Cardoso. Mientras Montero leía la carta, Mauricio se apoyó contra el escritorio y encendió un cigarrillo antes de doblarse por culpa de una arcada violenta que le llenó los ojos de lágrimas, murmuró unas disculpas, últimamente andaba un poco malo. En ese momento se acercaron Infante y Larrazábal con sus grabaciones, apurados porque el noticiero empezaba en diez minutos, y Montero les enseñó el póster y la carta sin decir palabra. Parecía más muñequeado que el propio Mauricio. Puta, dijo Larrazábal acercando unos ojos miopes hacia la carta, ¿se lo habían enviado a Montero? No, dijo éste, es para el amigo Mauricio, e intentó sonreír poniéndole una mano terapéutica y fraterna en el hombro, pero ya Mauricio estaba cogiendo las cintas de los reporteros, bueno, los comentarios para después, ¿ya tenían listos los gorros de sus grabaciones?, ¿sólo había diez de internacionales, Infante? Le pegaba una patada en el culo ahora mismo si no le entregaba por lo menos dos más para la segunda mitad del noticiero, que se enganchara a Eco y pirateara algo, y se dirigió con las cintas y algunos cables a la segunda planta, consciente como nunca de las miradas que lo seguían. En sonomontaje Pepe Castillo ya estaba poniendo los jingles del noticiero y ordenando los cartuchos. Detrás del cristal, buceando en aquella placenta artificial y mullida de la cabina, la gringa Carola y Beto tenían los cascos puestos, revisaban sus notas, parecían esperar confiados a que Mauricio levantara el pulgar en un gesto de okey y se encendiera la lucecita roja que los devolvía con sus voces moduladas y teatrales al mundo real. Hoy esperaban llamadas de la gente por el asunto de la huelga de maestros, ¿cuántos teléfonos habían abierto para la calle?, le preguntó a Pepe Castillo, y éste le mostró tres dedos sin dejar de atender a la cabina donde Beto empezaba a leer los titulares. Mauricio encendió otro cigarrillo con la colilla del anterior e hizo un esfuerzo por concentrarse en el guión, pero las letras azules de la copia que tenía en las manos se le desenfocaban y entonces veía la hojita blanca, las reivindicaciones, el lenguaje acartonado de la subversión, ese atento y obsequioso *con el ruego de su difusión* al final de la carta que era, más que una amenaza, una promesa de amenaza. ¿Era o no era noticia?, ¿cuántos más habrían recibido cartas semejantes? Mandarlos a la mierda, terrucos hijos de puta, a la hora de su comentario apenas haría una brevísima mención, no darle demasiada importancia a la vaina, buscar como un equilibrista el punto medio entre la obligación periodística y la negativa al chantaje encubierto. Luego, cuando empezaron a sonar los teléfonos insistentemente, se olvidó un poco de todo, no era cuestión de hacerles caso.

—¿Otro piscacho, jefe? —escuchó la voz amable de Carlitos Cuenca—. Ésta es invitación de la casa.

Ya tenía la copa ventruda y helada frente a él. Sonrió con esfuerzo a las manos negras que le encendían el cigarrillo. Eso era, emborracharse como quien se enjuaga el malestar, la velada sensación de esas tenazas en la boca del estómago, no pensar, no recordar la llamada, Mauricio, ésta es para ti, cuando a la media hora del noticiero Castillo le extendió el teléfono y él casi no tuvo tiempo de colocar una sola palabra sobre aquel silencio falso donde alguien jadeó repetidas veces. Castillo se sobresaltó al escucharlo carajear con tanta rabia, ¿qué pasaba, Mauricio?, y él nada, nada, algún huevón pasándose de pendejo. Colgó con furia y encendiendo el micrófono interno les dijo a Carola y a Beto que ya no recibían llamadas, eran suficientes por hoy, mañana continuaban con la huelga y a ver si el maricón del ministro aceptaba una entrevista aunque sea telefónica. A la hora de su comentario cambió destempladamente de idea y dejó el texto que tenía preparado sobre la huelga para empezar a componer lentamente los hechos. Habló con liviana jovialidad sobre la recepción de la carta y ensayó algunas burlas acerca de la amenaza de los terrucos, se oyó especular respecto a los riesgos que aquello significaba para la democracia, diciéndose mentalmente que así les estaba respondiendo, jódanse, terrucos de mierda, a mí no me van a asustar con sus pendejadas, y se enfrascó por último en una crítica dura contra la actitud del ministro de Educación ante la huelga de los maestros. Montero se había acercado a sonomontaje y desde allí, con los brazos cruzados, lo contemplaba absorto.

Al acabar el noticiero Beto y Carola, al igual que Castillo y algunos más que todavía estaban en la emisora, se le acercaron para comérselo a preguntas, ¿de veras lo habían amenazado?, qué machazo era para decir lo que había dicho, y todos querían ver el póster que Mauricio exhibió casi como un trofeo, todos querían leer la carta, todos querían escuchar una vez más lo de la llamada, pasu diablo, lo tenían en la mira, y él no le daba mucha importancia, se encogía de hombros, aceptaba casi contento esas congratulaciones que tenían algo de pésame. Cuando por fin se fueron, Montero continuaba ordenando remolonamente su escritorio. Al ponerse el saco se volvió hacia él con una sonrisa extraña y le dijo crípticamente que le felicitaba, algunas cosas se hacían al cien por cien o no se hacían, hasta mañana, cholo, y Mauricio no supo exactamente por qué se quedó con ganas de clavarle un puntapié en medio del culo. Luego, ya metido en la camioneta de la radio, enfurruñado en el asiento posterior y sin escuchar las anécdotas de Castillo ni la charla pesada de Beto, descubrió que su actitud frente a los micrófonos no había sido una respuesta, ni ese dictado imperioso de la conciencia que le creyó encontrar a su rabia personal contra los terroristas. Claro que no, tuvo que admitir ahora, en toda aquella artillería ligera que lanzó contra el MRTA había una pizca de complacencia, una actitud poco beligerante sobre la que pesaba como un fardo la claudicación soslayada.

—¿Ha visto ese par de chibolitas que acaban de entrar, jefe? —escuchó la voz golosa de Carlitos cerca de él.

Movió la cabeza afirmativamente y se dedicó a mirar la pista de baile, las luces rojas y verdes que se alternaban sobre las siluetas danzantes pensando que, como hacía mucho tiempo no le ocurría, necesitaba fumarse un tronchito. Empezó a silbar muy bajo algo de Sting.

Y seguramente el maricón de Aníbal a estas horas estaría durmiendo tranquilito.

Aníbal se dio vuelta en la cama y a tientas buscó los cigarrillos sobre el velador. De nada le había servido quedarse leyendo en la sala, intentando hacerles el quite a las preocupaciones, porque al cabo de un momento, advirtiendo que no se estaba enterando de nada, decidió sumergirse en la cama donde ya María Fajís roncaba envidiablemente. Los cigarrillos, eso era: su mano palpó miopemente, al principio tropezando con todo, luego ambientándose con docilidad. Era curiosa esa orientación nictálope que poseen las manos, la destreza a control remoto de los dedos dubitativos discurriendo entre obstáculos siniestros que la luz de la mañana devolvería a una existencia inanimada e inocente: la bomba de tiempo del reloj despertador, una edición ajada de *La Colmena,* el papel platino de un chocolate, un vaso que la mano de Aníbal rozó con las yemas despertando el agua dormida, ¿y los cigarrillos? La mano siguió avanzando pese a que el brazo empezaba a cansarse y aconsejaba retirada, era increíble la cantidad de objetos desperdigados en un velador modesto y de saldo; la sensación de contemplar un inexplicable Dalí que de súbito, gracias a un nuevo ángulo y otra luz, adquiere mágicamente orden y rigor. Y por consiguiente, desencanto. Con el petulante orgullo de la participación en el inventar del mundo, la mano siguió entusiasmándose con sus descubrimientos, el paquete de cigarrillos había pasado a un segundo plano, ahora los dedos reconocían la aspereza de tiza de una aspirina, mejoral, ponstan o quién sabe qué otro fármaco de los que consume esta que duerme a mi lado, pensó Aníbal. Los dedos bordearon la pastilla, se encaramaron sobre el libro para otear un horizonte vasto y nocturno, descendieron hasta alcanzar el límite donde el brazo dijo hasta aquí llegamos y desanduvieron el camino ya conocido, alpinistas decepcionados volviendo al campamento. Ni rastro de los cigarrillos supuestamente perdidos en la inquietante geografía del velador.

Aníbal se quedó un momento pensativo, mirando el cielo raso que siempre se prestaba a reflexiones. La idea le vino sencillamente: los cigarrillos estaban en el otro velador, cruzando María Fajís, que dormía como el monstruo de la Flor de Lolilán. Amigo del vértigo y las aventuras, Aníbal desechó la idea de levantarse —hacía tanto frío, además—, y moviéndose despacito, más por el desafío implicado en hacerlo que por consideración a su mujer, se colocó de perfil y activó el brazo izquierdo que se irguió con sofisticación de instrumento perfecto, bordeando al monstruo de la Flor de Lolilán, surcando una noche infinita hasta que el antebrazo rozó una cabeza. María Fajís murmuró incoherencias propias del estado rem en el que seguramente se hallaba sumida y se acomodó contra él. Una oleada de deseo estuvo a punto de mandar al quinto carajo la operación. No era cosa de ceder, coño, se amonestó Aníbal, y siguió moviendo lentamente el brazo. Por fin unos dedos callados alunizaron en puntas de pie sobre el velador. Sólo eran dos, los otros no podían descender sin forzar el brazo para que se apoyase en la cabeza de María Fajís. La cajetilla estaba allí, el índice tocaba un flanco de papel celofán y procuraba acercarlo al otro dedo, más largo pero menos efectivo. Estuvo un buen rato intentándolo a conciencia pero la cajetilla se hurtaba estúpidamente hasta que por fin, cuando el brazo empezaba a agotar el combustible rozando peligrosamente la cabeza de María Fajís, el índice presionó un extremo de la cajetilla y la irguió como un muro. Ya con la serena tranquilidad del éxito inminente leyó con la yema «fumar puede ser dañino para la salud», antes de engarfiarla hacia el otro dedo que esperaba impaciente. Pero parece que los de la NASA no calcularon bien el terreno y la cajetilla se estrelló en el suelo con un sonido pleno de cosa aplastada. El brazo regresó inmediatamente, humillado y con los dedos en silencio. Aníbal los escondió bajo la cabeza y pensó que se moría de ganas de fumar y que hubo un tiempo en que vivir era tan fácil como resbalar por un tobogán.

Lima, Lima, Lima. Putísima, horripilante, asquerosa Lima. Amada Lima. La ciudad nocturna era el reverso de sí misma, su propia inocencia perdida en el tráfico azul y esporádico de los autos que le surcan las venas como si fueran el cáncer necesario para que muera al amanecer, cuando los prontos bostezos, las primeras carretillas emergiendo de entre la niebla sucia del alba, el emoliente a la vera de tanta callejuela gris y un perro triste olfateando los meados que eran la resaca de la noche donde envejecen las putas, los mendigos, los soldaditos con día libre y los borrachos trashumantes como él, en fin, para qué contabilizar imágenes que ya había descrito López Albújar. Sí, Lima de noche seguía siendo extrañamente Martín Adán, Eguren, Diez Canseco y Valdelomar; esos cuentos de hermosura tísica y atormentada que él había conocido y odiado durante la secundaria eran el fantasma insomne de la ciudad cada vez más envilecida, más entregada a la turbulenta pasión de su sino equivocado: las calles transitadas durante el día estaban también copadas durante la noche, pero observándolas con atención resultaba fácil advertir que cobraban otro pulso, que la gente se evaporaba en las esquinas con un secreto ánimo de entrega a la sombra y al ensueño. Se percibía entonces en el aire ráfagas de bullicio y un temblor de concupiscencia que emanaba de la fauna nocturna. Sí, eso era la ciudad, y sólo se podía acceder a sus claves durante la alta noche, la magnífica apuesta del abandono. Hacía frío. De pie en la puerta de El Cordano Mauricio escuchaba como de lejos la algarabía borrachosa de los parroquianos en cuyos rostros se notaba el estrago de tantas, tantísimas otras noches vividas entre mulitas de pisco, aserrín y pan con chicharrón. Tuvo envidia de ellos, de su alegre y saludable noche a noche, del pacto de sangre y alcohol que los amarraba a las sombras, al olor de los vómitos y al ebrio canturreo con que se despojaban de toda esperanza.

¿Hacía cuánto que no se entregaba al viscoso abandono de la soledad y los tragos? Hacerlo era, se dijo pasándose una mano torpe por los cabellos, como aventurarse en otra ciudad, huir de incógnito hacia el epicentro de sí mismo más bien, buscarse de principio a fin sin temor a reconocerse desnudo atado al árbol odioso de la razón y la sabiduría, un gnoscete ipsum bastante precario pero efectivo. Sentía el alcohol avanzando suavemente por sus venas, como si fuera la voz de la Fitzgerald —que tanto le gustaba escuchar en sus tardes melancólicas— sedimentando pensamientos coagulados por el hastío, entregándose traicioneramente a una calma deliciosa donde flotaba panza arriba, arrastrado por una corriente beatífica y empalagosa como el regusto del pisco en el paladar. De pronto tomó conciencia de que tenía un vaso en la mano, sentía la textura mineral y transparente entre sus dedos como si fuera una prolongación de su cuerpo. Pero de golpe, como una nube, cruzó ante su mente la palabra prolongación y comprendió con una lucidez aterradora que no habría prolongación de nada, que de ahora en más estaba condenado a esperar el asalto sorpresivo, el cañón de una pistola de donde brotaría una llamita azul que acabaría con él antes de que pudiera escuchar el disparo. ¿Así se lo había contado Pepe Cardoso? Sí, la tarde calurosa que Mauricio fue a visitarlo al Hospital del Empleado tuvo la impresión —nada más verlo en aquella cama inmensa y aséptica— de que el hombre estaba más muerto que vivo, que en sus pupilas quedaba un poso del temor irredento que se enciende en quienes han mirado a la muerte directamente a los ojos. «Una llamita azul, compadre», le había intentado explicar con una voz que era un hilo apenas Mauricio se sentó frente a él, algo cohibido por tanto medicamento y enfermera a su alrededor. «Una candelita azul y luego, pero muy luego, un trueno lejano, un golpe de puño en el pecho, ¿nunca te han dado un puñete sorpresivamente? Igualito, pues, como algo que no te estaba sucediendo a ti», dijo, y sus ojos se llenaron de lágrimas. El infeliz se desvivía contándole a todo el mundo lo que sintió: no el dolor físico sino el privilegio de la ubicuidad que nos concede la vida en ese instante supremo en el que la muerte posa sus labios fríos en nuestra frente.

«Te estás muriendo de miedo, maricón», escuchó Mauricio con nitidez, y se volvió alarmado, pensando que alguien se lo había susurrado en el oído, pero no, sólo era él mismo monologando a las tres y pico de la madrugada y humedad y cigarrillos en la puerta de un bar del centro, recordando las frases quebradizas de Pepe Cardoso aquel día en el hospital: «Y luego tardas un buen rato en comprender que sí, que eres tú el que está allí en el suelo, que esa sustancia pegajosa que fluye candorosamente de tu cuerpo es tuya, es tu sangre. Estuve completamente consciente cuando llegó la ambulancia y la policía, ¿sabes? Es más, te voy a decir una cosa, Mauricio: si ahora me cruzara con cada uno de los curiosos que se acercaron a mí en ese momento, los reconocería sin un asomo de duda. Mientras esperaba a la ambulancia los conté, ¿sabes? Eran dieciocho. Dieciocho rostros que están aquí, clavaditos para siempre en mi cabeza». Mauricio bebió de un golpe el pisco e intentó imaginarse el fuego blanco que le invadía el cuerpo pero únicamente sintió una arcada violenta creciéndole como un torbellino desde el centro mismo de sus entrañas. Se apoyó en la puerta del bar y se obligó a respirar con precisión, como dicen que deben hacer las embarazadas en esos cursillos de parto sin dolor. ¿Parto sin dolor? Sí, parto, ¿pero hacia adónde partirás, amigo?, pensó acosado por densos nubarrones. En la vereda de enfrente, resguardados por las sombras de la estación de Desamparados, una pareja se besaba con vehemencia. Ella era rubia teñida y algo gordita, él un serrano de pelos trinchudos. Cerró los ojos un instante y al volver a abrirlos ya no estaba ante la pareja sino a la mesa que había abandonado hacía unos minutos o unas horas, y comprendió que aquella pareja ya era sólo un recuerdo que se hundía y mezclaba entre otras miles de imágenes que pronto abandonaría. El rostro canijo y aletargado del mozo danzaba como la luz de una vela frente a sus ojos. Se escuchó pedir con extrema dificultad otro pisco, por favor, y su mano hurgó en el bolsillo con violencia antes de dejar unos billetes arrugados sobre la mesa. Por un segundo pensó en contarlos, pero otro más audaz y desprendido que él, otro para quien el tiempo discurría como un salmón o una clepsidra, otro para quien todo se contabilizaba como si se hubiera puesto en marcha un cronómetro implacable, lo obligó a encogerse de hombros. De pronto ya no estaban los billetes. En su lugar había una copa pequeña y llena hasta el borde. Cada parpadeo es un tiempo, pensó maravillado, sosteniendo la copita de pisco frente a sus ojos como si fuera un cáliz o un elixir mágico. Bebió sabiendo que la prudencia era un término fácilmente traicionable, como esos letreros de límite de velocidad a los que uno nunca hace caso, y supo también que a él le quedaban seguramente pocas horas antes de encontrarse con la llamita azul, el trueno, el golpe en el pecho, y que no tendría la suerte —la mala suerte— de contarlo como hizo Pepe Cardoso. Porque al infeliz le hubiera sido mejor haberse muerto cuando los terrucos le dispararon, pues a los pocos meses, cuando seguramente ya no podía vivir si no era para intentar explicar aquello de haber estado tan cerca de la muerte, algo le falló en el coco y se loqueó. Se le cruzaron los chicotes de un momento a otro, no pudo con la idea de estar vivo —porque eso decía siempre, en cualquier momento, en plena redacción de un artículo o camino al paradero de los colectivos: «Ay, carajo, estar vivo ya es una cosa que pesa», y todos se miraban extrañados, sorprendidos de aquel comentario inesperado—. O quizá porque sabía que resultaba inaguantable pensar que en cualquier momento podrían volver a disparar contra él, que seguía en la mira de los terroristas y que sobrevivir a su propia muerte era lo peor que le podía haber ocurrido. Mauricio siempre tuvo la idea de que él era el único que lo entendía de verdad, que sólo él había accedido perfectamente a aquella dimensión de tránsito en la que su amigo había estado. Y ahora le tocaba a él. Realmente, se dijo, no le importaba que le dispararan o no. Lo que no podía imaginar era vivir pensando que en cualquier momento podría ocurrir. ¿Cómo se vive, se duerme, se bebe, se cacha, pensando que puede ser la última vez? Lo podían haber seguido, lo tendrían más que chequeado, estaban jugando al gato y al ratón con él. Se llevó la copa a los labios y sólo unos segundos después comprendió que estaba vacía. Ya no le importó. ¿Amaba a Elsa? ¿Cómo se lo diría? Avanzando con extrema torpeza, una idea le llegó a los labios anestesiados a causa del alcohol: no le debía decir nada a ella. Si algún resto de valor le quedaba —porque se cagaba de miedo, el pisco ayudaba a admitirlo, el pisco y ese vals huachafo que sonaba lejano, enterneciéndolo tontamente—, sólo podía pensar en ese pequeño alarde de valentía que era no decirle nada a la Chata ni a sus amigos. Lo quería un huevo a Aníbal. Nunca le había dicho que era su mejor amigo. Nunca le había dicho a Elsa cuánto la amaba, cuánto amaba vivir, cuánto amaba esta ciudad del carajo. No estaba borracho. O mejor dicho, sí, pero en ese estado de la borrachera en que el cuerpo es el único que no responde y la mente actúa con precisión matemática, descubriendo todo aquello que la cordura nos oculta durante la vigilia, esa engañosa serenidad donde trafica la superficie de nuestra mente. Estaba vivo y la muerte lo rondaba. Eso era todo, pensó encogido en el taxi que su cuerpo había tomado nunca sabría dónde. Le pesaban los párpados invenciblemente y las luces de la ciudad eran apenas unos pantallazos amarillos que llenaban de fosfenos sus ojos cerrados. Necesitaba dormir. Estaba vivo por unas cuantas horas, semanas o meses, pensó frente a la puerta de su pensión.

La llave no quería encajar en la cerradura por nada de este mundo.

Todavía un momento después del fracaso de su mano, Aníbal seguía pensando en las espantosas ganas de fumar, en el frío que amenazaba fuera de la cama y del cuerpo de María Fajís tan calentito, y que estamos a veintiséis, el asunto del alquiler era tema para rato, sin contar con tantas otras cosas que le pondrían los pelos de punta al más pintado: las llantas del Toyota, por ejemplo, estaban deshechas, y a cada momento, pum, volaba una, los arreglos le salían un ojo de la cara. De la universidad mejor ni hablemos, la matrícula del próximo ciclo (ya Ivo lo había alertado) iba a costar el doble, y seguramente en la universidad de María Fajís ocurriría lo mismo, no hay derecho, y los calentones que se pegaba con el taxi cada vez que alguien lo abordaba, «¿cuánto hasta tal sitio?», «tanto». «Qué barbaridad, estos taxistas son unos abusivos», decían alejándose, heridos en la dignidad o vaya uno a saber en qué fibra íntima, porque al exclamarlo se tocaban el pecho y miraban a Aníbal haciéndolo sentir un bicho infecto, un traficante —nunca mejor dicho— inescrupuloso y vil. Al principio era fácil encogerse de hombros, mandar cordialmente a la mierda a la gente y seguir dando vueltas por la ciudad, hasta que lo detuvieran otra vez. Pero como de un tiempo a esta parte todo el que tenía auto le sacaba la vuelta a su descanso y aprovechaba para taxear (verbo obsesivo), resultaba cada vez más difícil encontrar clientes, había que ir zigzagueando para rodar cerca de la vereda ante la eventualidad de que alguien levantara el brazo, ¡taxi!, nunca se sabía, la gente actuaba fuera de todo cálculo, el potencial pasajero podía ser cualquiera, y lo mismo podía decirse de los autos cercanos, cada conductor era un posible competidor. Como el pecado original, en cada uno de nosotros mora un taxista, reflexionó Aníbal, ya completamente desvelado. Por eso mismo, pegar el cartelito de disponibilidad era como abrirle las puertas a los canes furiosos de la paranoia, al delirio de la persecución que lo acechaba desde cada auto que intentaba adelantarlo, pegarse como él a las aceras, sesgar las esquinas, bordear las plazas, observar con atención lombrosiana el rostro de los peatones para descubrir el ademán mínimo, los rasgos sutiles del pasajero. Pero no bastaba con semejante celo, taxistas somos todos, cada vez era más difícil encontrar clientes, la gente cree que somos una rodante institución de beneficencia, caracho, y no otros como ellos intentando ganarse el pan de cada día, que era sólo un trivial eufemismo bíblico porque en la vida real pan era leche, arroz, aceite, huevos y mil huevadas más. Pan era libros, cigarrillos, cuentas de luz, zapatos por lo menos una vez al año, jabón y, en fin, pan era lo menos pan del mundo, salvo que se asumiera en su sentido griego: pan.

Pero no estaba para mitología helénica a las tres y pico de la madrugada, se dijo Aníbal dando una vuelta más en la cama que despidió un vaho de humores y asfixia, el tibio aroma de la intimidad y el encierro. María Fajís se quejó como desde muy lejos, desde la otra orilla del río Lethos, insistió Aníbal molesta y mitológicamente. Sí, quizá perseguida por los mismos fantasmas que lo acosaban a él, plenamente despierto, torturado por el insomnio. Pero además había estado pensando en Alondra. En realidad, y aunque se sorprendió al admitirlo, se había desvelado pensando en Alondra.

—¿Qué te pasa? —dijo ella articulando con dificultad, volviendo del sueño como en cámara lenta. Abrió un ojo chino y enrojecido y luego el otro, y se quedó con el rostro hundido de perfil en la almohada, mirándolo.

Aníbal quiso explicarle y se quedó un momento ordenando el tropel de sus ideas, todo lo que quería decirle a María Fajís, por lo menos para compartir inútilmente la desolación del desvelo.

—Nada —resumió desalentado.

—¿Nada?

Aníbal sonrió, todavía sin mirarla.

—La plata, ¿no? —insistió ella con voz más alerta.

—La plata ata —suspiró Aníbal volviéndose lentamente hacia María Fajís—. Pásame los cigarrillos que están en el suelo, por favor.

—¿A esta hora?

—La preocupación, por desgracia, hace horas extras.

—Y el vicio también.

—Combinación explosiva, Bonnie y Clyde, Jean Paul y Simone, Modigliani y Hébuterne.

—María Fajís y Aníbal —sonrió ella dibujando un corazón fugaz en el aire y hundiéndose un poco más en la almohada, que era como una boca blanca deglutiendo su perfil.

Aníbal acercó su nariz a la de ella y luego le puso una sonrisa en los labios. Sintió bruscamente que el miedo los acechaba desde el calendario, un miedo circular y de caucho gastado como las llantas del Toyota. Estuvieron así un momento, contemplándose sin decir nada, escuchando el remoto paso de algún automóvil esporádico agitando el negro oleaje nocturno, luego un rumor de voces, una discusión que se acercaba hasta pasar justo frente al edificio, gritos y reproches de borrachos que se volvieron a sumergir en la noche que tragaba insaciable todo y devolvía ecos, ausencias, recuerdos inubicables de lo inmediato, rumores vivos, pensó Aníbal, que son espacios de silencio donde habitan los temores.

—La noche —dijo María Fajís, impelida por la ósmosis de la almohada común.

—La noche. Pásame los cigarrillos, please, honey.

—Fuck yourself —le respondió María Fajís, que había aprendido el inglés necesario con una profesora jovencita y pícara del Santa Úrsula. Le puso la cajetilla sobre el pecho como quien coloca una lápida—. Te vas a deshacer esos pobres pulmones. Y enciéndeme uno a mí también, por favor.

El fósforo chasqueó como una lengua amarilla y voraz, descubriendo prolija y brevemente la habitación, y tiñó de penumbras rojizas los rostros al acercarse a los cigarrillos.

—Se me ha ido el sueño —dijo María Fajís después de dar un par de chupadas a su cigarrillo—. ¿Quieres café?

Se levantó de la cama sin esperar respuesta y se colocó la bata de felpa blanca. Antes de salir de la habitación dijo:

—¿Sabes? No deberías preocuparte tanto.

—Claro —reaccionó él buscando taparse un poquito más con el revoltijo de sábanas que había dejado María Fajís, y luego pateó furioso la frazada—. Basta con que uno de los dos no vaya a la universidad. Con eso alcanzaría redondo ondo para el alquiler. Al menos eso calculo, culo.

Lo empezó a decir en broma pero acabó con tanta amargura, con tanto veneno, que se sorprendió. Pero es que a veces la Mariafá tenía unas reacciones tan lastimosamente infantiles, caray. ¿Alondra sería tan niña, tan inconsciente para ciertas cosas?, pensó antes de ser alcanzado por una escaramuza de vergüenza. Apagó el cigarrillo que empezaba a saberle a pasto seco y lo aplastó violentamente contra el cenicero, porque se descubrió nuevamente pensando en aquellos otros brazos, aquellos otros labios, esa estúpida e incomprensible necesidad de sacarse el clavo, qué tontería, se dijo sabiendo que era algo más que un simple capricho. ¿Por qué persistía el recuerdo de Alondra, si apenas la había visto un par de veces? Quizá porque el encuentro inverosímil aquella noche con el carro malogrado era como un aviso del destino, una advertencia. Se quedó de brazos cruzados escuchando a María Fajís moviéndose en la cocina, desde donde se alargaba una lengua de luz sobre el pasillo. Casi las tres y media de la mañana, pensó.

María Fajís apareció como un fantasma descalzo, sorbiendo café.

—Levántate un poquito, te vas a derramar todo —le dijo poniéndole una taza en la mano.

—Gracias, hermosa diosa ociosa —dijo él incorporándose con un codo sobre la almohada.

—Ociosa tu señora madre —contestó imperturbable María Fajís—. Si no te hubieras acostado tan tarde, ¿o crees que no te sentí metiéndote en la cama con tanto inútil cuidado?, te lo hubiera dicho antes y así evitabas el insomnio. El martes puede que empiece a trabajar. Bueno, de todas maneras era una sorpresa.

—¿En qué cuadra de la avenida Arequipa? Ay, este café está hirviendo.

Arrodillada en el borde de la cama, sonriente y feliz como un oso de felpa blanca, María Fajís lo miraba divertida.

—Ya quisieras tú que me vuelva puta. Como recepcionista en la oficina del papá de la enamorada del hermano de Rochi.

—¿Y no sería mejor en la oficina del concuñado de la suegra del sobrino de tu prima? Explícate, por favor.

—Es un señor que tiene una empresa...

—Un empresario —resumió Aníbal bebiendo y resoplando.

—Qué pesado. Es un señor que tiene una empresa de abastecimientos industriales o algo así, tendría que ir el lunes para que me lo expliquen bien. Me pagarían un poco más del mínimo, con lo cual alcanzaría para mi universidad y sobraría un poquitín.

—Qué bien —dijo él, pero descubrió que, contra toda lógica, pensaba qué mal.

—¿No estás contento? —preguntó María Fajís, y la frase sonó como el descorchado de una botella.

—Aliviado sí, contento no. Y mejor durmamos de una buena vez, que ya es tardísimo.

—Cuando te pones insufrible eres insufrible —dijo María Fajís plenamente convencida del aserto y de la completa oscuridad, ahora que había cerrado las cortinas al fisgoneo celeste de la noche, antes de refugiarse en la cama.

Allí la esperaba el calor conocido de Aníbal que permanecía con una sonrisa emboscada en el techo, pese a que ella, adoptando la misma postura de brazos cruzados tras la cabeza y la mirada fingida y ajena, empezó a darle golpecitos con los pies, insistentes pataditas que buscaban una respuesta, que aceptara la declaración de guerra que con sus pies hostigaban la indiferencia de Aníbal, quien al cabo, fastidiadamente, retiró las piernas de la zona de fuego para luego contestar con dos golpecitos que en morse podían significar tantas cosas pero que ella interpretó como telegrama chileno del cinco de febrero, y embistió, con entusiasmo y calor, dos patadas breves que Aníbal devolvió con fuerza y algo que podría llamarse llave inglesa de piernas, unas tijeras poco ortodoxas de lucha libre inmovilizando por segundos a las blancas contrincantes que, demasiado largas y soberbias para soportar aquella humillación, se liberaron de golpe y volvieron al ataque por aire y tierra, allí donde esperaban las patadas de Aníbal, con más trucos que Rommel, y armaron una batalla campal y confusa sábanas abajo mientras sábanas arriba los autores intelectuales eran brazos cruzados y miradas ingenuas dirigidas al techo, fingidamente ajenas a las piernas que se enzarzaban taimadas y furiosas

en una ciega, sorda y muda degollina de golpes y embates arteros que los fue dejando al borde de una tregua
pactada de piel a piel, de cansancio a cansancio, de mu-
tua desconfianza al rozarse como dos enemigos recién re-
conciliados en el hallazgo de formas y curvas, de asperezas y tersuras complementarias y necesarias según iban
adivinándose con los pies y los muslos, restregándose como gatos o perros que se lamen recíprocamente los carrillos, sobándose envueltos en un silencio espeso y nocturno,
piernas cómplices ahora, encendiendo un único deseo
que empezó a galopar por los vientres hacia los brazos,
hacia los torsos que se van amoldando con extrema cautela, con deliberada lentitud, para oficiar el siempre rein-
ventado ritual de invocarse con murmullos, en un tenue
soplarse pestañas para conjurar al viento y a la noche que
se encrespan afuera con sus manos frías; la búsqueda de-
morona de los labios que se ahogan exasperadamente en
la alquimia gozosa de las salivas, aturdidos y torpes casca-
beles de fuego que despiertan en las manos con su hechi-
zo exploratorio, sabios dueños del otro que comienza en
uno mismo. Las sábanas van quedando destendidas con
un desorden voluptuoso que deja el cuerpo de María Fajís resbalando hacia esa calidez de espera, de embriagadora
lentitud que es rastro y mirada laxa, olor tibio y sin más
imagen que las siluetas que se arquean, un quejido apenas, mientras el cuerpo de Aníbal la va envolviendo en su
propio deseo: se buscan con manos y uñas y el pelo negro
de María Fajís fustiga el rostro de Aníbal, que la toma por
la cintura, la ciñe dulcemente a su cuerpo, la arrastra hacia la agitación que domina su pecho donde el corazón
bombea desordenadamente; las manos femeninas lo atraen
ahora con prisa hacia el vientre y le exigen que la tomen,
que le respiren bajo la piel, que le paseen sin prisa los límites de su propio cuerpo, que la beban allí, en lo más

íntimo, obligándola a calmar sus gemidos con dos dedos llevados a la boca, donde estalla un no, por favor, que es súplica y demanda, entrega y exigencia, dominio y sumisión: Aníbal se llena la boca de María Fajís, de así, amor, así; se vuelve látigo blando, manos que separan los muslos suaves antes de volver a besarlos, de sorberlos con tensa lucidez; le aparta las manos con que ella se cubre el rostro para besarla con reverencia en los labios antes de resbalar a su cuello, a la agitación que enrojece los blancos y tibios pechos, a su olor tan de hembra, olor que es un poco nata y un poco miel, un poco nostalgia de mar y sueño; hurga con sus manos el triángulo esponjado de su sexo y María Fajís se agita al borde de un orgasmo que él sabe detener con precisión para ser nuevamente látigo y manos que encogen las piernas, las acomodan, las separan, demorándose una y otra vez antes de ingresar al submundo de María Fajís, allí donde no hay más afán que el de los sentidos atentos, goce intrínseco y placer líquido esperando allá arriba con los ojos cerrados que de una vez, esperando la renuncia de sus fronteras, dejándose llevar por las manos, para saberse dueños y parte del otro, comunión secreta que los funde cuando él la penetra profundamente antes de entregarse a un cabalgar sin tregua, un dejarse arrastrar por la marea que se aleja y regresa por el mismo camino de algas, permitiendo que su huella se extienda incansablemente mientras las manos se buscan, se encuentran, se separan, se clavan en las espaldas y tironean de los cabellos mientras los labios se dejan huronear por las lenguas insaciables, modelo a escala de lo que sucede abajo: ese rumor húmedo de piel sobre jabón, de calor y tensión que hurga y late en las entrañas femeninas buscando un límite imposible, entre quejidosjadeos y balbuceos que se pierden en el laberinto de las frases nunca terminadas e incoherentes que sin embargo significan tanto, palabras rituales que parecen cortadas a navajazos, hermosa, despiadadamente labradas por los labios de Aníbal que ahora se arrastran como caracoles rojos dejando un incendio de sabores en el cuello, las mejillas, los ojos, el pelo de María Fajís: la maraña de cobre donde los caracoles se extravían entre murmullos para desaparecer en un quejido que se disuelve entre las manos, que se tensan en las piernas enroscadas y ya torpes, en ese último embate que es victoria y explosión, oh, lenta sinfonía que se diluye frágilmente en contracciones, poco a poco, dejando una resaca hirviente que se apaga, se extingue y los devuelve a la penumbra, a los cigarrillos, a la triste trinchera inexpugnable de saberse nuevamente dos, con los rostros vueltos hacia el cielo raso de la habitación silenciosa, a la desnudez plácida de sábanas que se alejan con los pies.

—Oye, Aníbal, ¿a ti no te gustaría tener un hijito?

3.

Arrojó la colilla y la contempló como si fuese una alimaña. Le puso el pie encima y lo hizo girar repetidas veces sintiendo con repugnancia el cilindro fofo que se desmigajaba bajo la suela del zapato. Al levantar el rostro vio dibujarse la silueta que emergía de la escalera, apenas una sombra cauta que hacía recordar a un topo saliendo de su madriguera.

—Aníbal, ¿eres tú? —oyó la voz susurrante.

—No, soy el Fantasma de la Ópera —respondió bostezando.

La sombra avanzó hasta donde Aníbal se encontraba sentado.

—Ya no soportaba más el salón. Los cojudos del Tercio Estudiantil pidieron un momentito la media hora que restaba de clase con el Chato Paz para invitar a todo el mundo al mitin y, como dice la gente muy culta, me las piqué. ¿Usted no se queda?, me preguntó el Chato cuando salíamos. No, doctor, prefiero aprovechar el tiempo y estudiar para su próximo examen, le dije con toda la seriedad de que soy capaz.

—Y que no es mucha. Por supuesto no te creyó.

—No dijo nada. Se me quedó mirando con esa expresión de foxterrier que sabe poner a veces. ¿Tienes un fayo?

Aníbal buscó en los bolsillos de la casaca. Sacó el paquete y lo extendió hacia Ivo, que se había sentado frente a él con las piernas encogidas.

—Están como locos —dijo Ivo haciendo bailotear el cigarrillo en los labios.

—¿Quiénes? Desde la última subida de precios hay casi veinte millones de tipos de los que se podría decir lo mismo.

—Los Revilla's boys. Saben que el Apra va a perder las elecciones y no paran de hablar pestes contra Vargas Llosa; sólo les falta organizar una quema pública de sus libros.

—Episodio nada nuevo para Marito —dijo Aníbal—. Su literatura sólo incita inclinaciones piromaníacas. La literatura es fuego, creo que dijo alguna vez sin saber los demonios que despertaba.

—Por lo pronto muchos allí abajo han jurado no volver a leerlo.

—Lo más probable es que jamás lo hayan hecho.

—No seas desdeñoso con la intelectualidad universitaria aprista —conminó Ivo intentando inútilmente hacer argollas de humo—. Hace no mucho Tantaleán me confesó que él, por suerte, sólo había leído de Vargas Llosa *Los perros hambrientos*. Por cierto, le pareció bastante mediocre, nada que ver con la prosa vital de Valdelomar. Pobre Ciro Alegría.

—¿Así que la prosa vital de Valdelomar? Habría que recomendarle *Redoble por Rancas* para que se haga una idea de los alcances que logra la pluma de Vargas Llosa, no es posible tanta indiferencia para el autor de *Los Geniecillos Dominicales*.

—No sería mala idea —dijo Ivo entornando los párpados soñadoramente—. Ahora que empieza la semana cultural de la universidad podríamos proponer un ciclo de charlas sobre el escritor arequipeño. Abundante bibliografía de Carlos Fuentes y Gudiño Kieffer.

—«Vargas Llosa, textos inéditos» —dijo Aníbal desde una media sonrisa—. La que se armaría.

—Me gustan los riesgos, pero no me atrevería a hacerle la sugerencia a Tontoleón. Me inspira mucho respeto, ¿sabes? Sobre todo desde que lleva ese aterrador volumen de *La Araucana* con el que disipa las dudas de todo aquel que ose cuestionar su flamante cargo de secretario de cultura del Cefede.

—Lo usa como portadocumentos. Me lo encontré en la cola cuando fui a pedir unos certificados, y en el momento en que la secretaria lo llamó se le cayeron recibos, boletos y hasta fotocopias de entre las páginas de su *Araucana* de marras. Tuvo la mala pata de que se cayeran justito a mis pies y ya te imaginarás cómo se puso el gordo: alzó la cara bañada en sudor y me ofreció una sonrisa que pedía a gritos complicidad. ¿Me creerías si te digo que cuando le pregunté que qué tal Alonso de Ercilla me dijo que hacía tiempo no sabía nada de él?

—No, por supuesto —dijo Ivo.

—Tienes razón, no me creas.

—Pero unas noches atrás hizo aparición estelar en el Centro de Cómputos con otro libraco bajo el brazo. Era *El futuro diferente* de don Alan Ludwing Gabriel García Pérez —dijo Ivo estirando lentamente las piernas entumecidas—. Ya lo leí, porsiaca: una sopa insulsa de Bakunin, Engels, Haya de la Torre, of course, y Einstein.

—Tendrías entonces que echarle una ojeada a la biblioteca del Centro Federado. Algún secreto entusiasta de los best-sellers olvidó o escondió entre dos volúmenes de *Lenin, Obras Escojudas*, el más conocido libro de William Blatty.

—*¿Les diré que te recuerdo?* —preguntó Ivo, por joder.

Aníbal lo apuntó con una pistola de dedos y dijo bang.

—Bueno, basta de tonterías y vamos al grano —dijo Ivo—. ¿No te animas a bajar a los subsuelos de este reino? Así luqueamos un rato el mitin que están armando.

Aníbal estiró flojamente una mano y cogió la cajetilla que estaba entre ellos. Encendió un cigarrillo y le dio un par de chupadas mirando distraídamente hacia el Comando Conjunto donde se distinguían las siluetas de los cachacos paseando de un extremo a otro.

—No tengo ganas —dijo al fin—. Acababa de alcanzar una especie de ataraxia cuando llegaste tú. Es increíble lo distinto que se ve el mundo desde aquí.

—Lógico, estamos a cinco pisos sobre el nivel del mal —Ivo se encogió de hombros.

Aníbal no contestó. Tenía una flojera enorme de moverse y abandonar la paz recién alcanzada, tonta y blanda paz moviéndose como un pez en las aguas del tiempo, siempre preferible a ese descenso a los infiernos que le proponía Ivo así, sin anestesia, para enfrentarse con la tensa maraña de voces y pasos, el histérico ajetreo de los estudiantes saliendo de las aulas para reunirse en el patio. Algunos —los más cuerdos— aprovecharían el mitin para mandarse a mudar y ya debían estar avisándose el derrotero conocido que se iniciaba en El Tambito. Otros irían, con toda seguridad, con profunda convicción, sin titubeos, a la Plaza Grau, a sumergirse en la manifestación y en las consignas y los puños y pañuelos blancos agitados al viento: una imagen de gaviotas frenéticas sobrevolando el oleaje de cabezas y pancartas, Alva Castro Presidente, Viva el Apra, compañeros, y el tráfico ya probablemente cortado en la avenida Arequipa, en 28 de Julio, en Wilson; la embolia provocada, fatal e inevitable, la agresiva ubicuidad de los altavoces en torno al estrado donde ya debían estar hablando los primeros oradores, los ablandaconciencia y sus voces repetidas, amplificadas, distorsionadas por el eco de las columnas descargando decibeles a toda máquina; el griterío poco a poco uniforme y avasallante bajo los reflectores que untan sus lenguas amarillas con un sospechoso afán de péndulo e hipnosis: un asco.

—Va a estar divertidísimo —insistió Ivo—. Tendrías que ver a Revilla subido sobre una banca en el patio, con sus cuadernos bajo el brazo, intentando hilvanar dos frases coherentes, empapadas de saliva y estudiadamente rabiosas.

—Una verdadera maravilla. ¿Hablaba?

—Casi humano. No pongo las manos al fuego, pero casi humano. Los hermanos Gasca están perdiendo una fortuna sin él.

Aníbal sonrió meneando suavemente la cabeza.

—Vamos a reírnos un rato, hombre —Ivo le dio una palmadita en el hombro y luego, con el tono remolón y travieso de quien apura una infidencia, agregó—: Después de Revilla hablará el Chavo. Lo sé de buena fuente.

Aníbal soltó la carcajada negándose a creerlo, caracho, eso era la intelectualidad aprista, la cantera inagotable del partido, la sangre nueva y nutricia de la política peruana, los futuros diputados y senadores del país.

Sí, y del otro lado, pensó bruscamente ensombrecido, los comunistas de siempre, anquilosados e hipertróficos, el radicalismo del PCP, enfangado en Mariátegui, sin moverse un milímetro más allá de Mao, reducto conocido, igual que el MIR (que en ruso significaba paz y en peruano Movimiento de Izquierda Revolucionaria, curioso), la otra variante de la misma frustración, la versión con balalaika de la *Internacional,* arriba, parias de la tierra, en pie famélica legión, etcétera, etcétera. Sí, carajo, y al otro extremo de la farsa la derecha radical y pituquísima del PPC y la derechita baja en calorías de Acción Popular. Y Vargas Llosa, nada menos que Vargas Llosa y su alarmante entusiasmo thatcheriano. Sin comentarios. De manera, pues, que el Apra de mierda, la Izquierda Unida jamás será vencida y toda la derecha concentrada en el Fredemo del escribidor, las tres dimensiones del cubo que nos atrapa entre sus prolijas y claustrofóbicas paredes, condenados a girar dentro del dado, el azar poliédrico de cada cinco años, si es que el sistema duraba lo suficiente; el entusiasmo democrático recién estrenado no tenía más opciones que la corrupción e ineficacia del pasado (la derecha), la corrupción e ineficacia del presente (el Apra) y la corrupción e ineficacia del futuro (¿la izquierda? ¿La derecha?). Hagan sus apuestas, señores. Pero no estaba pensando en nada de eso: hacía mucho que no podía dejar de pensar, de recordar.

—Mejor vamos a tomarnos una cerveza bien lejos de la política peruana —dijo Aníbal espantando esos veleros negros que cruzaban por su mente. ¿Pero por qué, por qué pensaba tanto en ella si apenas la conocía? El amor será ciego, pero no estúpido, se reprochó con amargura.

—Pero va a hablar el Chavo, ese divertido mono tití que hace política —Ivo no estaba dispuesto a dar su brazo a torcer, los espectáculos circenses lo enloquecían, añadió levantándose a la par que Aníbal.

—Vamos a tomarnos unas cervezas bien lejos de la política peruana, compadre. Todo esto me revuelve las tripas.

Ivo se quedó un momento en silencio, trazando un dibujito sobre el suelo con un palillo de fósforos.

—¿Qué te ocurre, Aníbal? —su voz sonó muy baja, casi como un susurro.

Aníbal, que había estado mirando ensimismado el trazo invisible del palillo, levantó la vista hacia su amigo y ofreció una sonrisa en la que puso todo su empeño. Se llevó una mano a los cabellos y acentuó la sonrisa. Por un momento pareció dudar, como si estuviera a punto de decir algo.

—Nada, hombre, ¿qué me va a pasar?

«Creemos que todo, absolutamente todo, tiene una mecánica secreta. Creemos formar parte de un mecanismo de precisión, pero realmente no nos interesa saberlo, sólo creerlo, porque en el fondo el hombre es un animal incapaz de asumirse en las abstracciones, de subir a un avión y entender cómo es que alza el vuelo, receloso hasta de las palabras que lo explican; tiene que venir Cassirer, plantarse frente a la oveja y decirle "ah, tú eres la que bala" para comprenderla, qué vaina, y si a ese gran fraude que consiste en creernos los amos de la epistemología le agregamos el que la ciencia discurre en su tiempo propio y tarda siglos en instalarse en lo cotidiano, pues no te cuento. Todavía seguimos pensando en Newton cuando ya Einstein, en Engels cuando ya Morris, en Galdós cuando ya Cortázar y en Freud cuando ya Artidoro Cáceres, qué espanto de tipo, mi madre..., en fin, para qué seguir por ahí, si al final poco importa que hundamos las manos en las aguas profundas de la realidad, que nos internemos como Teseo para hallar el final del laberinto, y una vez frente a él, ante esa luz aterradora que debe ser el Absoluto nos encontremos con que no hay tal, sólo un payaso dibujado en la pared con un cartelito en las manos que dice: "Era una broma". La gran broma universal, el orden majestuoso que a lo mejor ni siquiera existe. Y la mala bestia del Minotauro que se nos echa encima. Por eso, sabido es que creer firmemente en algo da más confianza que saber firmemente algo. De manera que no le demos más vueltas al asunto. Miramos por un telescopio y ahí están las estrellas con su andar astral de piezas cósmicas. Miramos por un microscopio y ahí están dando vueltas zumbonas los neutrones, protones, neutrinos, electrones y quién sabe cuánta macana más. Y luego, no contentos con pertenecer al macro y al micro —o quizá precisamente por eso, porque al señalarlos con el dedo y nombrarlos los hemos condenado a un orden—, nos arreglamos para inventarnos más artificios de relojería. La vaina es que nos chifla pensarnos parte de un fantástico mecanismo de precisión aunque tengamos que meter la realidad en una de esas cajas griegas que impedían el crecimiento de las niñas, para que sea tan enana y retorcida como nosotros. Claro que sí, alivia cuadricular, ordenar, esquematizar nuestras vidas alrededor de un todo que nos hace sentir que no estamos fuera, que somos parte de ese Algo donde nos sumergimos, incapacitados para pensarnos en solitario. Volvamos a Nostradamus y a sus profecías, a las medidas de las pirámides como una escala de ese cosmos fraguado de contrabando por el hombre. Alivia saber que existe un orden que nos sobrevive, que existe principio y final, norte y sur, recompensa y castigo, Cielo e Infierno; en el fondo Fuster tenía razón, lástima que le quemaran la casa..., qué pendejada conformista la de no querer dar un paso si no sabemos hacia dónde —eso: ¿adelante es hacia adónde?—; qué ganas de resolvernos el destino y fijarlo con cinta scotch en nuestra puerta, qué alivio poder hacerlo. De acuerdo, alivia, pero también empequeñece, porque pensarnos de ese modo nos convierte apenas en minúsculas piezas afanadas en su girar minucioso y ciego, insignificantes ruedecillas de la Gran Máquina Eterna. Algo en la obstinación de Sísifo y su famosa piedra del carajo está más cerca a esta idea que a la propia fatalidad de su condena. Nacemos para pertenecer a un engranaje endemoniado, a una maraña de artilugios por donde transitamos sin saber muy bien por qué, aliviados o derrotados de antemano por la maquinaria de leyes, usos y costumbres, filosofías y éticas, clubes de fútbol, partidos políticos e iglesias que nos constriñen, nos usurpan, nos moldean, nos lobotomizan, nos obligan a pensar cuando hay que pensar y hasta a cuestionar cuando hay que cuestionar (touché, amigo, hete aquí) y no obstante es precisamente ahí donde nos metemos de cabeza, boqueando como peces fuera del agua si no lo conseguimos: siempre en busca del orden, de la mecánica secreta. Quizá porque el sospechoso paliativo que procura el individualismo puede ser la peor de las borracheras: su embriaguez sin resaca conduce al solipsismo.»

Aníbal acabó de desmontar la cajita de música con su danzarina minúscula sobre la pista de baile de terciopelo rojo y su espejito circular. Él de mecánica no entendía nada, sólo especulaba acerca de ella, pero en su sentido teleológico y potencial. Y eso, algunas tardes aburridas. Sin embargo María Fajís se había emperrado en una tristeza absurda por el desperfecto que impedía a la bailarina dar sus pasos de reloj cucú en el terciopelo y oír la musiquilla tristísima que brotaba de la caja, de manera que Aníbal decidió intentarlo. Ahora, maravillado por la simpleza del mecanismo que acababa de descubrir, se sintió algo tonto por la cantidad de destornilladores y pinzas que había dispuesto sobre una mesa que más parecía una sala de operaciones. Era sólo un rodillito vulgar donde hacían tensión unos flecos metálicos pulsando las notas de la melodía, pequeños puntos de soldadura distribuidos de acuerdo a alguna escala. Uno de aquellos flecos se había trabado y no hizo falta ni siquiera la pinza para destrabarlo, apenas un dedo y ya estaba, finished, kaput, finito, listo el pollo, pero también algo de tristeza, de desencanto, porque las analogías le resultaban inevitables a este hombre, y así más o menos le sucedía con María Fajís, con quien sin saberlo andaba diseñándose una rutina perfecta de horarios y frecuencias, de acomodos sincronizados.

Porque, exactamente, eso era lo que empezaba a haber entre ellos: nada más que acomodos sincronizados. También por eso al final había terminado convenciendo a María Fajís de que no debía aceptar aquel trabajo. El viernes la había perseguido para explicarle que en realidad aquello no les convenía porque ella tenía que dedicarse a terminar sus estudios y conseguir algo dentro de su profesión. Ya le faltaba poquísimo para acabar la carrera y luego podría aplicar a otros todos los test de Rorschach que tanto odiaba, le había dicho la mañana del sábado, cuando venían del mercado. Podría dedicarse a lo que quisiera, desde la ayuda a niños deficientes hasta la elaboración de cuestionarios para la policía, le había explicado ayer tempranito mientras desayunaban, y ella lo miró un poco feo. El trabajo sólo la ataría a una rutina en la que la compensación económica no resultaría suficiente, había comentado por la tarde mientras María Fajís preparaba el almuerzo, pero en el fondo, rampando por el subsótano más recóndito de sí mismo, Aníbal sabía que era su necesidad de posesión quien reclamaba señorío. Nada más. Y era una imprudencia porque ellos necesitaban urgentemente el dinero. Él le pediría al profe Paz que le pagara un poquitín más y con eso se arreglarían, el Pato Chaz era una persona comprensiva y entendería, dijo poniendo su última carta sobre la mesa ayer por la noche cuando ella se cepillaba el cabello frente al espejo. Pero

María Fajís se volvió a él con un gesto cansado y le dijo que no se afanara tanto, el trabajo se lo habían dado a otra chica, se lo dijo Rochi en la universidad esta misma tarde. Aníbal quedó un momento desconcertado, pero se recompuso rápidamente y dijo que le parecía un injusto atropello, no se podía jugar así con las expectativas de la gente, él mismo hablaría con ese tipo para decirle cuatro verdades, Mariafá, que no se preocupara, dijo dando cuatro manotazos enérgicos sobre la mesita de noche, una cosa es que ellos no quisieran el trabajo y otra muy distinta lo que había ocurrido. Tú consigue que el Pato Chaz o el Chato Paz o como se llame ese profesor te pague algo más porque estamos sin un centavo, contestó ella metiéndose en la cama como una carta en su sobre. Y apaga la luz, por favor, que quiero dormir.

Ahora, con la cajita de música en las manos, observando la frágil evolución de la bailarina, Aníbal pensó que María Fajís seguiría triste.

La verdad, la verdad, no le conocía mayores actividades lícitas redituables, a excepción de tener madre abnegada y dueña de pequeña bisutería en San Isidro. (Padre natural de Trieste, muerto hacía años, presumiblemente de cirrosis.) El Derecho era para Ivo algo menos dudoso que la filosofía —ligero divertimento al que se entregaba sin mayores afanes desde su breve y controvertida estancia en el seminario—, y por consiguiente más concreto, más práctico que para Aníbal. Compartían no obstante cierta predilección por aburrirse mortalmente en Administrativo IV, clase que por desgracia o por fortuna llevaban juntos, y la repulsa que les causaba Ignacio Revilla y toda su cohorte de pseudopolíticos supuestamente comprometidos desde principios de carrera con el Perú profundo, hondo y de raíces. No hay nada que hacer, viejo, claudicaba Aníbal desde El Tambito, había que verlos jugar a los diputados, a los sindicalistas, a los senadores, armando su Lego Córdoba 1914, su pequeño y pueril Mayo del 68, gritando sus consignas pie de lucha, reivindicación universitaria, modificación curricular, abajo el rector, muera la decana, que dicho sea de paso, acotaba Ivo sonriendo algo más enfáticamente que de costumbre, estaba requetebuena. No, si no había arreglo, coincidieron desde los sorbos iniciales de aquellas cervezas que los anclaron en el bar cercano a la Facultad, las condiciones están dadas, es necesaria una purga reivindicativa: que sientan nuestra ausencia, no asistamos más a la universidad, proponía Aníbal contemplando esas primeras tardes de tonos fatigados y azules en que se encontraban desde que se conocieron, cuando el uno no era para el otro más que ese tipo con el que tropiezo de tanto en tanto en la U y que escapa como yo de las revueltas, de las asambleas del Tercio Estudiantil, y viene a tomarse la chelita o el café frente a mi mesa. Esas tardes lentas de cigarrillos y quietud donde la frecuencia de encontrarse en mesas equidistantes los fue obligando al leve ademán de cabeza, al murmullo de cortesía, al intercambio de monosílabos educados, hasta aquella vez cuando ocurrió lo del pobre tipo con quien se ensañó un policía al confundirlo con un ratero, casi en la misma puerta de El Tambito, y ellos se levantaron airados a protestar, algo agresivamente en realidad, porque el policía, recobrado del momentáneo asombro que le causó el civismo adrenalizado de ambos, los gramputeó de lo lindo y ellos no había derecho, en qué clase de país vivían, por qué maltrataba así a ese hombre, y el tombo a quién carajo estaban faltando, so miéchicas, esgrimía su porra amenazante, los metía presos por interferir con la ley, qué ley ni qué ocho cuartos, esto es un atropello, y ya empezaban a verse rodeados de transeúntes que coincidían en que el policía era un abusivo y la juventud actual una mierda, mientras el pobre tipo empezaba a negar hasta a su padre, jurando en el suelo que él no era el choro, que lo habían confundido, y que no le hicieran daño, por favor, que tenía cuatro hijos y andaba pateando latas. Felizmente llegó la chica a quien habían robado y luego de echar una mirada despectiva al harapo temblón en que se había convertido aquel pobre diablo dijo que efectivamente ése no era el choro, el policía se había confundido, qué burros estos guardias.

De la que nos salvamos aquella vez, Mariafá, recordaba Aníbal dándole unas pitadas al cigarrillo antes de aceptar que a Ivo no le conocía actividades lícitas redituables, quién sabe cómo se las arreglaba, porque el negocio de la madre no debía dar mucho en estos tiempos y sin embargo él siempre se daba maña para pagar las cervezas, comprar libros y hasta invitar de vez en cuando un chifa, mira tú.

Aquella tarde del incidente con el tombo, perdido el interés fuenteovejunesco de la gente, hechas las aclaraciones y reivindicaciones cívicas con el sargento enfurecido y de bigote, adquirido el boleto de la rifa organizada por la Benemérita, sargento Ildefonso Huanca para servirles, muchachos, zanjemos esta cuestión de una buena vez y agradezcan que no los llevo presos por desacato a la autoridad, se fueron por último caminando tarde abajo, arrastrados por la inercia tramposa que los enmarañó con los comentarios sobre el asunto, la sutil maquinaria de la amistad puesta en marcha, y viento y otro café, esta vez en una chinganita cercana, porque empezaba a ser un poco tarde y, total, ya perdí Procesal Civil, y yo Autogestionario, con lo jodido que se ha puesto Arana. ¿Llevas Autogestionario con Arana?, qué suerte, en una de ésas se les muere en plena clase, debe tener más años que Luis Alberto Sánchez. No creas, el viejo es fuerte como un toro. Debe ser el gerovital, porque tendrías que ver cómo piropea y bate a las hembritas. Qué profesor no lo hace, caray, hasta el Chato Paz, quién lo hubiera creído. El Pato Chaz es el peor, sólo que necesita mucho trago encima para animarse. O café, porque toma café en cantidades navegables, debe tratarse de alguna cura especial de desintoxicación... Eso sí, a la hora de los exámenes resulta una mierda con los adulones que se han pasado el ciclo invitándolo a fiestecitas y a El Tambito. Sí, me parece que en el fondo es un tipo honesto, ¿sería cierto que estuvo preso por cuestiones políticas hacía unos años? Eso decían, un marxista luchador de la vieja escuela..., en fin, qué tal conchesumadre el policía, ¿no? ¡Tener que comprarle una rifa!, si es para llorar, caramba. ¿Y si lo hubiéramos intentado convencer para que se metiera su boleto al culo, a esta hora?..., ¿cuál es la comisaría más cercana? Aquí a dos cuadras, la que está cerca a la Facultad de Contabilidad. Cierto, tienes razón, y más tarde, con otras dos tazas humeantes frente a ellos, fue ese preguntarse nada académico y más bien pueril sobre libros y preferencias, el tímido ejercicio indagatorio sobre el otro, la calistenia de la simpatía, el horror mutuo sobre la universidad, el gobierno, la oposición, el país, el futuro, etcétera, etcétera, dijo Ivo chasqueando la lengua, deben ser cosas generacionales. O degeneracionales, quién sabe, dijo Aníbal, y además qué nos importa, uno debe vivir de sesgo esta vida que nos ha tocado, convertirse en un outsider. ¿Un outsider o un borderline?, preguntó Ivo quisquillosamente. Creo que vienen a ser lo mismo, sólo que enfocados desde distintos ángulos, la psicología no es mi fuerte, dijo Aníbal, y a propósito, por qué no te vienes un día de éstos a casa para que conozcas a mi mujer, ella es la psicóloga de la familia. ¿Estás casado?, preguntó Ivo, los ojos como platos, tú sí que vas rápido, compadre. A veces, se encogió de hombros Aníbal pidiendo la cuenta, pero Ivo dijo que no, que dejara nomás, él pagaba: la tarde se iba desmigajando despacito y la lluvia se fragmentaba en los faros de los autos.

—De eso hace más de cuatro meses, Mariafá, y el condenado recién se anima a venir hoy. ¿Y sabes por qué? Porque le entusiasmó lo de Romero, por eso. Es que en el fondo es un diletante, un sofista pendejo que goza con su sarcasmo intelectual —dijo Aníbal poniéndose unos horribles calcetines deportivos que María Fajís le obligó a quitarse en el acto.

—Adecéntate un poco, por favor, nada de ponerse esos blue jeans asquerosos. Luego vienes tarde y no te da tiempo de cambiarte.

—Se trata de Ivo, no del príncipe de Gales —protestó él algo destempladamente y rebuscando en el clóset otro pantalón.

—De Mauricio y de Elsa también, y aunque sean nuestros amigos no tienes por qué vestirte como si estuvieras en tu casa —dijo María Fajís muy seriamente, eligiéndole una camisa de rayitas azules.

Aníbal salió del clóset y la miró ladeando la cabeza como un perro faldero: tuvo que admitir que antiguamente esas amables incongruencias de la Mariafá le encantaban.

—Ocho panes, por favor —dijo María Fajís pasándose mecánicamente una mano por los cabellos despeinados a causa de un viento súbito y vespertino. A lo lejos se escuchaba el alboroto de una camioneta que anunciaba un mitin del Apra para esa noche, el ronroneo del tráfico miraflorino.

Mientras observaba a doña Ángeles avanzar despacio y como a control remoto hacia la cesta de panes, María Fajís vaciló un momento, dudando si comprar también jamonada y queso, caracho, salió con tanta prisa de casa que no se había fijado si quedaba. Miró de reojo la cola de gente detrás de ella, las caras apáticas y desencantadas de las vecinas, con pañuelos viejos y chancletas de entrecasa, con buzos y camisetas que probablemente serían del marido o de algún hijo, y pensó alarmada cómo se vería ella dentro de unos años. Sin poderlo evitar, quizá sin darse cuenta, se llevó ambas manos a la falda, intentando alisar inútilmente unas arrugas que de pronto le parecieron escandalosas.

—¿Nada más? —escuchó la voz de doña Ángeles que le entregaba la bolsa con los panes y le mostraba una sonrisa horrible que arrugaba su rostro precámbrico y desdentado.

María Fajís negó con un gesto ausentemente cortés y salió de la panadería. Dudó un segundo en la esquina, sintiendo que ingresaba a otro tiempo, que Miraflores no había cambiado nada y que era únicamente ella quien había envejecido. Como le ocurrió a Rip Van Winkle, sonrió con melancolía. «Tan joven y ya vieja», pensó caminando hacia la casa, golpeada por la sorpresa de saberse en el laberinto de la rutina, aunque bien mirado no se trataba de eso, sino más bien o mejor dicho también, de aquello que de un tiempo a esta parte estaba viviendo con Aníbal y que era como un hasta aquí nomás impronunciable por inverosímil; amores como los suyos no podían acabarse pero sí agotarse, y ella ya no era para Aníbal la chica que él miraba embelesado cuando recién se

conocieron, cuando le escribía poemas tiernos y espantosos (complicadísimos y a medio camino entre Góngora y
Argote y Mariano Melgar), después de aquella noche que
se le acercó en la fiesta del Terrazas, bastante bebido pero
bien lindo, porque le dijo hola soy Aníbal quisiera conocerte, y se puso todo colorado y ya venía con un vaso y
una botella de champán que de dónde diablos habría sacado, pensó ella, y era para que brindaran por haberse
conocido. María Fajís ya lo había chequeado al flaquito
ese que andaba de un lado a otro medio perdido en el
matri de la Graciela Saldívar. Parecía no conocer a nadie
y estar pateando latas, de vez en cuando la miraba, y la
Chata fue la primera en darse cuenta, uy, flaca, ese pata
te quisiera comer con la mirada, y ella que no sea sonsa,
pero sintió que sí, que el chico la miraba y cada mirada
era un trago de whisky que le hacía subir y bajar el nudo
de la corbata; a ese paso se iba a emborrachar, otra vez se
metía a conversar con los amigos pero cada vez que ellos
iban a sacar a las chicas él parecía no animarse, se hacía
el loco y capturaba al mozo que pasaba con los whiskys
para irse a dar pasitos en el bordillo del jardín, sobre una
cuerda inexistente tendida ante un vacío también inexistente pero del que parecía caerse a cada rato, y otra vez,
como si fuera un equilibrista ensayando para la función del domingo, volvía a intentarlo, y desde ahí, desde
ese abismo inventado por la soledad, en pleno equilibrio desafiante, la miraba de reojo y, zas, otro sorbo de
whisky hasta que llegaban los amigos, Mañuco Villar,
Rafael Diez Canseco y el churrazo de José Antonio Lindbergh, con su terno gris perla que le quedaba tan bien,
y en medio el chico ese que echaba sus miraditas hacia
donde María Fajís, que se hacía la disforzada pese a los
encontronazos que le pegaba la Chata, ya algo tomadi-
ta, diciéndole que lo tenía en el bolsillo al arequipeñito.

¿Arequipeño?, dijo ella arrugando la nariz pero cruzando los dedos tras la espalda, ¿y cómo sabes que es arequipeño? Porque es amigo del hermano de Rochi Montes de Oca, y ellos son arequipeñazos, el Palomo fue quien lo trajo a la fiesta porque el pata no conoce mucha gente aquí en Lima. ¿Quieres que te lo presente? No, se alarmó ella, y la Chata iba a insistir pero llegó José Antonio Lindbergh completamente gris perla para sacarla a bailar y Elsa se fue derretida y con una sonrisa bobalicona en el rostro. María Fajís tuvo como un presentimiento, y cuando la sacaron a bailar a ella dijo que no y, bien viva, se fue un poquito más allá, se paró algo alejada de las chicas pensando mírame, mírame, y el chico parece que captó el asunto telepático porque terminó su whisky, desapareció donde trasegaban los mozos y reapareció después de un buen rato, con la botella de champán y una decisión que parecía haber tomado hacía cuchucientos años, por fin, idiota, y dijo hola soy Aníbal quisiera conocerte, así, todo de corrido y casi de paporreta. Allí estaba su mano muy tensa y estirada esperando apretar la diestra confiada que extendió María Fajís casi muerta de risa, qué anticuado, ella misma le ofreció la mejilla cuando se sintió dulcemente arrebatada por una inmensa ternura, tan desvalido o tímido lo vio, o muchos coctelitos ella, qué mandada, porque le dijo mucho gusto, yo también quería conocerte —hasta ahora no sabía por qué le dijo así, pero eran tantas cosas que le habían ocurrido con Aníbal hasta ahora no sabía por qué—, y él se quedó medio turulato y bebió un trago de champán antes de ofrecer una copa que María Fajís aceptó desconociéndose por completo porque ya eran demasiados traguitos, y cuando ella empezaba con risitas por todo y por nada era que ya estaba mediamedia y el champán tenía tantas burbujitas como los ojos del chico que la miraba y se sonreía como si hubiera pasado una prueba o algo así, y ella también sonrió: sí, se estaba riendo de lo más bien con el tal Aníbal que le contaba cosas extrañas sobre la universidad y también algo sobre lo terrible que resultaba ser arequipeño en Lima, otra cosmovisión, decía moviendo las manos como si fuera un mercader turco, una perspectiva diferente del espacio y hasta del tiempo, se hacía polvo la teoría de la relatividad en el trayecto Lima-Arequipa, y otra vez metía cosas sobre la universidad y la carrera que empezaba a cuestionarse desde toda la vida, y sin saber cómo ya estaban conversa y conversa sentados en unas banquitas cerca a las solitarias pistas de tenis del Terrazas, alejados del bullicio de la fiesta. Entonces fue que le dijo eso de que le gustaría tener unas manos como las suyas de pisapapeles y estiró un dedo para rozarlas con tanto cuidado que ella desechó la idea de retirarlas y las dejó estar ahí quietecitas sintiendo que algo le subía muy despacio desde el pecho hasta la garganta, donde se le quedó por toda la eternidad como un nudo de algodones. Después ya estaba en su carrito azul y algo charcheroso que ella amó desde el principio y fueron a dar una vuelta por Barranco, a comer unos sándwiches de pavo riquísimos en el Macuito y luego al Cantarrana, donde tocaba un grupo argentino bien bacán, pero eso fue a la semana siguiente, casi un paseo al borde mismo de la noche, aspirando el aroma fuerte del mar cercano, paseando luego por el Puente de los Suspiros que Aníbal miró y remiró mucho antes de cruzar porque le daba no sé qué verlo tan crujiente como un pan, y a ella le dio mucha risa pero se contuvo al ver la expresión seriecísima de Aníbal que murmuraba con estas cosas no se juega, los limeños son muy improvisados, y ella que no se metiera con los limeños, oye, que ella era limeña mazamorrera y a mucha honra, y le dio un empujoncito con el hombro que él inter-

pretó mal, o mejor dicho bien, porque lo que hizo a con-
tinuación fue exactamente lo que ella estaba esperando que
hiciera: abrazarla muy fuerte, y ella pensó Dios mío, que no
deje de hacerlo nunca, nunca, nunca, porque era extraño
querer así a un tipo al que apenas conoces y con el que
sin embargo sientes que tu vida está ligada desde mucho
antes, como si en las palmas de las manos que se buscaban en el recién estrenado tanteo de las caricias estuviera
escrito que así tenía que ser, que no existía otra posibilidad
para ellos dos que se miraban atrapados en una delicia de
dedos y besos. Bien lindo fue.

María Fajís subió las escaleras con más de cincuenta años sobre sus jóvenes espaldas, dejó la bolsa de
pan en la mesa y abrió el refrigerador para servirse un va-
sito del vino que habían comprado para la reunión de la
noche. El gato que estaba cerca maulló con toda la delicadeza del mundo y ella le puso un platito de leche. Encendió un cigarrillo, bebiendo unos sorbos de vino. Ya
eran las seis y media pasadas y Aníbal aún no llegaba de
la universidad. Y eso que le prometió regresar prontito para ayudarla con los canapés. «Sólo estaré un par de hori-
tas y regreso», le había dicho al salir. Seguro estaría con
su amigote Ivo, ese del que tanto le había hablado y que
hoy por fin conocería. O con el loco de Mauricio, aunque no, se desdijo de inmediato, si estuviera con Mauricio entonces también estaría Elsa, y si estaba Elsa sería-
mos otra vez los cuatro para arriba y para abajo. Está con
Ivo, se reafirmó María Fajís dando una patadita contra el
suelo, porque quién le decía a ella que Ivo no era sólo
una excusa y en realidad Aníbal andaba con otra. Con alguna chica bonita que habría conocido en la universidad
o hasta haciendo taxi o quién sabe dónde. Es tan mete letra que la aturulla a cualquiera, se hacía el sonsito pero
así son todos los matalascallando, pues. Si volviesen a ha-

cer la ouija ella podría preguntar, pensó sintiéndose casi de inmediato una tonta. Esa noche le miraría bien adentro de los ojos, y por nada del mundo le dejaría hablar del señor Romero y de aquellas estúpidas pesquisas que lo tenían dedicado a seguir al pobre hombre por todas partes, aprovechando que había tenido el carro en el taller. Iba, venía, anotaba en su cuadernito, le comentaba todo lo que hacía Romero, y ella oye, Aníbal, por qué no dejas en paz a ese señor y te dedicas a estudiar, pero él ni caso. Qué manía la de Aníbal por convertir cualquier irrelevancia en algo digno de entrega, tiempo y pasión. Qué ganas de andarle buscando tres pies al gato metafísico que le cruzaba a la carrera por la frente cada vez que sorprendía algo, cualquier nimiedad, como un chiquito travieso que inventa sus propios juegos solitarios, estate quieto, muchacho, por Dios, una y otra vez jugando con la rutina como si fuera el mecano que desarmaba incansablemente para reacomodarlo a su antojo. Y un buen día acabaría llorando por no haber podido volver a encajar las piezas en su estado original. Pero en el fondo ella lo quería así, medio loco, entregado a sus rastreos, inventando fórmulas para acabar con lo cotidiano, regalándole enigmas y acertijos como si fueran un ramillete de amables inocencias, pero dejándola últimamente y poco a poco a la deriva, dejándola que ella solita se las entendiera para cuidar un amor que era de ambos, y entonces había que inventarse esperanzas, metas, historias para continuar. Sí, dijo María Fajís en voz alta, y el gato movió una oreja como si fuera un radar peludo, esta noche voy a mirarle bien a fondo los ojos y si no me encuentro allí... Ojalá que al menos encuentre el rostro del tal Ivo o del señor Romero. Pero ningún otro rostro, porque lo mato.

Bebió otro sorbito de vino y le encontró un sabor tenuemente salado, como si le hubiese caído una de las lágrimas que no alcanzó a secarse mientras pensaba en Aníbal.

«Nuestro hombre sale todos los miércoles a las siete en punto de su casa. Lleva siempre el mismo terno azul marino y gastado hasta lo inconmensurable, un sombrero gris y una corbatita delgadísima y oscura que lo retrotrae a los años cincuenta, sólo le falta subirse a un Impala o a un Studebaker impecable desde donde lucir su bigotito circunspecto y el anillazo de oro que destella en su anular. Pero no, sube al micrito morado que coge en Shell y Larco y ahí se le pierde la pista hasta aproximadamente las dos o dos y media, cuando llega fresco como una lechuga, aunque no puede evitar cierto nerviosismo si se le intercepta para saludarlo. Entonces nos mira como si le hubiésemos descubierto el Secreto, suda, tartamudea un buenas tardes apenas audible y escapa rumbo a su departamento. Los otros días sale de su morada un poco más tarde (diez o diez y media) y adquiere en el quiosco de la esquina *La República*, periódico que lee por espacio de tres cuartos de hora sentado en el Parque Kennedy —generalmente la misma banca—, y luego se acerca caminando despacio hasta el restaurante Colinita, donde compra butifarras u otros sándwiches que le envuelven en papel kraft los atentos cholos que atienden. Interrogados sobre el particular...»

—¿Quienes? —preguntó María Fajís casi levantando una mano.

—Los cholos, pues, quiénes van a ser —dijo Aníbal molesto antes de continuar leyendo sus hojitas mecanografiadas.

«... interrogados sobre el particular, apenas si respondieron con monosílabos y evasivas, pese a lo cual se pudo colegir que era un cliente habitual conocido como don Heriberto. No se continuaron pesquisas por allí porque los susodichos cholos se pusieron medio saltones ante las preguntas de quien redacta este informe...»

—Al menos ya tiene nombre —dijo Mauricio, y al ver la expresión de Aníbal pidió chepa, ya no interrumpía más. ¿Habría otro poquito de vino?, murmuró hacia María Fajís.

«... Nuestro hombre se desplaza hacia su domicilio andando siempre despacio, como si estuviera dando un inmenso paseo alrededor de su vida, y allí desaparece hasta las cinco en punto, hora en que sale oliendo muy ligeramente a lavanda y consultando una y otra vez su reloj. Se dirige nuevamente a la intersección de Larco y Shell y después de esperar en vano el paso de algún micrito morado se calienta, parece putear como los demás eventuales pasajeros hasta que al fin trepa al referido microbús que aparece generalmente atestado. Allí le perdemos la pista hasta aproximadamente las once de la noche, hora en que llega exhausto y se escabulle de nuestros intentos de saludo para ingresar a su vivienda después de dar un portazo extraño.»

—¿Por qué extraño? —se atrevió a alzar una mano Ivo, que recién los conocía y andaba medio muñequeado y sin entrar aún en confianza.

—Porque cierra la puerta muy despacio pero con toda la intención de dar un portazo —explicó Aníbal doblando resignadamente contra el pecho las hojas que leía—. ¿Van a seguir interrumpiendo?

—¿Un portazo en super slow motion, quizá? —aventuró Mauricio, que recibió un codazo de la Chata.

—Más o menos. Esperen que acabe el informe y hacen las preguntas que quieran. No joroben.

Todos pusieron caras de ser el público más atento del mundo. Se encendieron algunos cigarrillos y María

Fajís llenó las copas con la última botella, apenas alcanzó un sorbo para cada uno, qué lástima. Habría que bajar corriendo a comprar otra.

«Nuestro hombre es prácticamente incoloro e inaudible, apenas se escuchan sus pasos por el departamento que habita rodeado de libros. Realiza compras esporádicas en la bodega de la esquina donde adquiere paquetes de tallarines, latas de atún y conservas varias, presumiblemente destinadas a un consumo inmediato y de fácil confección. Los sábados hace una compra mayor en el mercado de Surquillo, donde escoge pequeñas raciones de fruta, pescados y pechugas de pollo. Cabe destacar que ningún aroma de comida llega hasta nuestra vivienda, por lo que aventuramos que además de inaudible e incoloro es inodoro. Los domingos no sale de su casa.»

—Carajo con el informe, loco, ¿no has pensado enviarlo al *Cuento de las mil palabras?*, creo que hay un premio de mil dólares —se le escapó a Mauricio, pero Aníbal continuaba leyendo impertérrito y casi calándose unos lentes que no usaba.

«Lo verdaderamente gravitante de la cuestión radica en los seis sujetos que lo visitan puntualmente todos los jueves (con total certeza los dos últimos, pero según doña Lucía desde hace tiempo ocurre así) y que van llegando a partir de las cuatro de la tarde. Son cuatro hombres y dos mujeres jóvenes, bastante mestizos todos y de edades comprendidas aproximadamente entre los veintiuno y los veintiséis, excepto una de las mujeres, que parece algo mayor y tiene pinta de secretaria de instituto o recepcionista de consultorio médico misérrimo.»

—Canalla.

«Nuestro hombre los recibe con cordialidad no exenta de laconismo, siempre vestido con su traje azul marino, y los despide de la misma manera a las tres o cuatro horas de haberse apersonado en su vivienda. No hemos podido saber de qué discuten, cuáles son los fines que persiguen en su extraña asociación ni los móviles de la misma.»

Aníbal dejó las hojas sobre la mesita de centro, junto a los restos de la pizza que habían encargado, y los miró a todos esperando alguna respuesta. ¿Y bien?, había dicho, ¿qué opinaban del asunto? Ivo estiró los brazos con fuerza y arqueó la espalda como desperezándose pero rápidamente se encogió, murmuró unas disculpas y se dedicó a deslizar un dedo astuto por el borde de la copa. Lo que realmente le sorprendía, dijo al fin, era el tiempazo que se había tomado su compadre para fichar al tal Romero. ¿De veras le había dedicado una semana íntegra al asunto? Dos, se apresuró a decir María Fajís: lo debe haber vuelto loco al pobre señor, ¿o acaso creía que no se daba cuenta de que lo andaban siguiendo por todos lados? Aníbal la miró desdeñoso, él sabía hacer las cosas, cariño, Romero ni se había dado cuenta de que era minuciosamente seguido, observado, anotado. Elsa arrugó la nariz escéptica porque al fin y al cabo resultaba más o menos fácil recomponer la historia del tal Romero con los escasísimos datos que había conseguido Aníbal. Aníbal se entregó a odiarla sin dilación alguna y preguntó a ver, pues, cuál era la historia. La Chata dejó su copa sobre la mesa y se cruzó de piernas antes de mostrar unos dedos largos que fue golpeando con el índice de la otra mano: uno, dijo, Romero va a visitar a su anciana madre que vive en Magdalena o por el cementerio, y por eso coge el micrito morado, en fin, cualquier lugar de ésos. A las madres se les suele visitar los miércoles, agregó rotundamente porque captó que dudaban de su hipótesis. Dos: los chicos que van a buscarlo son alumnos de San Marcos o la Villarreal que se han enterado de que el tal Romero da clases de Historia, Filosofía o algo parecido, todo a pre-

cios módicos. De allí que acudan sólo una vez a la semana y siempre el mismo día. ¿Y por qué precisamente de
San Marcos o Villarreal?, objetó Mauricio casi molesto
por la actitud desafiante y detectivesca que había adopta-
do la Chata. Por las pintas, hijito, dijo ella. ¿No acaba de
decirnos Aníbal que todos eran *bastante mestizos*? Eso en
boca de un arequipeño sólo puede ser un eufemismo de
chontril, y tanta concentración de chontriles sólo se da
en aquellas universidades. Todo lo demás quedaba en el
terreno de lo cotidiano, sentenció antes de coger un *Vogue* y empezar a hojearlo con indiferencia. Bueno, dijo Ivo
cautelosamente, como hipótesis de trabajo lo que acababa de decir Elsa estaba bien, pero había demasiada especulación gratuita de por medio. Los alumnos universitarios no suelen ser de edades tan dispares y acudir en masa
donde el profesor, que por otro lado no se sabía si efectivamente lo era. En todo caso habría que averiguar si se
trataba siempre del mismo grupito o si variaban sus componentes. ¿Por qué?, preguntó María Fajís, y apenas sintió la mirada de Ivo anclada en la suya desvió los ojos.
Porque en estos casos el orden de los factores sí altera el
producto, dijo Ivo mirando a María Fajís con toda intención, y de tratarse de distintos componentes entonces
significaría que, efectivamente, son sólo alumnos. Y si se
trata del mismo grupo reuniéndose constantemente puede que también se trate de algo distinto, agregó Mauricio;
con sólo dos semanas de investigación no se puede especular mucho. Y queda por dilucidar la vaina de la amistad con el difunto de doña Lucía, dijo Aníbal frotándose
las manos porque ya los estaba notando a todos entusiasmados. En efecto, dijo Mauricio levantándose del sofá,
impulsado por un desasosiego peripatético que lo llevó a
caminar hacia donde estaba instalado el equipo, a mirar
luego los afiches de Bogart y el de la garota semidesnuda

como si allí encontrara pistas, nuevos bríos para seguir elucubrando: así, podría inferirse que los viajes puntuales de los miércoles eran ni más ni menos al cementerio, a ponerle flores a la tumba de aquel viejo amigo a quien alguna oscura relación vinculaba aún hoy a su recuerdo... ¿Y los chicos de los jueves?, ¿qué demonios pintaban en su historia melodramática los chicos de los jueves, Harry Dickson de pacotilla?, interrumpió la Chata dejando el *Vogue* sobre el sofá. Creo que Elsita tiene razón, dijo María Fajís evitando que Mauricio contestara alguna burrada y se armara Troya; después hizo un esfuerzo por concentrarse en lo que estaba empezando a explicar y no en la mirada de Ivo, que la seguía atentamente, haciéndola sentir extrañamente turbada; estamos intentando armar un puzzle de cien piezas y sólo tenemos diez, es absurdo hacerlas encajar a la fuerza, continuó diciendo sin mucha convicción. O sea, organicémonos, señores, dijo Aníbal feliz con su copa en la mano, encantado guía de aquel safari que empezaban poco a poco a poner en marcha. Reconozco que a mi informe le faltan datos, es insuficiente. Pero no negarán que algo raro se cuece en el ambiente; no sabemos qué diablos hace ese grupito extraño con el viejo Romero, por ejemplo; quizá una secta o algo por el estilo, con tanto loco suelto por ahí... Para empezar, nosotros, bostezó Ivo mirando su reloj, que estamos divagando sobre un pacífico ciudadano que se gana los frejoles dando clases particulares. De pacífico sólo la pinta, dijo Aníbal abalanzando sus frases como una manada de lobos contra la calma de Ivo, no sabemos qué se puede urdir aquí en los bajos. Con un discurso parecido había empezado el buenazo de McCarthy allá por los años cincuenta, sonrió Ivo sorprendiendo la mirada de María Fajís, tampoco era cuestión de ir y amolarle la vida a los vecinos porque sí.

Después de sus frases se aposentó un silencio brusco y al fondo de la noche se hundieron las campanadas de una iglesia, el escape roto de un auto veloz, perros furiosos desde las azoteas vecinas y nuevamente el silencio de ellos cinco en la sala. Pasó un ángel, dijo con timidez de ángel María Fajís, y sonrió cortada, pero ya todo era otra vez la noche conocida acechándolos descaradamente, buscando con sus artimañas de vieja odiosa traerlos nuevamente a la realidad, a la rutina, a los bostezos y las sonrisas avergonzadas y contritas porque qué diablos hacían allí, a qué demonios jugaban. En el equipo seguía sonando muy bajito el *A small hotel* de Coleman Hawkins que iba amansando sus notas poco a poco, apenas un amago de ritmo, aliado de la noche y el viento, también empujándolos suavemente a la realidad de toda aquella pantomima urdida para matar la sombra del tedio que los atrapó de golpe. *Informe sobre mudos,* qué titulito, dijo entre dientes Ivo, y Aníbal se encogió de hombros, sin ganas de replicar. ¿En el fondo qué buscaban?, se preguntó María Fajís, y tuvo miedo de su pregunta, pero seguramente Aníbal, Mauricio, Elsa y el recién estrenado Ivo se estaban preguntando lo mismo porque otra vez Hawkins les iba urdiendo cepos azucarados de música muy suave y ya empezaban a hacerse largos los bostezos, torpes los gestos, como si el juguete Romero hubiera sido olvidado en un rincón de esa noche que se negaban a abandonar, las mujeres y los niños primero, como en el *Birkenhead,* caramba, y en ese caso todos, porque mujeres sólo dos, y niños tres, tremendos manganzones que sorbían con abulia los últimos restos del vino. De pronto Mauricio consultó muy largamente su reloj y dijo bueno, siendo la hora avanzada, y todos se incorporaron al mismo tiempo, en una ejecución perfecta y casi teatral. Bueno, señora, dijo Ivo fingiendo una actitud algo ceremoniosa y cogiendo la mano de María Fajís entre las suyas, encantado y muchas gracias por la hospitalidad, y María Fajís sonrió azorada. Luego fue la pequeña confusión de dónde está mi saco, no olvides tu encendedor, mañana tenemos examen de Agrario, a ver si te acuerdas de llevar las fotocopias para estudiar algo, Elsita, yo te llamo y quedamos para eso que te dije, y de pronto otra vez un silencio embarazoso, cortado esta vez por el suspiro de Ivo, who a hell are you, Romero?, ya con la casaca al hombro, parecía Adamo en una carátula de elepé, pensó María Fajís apoyada en Aníbal que decía ya nos vemos otra noche, cobardes, y la respuesta inmediata de Mauricio, cuando quieras, forastero, en estas lides yo tengo más cicatrices que tú años; ya hablaremos, y un poquito más tarde, casi desde el primer piso y con toda prudencia, nuevamente Ivo, who a hell are you, mister R.?, justo cuando ellos cerraban la puerta.

—La trampa está lista —dijo Aníbal frotándose las manos.

¿Fue una locura casarse tan pronto?, se preguntó dejando la bolsa de la compra sobre la mesa. Porque menos la Chata, que era bastante locumbeta, sus amigas medio le habían vuelto la espalda, pero a ella qué diablos. Su madre puso el grito en el cielo y lo primero que preguntó fue si estaba embarazada. La mamá de Aníbal también. Ellos eran un par de mocosos, apenas se conocían un año, tenían toda la vida por delante (¿adelante es hacia adónde?, como anda diciendo Aníbal todo el tiempo, qué manía) y no había necesidad de malograr sus respectivos futuros. Pero ellos se emperraron con que no eran unas criaturas y ya sabían muy bien lo que querían de la vida, y la vida de ambos, dijeron casi mirándose a los ojos y sin importarles un pito las expresiones escandalizadas de las madres, la querían vivir juntos. Suspiros y lágrimas de las señoras madres que no se resignaban, y ella tenía que contener a Aníbal que ya estaba a punto de echarlas de casa, porque las habían citado en casa de Aníbal, craso error, pues ambas mujeres censuraron lo que empezaron a sospechar. Con todo fundamento, además. Lo terrible fue que en vista de que no llegaron a ningún acuerdo esa misma noche María Fajís apareció en la casa de Aníbal con unas ojeras tan grandes como las maletas que desempacaron en silencio y sabiendo la que se les podía venir encima.

La que se les vino, más bien, porque luego de un par de meses atroces de abiertas hostilidades no les quedó más remedio que claudicar, acaso cansados de las promesas de fuego eterno para los pecadores con que las madres les advertían, siempre a punto de desmayo, cuando visitaban este nidito de amor, como despreció la madre de Aníbal sin atender el esmero dominical de los tallarines que preparó María Fajís para intentar hacer las paces; o este antro de iniquidad, como sollozó la madre de la amancebada, rescatando la frase de algún viejo manual moralista, el día que llegó de sorpresa al ya bautizado entre risas, luego de las lágrimas, nidito de amor.

«La boda de la puta y el pendejo», masculló Aníbal el mismo día de la boda, porque en el fondo, como él le hizo observar, efectivamente ellos no tenían mucho que ver en aquel matrimonio convenido por el catolicismo inapelable donde se parapetaron ambas madres al observar las promiscuas actitudes de la puta de su niña y el pendejo de su hijo, aunque de boca para afuera sólo hubo sonrisas y té con pastelillos más una encíclica proclamada a dúo que Aníbal había titulado *Mater Reconciliacio-*

nem y que versaba sobre el escándalo de vivir amancebados, arrejuntados, como indiecitos, como animalitos, qué barbaridad. Las madres habían conseguido lo que querían, se habían citado por teléfono, intercambiado rezos, pavores, consultas, estrategias y toda la artillería de amenazas y ruegos que montaron una tarde con fuerte sabor a desembarco de Normandía cuando se presentaron sorpresivamente en el nidito de iniquidad, en el antro de amor.

El matrimonio les parecía el menor de los males, ya que el daño estaba hecho, dijo María Fajís-mamá sosteniendo la carterita contra el regazo y paseando unos ojillos escandalizados que censuraban a Humphrey Bogart, a la Monroe y a la garota calatísima, lo más censurable del conjunto. Porque esto es una locura, suspiró Aníbal-mamá aceptando apenas una tacita de té. María Fajís aguantó a pie firme las reconvenciones, las insinuaciones de su conducta abiertamente pueril, apretando la mano de Aníbal cada vez que éste parecía a punto de estallar, pero cuando lo empezaron a pendejear, a cafichear a él, dijo que a ella nadie le había metido el dedo a la boca, que si vivía así era porque le daba la gana. Fue entonces cuando Aníbal decidió que sí, que se casaban. María Fajís lo miró sorprendida pero se quedó callada. Horas más tarde, cuando se fueron las viejas con aire confuso porque no esperaban vencer tan rápidamente la resistencia de los arrejuntados, María Fajís dijo que todo estaba muy bien pero que a ella nadie se lo había consultado; si no lo había dicho antes era para evitar un nuevo escándalo. Estaban lavando los platos y Aníbal, que era el encargado del secado en el proceso de producción de loza limpia, la miró con una cara que era como para fijarla en un molde de yeso mientras ella continuaba frotando los platos concentrada en su tarea y ajena a la estupefacción de Aníbal. «Yo pensé que...», murmuró él con una voz que daba lástima. María Fajís le puso un último plato en las manos, se cruzó de brazos muy seria y se apoyó contra el fregadero. «A mí nadie me ha propuesto matrimonio», dijo ofendida y mirando al gato que venía de tomar baños de luna en la terraza. Aníbal (se lo confesaría después, a la hora de las caricias ricas en la cama) tardó un segundo en comprender de golpe cuánto la quería: le amaba las manos en flor cuando ella lo despeinaba, el terriblemente hermoso perfil y su entusiasmo de ojos cerrados cuando escuchaba Benson con la escoba detenida en medio de la sala antes de proseguir con la limpieza, el prolijo placer con que ella cepillaba su cabello por las noches antes de acostarse; el golpe goloso en la garganta cuando aspiraba el humo del cigarrillo y mecía los hombros como si el fayo fuese también una melodía; le amaba las cejas intrigadas en las primeras páginas de un libro abierto siempre como el camino hacia el mundo de Oz; la manera cándida de entregarse al sueño contra la almohada que impregnaba con su olor a limón y champú; el registro entusiasmado de su voz hasta cuando se enojaba; su precisa ejecución de danzas inventadas en puntas de pie, para beneplácito del gato recientemente prohijado y del propio Aníbal, que la miraban embelesados discurriendo nuevas formas de motivarle otro baile, y ella, jadeante y chaposita, aceptaba la música de Jarré, de Camel, la *Bohemian Rapsody* o un movimiento de Vivaldi, todo aquello que no se podía bailar pero que María Fajís se ingeniaba para dibujar sobre el parquet de la sala con revuelos de falda y látigos de pelo, con recodos y quiebres, con abismos donde parecía a punto de caer para siempre, antes de recomenzar un giro delicado, un afán de fuego sobre hielo, de luz respirando agitada antes de apoyarse en Aníbal que nunca sospechó de tanto goce junto a su piel, para su piel.

«¿Te quieres casar conmigo?», le dijo él aquella tarde, plenamente convencido de que acababa de inventar la frase. María Fajís lo calibró con suspicacia y desde el fondo le empezó a tejer un esbozo de labios, una mueca que no se decidía, al fin una sonrisa. «Claro que sí, idiota», le contestó con inobjetable romanticismo.

Por eso mismo, porque todo aquello era tan reciente y no obstante quedaba tan lejano que ya no parecía reciente, María Fajís —picando las cebollas en pedacitos tan diminutos que empezaban casi a desaparecer— pensaba si acaso cometieron un error al casarse así, tan de repente. Anoche, después de que Aníbal leyera su *Informe sobre mudos,* como pomposamente había titulado las dos hojitas malamente mecanografiadas y que se referían al señor Romero, hojitas que despertaron el alborozo de todos, ella se había hecho la remolona a la hora de acostarse, y cuando se metió en la cama donde Aníbal leía algo probablemente espantoso que se titulaba *Estatismo y Anarquía,* trepó sobre él con un valor que provenía sin duda del abundante vino bebido y le cogió la cara con ambas manos antes de decirle mírame a los ojos, Aníbal, por favor. Sin embargo, la estupefacción con que él la miró batió el agua de su mirada y ella no pudo observar nada allí al fondo. ¿Qué te pasa?, le preguntó Aníbal dejando el libro a un lado, pero María Fajís ya empezaba a ver algo porque añadió con un susurro quédate quieto, y le dio un beso y se hizo la buenita para ver si así lograba calmar la turbulencia de aquellos ojos intrigados. Quietecito, por favor, acarició su rostro y las aguas se fueron calmando, y allí al fondo vio el rostro del señor Romero, el de Ivo y también la cara de una mujer que no era ella.

Entonces no pudo evitar que se anegaran sus propios ojos, apenas tuvo tiempo de esconder el rostro en el pecho desconcertado de Aníbal que hasta se enojó un poco, qué diablos pasaba, ¿mucho vino?, y ella negaba con vehemencia, nada, nada, sollozaba, cosas mías. Aníbal le acarició la cabeza con unas manos cautas, ¿qué le pasaba?, ¿cólicos premenstruales?, ¿iba por un ponstan?, que le dijera qué ocurría, por favor. Pero María Fajís ya se había entregado con furor y por todo lo alto a un verdadero ataque histérico que hizo venir corriendo al chismoso del gato hasta la puerta misma de la habitación y Aníbal casi lo bota a patadas, apenas alcanzó a lanzarle el Bakunin por la cabeza, fuera, miéchica. Hubo allí tal confusión de gritos, llantos y maullidos que ninguno de los tres supo detener a tiempo, sorpresivamente instalados en una escena sacada clavadita de Ionesco, hasta que Aníbal se levantó de la cama, furioso, alarmado, recogió el libro y anunció que estaría en la sala, que cuando ella se calmara le viniera a contar lo que ocurría. Luego María Fajís escuchó entre los hipos y sollozos que aplastaba contra la almohada los murmullos enfurruñados de Aníbal, y lo intuyó leyendo el libro al revés, bebiendo café y maldiciendo que no hubiera whisky en esta casa de marras, que lo que él necesitaba era una copa, mientras ella lo necesitaba a él, más que nunca lo necesitaba a él, pero sin ese rostro de agua que adivinó en sus ojos.

Ahora, mientras se daba cuenta de que había picado las cebollas hasta casi volverlas una entelequia, pensaba que la noche anterior se le había diluido también entre las manos, que bien mirado era una tontería haberle hecho tal escena a Aníbal y por eso él se había marchado tempranito y todavía furioso. Tendría que hablarle, tendría que pedirle disculpas y preguntarle sin ambages de quién era ese rostro femenino que flotaba en sus ojos. Porque estaba segura de haberlo visto.

Era encantador, de acuerdo, pero ni una palabra a Aníbal, su ego no lo podría resistir, sería demasiado duro para él saber que existen otros hombres encantadores en el mundo, le confesó María Fajís a Elsa mientras colocaban los canapés de atún y jamón en círculos concéntricos sobre los platos. Encantador pero también un poco amanerado, agregó. Lo dijo evitando mirar a la Chata, temerosa de ese desasosiego que le burbujeó en el estómago. Se volvió hacia el refrigerador para sacar la botella fría de Tacama mientras Elsa buscaba copas en el armario pequeño, no, en ése no, en el otro, sonsa. De amanerado nada, dijo la Chata, a ella le parecía más bien elegante y además desde el primer día le andaba mandando a María Fajís unas miradotas tremendas, que no le dijera ahora que no se había dado cuenta. Hasta Mauricio se había ganado con el pase, menos Aníbal que andaba como siempre en las nubes, y María Fajís por favor, Elsa, cómo decía eso, caracho.

En la sala, sobre un fondo de los Kjarkas, se escuchaban las risas estruendosas de los tres y luego, súbitamente, un silencio de cuchicheos que era como un pasadizo afelpado de voces, un tobogán que desembocaba nuevamente en carcajadas. Ya está, ya empezaban con los chistes verdes, ¿no?, dijo María Fajís en voz alta y con tono de maestrita severa, y Elsa cochinos, ¿por qué no esperaban a que estuvieran ellas también?, pero su frase quedó acallada por una nueva tanda de risas, lo pasaban de lo lindo y no movían un dedo, resopló María Fajís vacilando con la disposición de los canapés. Agregó un puñado de pasas en el plato de frutos secos mientras se enteraba como a lo lejos de que Mauricio era tan celoso o quizá más que Aníbal, la otra noche le había hecho una escena a Elsa cuando ella le dijo que Ivo era encantador, guapo y educado.

María Fajís levantó la vista de los platos que acababa de colocar sobre un azafate y sus ojos relampaguearon divertidos, ¿de veras le había dicho eso? Elsa encogió los hombros, sí, claro, ¿por qué no lo habría hecho?, pero su gesto tuvo un segundo de arrepentimiento malencarado y retroactivo que le quitaba fuerza a la frase, pensó María Fajís con la bandeja de bocaditos en las manos, todavía desconfiada respecto a la estética disposición de los rectángulos de miga y atún, pero pensando que Elsa y Mauricio estaban pasando un mal momento y la Chata se estaba buscando un lío con ese tipo de comentarios Somerset Maugham, al filo de la navaja. Además tuvo que confesarse que sin saber por qué, le molestó un poquito. Resopló fastidiada y abrió la puerta con un pie, la bandeja entre las manos, casi una ofrenda, y Elsa detrás de ella con otro azafate y la botella de vino, una especie de procesión en cortometraje y con escaso presupuesto, dijo Mauricio burlándose de los pasos y los gestos cautelosos de las mujeres camino a la sala.

Apenas colocaron las bandejas sobre la mesa de centro y no acababa aún el último tema lado A de los Kjarkas en vivo cuando entre Mauricio y Aníbal despacharon diligentemente los panecillos de atún. Ivo se había levantado para husmear entre los discos y las cintas y era muy capaz de proponer Inti Illimani ahora que le había dado fuerte —decía Aníbal— por la música vernácula. Así, de espaldas a ellos, pensó María Fajís observándolo encogido contra el equipo, era de alguna forma más Ivo, más solo o desprotegido o quizá únicamente más al margen de ellos cuatro, cada oveja con su pareja y además amigos desde antes —aunque tampoco mucho, no había que exagerar, sólo ella y la Chata desde siempre—, pero dueños de un pasado de referencias comunes sobre las que Ivo ni idea, recién unas cuantas noches que se citaban los cinco, y de seguir frecuentándose cualquier día serían seis, porque era absurdo pensar que él no tuviera por ahí sus cosas, alguna chica que le diera vueltas, porque según

Aníbal su brother tenía mucho jale entre las féminas, incluso con las que estaban muy buenas, le había comentado la otra noche, y a ella le dio una rabia tremenda, soltó un almohadonazo sorpresivo contra Aníbal, que no hablara de esa manera, caramba, se le afilaban los dientes al pronunciar «muy buenas», y él la miró perplejo, que no se pusiera así, le dijo, sólo había hecho un simple e inocente comentario, ¿por qué se enojaba tanto? En fin, que cualquier día Ivo los visitaría con una chica y mejor así, en algún momento podía resultar un poco incómodo que estuviera con ellos cuatro, tocando el violín... Pero qué tonterías pensaba, al fin y al cabo ninguno de ellos era de los que andaban dándose besitos y manoseándose delante de los demás y por lo tanto Ivo no incomodaba ni nada de nada, porque era correcto y muy culto, daba gusto conversar con él, en eso tenía razón Elsa, aunque guapo, lo que se dice guapo, no era nada: flaco y anguloso, orejón y con el pelo de un rubio más bien triste. Simplemente era menester ponerlo al día con la cuestión de la ouija y el pasado Opus Dei de Mauricio, esas cosas que siempre caen plomo si no nos ponen sobre aviso. (¿Sabría ya que Aníbal era arequipeño?, bah, seguro que sí.) Felizmente en política todos parecían coincidir en un escepticismo sin vuelta de hoja respecto a..., ¿a qué? En realidad tocaban el tema como de refilón, como si fuese necesario prescindir de las palabras para referirse al gobierno, a las próximas elecciones, a Vargas Llosa y al Apra y a la Izquierda Unida. Era como si usaran unas pinzas escatológicas, se dijo María Fajís limpiando con un dedo abstraído el rastro de ceniza que crecía alrededor de los ceniceros. Sí, preferían las grandes y vagas generalidades, la burla abstracta y el desdén sistemático, y había en todo ello un fondo innominable que era miedo y algo que bien podría definirse como una fe profunda en la ausencia de fe, como había dicho la otra noche Elsa, con los colores del vino en las mejillas pero muy segura de sí misma, el cuarto de hora inevitable y sincero, un impromptu catárquico al llamarlos cobardes porque hablaban y hablaban y criticaban y criticaban y a María Fajís le saltó a la memoria *los hombres andaban y al hacerlo cantaban* del Doctor Zhivago, pero desechó inmediatamente la asociación para interesarse en lo que decía su amiga, con un resto de Queirolo Blanco en la voz, sobre la comodidad de criticar y burlarse sin meterse al fuego, una actitud pueril de niños engreídos y pedantes que jugaban al no compromiso político por puro miedo: hubo allí aquella noche un momento inmóvil y turbio donde seguía sonando Chico Buarque, y la caja grasienta y entreabierta donde quedaban restos de pizza sobre la mesita de centro parecía una boca burlona o una grabadora de cartón registrando el silencio, pensó María Fajís mientras Elsa empezaba una vacilante y confusa explicación acerca de la crueldad, la vil indiferencia (sic), lo reprobable de sus actitudes mientras el país se desangraba (sic) y ellos comían pizza (sic).

«Sin contar con la doble ración que te has despachado tú», le había dicho Mauricio disfrazando su fastidio con un tono ligero que no engañaba a nadie pero que sirvió para que Ivo soltara una de esas carcajadas que parecía tener siempre dispuestas y que lanzaba al aire como confeti, y Aníbal también rió y María Fajís, que de tonta no tenía un pelo, rió a su vez comprendiendo que era mejor así, que resultaba más fácil aceptar el escape que ofrecía Ivo con su risa de clown. Sí, pero luego de las risas quedó algo flojo e improvisado en la conversación, un desencanto que Aníbal intentaba llenar contando algo presumiblemente divertido que había leído sobre el Lobo Fenris y Thor y que los demás escucharon sin demostrar mucho entusiasmo por la mitología escandinava y bastante bostezo en las caras puesto que ya eran las doce pasadas y mañana todo el mundo a chambear.

—Bueno, ya estamos aquí —dijo María Fajís tontamente, acomodando un poquito la bandeja sobre la mesa de centro.

—Ya se hacían extrañar —dijo Ivo levantando su copa y mirando a Elsa, que le devolvió coquetamente la sonrisa.

—¿Una partidita de backgammon? —propuso Mauricio frotándose las manos.

Y así era todo por aquellos días, más o menos.

María Fajís lo recibió con la expresión que ponen los náufragos en las películas cuando los rescatan.

—Hay un ratón en casa —la frase sonó preparada y ensayada durante varias horas de miedo.

Aníbal se quitó la casaca en completo silencio y la colocó pulcramente sobre el respaldar de una silla, tratando en el fondo de no reírse de la expresión que tenía María Fajís.

—¿Y el gato? —preguntó cruzándose de brazos severamente.

—No sabe nada.

—Bueno, es cuestión de ponerlo sobre aviso —dijo Aníbal con un tono grave, sacando un paquete de Winston del bolsillo.

María Fajís encendió el fayo que le ofrecía Aníbal pero se llevó una uña a la boca, mirando fijamente hacia la habitación del fondo. Aníbal también miró pero evidentemente no lograba ver lo que María Fajís. Para él, el final del pasillo desembocaba en una inocente y blanca puerta cerrada.

—¿Un ratón? ¿Un ratón aquí? —preguntó caminando hacia la cocina, donde abrió la refrigeradora buscando el resto de Queirolo que había sobrado de la otra noche.

—Sí, Aníbal —dijo María Fajís quitándole de las manos el vaso de vino que él acababa de servirse y bebiendo un largo trago antes de apoyarse contra la pared con los brazos cruzados tras la espalda.

—Bueno, bueno, se trata de un ratón, no has avistado una manada de pumas.

—Viene a ser lo mismo.

—¿Ah, sí? Díselo al gato y verás cómo sale volando —Aníbal se sirvió otro vaso de vino—. No hay que exagerar, Mariafá. Además, ¿estás segura? Puede ser que simplemente te haya parecido.

—Ahora pretendes insinuar que estoy loca —taconeó ella fastidiada.

Aníbal suspiró empezando a contar hasta diez. Al llegar a siete dijo:

—No conviertas esto en un caso para Germán Delgado. No dudo que el ratón existe, pero...

—Pero nada, caray —María Fajís hizo un gesto tajante con la mano—, lo he visto, una cosita así, una cosita asquerosa, peluda, tibia, escurriéndose hacia la habitación del fondo. Yo acababa de llegar de la tienda y nada más abrir la puerta lo vi corriendo hacia allá. Me quedé de piedra.

—Bueno, ¿y qué hiciste? —Aníbal paladeó un sorbo de vino, le murmuró algo aprobador al vaso y se sentó en un banquito pensando que la cosa iba para rato y él tenía ganas de almorzar de una buena vez. ¿El tipo que estaba en la esquina cuando él llegaba era o no era un tira?, recordó flojamente la cara de caficho, sus lentes espejo y sus Levi's apretaditos y flamantes. Recordó también aque-

llo que le había dicho Mauricio hacía ya un buen tiempo. Se lo tendría que comentar para ver si se trataba del
mismo.

—¿Qué querías que hiciera? —escuchó que decía
María Fajís—. Salí de casa. Acababa de volver cuando tú
llegaste.

Aníbal procuró olvidar al hipotético tira y se entregó de lleno a la historia del ratón. Apuró el resto de
Queirolo de un sorbo.

—Magnífico, ¿y el gato? —insistió sin mucho interés. ¿Un tira o un simple cojudo esperando a alguna
sirvienta de por el barrio?

—Allí —dijo María Fajís señalando hacia la terracita.

Aníbal se inclinó en el banco y descubrió al gato
tumbado en una silla de mimbre. Hubiera parecido muerto a no ser por el casi imperceptible compás de su respiración y la cola que se movía como algo ajeno e independiente.

—Ya lo cazará. Que se gane los frejoles —dijo
mirando su reloj. Tenía apenas un par de horas para descansar antes de volver donde el Chato Paz para terminar
unas fichas. Menudo trabajito. Y de ahí a la universidad,
carajo. ¿Era o no era un tira?—. Y a propósito de frejoles:
¿ya podemos almorzar?

—No he preparado nada —dijo María Fajís sacando apenas la cabeza de la cocina para volver a mirar
hacia la habitación donde presuntamente se hallaba atrin-
cherado el ratón. Volvió a cruzar los brazos.

Aníbal se llevó dos dedos al puente de la nariz
y suspiró meneando suavemente la cabeza.

—Debe ser una broma, ¿verdad? —dijo procurando mostrarse ecuánime y relajado, aunque a medida
que iba hablando supo que no sería posible—. María Fa-

jís, no sé si estás enterada, pero vengo de chambear y estoy molido. Mo-li-do, ¿entiendes?, literalmente molido, y tú me dices que no has preparado nada de comer.

—Yo no pienso dormir en esta casa mientras ese ratón esté aquí —María Fajís intentó volver a cruzarse de brazos con gesto empecinado.

—¿Nos pasamos una semanita en el Sheraton mientras el gato lo expulsa? Eres increíble, carajo, no sé cómo puedes hacer un drama de semejante tontería. Ya no eres una niña, crece de una buena vez —Aníbal dio un palmazo en la mesa y caminó hacia la puerta de la terraza.

María Fajís se volvió violentamente contra él.

—Muy mayorcito tú, ¿no? —le dijo con una voz descompuesta por la cólera—. Antes te encantaba cómo era yo y ahora me sales muy maduro, ¿no? Antes estabas bien conmigo y yo no sé qué te ocurre últimamente, pero será mejor que me lo digas y no seas cobarde.

—¿Se puede saber a qué demonios te refieres? Estás hecha una histérica —dijo Aníbal volviendo a golpear la mesa varias veces y alzando la voz—. Me empiezas a explicar un asunto trivial por el que ni siquiera has hecho la comida y terminas acusándome de no sé qué.

—Tú sabrás —dijo ella, y buscó la puerta de la cocina.

—No, no te vayas ahora —dijo Aníbal sintiendo la boca súbitamente amarga—. A mí no me vas a venir a acusar así para luego largarte tan tranquilita.

—Sácame la mano de encima —dijo María Fajís con voz glacial, zafándose resueltamente de la mano con que él la cogía del brazo. Respiraba muy fuerte cuando se volvió a él—. Ni se te ocurra ponerme un dedo encima.

Aníbal la miró primero sorprendido y furioso, luego se le dibujó una sonrisa desencantada en el rostro ceniciento.

—¿Cómo has podido pensar que te iba a tocar? —le dijo en voz baja, y ella volvió hacia él unos ojos arrepentidos.

—Aníbal, yo no... —dijo intentando abrazarlo, pero él le detuvo ambas manos.

—Pero está bien —murmuró sin calor—. No voy a ponerte un dedo encima.

Cogió despacio los cigarrillos que había dejado sobre la mesa y salió de la cocina cerrando la puerta muy suavemente.

Ella iba a insistir pero sólo pudo decir en voz baja «Aníbal, no me dejes...», y se derrumbó en un banquito al entender que él ya se había marchado a la calle. Se quedó sentada, con los ojos ciegos vueltos hacia la ventana por donde entraba la luz flamígera del mediodía. Sólo después de un momento, cuando en la cocina empezaba a flotar la ausencia de Aníbal, María Fajís, llevándose una mano a la mejilla húmeda, murmuró: «Aníbal, no me dejes sola, por favor». El gato apareció sigilosamente junto a ella, la miró desde su apabullante suficiencia y decidió volver a la terraza donde el sol apretaba fuerte.

Bueno, se dijo, vamos a ver. Con una sola mano le dio la vuelta al paquete de Winston que había puesto sobre la mesa y se las arregló para quitarle la fina cinta de celofán, romper el papel platino y sacar un cigarrillo. Luego se llevó el fayo a los labios y también con una sola mano atrapó la caja de fósforos, extrajo un palillo y lo frotó contra el borde antes de acercarlo a la punta del cigarrillo. Lo hizo con la soltura de la costumbre y sintiendo el ligero envanecimiento que le producía aquel acto casi de prestidigitación. Normalmente lo hacía cuando había una chica enfrente de él, y aunque ahora estaba solo, solo frente a su cerveza, solo con un cigarrillo abrasándose en los labios que chupaban con avidez, sintió el mismo placer que experimentaba estando con una chica. Porque ahora podía imaginar los labios de aquella mujer, sus cabellos negros azotándole el rostro oval, los ojos líquidos que se dejarían atrapar por su mirada atenta, el temblor de sus senos bajo la blusa blanca apenas entreabierta lo suficiente como para adivinar la piel bronceada, la fracción de encaje del sostén, sus manos limpias y dubitativas cerca a las suyas. Era tan fácil estrujar aquellos dedos largos, morderlos suavemente, uno a uno, para gozar con ese sabor intenso que sólo pueden tener unos dedos femeninos. En sus labios se dibujó una sombra de sonrisa y murmuró vamos a ver. ¿Realmente qué le gustaba de aquella chica? Es decir, qué le gustaba tanto como para no obedecer a esos pactos secretos con uno mismo, como para desdeñar toda prudencia y empezar el demorado placer de la estrategia. Quizá eso precisamente, pensó bebiendo el primer sorbo de su cerveza que le llenó la boca de espuma. Quizá la chica sólo era una excusa para ese ejercicio cinegético y sofisticado que consistía en tender frase a frase una emboscada, ir rodeándola con paciencia, buscando dosificar cada palabra, cada gesto, cada paso que lo conduciría hacia los labios húmedos y golosos, embravecidos finalmente por el sabor de lo prohibido. Porque ella se opondría, claro, ella tendría que luchar para no caer en la trampa, pero su lucha estaba perdida de antemano porque el corazón de la trampa consistía en que ella jamás sospechase que se trataba de tal. Entonces orientaría mal su defensa porque creería que el cepo eran sus propios sentimientos, su oscura culpabilidad. Pensando así estaba perdida, a él sólo le quedaría esperar.

Qué gran hijo de puta eres, admitió hurgando sin piedad en sus propios sentimientos, porque sabía que todo aquello no era ni siquiera la calistenia erótica que alimenta el deseo sino el disfraz de lo que verdaderamente experimentaba, el maquillaje burdo con el que travestía su temor a estar sintiendo algo real por aquella mujer. Entrecerró ligeramente los ojos y el mundo se le llenó de pelusas y fosfenos, y en medio de todo aquello podía ver a la mujer llevándose una copa a los labios, sacudiendo sus cabellos, evitándole la mirada con una timidez que lejos de devolverlo a la cordura lo soliviantaba. Sonrió pensando que era un cursi y al momento se oscureció porque él no era un romántico, y si estaba sintiendo lo que creía entonces las cosas estaban complicadas. El animal que se arrastraba por sus venas parecía haberse despertado y no habría prudencia suficiente en el mundo para calmarlo. Entonces sí estaba en peligro. Ella. Y él. Porque de ser así no se detendría hasta conseguirla realmente.

4.

La cinta deslizó sus últimos segundos vacíos antes de detenerse con un golpe seco que dejó una modalidad distinta de silencio, un ritmo vacío y profundo cayendo lentamente sobre ellos.

—¿Ouija? —preguntó Ivo como si pronunciase la palabra por primera vez—. ¿Ouija? ¿La tablita con letras y números, la copa que se mueve? ¿Ouija?

Parecía divertido o escandalizado, no muy seguro de la veracidad de la propuesta en todo caso, y los miraba como buscando una confirmación o un desmentido a lo que acababa de decir la Chata. Apenas media hora que había llegado y desde el saque encontró un ambiente chamuscado y tenso en el aire. Mauricio y Elsa lo saludaron distraídos, Aníbal era fatal para fingir y María Fajís ni te cuento, algo se cocinaba en el ambiente, pensó Ivo, y como la paciencia era una virtud que cultivaba como si se tratase de un jardincillo zen, esperó fumando, entregado por completo al Puccini más apasionado que sonaba en el equipo, pero ni por aquí se le pasó que, cuando Elsa decidió hablar mientras los otros esperaban casi sin atreverse a respirar, la propuesta fuera ésa. Se levantó de la alfombra con movimientos pausados y caminó hacia el equipo meneando la cabeza con incredulidad, repitiendo la palabra «ouija» como si le costase ingresar sin esfuerzo a su significado.

—Tendríamos que haberlo prevenido —le susurró María Fajís a Aníbal, pegándole la boca a la oreja.

Aníbal sacudió la cabeza como si le hubiera entrado un zancudo y la miró molesto.

—Qué prevenido ni qué ocho cuartos —dijo—. No sé qué le pasa a este huevón.

Mauricio y Elsa se miraban, vinculados por un estupor cómplice que parecía situarlos a salvo de la situación.

Ivo estaba de espaldas a ellos, eligiendo cintas que colocaba a un lado y sin dejar de repetir «ouija» una y otra vez, dándole insospechados acentos a la palabra, sin advertir que cada matiz era un insulto o un reproche a las dos parejas que seguían sus movimientos en silencio.

—Oye, Ivo —dijo Elsa vacilante—, no sabemos qué opinas del asunto, pero te aseguro que no es para tanto —hizo una pausa y buscó apoyo en la mirada de los otros—. Claro, puede ser peligroso, y de hecho ha habido casos, pero...

—¡Están hablando con el mejor médium de Lima! —Ivo volteó hacia ellos feliz, nuevamente clown y carcajada.

—Cabrón —suspiró Aníbal—. Nos has hecho pasar un momento de mierda. Pensé que habías tenido alguna experiencia terrible con la ouija, una violación ectoplasmática o algo así.

—Yo también pensé eso —dijo María Fajís apresurándose a agregar—: Quiero decir una experiencia horrible, no una violación.

—Y yo —Mauricio sirvió el resto de vino equitativamente en las copas—. Quiero decir una violación, o sea, una experiencia horrible.

—Bueno, bueno —Ivo se frotó las manos como si hiciese mucho frío—. Dispongamos una mesa redonda y sin clavos, nada de metales, señores, y tampoco risas. Esto es serio, con los espíritus no se juega. ¿Cuántas veces han hecho esto sin mi presencia, queridos inconscientes? ¿Dos, tres veces? No importa, de ahora en adelante lo haremos como Dios manda. Buscando entre los discos encontré la *Sonata* número dos de Chopin, si les gusta el ambiente. ¿Hay incienso?

Aprovechando el momentáneo desconcierto de los demás puse la cinta y de golpe la sala fue invadida por el lento piano, las pausas anhelantes, los avances y retrocesos de un ritmo nocturno y funesto.

—Carajo, si será macabro este tipo —dijo Mauricio levantándose del sofá—. Por ahí creo que hay una mala copia de la *Pavana para una infanta difunta,* si prefieres Ravel.

—También tengo música celta —dijo María Fajís insegura, ya no sabía bien si todo era una tomadura de pelo o los conjuros necesarios para evitar ese miedo sigiloso que empezaba a sentir como una mano negra en la espalda.

—Y nocturnos de Satie y Debussy y hasta Atahualpa Yupanqui, que no viene al caso pero siempre cae bien con el vino —dijo Aníbal buscando un ángulo risueño y fácil a sus frases, pero ya era otra vez ese delicadísimo malestar, apenas un polvillo de mariposa y frío en las manos porque la última vez la copa, a diferencia de tantas otras veces, sí se había movido. «Por ésta», se apresuró a jurar Mauricio besándose el pulgar, los ojos redondos, él no había movido nada. Elsa tampoco, de veras, muy seria aunque sin beso en el dedo. María Fajís tenía tal cara de espanto que hubiera sido una putada culparla, no se atrevería nunca ni a preguntárselo. Y él, carajo, él no había puesto la mano en la copa. Después de aquello no habían vuelto a organizar otra sesión.

—Esta mesa es estupenda —señaló Ivo casi descubriendo el comedorcito de diario, la mesa redonda con su mantel de encaje y el florero de porcelana en el centro.

Entraba una correntada de aire frío y Aníbal se apresuró a cerrar la puerta de la cocina y antes la que conectaba ésta con la terraza. Pero al llegar allí se detuvo un instante para mirar las luces de Miraflores, el horizonte sucio de nubes entre las que parpadeaba, allá al fondo, el resplandor azul de la repetidora del canal Cinco instalada en el Morro Solar. Sin darse cuenta caminó unos pasos, seducido como tantas otras veces por la vista nocturna de ese trozo de Lima que podía ser Santiago de Chile, Barcelona o Montevideo, cualquier ciudad abierta a sus pesquisas y a ese traicionero mal sabor que le dejaba el saberse anclado en su propia vida. Vista así, Lima era un pretexto citadino y nocturno, únicamente un telón agujereado, el denso fluir de un tráfico invisible y cercano, las figuras de neón que aparecían y desaparecían, fuegos urbanos, heráldicas enseñas de la ciudad que miraba al mar.

El gato contemplaba absorto las luces, desdeñoso de todo temor y encaramado sobre el muro que daba al vacío. «Hace frío, viejo», le dijo Aníbal pasando una mano sobre el lomo tibio y atigrado, quedándose junto a él, atrapado de pronto por la misma quietud sin propósito. De pronto cayó en la cuenta de que estaba pensando en Alondra.

—¿Qué haces? —escuchó la voz de María Fajís a sus espaldas.

Aníbal se advirtió absurdo, casi un imbécil con vista al mar, y además descubierto. Quiso decir algo ingenioso, pero al volver se encontró con los ojos limpios de María Fajís, un océano donde no hacía falta navegar contra corriente. De golpe se sintió como en una ciénaga de tristeza.

—Vivo —respondió improvisándole una bofetada en cámara lenta a la que ella se acurrucó antes de quedarse enredada en la misma telaraña de paz y ausencia de preguntas.

—¿Sigues enojado conmigo por lo del ratón, verdad? —dijo muy bajito, enroscando su brazo en el de Aníbal.

Aníbal hizo un gesto esquivo con la mano y sonrió opacamente.

—No es que siga enojado, tonta —le dijo quitándole una hilacha a su blusa—. Yo tampoco te traté muy bien que digamos.

—Entonces fue un empate —sonrió María Fajís apretándose más contra él, pensando en hablarle de la otra noche, cuando ella no pudo evitar el llanto al enfrentar aquel rostro de agua en sus ojos, pero no dijo nada. Eso había quedado como bajo los escombros de la rutina y mejor no volver a tocar el tema.

—Digamos que sí, hemos quedado en tablas —dijo Aníbal, pero pensando que no, que en esas broncas nunca había empates ni victorias, sólo derrotas.

—Par de tórtolos —escucharon la voz de Mauricio desde la sala—. Vengan aquí de una vez que van a ser las doce y hay que aprovechar la tarifa nocturna para la comunicación con el más allá.

—Apaguen las luces —les llegó la voz de Ivo—. ¿Hay velas en esta casa?

Se miraron divertidos, descubriéndose tontamente compinches de nada en especial, cosa que les produjo enorme alegría.

—Vamos —dijo Aníbal pasándole un brazo por los hombros, y cuando ya entraban a la sala pareció vacilar, carraspeó un poco y se volvió hacia ella—: Oye, Mariafá, la otra noche tú no tuviste nada que ver con la copita, ¿no? Bueno, bueno, sólo era una pregunta, no me mires así.

Abrieron la puerta que los devolvió al comedor y fue como ingresar a otra oscuridad, vagamente siniestra y efectista. Una vela esquinada sobre la mesa tejía una malla dorada sobre el rostro de Ivo, sonriente y burlón entre Elsa y Mauricio que quedaban esfumados por las sombras; un ambiente decididamente transilvánico, pensó Aníbal acomodándose al lado de Elsa y de una María Fajís de ojos alarmados.

—Pensamos que ya no venían —rezongó Mauricio—. ¿Se puede fumar?

—Después —contestó Elsa, seria y atenta a los pausados movimientos de Ivo, que estiraba las manos pidiendo que lo imitaran. Sobre la mesa estaba el tablero y, transparente y liviana, atrapando una chispita rubia en su perfil, la copa.

Aníbal sintió la mano caliente y crispada de Elsa y la diestra conocida de María Fajís, una mano que se acurrucó en la suya con esmero de cachorro antes de trenzar sus dedos largos y confiados en los suyos. Aníbal sonrió observando a Ivo, que tenía los ojos cerrados y un gesto aristocrático, fumigado por la luz de la vela que danzaba inquieta. Elsa también cerró los ojos ofreciendo un perfil afilado a contraluz y Mauricio la espió burlón, sin saberse observado por Aníbal que con los ojos entrecerrados miraba a los demás, divirtiéndose de lo lindo. Sintió agitarse la mano de María Fajís y le dio un apretoncito.

—Concentrémonos —pidió Ivo y Mauricio cerró los ojos rápidamente, como cogido en falta.

Una doble nada, una complicidad silenciosa y tendida de respiro a respiro, apenas el penduleo del reloj orillando el tiempo a un extremo y a otro de la sala, instalando su sosiego de clepsidra, su reposo sin término que los obligaba a escuchar, a carraspear levemente. De pronto fueron apareciendo ruidos mínimos, casi infinitesimales, que iban rescatando su singularidad del tejido cotidiano: los ronquidos apagados del refrigerador, el viento buscando resquicios en las ventanas, el agua ciega en las tuberías del edificio, algún auto raudo y fantasma rodando por Larco o por Benavides.

—Concentrémonos —insistió Ivo en voz baja y Aníbal lo miró de soslayo: los ojos cerrados, el gesto grave, el pelo pajizo cayendo sobre su frente. De pronto volvió a hablar—: Si hay algún espíritu presente que se manifieste marcando el sí.

Nada.

—Si hay algún espíritu presente, que se manifieste marcando el sí. Por favor.

Ivo abrió los ojos y soltó a Mauricio y a María Fajís; parecía cansado.

—¿Qué ocurre? —preguntó Elsa.

Ivo restregó sus dedos largos y huesudos en el borde de la mesa antes de contestar, ligeramente molesto:

—Nada, esto no es como llamar a tu tía que vive en Piura. Tarda lo suyo. Ahora, por favor, pongan todos las manos sobre la copa.

Súbitamente se armó una confusión de manos, un gesto de mosqueteros apresurados.

—Sólo un dedo por cabeza —los ojos de Ivo se llenaron de arruguitas—. Esto no es el reparto del pan, por favor. Apenas hay que rozar la copa.

Cuando quedaron cinco dedos empinados como bailarinas sobre la base de la copa, Ivo volvió a pedir silencio y concentración, con los espíritus no se jugaba y había que tener paciencia. El asunto podía tardar horas, dijo, y Mauricio se apresuró a contestar, él tenía que estar en la radio a las siete de la mañana, pero entre todos lo mandaron a callar. Nuevamente el silencio fue ganando los espacios hasta que ya no hubo nada que no fuera la voz esporádica de Ivo pidiendo la presencia de algún espíritu. De pronto, en medio de una de aquellas pausas vacías que se abrían tras la voz de Ivo, la copa vibró.

—Carajo —Mauricio retiró el dedo como si le quemara y miró a los demás: Elsa parecía transfigurada por el asombro, igual que María Fajís. Aníbal contemplaba la copa como un perro que observa confundido su imagen devuelta por un espejo. Sólo Ivo parecía tranquilo.

La copa volvió a vibrar y Mauricio creyó oír que tintineaba, que algo pugnaba desde su interior con un esfuerzo tremendo.

—Ya está aquí —susurró Ivo, el rostro demudado por una felicidad indescriptible. Retiró la mano y los demás lo imitaron.

—¿Y ahora?—preguntó Elsa frotándose el índice con respeto.

María Fajís y Aníbal se miraban interrogándose con los ojos, esperando que el otro dijera algo: eran Hansel y Gretel maravillados frente a la casita de chocolate en medio del bosque. Mauricio encendió un cigarrillo y se alisó los cabellos mirando a unos y a otros con expresión risueña, parecía estar esperando que todos empezaran a reírse, a decirle que se trataba de una broma y nada más, pero como nadie le prestaba atención, la sonrisa empezó lentamente a congelársele.

—Ahora volvamos a concentrarnos —dijo Ivo después de darle dos chupadas profundas al cigarrillo de Mauricio. Nuevamente los dedos se posaron en la copa—. Si estás presente marca el sí, por favor.

Los cinco observaron fascinados, incrédulos, el lento temblor de la copa, el reflejo de la vela pegando aletazos como un pájaro encerrado en el cristal que empezaba a bambolearse, a desplazarse un poco.

—La madre que me parió —articuló Mauricio con dificultad.

La cancela chirrió delatora y un haz de luz se desenrolló como una alfombra celeste y sigilosa en el pasillo. Con indescriptible precaución entornó la puerta antes de confiarse por entero a la probada capacidad nictálope de sus ojos, siempre preferible a ese deslumbrón despiadado y crudo que hacía aparecer instantáneamente la sala recargada de muebles antiguos, espejos desolados y cuadros siniestros. Una vez encendida la luz, como si también estuviera conectada al interruptor, se encendería la voz de su madre, Ivo, ¿eres tú? Una voz que provendría desde una espera de edredones en el segundo piso, una voz gastada y carrasposa donde el matiz de reproche que incluía la pregunta le restaba el encanto metafísico que le proporcionaba el escucharla. La perplejidad de algún ratero al ser sorprendido por la pregunta, Ivo, ¿eres tú?, absurda a punta de ser lógica, lo haría salir volando, pensó Ivo sumergiendo un pie y luego otro en la pavorosa negrura que se abría ante él. Avanzó unos pasos buscando orientarse como en la gallinita ciega, juego incongruente que desdeñó en la infancia y que ahora, despojado de su carácter lúdico, se convertía casi en un ejercicio de fe, un avance de letra en crucigrama al que se arriesgaba para no despertar a la vieja y que ésta, en represalia, lo jodiera con sus quejas y reproches, hijo, estaba sola todo el día, que mirara la hora, hijo, que tuviera un poco de consideración; no, si no se podía, si era inútil, si era un martirio, hijo, si era la copia de su padre que en paz descanse, hijo.

Hijo se sacó la ñoña con una lámpara de pie —regalo de tío Blas, tan cojudo el viejo con sus obsequios

inútiles y pasados de moda— y blasfemó bajito pero contundentemente. Sin embargo, después de la eternidad en
que aleteó el eco metálico en la oscuridad, no obtuvo respuesta. Había cerrado los ojos instintivamente y al abrirlos
casi con miedo (se imaginó la expresión absurda y crispada que le hubiera sorprendido su madre al encender la
luz y sintió una rabia tremenda) descubrió una oscuridad menos densa y silueteada ahora de objetos, monstruos
inmóviles cuyo sueño no había alterado: la mesa grande
y chippendale, con sus ocho sillas como señoritas histéricas y solteras esperando infrecuentes visitas para jugar al
té; la vitrina oscura y demasiado Tudor para cualquier
gusto; la estantería de libros y su espacio prepotentemen-
te abierto para el televisor frente a la mecedora en la que
su madre se entregaba a una vejez prematura haciendo
ganchillo y engatusando sus tardes con horribles teleno-
velas venezolanas; el jarrón presuntamente chino junto al
incongruente sombrerero que estaba allí, como casi todo, desde que tenía uso de razón. Divisó finalmente la
escalera redentora hacia la que se encaminó con latrocí-
nica cautela, vagamente triste ya, confusamente molesto
al llegar al segundo piso donde olfateó con diligente apre-
mio. Era obvio, putamadre, cómo iba a escuchar nada la
vieja.

Se desvistió sin prisa, no estaba ya de humor para
pensar en el tal Romero, ni en la ouija, ni en esa pandilla
de locos que eran los amigos de Aníbal, ni siquiera en la
riquísima María Fajís, vaya nombrecito. Y qué piernas.
Cerrando suavemente los ojos se zambulló en esa delicia
que era recordar a María Fajís, la boca pequeña de María
Fajís, la mano de María Fajís amoldándose suavemente a la
suya mientras él pedía «concentrémonos» sin mucha confianza, entregado por completo a la delicia de explorar
esos dedos que por un momento se enroscaron entre los

suyos, al principio desconfiadamente, era cierto, pero después relajados y casi amables.

Se colocó de perfil en la cama y súbitamente comprendió que no, qué va, el recreo había acabado, ya no cabía pensar en María Fajís. Intentó reírse, olvidarse de todo, darse otra media vuelta en la cama y buscar el sueño como si fuera un refugio. De pronto sintió el cansancio del día apilado en un minuto, tristón, mustio o como diablos se quiera definir ese encono infantil que le trepó por el pecho flaco y desnudo cuando encendió el primer cigarrillo de un desvelo que lo obligó a tenderse de brazos cruzados en la cama sumiéndose en el vaivén del reloj, intentando no pensar, como si así atajara la tristeza, la preocupación, el miedo, la rabia, carajo, de saber que su madre nuevamente le estaba dando al trago. Mierda.

Noche de insomnio, noche de lobos, masculló Ivo retorciendo el paquete de cigarrillos como si se tratase de un pescuezo. Por la ventana que daba a su cabecera podía ver, con sólo levantar un poco la cabeza y entornar los ojos, el resplandor de la luna, las cicatrices remotísimas de su rostro averiado y blanco. Ni una nube. «La noche, metáfora del mal», murmuró sin afanarse mucho en recordar dónde lo había leído o escuchado. Seguramente Aníbal o esa madame Blavatski pequeñita que era Elsa. La noche inmóvil, la noche quieta, propicia para el temor y las oraciones, la noche como una catarata negra y silenciosa en que resultaba preferible precipitarse a ojos cerrados a condición de no pensar en su madre: contar ovejas, hacer sumas y restas interminables, acostarse con la cara vuelta hacia el fondo oscuro de la habitación como el desdichado Ireneo Funes, buscando un reposo que no llega. No pensar en mamá era la consigna, atajar el miedo de saberla otra vez metida en la vaina. No pasarán. ¿Qué había dicho la ouija al referirse a él? Duele. Duele, había deletreado la copa, y él sonrió lívido, la hermenéutica no era su fuerte, intentó bromear pero aquello le dejó un levísimo malestar en la boca del estómago. ¿Duele qué?, ¿su madre y esta sorpresa desagradable a la que se enfrentaba de nuevo?

Estiró la mano hasta el velador, buscó en el cajón y sacó media cajetilla que guardaba para casos de emergencia. Fumó aplicadamente, llenándose los pulmones hasta sentir un leve vértigo. Eso era, mejor pensar en la ouija, buscarle explicaciones a los esquivos mensajes que había dictado la copa. Fue soltando el humo poco a poco y cerró los ojos.

Lentamente los recordó a todos, tensos y mediumnizados alrededor de la mesa, la red de manos, la copa sobre el tablero de cartón, algo tan absurdo como Parker brothers y ellos buscando la comunicación con el más allá. Pero se había movido. Vaya si se había movido: al principio con esfuerzo, como si Algo pugnase desde adentro, como si Algo estuviese ahí adentro, diría Aníbal horas después, con esa facilidad tan suya para hablar con mayúsculas cuando quería. Pero después de esa reticencia inicial, la copa empezó a vibrar, porque vibraba la condenada, y se deslizó por la superficie negra del tablero, un movimiento suave que parecía haber hipnotizado a los cinco dedos que levitaban sobre ella y seguían el semicírculo inocentemente siniestro que trazaba, una y otra vez, entre el Sí y su posición inicial. Desde ese momento fue imposible verla simplemente como una vulgar copa. Quebrada su esencia de cosa, había adquirido un rango distinto, vagamente situado en lo ultraterreno.

Ivo tuvo que admitir, en el recuento vertiginoso de lo sucedido hasta que la copa se movió, que aquello había dejado de ser un juego, un juego en el que su participación de oficiante y conocedor de los misterios invocados lo colocaba en difícil posición frente a los demás, sobre todo cuando preguntaron qué hacían ahora. ¿Qué les debía haber respondido? Bueno, chicos, era sólo un farol, de estas cosas sé menos que ustedes: imposible, sin dejar entrever sus vacilaciones continuó dirigiendo la sesión, cada vez más confiadamente porque a lo mejor la copa se movía gracias a su presencia. ¿No le habían dicho que hasta entonces nunca había sucedido? Quizá era poseedor de esas extrañas fuerzas psíquicas necesarias para invocar a los espíritus, una mezcla entre Uri Geller y Entel Perú, caramba, a cuánta gente le sucedía, esas aptitudes paranormales que nos habitan calladamente y en el momento menos pensado, zas, aparecen. Porque ya había sucedido antes. En un tiempo que para Ivo resultaba brumoso y que se veía obligado a contrastar con los recuerdos de su madre, había participado en una sesión espiritista, aunque de una manera oblicua, casi por interpósita familia. Y quedó grabada a fuego en su memoria, cosas para el gran psicoanálisis que se tenía prometido.

Estaba en una terraza cuyas losetas blancas y grises hacían un dibujo como el de las veredas que corren frente a la playa de Ancón, algo muy Ipanema, en todo caso. A sus espaldas se abría un jardín pequeño y muy cuidado; a las paredes de ladrillos rojos del fondo se aferraban vigorosas enredaderas, aunque su madre insistiera en que apenas había una y escuálida, él no podía recordar bien, era muy chico. De acuerdo, concedía Ivo impacientándose las pocas veces que tocaban el tema, pero de lo que sí se acordaba, y bien clarito, era que tenía las narices pegadas a la cristalera que daba a una sala-comedor de muebles funcionales y fríos, esos que parecen irremediablemente destinados al uso infrecuente que se les da en las casas de playa (y su madre: «Sí, era la casa del tío Roque, estábamos en Cerro Azul, allí pasamos ese verano»). Al fondo de la habitación podía distinguir a su padre, las espaldas del tío Roque y el perfil de otra persona («el negro Aguilar, gran amigo de tu papá, qué será de su vida») junto a su madre. Estaban sentados en torno a una mesa, tomados de las manos, y así, con los ojos cerrados, tenían un aspecto inquietante, como si hasta ese momento Ivo no hubiera conocido la verdadera identidad de los suyos y de pronto su transgresión («te habíamos mandado a la cama hacía rato y tú no te querías dormir») le diera el acceso a un mundo secreto, a ese universo en que los adultos se escudan para seguir siendo niños sin perder autoridad y del que los chicos se hacen una vaga imagen atrapando retazos de conversaciones, silencios cautelosos y discusiones sofocadas. Ivo no recordaba cómo llegó hasta allí, después se enteraría que saltó por una ventana, se deslizó por un pasillo angosto y lleno de objetos abandonados y trepó finalmente un muro bastante alto para su edad, Papillón era un nene de la catequesis a su lado.

Lo que recordaba con precisión era que su padre llevaba una camisa de cuadritos rojos y negros y que el tío Roque estaba sin zapatos y en pantalones cortos, que su madre encendía un cigarrillo aceptando la lumbre que le ofrecía el otro hombre: imposible olvidar ese perfil de efigie romana, esos cabellos retintos y ondulados. Imposible olvidar la copa en medio de la mesa, dueña de una extraña, anhelosa atención, cuando empezó a desplazarse de un extremo a otro antes de detenerse dubitativa e iniciar, al principio lentamente, luego con más soltura, otra serie de movimientos pendulares, como si trazara los vaivenes de una amenazadora cimitarra. La copa iba y venía de un extremo a otro de la mesa. Los labios de su padre se movían y la copa, como un perrillo faldero que hubiese estado esperando la orden, otra vez empezaba su sinuoso ballet, su deslizarse de ensueño, impertérrita, ajena a las miradas que cruzaban ellos de vez en cuando, a los labios que se movían sin que Ivo pudiese averiguar qué decían, qué secretos intercambiaban con esa copa inverosímil y fascinante. Podrían haber pasado cinco minutos o dos horas, nunca lo sabría con exactitud, era como si la lejanía de los recuerdos hubiera fracturado el tiempo, privilegiando unos momentos y oscureciendo otros a su antojo. ¿Quién lo cogió del brazo y casi lo mata de un ataque al corazón? («tu padre, de la cuera que te salvaste aquella vez»). Sí, su padre, pero casi al instante el tío Roque, el otro hombre y su madre estaban también allí, en la terraza, y discutían a gritos y él lloraba con la secreta esperanza de que se apiadasen, porque entre la confusión y su llanto escuchaba fragmentos de lo que decían, estaban salvándolo de la furia de su padre, sin duda alguna, y él se atragantaba de hipos y de mocos. Años más tarde se enteraría que la copa fue deletreando una frase desconcertante y cuyo origen dejó helados a todos: *no podemos continuar, hay niños presentes.* Él era el niño presente, el espíritu lo había advertido y de allí la furia, el miedo de su padre cuando al girar la cabeza se encontró con los ojos espías de su hijo al otro lado de la cristalera.

Después de eso había un blackout del ajo, nada más le quedaba de ese verano, pese a que su madre siempre insistió en que días después él se hizo íntimo del hijo menor del señor Quesada, un zambito que iba para arriba y para abajo con su padre, que era pescador y conocido de toda la vida del tío Roque, y que pocos días después del incidente con la ouija, jugando con el zambito pescador, él se había venido abajo desde el techo que daba a un corral. Felizmente no era muy alto, lo encontraron disfrazado del Zorro, llorando en medio de un revuelo de plumas y gallinas histéricas. Ni hijo de pescador, ni Zorro, ni nada; Ivo estaba seguro que allí, en aquel asunto de la ouija, recordado ahora como las ilustraciones crepusculares del *Mabinogion* que encontró en la biblioteca de su padre, acabó brutalmente su infancia. Porque después ya estaba preparándose para unos exámenes espantosos de matemáticas, y eso debía haber sucedido poco antes de la universidad. No, a él la ouija le arruinó la vida. Y ahora se había vuelto a meter en la vaina.

Duele. La palabreja le seguía zumbando persistentemente y eso que ya debían ser las tres bastante largas. La luna había quedado parcialmente oculta por jirones de nubes que avanzaban perezosas en el cielo, pero su resplandor seguía entrando por la ventana como una exaltación celeste, ese chorro luminoso por el que bajan los profetas en las revistas de los mormones, y que a él simplemente le impedía conciliar el sueño. ¿Duele qué?

Al principio el estupor no los había dejado reaccionar, la copa había trazado un camino curvo hasta el Sí, donde finalmente se detuvo, aguardando las preguntas, otra vez quieta, otra vez cristal y espera. Fue el propio Ivo quien tomó la iniciativa y preguntó ¿quién eres? La copa avanzó con esa lentitud inicial que le daba una terrible apariencia dubitativa y humana, se desplazó luego con más confianza y señaló la R, empujó la P y finalmente marcó, casi en el extremo del tablero, la W. Robert Penn Warren, balbuceó Aníbal mirando a todos boquiabierto, como para hacerles participar de su asombro sin límites. ¿Y ese quién michi es?, preguntó Elsa arrugando la nariz. Un excelente escritor norteamericano, contestó con hosquedad. (A Aníbal le sentaba como un tiro la ignorancia de los demás.) ¿Eres Robert Penn Warren?, preguntó Mauricio sin mucha confianza. La copa no se movió. ¿Eres Robert Penn Warren?, insistió Ivo con voz solemne, y esta vez la copa se desplazó hacia el No. Resoplido general y distensión que María Fajís aprovechó para darle una pitada a su cigarrillo y dijo que la copa, o mejor dicho, el espíritu que animaba la copa, no quería salir del anonimato. La constitución lo contempla, agregó en voz baja. Tienes razón, dijo Ivo, quizá el espíritu no quiere dar su nombre completo, ya saben, hay gente que luego va al cementerio en busca de la lápida y eso debe molestar a cualquiera. Antes que terminara la frase la copa avanzó hacia el Sí y volvió rápidamente al centro del tablero. Fantástico, realmente increíble, dijo Elsa, ¿te molestaría que indagáramos? La copa se mantuvo en su lugar, como si de pronto se hubiera esfumado el hálito de vida que la animaba, pero Ivo se apresuró a preguntar si seguía allí y otra vez la correntada, el lento oscilar hacia un extremo y a otro del tablero. Mauricio arqueó una ceja, caray, parece que sólo quiere responderte a ti, ¿no estarás poniendo el dedo demasiado fuerte? Ivo levantó un índice absolutamente inocente y lo mostró a todos, no podía continuar si dudaban de su palabra, dijo antes de que María Fajís soltara un grito, aferrándose a Aníbal: la copa se había desplazado claramente y sólo Elsa y el propio Mauricio tenían los dedos distraídos sobre ella. ¿Estás ahí?, preguntó Ivo, y suavemente retiró la mano de Elsa y luego la de Mauricio. Ahora la copa, como si hubiese perdido energía, se detuvo a medio camino del Sí. Espíritu anónimo: ¿puedes mover la copa solo?, preguntó Aníbal inclinándose para mirar bien el interior de la copa. ¿A quién quieres encontrar, al ratón Mickey?, le dijo Elsa despectiva.

Ahí fue que se les pusieron los pelos de punta a todos, recordó Ivo apagando el cigarrillo y colocando el cenicero que tenía sobre el pecho en el velador. Cuando Aníbal, con aire cortado, se retiró del borde de la mesa donde se apoyaba, la copa se desplazó bruscamente unos centímetros. Desde la cocina llegó un maullido alarmado y el desplomarse repentino y metálico de objetos, cuchillos o tenedores tal vez. Elsa y María Fajís pegaron un grito que hizo saltar de sus asientos a los otros. Aníbal corrió a la cocina y cuando abrió la puerta el gato escapó como una exhalación rumbo a los dormitorios. ¿Qué pasa?, preguntó Mauricio, pálido, de pie igual que los demás. Debe haber sido el ratón, tartamudeó Aníbal, el gato era un marica. ¿De qué ratón hablaban? María Fajís, a tropezones y balbuceos, contó algo sobre un ratón que había aparecido en la casa hacía poco, una historia casera que colocaba las cosas en su lugar e instalaba un rescoldo de tranquilidad en los rostros, en los gestos y las sonrisas nerviosas con que se miraron todos avergonzadamente. ¡Qué clase de gato era ése!, refunfuñó Mauricio encendiendo otro cigarrillo, les había pegado un susto de la pitri mitri, ¿porque había sido sólo eso, verdad? Sí, dijo Ivo, era sólo eso, vengan a sentarse de una vez, no vaya a ser que el espíritu se haya largado con tanta alharaca. Pero en el fondo no lo creía y estaba seguro de que nadie lo creyó: demasiada casualidad, algo (Algo, habría dicho Aníbal) había asustado al gato y ellos, ansiosos de mantener ese tendido telegráfico y extraterreno iniciado momentos antes, continuaron. Superada la fascinación y el temor del primer momento, dejaron que la copa aventurara sus desplazamientos, que buscara su norte innominado, que acudiera al deletreo de sus respuestas: todos querían preguntar, adivinar, sacar conclusiones. Al principio ninguno dejó de ser suspicaz, y hasta les dio la impresión de que el espíritu también lo era, porque dejaba respuestas inconclusas, parecía vacilar en otras y en algunas oportunidades dictaba disparates y había algo en su bamboleo lento, en sus arrastrarse de cristal, que les indicaba burla o desdén. Hasta que escribió Elsa lindo bebé, y a Ivo se le erizaron los vellitos de la nuca porque se hizo un silencio de asco y Mauricio susurró me cago en la putamadre qué pendejada era ésta y a la Chata se le iluminaron los ojos con algo de tristeza o vaya uno a saber qué, pero la copa siguió escribiendo mensajes sueltos, frases cifradas, respuestas ambiguas que ellos iban recomponiendo con esfuerzo. Así se fueron enterando de que habían convocado al espíritu de un hombre muerto hacía muchos años (en otro país, precisó sin abundar en detalles, como si quisiera mantener su identidad en secreto), que había sido embajador en la época de Billinghurst, y que era natural de Trujillo, cosa que decepcionó profundamente a Aníbal.

Varias preguntas después, reinstaladas las chicas en la sesión y pergeñada su escueta biografía, el espíritu aceptó absolver algunas preguntas sobre el futuro. Mauricio dijo paso, compadre, y fue a preparar café, a él las vainas del futuro no le hacían mucha gracia. Te acompaño, dijo Aníbal siguiéndolo a la cocina, y desde allí llegaban sus cuchicheos, pero Ivo continuó dirigiendo la sesión, cada vez más entusiasmado.

Elsa, que tenía aún los ojos algo enrojecidos, se desperezó con movimientos pausados de gato y miró hacia la copa como tramando algo divertido. María Fajís y el propio Ivo lo advirtieron, ¿qué estaba pensando la Chata?, pero ella ya había dejado el Winston en el cenicero: ¿quién va a ganar las elecciones? La copa tembló un instante e inició un camino lento hacia las letras del extremo superior, besó suavemente la F, bajó hacia la U y cuando alcanzó la J, ya Ivo estaba riendo bajito, eh, chicos, dijo hablando hacia la cocina, el señor embajador dice que va a ganar el chino. Mauricio y Aníbal aparecieron en el umbral de la puerta resoplando sus tazas de café, se miraron como viejos compinches y soltaron la carcajada. No se burlen, idiotas, dijo Elsa furiosa, el espíritu se puede molestar. De todos los disparates que ha dicho éste es el campeón, señaló Mauricio con su taza. ¡Fujimori!, si a ése no lo conoce ni su familia, es una broma cojuda. Aníbal se acercó a María Fajís y acarició distraídamente sus hombros, o nos está tomando el pelo o al más allá no llega ni la agencia Efe, sonrió antes de ser interrumpido por los demás, chitón, miren: la copa, que se había detenido a medio camino en la M, pareció vacilar y reanudó su ruta para marcar, cada vez con más violencia, Ivoduele, Ivoduele, Ivoduele, como si fuera un disco rayado, como si no existiera poder que la arrancase de ese trazado vagamente trapezoidal que dibujaba yendo y viniendo de una letra a otra. Los cuatro miraron a Ivo y él tuvo que sonreír, la hermenéutica no era su fuerte, dijo. Finalmente la copa se detuvo y ya fue imposible insistir; el espíritu parecía haberse marchado y ellos se entregaron a los comentarios, al café aguado de Aníbal y a los escasos cigarrillos que quedaban y que sirvieron para ir recomponiendo la historia, los sobresaltos del principio, el bebé lindo que anegó nuevamente los ojos de la Chata, la cartesiana actitud de Mauricio que murmuraba palabrotas, al parecer enfadado con todos mientras miraba una y otra vez el reloj y gruñía como un oso. El único que parecía divertido era Aníbal, porque Elsa y María Fajís, sobre todo Elsa, se habían quedado ensimismadas, ausentes. Y él, Ivo, pese a que intentó de buena gana zambullirse en los comentarios de Aníbal, seguía pensando en ese último mensaje, aquel cambio y fuera que le había dejado tan mal sabor de boca. Y ahora, presa de un insomnio feroz, resignado al inventario triste de las estrellas que miraba desde su ventana, seguía sintiendo el mismo malestar de hacía unas horas. Ivo duele. ¿Un aviso? Bah, dio la enésima vuelta en la cama y cerró con fuerza los ojos.

Bebieron despacio las cervezas, agradecidos por la brisa que refrescaba la tarde y llenaba Miraflores con un ligero sabor marino. Dentro de poco la avenida Larco se desentendería de los transeúntes diurnos para aceptar un bestiario hirviente y sigiloso que la tomaría por asalto: a los oficinistas y empleados, a las chicas modositas que salían del cine, a las señoras que tomaban té y biscotelas, a los universitarios que engullían sándwiches y Coca-Colas se les agregarían, hasta desplazarlos del todo conforme avanzaba la noche, cambistas y rufianes, niños harapientos que pugnaban entre los autos para sobajear con trapos mugrosos los parabrisas a cambio de unas monedas, galanes de pacotilla que merodeaban a jovencitas huidizas, temerosas, escandiliasqueadas de encontrar tanto cholo en Miraflores, uf, y bandas de jovenzuelos alborotadores aullando tras el contoneo de las orondas pacharacas que eran llamadas discretamente por los patéticos dandys que bebían café en el Haití y otros locales similares. Luego, ya entrando a la madrugada, circunnavegarían la avenida autos siniestros buscando levantar a las chicas, a las putas y a los maricones que surgían sigilosos del Parque Kennedy. «Miraflores by night», resumiendo, se dijo Aníbal.

—La primera pacharaca —sonrió Mauricio observando los pasos gatunos de una chica que avanzaba frente a ellos.

—Tendrías que ver la cara del viejo que está detrás de ti —indicó Aníbal mirando por encima del hombro de Mauricio—. Es temprano para estos menesteres, Miraflores empieza a despertar.

—Lo que no entiendo —dijo Mauricio girando descaradamente la cabeza para seguir el paso de la chica— es por qué van siempre hacia allá.

—¿Allá dónde?

—Para ese lado de la calle. Habrás notado que nunca circulan calle arriba sino calle abajo.

Aníbal miró atentamente su cigarrillo antes de encenderlo.

—No sé, quizá por una cuestión simbólica, ¿no? Resulta difícil imaginar a una de estas chicas, que no son putas de profesión pero casi, caminando calle arriba, vida arriba.

—May be. Nunca me lo había planteado de esa manera. En el fondo puede que tengas razón. Tu razonamiento me da un poco de asco, de todas maneras —Mauricio estiró el cuello para seguir a la chica que se alejaba—. Cómo se nota que te has leído todo Ayn Rand, mi querido John Galt.

—Claro que sí —dijo Aníbal alzando los hombros—. Si te fijas, el avance de un país tiene un cierto componente catastral, digámoslo así, algo que está directamente relacionado con la forma en que se extienden sus ciudades. ¿Por qué crees que los norteamericanos le dicen downtown a lo que nosotros llamamos centro de la ciudad?

—Ni puta idea —confesó Mauricio con toda solemnidad. En un rato más tendría que partir hacia la radio. Una sombra cruzó por su rostro al pensar en la emisora, en las llamadas anónimas que se habían vuelto a poner en marcha para joderle la existencia.

—Fíjate que downtown significa literalmente ciudad abajo, es decir, aquello que se deja, el lugar desde donde nos desplazamos —continuó diciendo Aníbal—. Hay un sentido esencialmente dinámico en esa definición del centro de la ciudad: downtown no es el centro, tan sólo el origen. Desde allí nace la ciudad. La piedra sobre el estanque, nada más. ¿Me sigues, buen Gorgias?

—Por Zeus, no te entiendo, querido Platón, pero prosigue.

Aníbal se cruzó de brazos después de darle un par de pitadas a su cigarrillo, siguiendo las volutas de humo con la mirada.

—Un tipo que crece pensando en su polis como algo cuyo punto de referencia es poco menos que el lugar desde donde se desplaza tiene una concepción de la vida completamente distinta al tipo que se imagina el punto de referencia de la ciudad como su centro. ¿Capice? El primero busca avanzar desde el downtown, el segundo crece lastrado *al centro, pues, señor.* En castellano en el original. Los Estados Unidos no crecieron en torno a sus ciudades sino abandonándolas para fundar otras, cada vez más lejos del punto de partida, cada vez más en el extrarradio del downtown. Los americanos al sur de Río Grande crecimos con la referencia de la ciudad: el centro era la plaza en torno a la cual se alzaba el ayuntamiento, el gobierno y la iglesia. Y quizá la Iglesia haya jugado un papel importante en esta concepción de la vida.

—La Iglesia siempre mete las narices cuando se trata de la concepción de la vida.

—... porque mientras para nosotros la iglesia era, y es, el lugar donde acudíamos a rezar contritos nuestras oraciones domingo a domingo, siglo tras siglo, los rudos hombres que conquistaron el oeste, John Wayne y sus muchachotes, eran en cambio visitados por los austeros pastores protestantes que se desplazaban hasta los villorrios más alejados del país para darles confort y sosiego espiritual, para casar a las estoicas y felices parejas de cuáqueros y para celebrar sus oficios. En tanto los católicos dependíamos de la iglesia hasta el punto de edificar nuestras ciudades alrededor de ella, los protestantes hacían que la iglesia girara en torno a su vida. ¿Cómo se puede conquistar un país si todos los domingos tienes que ir a rezar a la iglesia de tu pueblo? Downtown, puebloabajo, dejemos la ciudad, abandonemos la iglesia sin cargos de conciencia, ya irán los pastores a ofrecernos sus servicios a dondequiera que vayamos, el cielo puede esperar, las tierras que hay que arrebatarles a los indios, no. Por eso los norteamericanos van tan confiados por la vida, para ellos crecer significa abandonar, para nosotros, volver una y otra vez.

Mauricio se rascó una aleta de la nariz con toda delicadeza y terminó su cerveza. Luego apoyó candorosamente la mejilla en su palma abierta y sonrió.

—Una preguntita —dijo al fin—. ¿Por qué hablas como si estuvieras redactando un estudio? Me das una envidia del carajo: todas tus frases quedan hilvanadas bien bacán, como en una novela de Jorge Amado.

—Así nos enseñan a hablar en Arequipa —dijo Aníbal buscando al mozo con la mirada—. ¿Otra cerveza?

—No sé —Mauricio miró su reloj—. En una hora debo estar en la radio.

—Entonces hay tiempo para un par de cervezas —dijo Aníbal llamando al mozo—. ¿De qué carajo hablábamos?

—De Reagan y su política expansionista. ¿Te entusiasma, verdad? Fijo que tú vas a votar por Vargas Llosa, se te nota de lejos, compadre.

Aníbal manoteó las frases de Mauricio y sacudió la cabeza desistiendo de proseguir una charla que en el fondo no le apetecía. Había llamado a Mauricio para pasar el rato, para enjuagarse ese malestar que sentía últimamente, bebiendo cerveza y charlando sin propósito, pero ahora, frente a su chela, enredado en la conversación desprolija, entendió que realmente quería estar solo, caminar sin brújula por la ciudad y sumergirse en sus humores turbios hasta la hora de ir a la universidad y cumplir con una clase de Procesal Civil. Mauricio tampoco parecía muy animado, bebiendo sorbitos de su cerveza y observando la calle como si fuese únicamente una excusa para ensimismarse.

—¿Quién es Romero? —murmuró de pronto Mauricio rozando el borde del vaso con un dedo, y Aníbal lo miró extrañado.

—Ya estás picado igual que Ivo —luego de una pausa continuó, sin saber muy bien a cuento de qué—: Aquella noche cuando nos reunimos para hablar de Romero, ¿recuerdas? Bueno, pues luego de que se fueron ustedes la Mariafá me hizo una escenita.

—¿Por Romero? La debes tener loca a la pobre, no le falta razón. Y luego el asuntito ese de la ouija.

—No —se apresuró a decir—. No es por Romero ni por la ouija. No sé por qué es y eso es lo peor. Esa noche yo estaba leyendo tranquilo en la cama y de pronto me miró a los ojos de una manera tan extraña... Luego se puso a llorar como una condenada y al final se dio el lujo de ni siquiera darme una explicación.

—Si te contara las veces que Elsa me ha hecho algo así —suspiró Mauricio—. Femina is quod is propter uterum. Jardiel Poncela.

Aníbal iba a replicar pero desistió. Desde la misma raíz del estómago le empezó a subir un amago de culpabilidad. Hubo de admitir que realmente él no había querido escuchar las razones que María Fajís le podría haber dado la tarde en que apareció el ratón, la misma noche en que evitaron hablarse, cuando él volvió de la calle y comieron en silencio, fingidamente concentrados en un tonto programa de televisión. Como tampoco tocaron nunca el tema aquel de los llantos histéricos la famosa nochecita del *Informe sobre mudos.* Habían dejado pasar el tiempo como si éste tuviera suficiente fuerza por sí solo para lavar aquellos malos momentos. No sabía las razones de María Fajís, pero sí las suyas.

—¿Recuerdas la vez que me rescataste en la avenida Argentina? —le preguntó a Mauricio tomando valor para la larga confesión que estaba dispuesto a ofrecer.

Ojo pare cruce tren. Aún hoy, varios meses después de todo aquello, recordaba la palabreja como si fuera un juego de palabras, una jitanjáfora maligna. Lo había preguntado tantas veces para cerciorarse de que no se equivocaba que Aníbal terminó por enojarse, sí, carajo, casi en la vía del tren, donde está el letrerito ese, los espero allí pero no tarden mucho porque este sitio es bien bravo, Mariafá, a ver si tú logras contactar con Mauricio porque el teléfono de la radio da ocupado todo el rato, y ella estaba bien, que no se preocupara, le dijo evitando los ojos de doña Lucía, ella iba de inmediato donde Mauricio y en un dos por tres lo rescataban. Ojo pare cruce tren. La décima intersección entrando por la avenida Argentina. Ojo pare cruce tren: se imaginó la noche absolutamente quieta y el letrerito redondo de la vía ferroviaria cerca a la cual esperaría Aníbal, Dios mío, que no le pase nada, mientras le daba las gracias a doña Lucía y que disculpara por la llamada a esa hora, pero Aníbal se había quedado con el carro malogrado en un sitio peligrosísimo y ella tenía que llamar a un amigo para ir a socorrerlo.

Doña Lucía se cerró con fuerza la bata y dijo nada, hija, nada, para eso estamos los vecinos. María Fajís llamó a Mauricio rogando que estuviera. Eran casi las diez de la noche y normalmente debería estar en la radio, pero en víspera de 28 de Julio quién sabe. ¿Mauricio, por favor?, preguntó ahogada cuando por fin contestaron. Sí, sí estaba, le dijo la chica que cogió el teléfono, y ella estuvo a punto de decirle que era una emergencia y que se apurara, pero sólo se limitó a pedir que lo pusieran, por favor. Doña Lucía estaba junto a ella murmurando sustos de vieja y María Fajís se tapó tontamente una oreja cuando escuchó al otro lado del hilo la voz de Mauricio, ¿qué pasaba, flaca? Le explicó atropelladamente que ojo pare cruce tren, por San Martín o algo así, la décima entrada de la avenida Argentina, y Mauricio le gruñó que por favor se tranquilizara y si era posible repitiera de qué demonios se trataba.

María Fajís estranguló el índice en el cordón del teléfono, respiró hondo y explicó con toda la calma de que fue capaz lo que ocurría. Carajo, había silbado Mauricio, ése era un sitio peligrosísimo. ¿No sabes qué le pasó? María Fajís no sabía, algo del alternador, el carro se le quedó en medio de un cruce y tuvo que empujarlo hasta una esquina para ver si conseguía algún mecánico, pero a esa hora y siendo víspera de fiestas patrias... Sí, claro, claro, interrumpió Mauricio, el maldito carro, como siempre. Porque, en efecto, pensó María Fajís cuando bajaba apresurada las escaleras para coger un taxi que, maestro, rapidito, por favor, la llevara hasta la radio donde la esperaría Mauricio, el maldito carro estaba hasta las caiguas y cada dos por tres se quedaba en cualquier sitio. No era raro el día que Aníbal llegaba a casa maldiciendo como loco porque todo lo que había sacado haciendo taxi se le iba en reparaciones. Maestro, rapidito, por favor, le repitió al taxista que se metía ya por la Vía Expresa, y el zambo hizo un gesto de impotencia, más no podía, señorita, su carrito no corría tanto, y además por ahí andarían los policías dispuestos a sacar su aguinaldo, ya usted sabe cómo son estas cosas y además va a hablar Alan García que nos ha hundido como nadie, caray, el pueblo es el que paga los platos rotos, quién hubiera creído que el Apra iba a resultar siendo semejante cueva de ladrones, pero ella apenas si prestaba atención a lo que decía el taxista y cuando se encontraba con sus ojos en el retrovisor sonreía cortés, ajá, tiene razón, pero sólo pensaba en Aníbal y ojalá que no le pase nada, ojo pare cruce tren, décima entrada de la avenida Argentina, San Martín o algo así, Dios mío, qué sitios eran ésos, Alan García era el primer ratero, cómo sería aquel lugar para que el propio Mauricio se hubiera alarmado, el único que se salvaba de esa pandilla era Luis Alberto Sánchez, todos los demás eran tan choros como el Alan, cómo estaría Aníbal para haberse tomado la molestia de llamarla, él que siempre solucionaba sus cosas sin pedirle ni así de ayuda, y el peor de todos era el desgraciado ese del ministro de Economía, ojalá no lo hayan asaltado, ojalá no le haya pasado nada, Dios mío, ojo pare cruce tren, aquí lo que necesitamos es un Pinochet, ojalá que no, ya estaban saliendo de la Vía Expresa, alguien que ponga mano dura, caramba, ya entraban en la intersección de Aramburú y Paseo de la República, aquí, aquí en esta esquina, ya no se meta en el tráfico, maestro: pagó apresurada y alcanzó de dos trancos la radio. En la puerta estaba Mauricio y un cholo gordo que llevaba una bufanda grasosa y la miraba abotagado desde la cabina de la camioneta blanca donde subieron. Carhuachín, ya sabes por dónde es la vaina, dijo Mauricio, y el cholo hizo un gesto de okey antes de poner la reversa y salir bruscamente a la avenida. Se internaron por el centro de Lima, la camioneta avanzó zigzagueante entre los escasos autos que rodaban por el Paseo Colón y cogió Bolognesi en un santiamén. Mauricio le ofreció un cigarrillo a María Fajís que se mordía una uña. Intentó sonreír, dónde se nos mete el flaco, dijo, pero al ver la cara de María Fajís sintió que la había cagado con el comentario, no le va a pasar nada, mujer, añadió antes de replegarse en su cigarrillo y mirar por la ventana, había que estar atentos porque ya entraban a la avenida Argentina, aquí el maestro Carhuachín se conoce Lima como nadie, dijo, y el chofer se llevó la diestra complacida a un imaginario sombrero de cowboy, acelerando más. María Fajís veía pasar los fogonazos de luz de los postes y aquella avenida amplia y desierta, flanqueada de fábricas y almacenes alumbrados débilmente, surcada por esporádicos autos que los sobrepasaban saltándose los semáforos, convirtiéndose en un par de luces rojas devoradas por la inmensa negrura de ese asfalto sin fin, ella nunca había estado por allí, pensó sintiendo que entraba poco a poco en el Aníbal taxista, que recién comprendía el olor a gasolina que él traía en la chompa y que a ella tanto le molestaba, el cansancio real que ella siempre intuyó como un tonto engreimiento, ojo pare cruce tren, Dios mío, que no le pase nada. Era como si ahora realmente viajara al encuentro de un Aníbal cuya verdad apenas conocía.

¿Pero lo que ocurrió después? Aunque quizá no había ocurrido nada después, no existía el después y ella estaba dando inútiles vueltas de tuerca a sus temores, alimentando ese animal oscuro que le roía las entrañas. Porque desde aquella noche del rescate él se mantuvo silencioso durante tantos días, abstraído, dudoso, como a punto de decirle algo que no se atrevía a soltar y ella esperaba con impaciencia, sin saber qué resortes debía mover, qué decirle para que hablara. ¿Fue desde entonces que se había vuelto tan extraño?, porque estaba extraño, sin ninguna duda, y ella lo perseguía por toda la casa espiando sus movimientos, sus reacciones, la manera que tenía de pararse en la terraza, tan quieto como el propio gato, observando la ciudad como si quisiera abarcarla o llegar a sus confines, y todo había empezado a ocurrir desde aquel día, ojo pare cruce tren, ¡allí está!, gritó la propia María Fajís cuando empezó a recortarse la silueta desgarbada de Aníbal que daba vueltas y hacía gestos de aquí, aquí, al verse cegado por los faros de la camioneta que se acercaba.

El mismo chofer se encargó de arreglar el carro, vamos a ver qué le ha pasado al bólido, dijo mientras ellos tres se apiñaban alrededor del motor descubierto, Mauricio con una cadena de bicicleta en la mano, echando ojeadas nerviosas al vecindario y diciendo qué lugarcitos elegía su yunta para quedarse botado, y María Fajís se cerraba más la chompa como si tuviera un frío de los mil demonios, pero en realidad era miedo lo que le recorría la espalda al imaginar qué hubiera ocurrido si. De vez en cuando miraba el perfil de Aníbal, alumbrado a fogonazos por la linterna que él mismo acercaba al chofer cuando se lo indicaba, ya está, no era nada, una tontería de cables flojos, algo que debía cambiar cuanto antes si Aníbal no quería que le ocurriera otra vez, dijo el chofer limpiándose inútilmente las manos con un trapo mugroso que el propio Aníbal le alcanzó. María Fajís había estado observando el rostro de Aníbal, sus manos largas y más bien huesudas, y las imaginó aferradas al timón del auto durante horas, semanas, meses, y de golpe entendió su cansancio, sus resoplidos cada vez que ella le proponía salir a dar una vuelta y él decía estoy hasta aquí de manejar, Mariafá, vamos cerquita, o mejor aún, quedémonos en casa viendo la tele. Sí, el Aníbal de siempre, el que ella quería, pese a esas tonterías, incluso el que contó orgulloso y bromista las peripecias horribles que había pasado, una vez que el chofer, que no había querido cobrar por su trabajo, aceptó la invitación de Aníbal, vamos todos a un chifita, yo pago, y la abrazó y le guiñó un ojo como en los viejos tiempos, y a ella no le importó un pepino que por una rara vez que salían a comer juntos tuvieran que compartir la noche con un chofer desconocido y con un Mauricio gruñón y ensimismado.

Nunca recuerda el nombre de esa avenida horrible, larga y anárquica, llena de edificios a medio construir o a medio destruir, si nunca hay posibilidad de continuar con lo primero, se empieza a ejercitar lo segundo, bah, le da lo mismo, edificios tachonados de letreros chillones y trapos bailoteantes en las azoteas desde donde seguramente se tiene una imagen completa de esa avenida espantosa —y además ahora empapelada de carteles con los rostros sonrientes de Barrantes, de Vargas Llosa y de otros candidatos para las elecciones cercanas—, congestionada de semáforos malogrados y baches y carretilleros que se instalan en plena calle obstaculizando el tráfico de autos viejos y camiones repartidores de gas: por no gustarle, no le gusta ni el distrito del cual aquella avenida es una de las arterias principales: San Martín de Porres, reproducción a escala de Lima, la mismísima capital pero superconcentrada, una capsulita de cianuro, qué delicia, caos, tráfico, navajeros, sordidez y policías buscando darte un sablazo por infracciones imaginarias, en fin, cosas de la chamba, admitió Aníbal recorriendo la avenida, un mandala cuya forma no se puede prever, sometida a la rapidez de las manos que le buscan la silueta de alambre a una rosa, a un globo terráqueo o una figura vagamente geométrica que te explica el mundo: igual le ocurría a él, pensó deteniéndose en un semáforo; te paran en Salaverry y puedes apostar la ganancia del día a que no acertarás ni en un radio de diez kilómetros cuál puede ser el destino de aquel pasajero. De Salaverry a la Plaza de Acho, unas cuantas vueltas hasta que por fin alguien te detiene en el jirón Trujillo y de allí hasta la puerta del cine Colina, gracias, maestrito, y más vueltas para arribar a Petit Thouars donde te piden cuadra tres de Los Patriotas y de allí al mercado de frutas y de allí...

—El semáforo, joven —sintió una mano helada rozándole el hombro—. Ya está en verde.

—Perdone, me distraje —aterrizó Aníbal a las ocho y media de la noche, al volante de su auto y con dos viejitos sonrientes y confiados en el asiento de atrás. Puso la primera y silbó muy suavemente, tamborileando en el timón.

—Esa parte ya me la sé —bostezó Mauricio bebiendo su cerveza—. Mira qué par de rucas vienen por ahí, loco, están buenazas.

—Es increíble cómo se arma el destino, ¿verdad? —dijo Aníbal soñadoramente, llevándose el vaso a la boca y percatándose casi de inmediato que lo tenía ya vacío—. La infinita serie de coincidencias necesarias para que aquello me sucediese. Realmente es de no creer.

—¿Qué es de no creer, joven? —otra vez sintió la mano helada en su hombro y un aliento de ultratumba en el cuello.

Ya empezaban a protestar los autos que esperaban a que Aníbal arrancase pero después de varios intentos y maldiciones, metiendo la llave del contacto una y otra vez como si fuese una navaja con la que amenazaba al motor, entendió que no había remedio: bajó apresurado y empezó a empujar el carro, viejitos incluidos, resoplando, sintiendo cómo se abultaban las venas de su cuello, el cuerpo tensándose como una cuerda, hasta que ganó la esquina donde había un espacio para dejar el Toyota. Todavía acezante se acercó a la ventanilla posterior.

—Lo siento —dijo pasándose una mano por la frente—, se me ha malogrado el carro. Ya no los puedo llevar.

Aníbal observó a los ancianos que lo miraban sin comprender, abiertos por completo sus ojos legañosos de tortugas, las manos templeques y nudosas entrelazadas en una perplejidad sin límites.

—Pero nosotros no tenemos más dinero, joven —dijo el hombre dando unas palmaditas en la mano de su mujer que permanecía ovillada contra él—, y todavía falta mucho para llegar a nuestra casa.

—No se preocupen —intentó sonreír Aníbal, más concentrado en pensar de dónde demonios sacaba un mecánico a estas horas y vísperas de fiestas patrias—: No me deben nada. Vamos, los acompaño a tomar un taxi.

Al oír esto los viejos iniciaron la lenta y complicada serie de maniobras que tenían por objeto sacarlos del auto. Envenenada, horrenda avenida de edificios descascarados y letreros chillones. Y además peligrosa, razonó Aníbal avanzando hasta la esquina con la pareja bien aferrada a él. Estuvieron allí casi media hora, haciendo señas a cuanto auto pasaba cerca, y cuando por fin se detuvo un taxi, la tarifa que pedía el zambo era mayor de la cantidad que los ancianos tenían. Fiestas patrias, explicó el taxista mordisqueando un palito de fósforo, él lo sentía mucho pero así eran las cosas. No había tiempo para discutir, se intentó convencer Aníbal con algunos billetes de menos en la cartera y haciéndoles adiós a los viejos que partían en el Volkswagen. Se consideraba afortunado si encontraba todavía intacto el carro, porque lo había dejado en una calle solitaria, hacia donde se encaminó apresurado: sí, ahí estaba el poderoso, felizmente, las cuatro ruedas, plumillas y espejo lateral en su sitio. Ni una luna rota. Ahora el asunto consistía en pensar con tranquilidad, mucha tranquilidad, carajo. Apoyado en el auto, Aníbal encendió el último cigarrillo que le quedaba calibrando por dónde empezaría a indagar la ubicación de un taller de mecánica: aquella zona era una barriada, un pueblo joven donde aún se notaban las cicatrices que habían quedado del éxodo de la sierra a la capital, aunque ahora eran ya calles, sin asfaltar y sin alumbrado, pero copadas por edificios de dos, tres y hasta cuatro pisos cuyas fachadas estaban sin concluir. Muy cerca descubrió que corría la vía del tren. Qué diablos, aquél era el peruvian dream de los provincianos levantado a pulso, entre sacos de cemento y paredes sin tarrajear. De no ser por las luces de las ventanas hubieran parecido abandonados, igual que las callejuelas. Nadie, ni un alma, calculó Aníbal avanzando hacia la avenida que ahora se le antojaba fenomenal, llena de letreros chillones y agitada vida nocturna, caramba, no debía ser tan difícil encontrar un mecánico en aquella jungla de negocios y tiendecitas.

Después de preguntar a dos transeúntes que se escabulleron alegando no ser del lugar, decidió acercarse a una pollería iluminada como un frigorífico y con escasa clientela. El mozo tardó en acercarse porque estaba ensimismado viendo *Risas y salsas*. Aníbal pidió una Inca Kola que bebió de dos tragos. ¿Mecánico a esta hora y siendo 27 de julio?, eructó el mozo hurgándose la nariz con una uña larga y negruzca. No, quizá en la otra cuadra, pero que se apurara porque muchos negocios ya estaban cerrando, la zona era movidita, maestro, le dijo, y Aníbal sonrió desde la puerta como quien dice descuide, pero claramente sintió que se le encogían los huevos.

—Cosas de machos —dijo Mauricio—, un par de chelas más, pero que sean las últimas, ¿eh? Yo invito esta vez.

No había estado ni diez minutos en la pollería, pero la avenida que hasta hacía poco era transitada por un gentío apurado y un tráfico relativamente denso ahora era un túnel negro y silueteado por figuras veloces que se agolpaban en las esquinas buscando taxis o subiendo a los escasos microbuses que transitaban por la avenida. Malditas fiestas, masculló Aníbal dando unas zancadas decididas hasta la esquina siguiente donde decidió rectificar el rumbo y poner proa al noroeste, o mejor al sur: total, que dio unos pasos extraviados y como de borracho y se quedó en medio de la calle, sin saber a quién dirigirse. Pateó una lata y contuvo las ganas de reírse. Allí estuvo todavía un momento, las manos en los bolsillos, pensando qué hacer, dudando entre intentar conseguir algún mecánico o buscar a toda prisa un teléfono público. Al fin esto último le pareció más razonable, entre otras cosas porque no llevaba mucho dinero encima y un mecánico en su sano y peruano juicio se iba a hacer su 28 de Julio arreglándole el carro, de manera que se encaminó hacia donde había dejado el Toyota porque le parecía haber visto una cabina allí cerca.

—Oye, pata —escuchó una voz a sus espaldas. Era el mozo de la pollería que se acercaba hacia él—. Por allí, a cuatro o cinco cuadras, me parece recordar que hay un taller. No sé si estará abierto, pero no pierdes nada con preguntar. De todas maneras, vete con cuidado, flaco.

—Sí, ¿la zona es movidita, verdad? —añadió él con algo de sorna.

Carajo, se admiró Aníbal viendo cómo el mozo era tragado por la oscuridad, qué ganas de meterle miedo a uno. El lugar que había señalado el hombre era precisamente por donde él había dejado el carro. Ya empezaba a parecerle familiar aquel sitio. Efectivamente, ahí estaba la cabina pero el teléfono se encontraba inutilizado. Se acercó a un par de niños que cruzaban corriendo la avenida y ellos dijeron que sí, el taller de don Celestino quedaba por ahí, y dieron unas extrañas instrucciones, más preocupados en pedir propina. Caminó internándose decididamente en aquel piélago de calles desconocidas donde gravitaba un olor turbio y sofocante, como a barracón militar, pisando charcos de agua y meados; dio varias vueltas sin encontrar a nadie y estuvo tentado de tocar algún timbre y preguntar. La soledad era abrumadora, más aún porque en muchas ventanas había luz y se escuchaban voces, risas, se veían los fogonazos azules de los televisores encendidos. Al llegar a una esquina, sin querer admitir que si no estaba perdido al menos tardaría un buen rato en encontrar la salida de aquellas callejas, observó a tres patas que venían caminando en dirección contraria.

—Los choros —dijo Mauricio—, eso también me lo has contado. Ese mismo día, delante de Carhuachín y María Fajís, en el chifa. ¿Sabes? Al principio creí que estabas fanfarroneando delante de la Mariafá. ¿Un sándwich de pavo? Yo tengo hambre, viejo.

Se estaba acercando a preguntarles por el inubicuo taller de don Celestino cuando la duda lo mordió venenosa como una serpiente. A menos de cien metros de ellos Aníbal dio media vuelta y se las picó, convencido de que los tipos traerían cualquier cosa menos buenas intenciones. Felizmente que lo hizo así porque los tres pegaron el carrerón detrás de él sin decir una palabra. Como si fuera una de esas pesadillas en que somos vagamente conscientes de la irrealidad en que estamos atrapados, Aníbal cruzó hecho un bólido las calles anteriormente recorridas y en su carrera desesperada sólo vio puertas, paredes cochambrosas, charcos de agua, esquinas, más puertas, cada vez más rápido, sintiendo punzadas violentas en el costillar mientras zigzagueaba erráticamente, buscando extraviar a sus perseguidores y poco a poco perdiendo el control de sus pasos, asaltado por la insalubre sensación de que en realidad él era el extraviado, él era el que se hundía en lo absurdo e irreal que resultaba aquella persecución silenciosa, perdida de antemano. De pronto se encontró frente a un muro de poca altura que escaló en dos tiempos, raspándose las manos y el abdomen: se trataba de un lote cercado y sin construir que los vecinos utilizaban de basural, se dio cuenta de inmediato porque, nada más poner un pie en aquella viscosidad como de batracio que alfombraba el suelo, saltaron cientos de sombras parduzcas en torno suyo. Buscó llegar al otro extremo de aquel basural, esquivando y corriendo entre los chillidos de las ratas que huían despavoridas enredándosele entre las piernas, golpeándole el cuerpo cada vez que saltaban como propulsadas por un resorte. No supo cómo alcanzó a saltar el muro y salir de allí. Tropezando y cayendo se sumergió en otras calles similares a las que había dejado y por un instante atroz imaginó que por esquivar a las ratas del basural había vuelto a salir por donde entró y que en alguna esquina lo estarían esperando aquellos tipos para abrirle la panza con una chaveta.

—Podrías haberte ahorrado el episodio de las ratas mientras comíamos en el chifa y también ahora —dijo Mauricio fastidiado, a punto de morder el sándwich que le alcanzó el mozo—. Eliges cada momento, tú.

—No seas maricón y come —dijo Aníbal quitándole la lechuga a su sándwich con cuidado—. Pero lo que no conté aquella noche fue lo que pasó después. Es extraño, ¿no? Tu vida es una rutina de principio a fin, a tal punto que no encuentras diferencias entre un día y otro, entre las cinco y media de la tarde de hoy y las cinco y media de ayer y las de mañana o las del próximo mes, y de golpe, sin saber en qué momento, zas, se te hizo añicos esa placenta tibia que es la rutina, te encuentras luchando por tu vida, sin poder hallar una explicación a cómo demonios te has metido allí, como si fuera otra dimensión, un túnel por donde avanzas vertiginosamente, igual que un sueño, una alucinación psicodélica.

—El mandala del que hablabas, pues —dijo Mauricio con una sonrisa de la que pendía un trocito de cebolla.

Al cabo de un tiempo imposible de calcular divisó una luz haciendo guiños en la esquina más alejada de la calle y rogó que se tratase de alguna chinganita. Si tenían teléfono se ganaba, pensó encaminándose hacia allí, escurriéndose contra las paredes y mirando detrás de él por si avistaba a sus perseguidores. Era una tienducha maloliente y oscura, donde flotaba el olor narcotizante del kerosene que dormía en un par de barriles. Detrás del mostrador mugriento asomaba el rostro casi albino de un anciano que acariciaba al gato que dormitaba en su regazo. A Aníbal, que entró repentinamente a la tienda, aquella imagen se le antojó ficticia, parte de la realidad bizantina donde se había sumergido, sobre todo cuando el hombre se volvió a mirarlo despacio y a su pregunta atropellada de si había teléfono contestó afirmando muy dulcemente con su cabeza pelada, dueño de un tiempo que parecía no tener límites, como si su única función en la vida hubiera sido esperarlo para ejecutar aquel gesto delicado y ausente. Aníbal se quedó un momento confundido, sonriendo como un tonto, sin saber si había sido entendido o no. Al fin dio media vuelta para coger el teléfono negro que vio sobre el mostrador y casi tropezó con una chica de buzo azul desteñido que acababa de entrar a la chingana.

—Alondra —exclamó Aníbal sin poder creérselo, la bocina del teléfono en la mano.

—¿Alondra? —dijo Mauricio parando las orejas—. ¿Quién chucha es Alondra?

—Mi gran complejo de culpa. Júrame que no dirás una palabra.

5.

Pagó el café con leche y dudó un momento en la puerta del bar. Como un marino que vacila ante la costa arisca que enfrenta, tentó mentalmente la ruta a seguir para evitar carretillas y tenderetes semejantes a velámenes encallados, podridos de agobio y abandono después de una batalla en aquel mar oscuro donde humeaba esa comida de destierro que se ofrecía bajo los quinqués hepáticos colgados por los ambulantes para vencer a la noche y seguir ofreciendo, más allá de la madrugada, panes con salchicha o relleno o huevo rezumantes de aceite, choclos tiernos envueltos en verdes pancas que escurrían agua y vapor, papas hervidas que dejaban expuestas en ollas tiznadas las gordas anticucheras cuyas mechas sudorosas les caían sobre la frente y el rostro enrojecido de tanto alentar el fuego de sus ennegrecidas parrillas con escobillazos de grasa: conjuros sebosos que izaban furiosas llamaradas y chisporroteos rojizos para instigar el bullicio de La Colmena, el perezoso despertar del burdel callejero con su tráfico infatigable de autos decrépitos y microbuses paquidérmicos que protestan y avanzan lentamente hasta convertirse en la música de fondo de la música de fondo que componían los huaynos, las cumbias, los merengues y las chichas y el heavy metal sobreponiéndose a las bocinas y a los frenazos, al resoplar de los motores recalentados y a las voces anónimas de los viandantes que sortean sin mucha fortuna los altavoces dispuestos en las veredas desde donde escupen su fusión horrorosa y bastarda, su competencia de aullidos macumberos y crepitares desgastados en viejos pickups que rascan sin descanso long plays y cuarentaycincos destinados a una transa rápida y preferiblemente poco ventajosa antes de que el eventual comprador se desanime o se aburra de tanto tratar de entenderse a gritos con el vendedor y decida husmear en otro de los quiosquillos donde se ofrece el mismo catálogo musical inverosímil, o prefiera seguir fisgoneando sin prisas entre los plásticos azules extendidos sobre las aceras donde se apilan pasados ejemplares de *Playboy* y *Penthouse* desde cuyas carátulas lustrosas asoman sin temor mujeres inalcanzables; revistas amontonadas junto a libros amarillentos, novelas de Irving Wallace, Du Maurier o García Márquez confundidas con textos increíbles sobre la cría de caballos, aplicaciones del rayo láser en neurocirugía o el poder del pensamiento alpha; volúmenes dispares de *Selecciones del Reader's Digest* o fascículos discontinuados sobre la Segunda Guerra Mundial; antología descarada e infame que confunde, marea y satura obligando a pasarle la vista apenas por encima antes de claudicar desviando la atención hacia el puesto contiguo donde se ofrece jabón bolívar, latas de nescafé, leche en polvo, betún, condones, lentes, cigarrillos de contrabando y miles de objetos más, efímeros y postreros. La pavorosa sensación de abrir el desván de un loco, el horror de acceder bruscamente al orden secreto de un autista, ático abierto de la ciudad donde se aventuran los despistados o los que sólo admiten su existencia de paso. Como Aníbal, que acaba de tomarse un café con leche después de dejar aquella maldita minuta encargada por el profe Paz y ahora, satisfecho un ambre que ya empezaba a comerse la hache y que no admitió reparos éticos, estéticos ni higiénicos para saciarse en un cafetín de La Colmena, se resiste a tomar un camino que no lo devuelva tan violentamente a casa y al recuerdo del enfado, a los vestigios de la bronca absurda, en fin, María Fajís, que a esta hora debe estar con su madre. Que se joda.

Por dónde caminar para huirle al asco aceitoso de pisar grasa y meados y tropezar con putas tristes que se desgajan como sombras de las callejuelas que se bifurcan de La Colmena donde apostan su anhelante desvelo de orgasmo en venta, su bovina quietud de chicle y olor a laca, a axila peluda y frotada apresuradamente con un trapo húmedo en el cuartito del corralón o de la choza de donde traían su olor asfixiante, de Comas o Carabayllo, de El Agustino o Cárcamo, olor a pies y viaje largo que arrastraban desde más allá también, de pobres y perdidos pueblos serranos inexistentes en el mapa del Perú que utilizaba el padre Iturri en segundo de media, y adonde con seguridad —porque no eran, porque no existían— no asomaba la nariz ni el inexplicable azar de una carta dirigida un año atrás a los padres quechuhablantes, pauperricófonos, tristeparlantes de un castellano sin sufijos, viejos que se quedaron allí, en la quebrada de Válgame Dios pa'l fondo, en la choza más extrema de Putamadrebamba.

«Qué poco conocimiento de la realidad peruana, compadre», se reprendió Aníbal dando unos pasos desganados fuera del cafetín, temeroso de parecer un caficho, un transeúnte morboso o un estudiante arrecho, parado en la puerta del local con los brazos en jarras. «Cuántas generaciones tendrán encima estas putas acholadas, con los rostros ya empolvados de suficiencia limeña; los padres probablemente ya chambeaban en este circo desde los sesentas o quizá antes, según Matos Mar y Cotler, que siempre suenan tan seguros, así que la cartita a mamá y papá te la puedes llevar a una película hindú. Además, tomarle el pulso a cualquiera de estos murciélagos será siempre lo mismo: siete hermanos, dos de ellos muertos —uno a los dos añitos y el otro hace poco, atropellado en la Panamericana—, dos en Lurigancho por robo a mano armada, el menorcito guardia civil y la mayor costurera o escarbapiojos en una peluquería del centro. Ella, marido borracho y golpizas de esas que ni en documental de Unicef, pero muy propias de servinacuy limeño, abandonada finalmente y con hijos, porque la prole es fija, no hay puta sin hijos, no hay puta que sude los lomos por virtuosismo estético o puro y sencillo afán lucrativo; todas tienen que sacar hijos adelante (¿adelante es hacia adónde?), tan adelante que a la primera de cambios ya no les ven ni el polvo, fíjate qué metáfora más adecuada para el tema. Todas con hijos, claro, pero si parece un requisito, como requisito es el sórdido inventario de desdichas idénticas, frustrantes, exactas y circulares como una aguja que gira y gira entrampada al final de un disco, hermanadas todas por el mismo dolor en un culo pateado por el mismo pie.»

«Pero tú qué haces estudiando Derecho, viejo, si lo tuyo es la espeleología cultural o el submarinismo antropológico», se burló Aníbal zigzagueando entre ambulantes y viendo de lejos la telaraña tejida por las rameras donde empezaban a caer las primeras moscas.

—Alguna vez me he preguntado lo mismo —dijo Mauricio bebiendo un sorbo de cerveza—. ¿Qué carajo haces estudiando Derecho?

—Me lo imaginaba —dijo Aníbal sin mucho calor—. Por eso te cuento todo esto. Bah.

Sin decidirse del todo, aconsejado por la indiferencia de tantas horas muertas por delante —no valía la pena meterse a clase de Filosofía III, ¿comprendes?—, caminó orientándose hacia las luces de la avenida Tacna que cortaba en dos La Colmena. Allí brillaba un resto del decoro y la tranquilidad nueveacinco del oficinista, de la recepcionista de academia preuniversitaria, del bancario cuarentón o del estudiante rezagado tomando el colectivo a casa, satisfecho de su rutina zurcidita pero limpia, comparada de soslayo al mirar las luces que descubren el movimiento famélico, trashumante y desahuciado de La Colmena, nombre anticipado por algún cachoso futurista que previó el enjambre zumbante que animaba esas diez cuadras. Durante años La Colmena recibió con la gratitud rencorosa del mendigo los desechos y la basura intangible del centro, una tierra baldía que a punta de escupitajos y meados dejó germinar la miseria del serrano inmigrante, del apátrida en su patria, del indiecito deslumbrado por los edificios y las luces, eso que la gente decente llama la escoria, sin hacer distinción entre los cholos, los rateros, las putas, los cabros, los pobres y los indios, ese conglomerado que clasifica bajo el mismo rótulo a los que tienen el color de la desdicha: la escoria. Histérica pero eficiente definición que chillan los pitucos en Monterrico o en San Isidro y hasta los arribistas de San Borja, cuando se acercan casualmente por el hocico hediondo de la ciudad malherida, de esta bestia que aúlla de dolor un miembro gangrenado: fenómeno, dijo Mauricio, la metáfora estaba bien bacán. Aníbal lo miró extrañado, como saliendo a flote de los recuerdos.

«Y ahora», pensó extrañamente desencantado de saberse ya a salvo en la avenida Tacna, «el miembro putrefacto ha hecho lo suyo, ha trabajado su urdimbre fétida bajo la piel, el pus brota aquí y allá descubriendo la podredumbre total, revienta como llagas pestilentes en el jirón Quilca con su furor de metaleros y heavy metals y new waves narcotizados; en el jirón Cailloma o en el jirón Ica, andinos y paupérrimamente domingueros; han infectado las arterias que quedaban aún sanas arrinconando la antigua solemnidad burguesa de la capital, en cada callecita que se abre como una vena turbulenta desde La Colmena brotan forúnculos de miseria, naranjas peladas y huevos duros en bandejas de cartón, ropa interior en bolsitas de colores, billetes de lotería, encendedores desechables y camisetas de algodón trespormil que aparecen en las manos nerviosas de los ambulantes, mientras rateros de lentes espejo y pelos sucios muestran con sigilo, como prestidigitadores, un reloj o un anillo de oro, ¿cuánto pagas, chochera?, apoyados en los quicios de las puertas; putas seniles recortadas en sus paseos vaporosos cuando cae la noche, descubiertas por los faros de los autos que escapan de las callejas intransitables con las ventanillas cerradas para evitar a los choros o a los cambistas atolondrados que con sus calculadoras de bolsillo persiguen a los transeúntes o a los carros y se pelean y se empujan entre ellos cuando se detiene por fin alguien para cambiar unos pocos dólares, ¿a cómo el cambio, loco?, en fin, cualquier calle del centro es una reproducción a escala de La Colmena, ya no hay solución, donde miremos sucede lo mismo. ¿Te has dado cuenta? El jirón Moquegua, por ejemplo, que está ahí nomás. La Zona Roja».

Con las manos en los bolsillos, aburrido de esperar un bus que no llega o un colectivo vacío, Aníbal cruzó la avenida encaminándose al jirón Moquegua que había estado contemplando con aire ausente, dando pasos distraídos en el paradero, vueltas de insecto miope, sabiendo que no quería llegar a casa para pensar en María Fajís, en la bronca, en el enfado absurdo. Seguramente aquella noche se quedaría a dormir donde su madre.

—Estábamos medio peleados, ¿sabes? Por una de esas tonterías que crecen y desbordan cuando menos te lo imaginas —explicó Aníbal—. Y ella había ido donde su vieja.

—Te sigo —asintió Mauricio pensando que mejor se iban a otro bar porque el Haití continuaba llenándose de borrachos y universitarios. Que al fin y al cabo son lo mismo, razonó tibiamente, otra vez atendiendo a Aníbal, que hablaba intentando sin mucha fortuna despersonalizar su gran purga existencial, porque eso era, un turbulento río de palabras, de recuerdos.

Mejor demorarse para no llegar a casa y encontrar la ausencia de la Mariafá, mejor demorarse y perderse en esa antesala del infierno, con sus quintas coloniales de quincha y maderas carcomidas por un insomnio remoto y amarillo, con sus zaguanes siempre oscuros donde se aposentaba el moho y los ecos dormidos de tantos, tantísimos años meados por los gatos y ahora sembrados de cambistas que desmentían la sonrisa de bonanza del presidente, confundiéndose con los arrechos desvelados y eternos que iban al Le Paris o al Colón a ver *Los sueños húmedos de Patricia* o *Seka la ultraerótica* o *La quinta mamada del diablo,* vaya uno a saber; confundidos también con los cabros escandalosos de tacón y jeans apretaditos que les embozan el culo hombruno, rubias masculinas y oxigenadas a fuerza de desvelo y obstinación, yendo y viniendo por la misma calle, frenéticos, frustrados, recalcitrantes, a ver si alguien los prefiere a las putitas malcomidas que se ofrecen un poco más allá por menos que nada, por la inercia de recorrer un laberinto de rata de Skinner, perro de Pavlov, ganso de Lorenz, chimpancé de Goodall o mono de Morris, qué carajo, y que desemboca en chancro, gonorrea o cualquiera de las siete plagas de Egipto de tanto ofrendar el sexo reseco y hastiado de recibir únicamente miembros transeúntes, sin más amor que ese erotismo de utilería colmado de jadeos al que se entregan en el cuartucho de palangana y catre desfondado y quizá, con suerte, un vaso de cerveza previo y del que soplan la espuma como quien espanta moscas o malos presagios antes de recibir el aliento indescriptiblemente turbio

de un borracho, o un pene baboso —unos billetes más—
que apenas les cabrá en la boca.

Aníbal escogió el Flamingo, alarmadamente divertido de su caminata por el epicentro de todo lo evita-
ble, porque lo encontró más consecuentemente americano
que el Crazy Horse, que de francés no tenía ni el pompo-
so cartel de neón. Salvo por ese detalle los pocos puti-
clubs de alrededores eran idénticas, desgastadas, flotantes
embarcaciones de lujuria encalladas en la niebla sórdida
de su propia realidad.

—Eres bravo, compadre —a Mauricio se le encendieron los ojos—, mira que meterte en semejante huarique.

Encendió un cigarrillo y ofreció otro a Aníbal, di-
fuminado por el humo, disuelto en sus recuerdos, mecido
por el barullo del Haití, los vasos, los gritos de un grupo
estruendoso de bancarios que habían juntado un par de
al fondo.

Lo recibió un negro alto y apesadumbrado, con el
cuello de la camisa grasiento y unas manos de uñas enfer-
mas y grandes como dientes de ajo que recibieron los billetes antes de entregar el ticket. «Pase», le dijo sin mirarlo,
ensimismado como un rumiante manso, y Aníbal avanzó
por un corredor angosto que olía a tallarines aguados, a
guiso antiguo. Desembocó en una sala grande de techo alto
y con varias mesas que miraban hacia una pasarela más
bien dispuesta para un desfile de fantasmas, joder, hubieras visto eso, cubierta por un terciopelo que alguna vez había sido rojo, parchado y caminado muchas veces, zurcido
de lamparones sebosos y quemaduras de cigarro. Al fondo,
un espacio claustrofóbicamente abierto hacía las veces de
pista de baile, donde ya se tambaleaban sombras temblo-
rosas. En un extremo de la pista, acodado detrás de la barra, un flaco escurrido y de ojos lánguidos conversaba con

las copetineras que esperaban la llegada de clientes o la indulgencia del tiempo, o simplemente esperaban porque esperar era otra forma de hacerle quites a la noche; eran, en la penumbra artificial del local, simples estropajos moviéndose con lentitud de hastío bajo las luces verdes, rojas y azules que se alternaban de tanto en tanto, modelos redivivos que parecían haber inspirado las descascaradas escenas de ninfas y sátiros contrahechos de las paredes.

Eligió discretamente el anonimato de una mesa lejos de las sombras que en grupo o en pareja esperaban, fumando y bebiendo, el show anunciado a la entrada, siete sexys chicas, siete, el mejor espectáculo erótico de Lima. Pidió una cerveza y se la trajo una sonriente chola de tetas fofas y diente de oro.

—¿A qué hora empieza el show? —preguntó Aníbal más que nada por ambientarse y espantar el aleteo de arrepentimiento y fastidio que le asomó en la boca del estómago, sintiéndose tonto por haber cedido a ese impulso irracional de hundirse en el lodo.

—Ahorita, señor —le dijo la chola respetándole el color o la corbata o ambas cosas. Sin embargo seguía de pie frente a él, como esperando algo.

Aníbal sirvió su vaso casi hasta el borde. Lo hizo aplicadamente, como un químico meticuloso vertiendo mezclas valiosas en una probeta, con la absurda certeza de que al terminar de hacerlo la chola desaparecería. Levantó la vista y se encontró con el diente de oro relampagueando en la oscuridad. Esbozó una sonrisa porque no sabía qué hacer, cómo jugar ese ajedrez de movimientos tangenciales y complicados.

—¿Te puedo acompañar? —dijo ella de pronto, en un arrebato de inconsecuencia social y ya casi sentándose junto a él, con una sonrisa hemipléjica y verde a causa de la luz que caía sobre su rostro.

Aníbal aprovechó el bolero que atronó súbitamente para urdir una negativa a través del sorbo largo que le pegó a su vaso espumoso, se atoró un poco, dijo no con la cabeza, se escuchó murmurar una disculpa sintiéndose definitivamente imbécil.

La chola se marchó encogiéndose de hombros hacia la mesa donde la empezaba a reclamar un grupo de borrachos estruendosos. Aníbal observó su contoneo resuelto y orondo pensando que ya estaba allí, que María Fajís quedaba irremediablemente lejana, que a esta hora él debería estar en clase con el viejo Zumaeta y que debería felicitarse por desmentir, aunque sea una noche, su mundito miraflorino y limpio.

«¿Pero quién te crees que eres? ¿Zavalita? ¿A quién le quieres meter el dedo, hombre?», se retractó al descubrirse jugando al desclasado. «Si está visto que no perteneces ni pertenecerás a esta dimensión de la pobreza porque hasta para morirse de hambre siempre habrá un escalafón.»

—El cuestionamiento inevitable —murmuró Mauricio apoyando el rostro en los puños, sonriendo apenas. Habían pedido dos cervezas más y unas papas fritas que picoteaban del plato.

Se aflojó el nudo de la corbata y bebió la cerveza lentamente, observándose arlequinado por las luces que titilaron antes de apagarse con un redoble de tambor malamente grabado que cesó también bruscamente. Una voz inubicable, profesional y falsamente fresca anunció que en esos momentos se daba inicio al espectáculo de las siete bellas muchachas que ejecutarían atrevidas danzas para la distinguida concurrencia. Alguien de la distinguida concurrencia eructó y lo celebraron ruidosas carcajadas. «Como inicio está inmejorable», admitió Aníbal observando de soslayo los intentos de un hombre al fondo que trataba de acariciar el muslo floreado de una chica sin importarle los manotazos que daba ella de cuando en cuando. Había algo de mecánico en esa obstinación, razonó Aníbal, algo de coletazo y mosca vuelta a posar, que resultaba horroroso y fascinante al mismo tiempo. Las mesas poco a poco se iban llenando de viejos cuyas miradas libidinosas seguían el correteo de las copetineras, de hombres parcos que esperaban con torva lasitud acodados frente a su cerveza, de estudiantes que fingían un aburrimiento mortal y presumiblemente viril. Todos fumaban, todos pedían cervezas o chilcanos de pisco, todos tarde o temprano aceptaban una chica a su mesa.

Las luces se encendieron nuevamente enfatizando la penumbra que se reinstaló como un soplo de ceniza y humo sobre las mesas. Chilló Edith Piaf *La vie en rose* bastante empezada y con fondo de acetato gastado, casi una lluvia pertinaz sobre la techumbre gris y desolada del París de las fotos antiguas, no sé si captas, Mauricio, todo era tan miserable que hasta daba ternura: subió a la pasarela una mujer bastante entrada en los cuarenta, un pavo real viejo que enseñó orgulloso el tornasol marchito de su plumaje, bamboleándose en cámara lenta, temblorosa y orgásmica como los saxos de la canción, mostrando sus carnes ajadas, el vergonzoso desgaste de unos senos inútiles que se estremecían con el francés alcohólico de la Piaf, llevándose, luego de varias vueltas por la pasarela, una mano hacia el sostén, amenazando con descubrir los pechos por completo, preguntando con los ojos, con la barbilla y los hombros insolentes, con la sonrisa de yegua, si lo hacía de una vez, repitiendo el gesto a ambos lados de la pasarela como para cerciorarse del deseo que despertaba en los hombres. Arrancó aullidos, obscenidades, silbidos y pullas que la decidieron a mostrar después de varios giros atropellados el dormido borde de los senos, los pezones alelados que acarició con manos impacientes haciéndolas luego recorrer la cintura con un rumor imperceptible de hormigas hasta detenerse en el elástico del calzón: nuevos silbidos y aplausos la animaron a enrollar la trusa, siempre con su expresión interrogante, intentando demorar con la canción el previsible asomo del pubis, el mechón triangular del sexo, justo cuando la voz de la Piaf se engolaba con los borborigmos finales, el meneo de un culo poroso y color chocolate que cimbreó sin irse del todo, desandando muy a su pesar la franja rojiza de la pasarela, deteniéndose un poquito aquí y otro poquito allá, regalando una silueta indecorosa que se proyectaba enorme contra las paredes, pasos de odalisca ebria alejándose finalmente por completo.

Todo fue tan rápido, tan increíblemente armado como un Lego —apenas unos bloques y ya—, que Aníbal sólo tuvo tiempo de pedir otra cerveza y refugiarse en un fayo. Fumó apoyando la espalda a la pared, casi oculto por el humo del cigarrillo que llevaba sin pausa a la boca mientras esperaba su cerveza. Las copetineras iban de una mesa a otra ensayando piernas y sonrisas, gestos destinados al té aguachento que pedían como vermouth apenas caía un incauto o un arrecho contento de mitigar el minúsculo drama de su vida, de saberse acompañado, de sentir la aventura del plancito que en la vida real no sale o no sale tan fácil, feliz de recibir esas sonrisas sin destino que esbozaban las copetineras cada vez que se acercaban a las mesas de los que iban llegando, esa parodia de aventura que iniciaban todas preguntando lo mismo, ¿te puedo acompañar?, cuidando no salirse del esquema aprendido, de la frase apertura y sonrisa flash que tironea en los labios coloreados de rouge barato, igual que las sonrisas ofrecidas desde la pasarela, artificiosamente invitantes como los gestos, las promesas de piel que se van sucediendo sobre el horizonte rojo donde se mueven al compás atroz de una canción que se abre paso en medio del humo de los cigarrillos.

A la cuarta calata Aníbal decidió que el show empezaba a repetirse como una película sueca de trasnoche, sólo variaba la música, envilecidos temas de Domenico Modugno o Julio Iglesias, canciones pasadas de moda y probablemente escogidas para desentrañar las claves del destino que las fue orillando a aquel moridero de esperanzas. Bueno, cualquier tema actual las podría enfrentar con el horror de su presente y la psiquis es algo que se debe cuidar, diagnosticó Mauricio, y Aníbal movió la cabeza lentamente, como confirmando lo que dijo su amigo antes de proseguir: tenía ganas de pagar e irse pero inmerso en algo que podía llamarse estado nirvana o rito de Eleusis —las cervezas, sin duda— se abandonó sin protestas a seguir observando un mismo contoneo sin tregua que sólo cambiaba de striptisera, un idéntico desnudarse donde se adivinaba la misma historia de madrugada y emoliente en la Plaza San Martín antes de tomar el colectivo para San Juan de Lurigancho o El Agustino; las mismas ojeras y la misma resaca pasando de rostro en rostro como un paño sucio que despoja el maquillaje, ese artilugio de polvos que las parapeta en el breve refugio de ser momentáneamente distintas. «A medio camino entre lo individual y lo colectivo», se explicó Aníbal, que había leído a Monier, pero dudando que el franchute hubiera aceptado su peruanísimo ejemplo. «Todas idénticas y al mismo tiempo distintas», le dijo al vaso de cerveza.

—Y hablando de cervezas —dijo Mauricio—, ¿no nos tomamos otras chelitas?

—Okey —dijo Aníbal tamborileando impaciente en la mesa—. Pero escucha porque ahora viene lo mejor.

—Menos mal —suspiró Mauricio que llamaba al mozo—, ya estaba aburriéndome un poco, oh, mi buen Dante, con tu versión del Infierno, ¿en qué canto vamos?

Sí, todas idénticas y al mismo tiempo diferentes, insistió Aníbal, menos una que le hizo tambalear la tesis y también la mesa al pasar muy cerca y apenas mirándolo al murmurar unas disculpas. Llevaba una falda lisa y una blusa sencilla, iba tan distinta a las otras que quizá sólo se tratase de una chica despistada, impelida por la urgencia de usar el baño o el teléfono del local, arrepentida tardíamente de haberse metido a la boca del lobo e intentando por lo mismo pasar desapercibida, esquivando miradas codiciosas y comentarios procaces. Pero debía admitir que esa maldita tendencia a la especulación folletinesca de que adolecía le había vuelto a jugar una mala pasada, dijo Aníbal riéndose con sarcasmo, y entonces Mauricio preguntó por qué. Porque era otra copetinera, por supuesto, otra putilla de ésas.

Aníbal observó con desencanto cómo la chica se instalaba a la mesa y al monólogo de un compadre de camisa chillona y zapatos blancos al que se le escurrían unos pelos aceitosos sobre la frente y removía su vaso de cerveza como si fuese whisky, exultante y patéticamente próspero, probablemente explicándole a la chica cómo de vender camisas en el mercado de Limoncillo había pasado al localcito en Magdalena y a la compra de la cuatro por cuatro; o algún otro pasaje excitante de su vida, con la esperanza de seducirla —claro, después de todo Rockefeller empezó con una manzana, acotó Mauricio—, tarea extremadamente difícil por la cuestión de la honorabilidad de las copetineras y por los horarios que cumplían con rigor de fábrica norteamericana durante la Segunda Gran Guerra. La chica lo escuchaba sin perderse palabra, atenta, hipnotizada, sin dejar de mirarlo hacía señas para que le alcanzaran otro vermouth, confiada en que el Jean

Paul Getty de San Cosme no iba a detenerse en naderías, copas más, copas menos, y el único que se estaba pegando la gran tranca era él, que bebía whisky (sí, era whisky, acababan de servírselo, anotó satisfecho Aníbal) como si se tratase de agua mineral. Ella se llevaba la copita a los labios con una elegancia que resultaba demasiado ostentosa en aquel escupidero de semen y luces calamitosas.

—Pero bueno —se impacientó Mauricio—. ¿Qué tal estaba?

Tendría veinte años escasos y un leve aire Botticelli cada vez que las luces rojizas le alcanzaban incendiándole el perfil. Un buen lejos inquietante, dibujado por gestos y piernas cruzadas coqueta, no procazmente; maneras destinadas a nadie, un simple complacerse en la certeza de ser distinta a las otras, a las que empezaban a aburrirse con las obstinadas negativas de Aníbal: el fastidio consistía en mi imposibilidad, en mi desconocimiento para usar los bloques del Lego; no accedía a las claves, ¿entiendes?, dijo, y Mauricio asintió con seriedad, el Lego, por supuesto, murmuró. Le alcanzaba de sesgo un pudor incólume para decidirse a aceptar compañía, continuó explicando Aníbal, y cuando alguna se acercaba a su mesa olfateando el desconcierto él se negaba, cada vez más convencido de que en algún momento me iban a echar a patadas, cansadas de esa emperrada actitud de niño bien, compadre.

Entonces, por decir algo y justificar un silencio agraviante, para cubrir la desnudez de su soledad, pedía una cerveza que bebía con ademanes desprolijos.

—Salútero —dijo Mauricio bebiendo su cerveza, una vez que el mozo se hubo marchado después de dejarles dos botellas y cambiar el cenicero.

Se dedicó a mirar a la chica, contemplando esos rasgos donde aún no se notaba el bofetón de los madrugones, las cicatrices de la sordidez, quizá porque era nueva en el negocio, quizá porque se sabía bonita y eso preserva mejor que Elizabeth Arden, quizá por una suma de ambas cosas, quizá porque quizá, tampoco era cuestión de andar buscándole tres pies al gato, pensó Aníbal intentando una objetividad más rigurosa al sopesar en su apresurada evaluación estética otros factores que no había tenido en cuenta: distancia, mala iluminación y demasiada cerveza. Empezaba a tener ganas de mear.

En un momento en que Aníbal alzaba su vaso, la chica, que había aceptado la discreción estilo Carreño con que su acompañante le pedía un momentito permiso, volteó encontrándose con el gesto de Aníbal, una malinterpretada invitación a los encuentros fugaces. Sin esperar que el comerciante de camisas regresara del baño se acercó resueltamente a él, cruzando entre las mesas que los separaban sin atender los llamados, los piropos lascivos, las urgencias trasnochadas de las voces, mamacita, ricura, ven aquí; nada, ella avanzó invulnerable y precisa sorteando a las parejas que bailaban aprovechando el intermedio del show, una sonrisa maligna y la mirada fija en Aníbal, como si se tratase de un faro o una isla sorpresivamente encontrada en un océano de niebla.

—¿Se acercó ella solita? Esto se pone bueno —dijo Mauricio frotándose las manos.

—Hola —dijo sentándose con desenvoltura—. ¿Me invitas un vermouth?

—Te invito una cerveza, que es menos dañina —contestó Aníbal calculando precios porque ya llevaba cuatro heladas encima. Empezaba a hacer calor y se quitó el saco colgándolo cuidadosamente en el respaldo de su silla.

—Bueno —contestó ella después de pensarlo brevemente y levantar una mano hacia la barra—, estoy cansada de tomar vermouth.

—Té aguado —sonrió gatunamente Aníbal—. Y a precio de Campari.

Sintió los ojos de miel clavados un instante en los suyos, acentuados por el breve silencio que precedió a la voz anunciando la segunda parte del espectáculo. Fue apenas un segundo de parpadeo inteligente, una seña imperceptible de espías reconociéndose en territorio enemigo.

—Campari —dijo ella después de un momento. «Campari», repitió buscándole infinitesimales recuerdos a la palabra que sonó en su voz como un repiqueteo de hielos.

Tenía facciones ligeras y sencillas, un lunar cerca de la nariz nerviosa y labios finos que mordían constantemente una punta de cabellos castaños. Tomó con naturalidad un cigarrillo de la cajetilla de Aníbal y fumó echando la cabeza hacia atrás: un gesto que enseñaba el cuello blanco y enfatizaba los senos bajo la blusa, un movimiento mil veces ensayado. «Campari», volvió a insistir como si se tratase de una invocación.

—Chica Campari —dijo Aníbal francamente encantado y terminando su cerveza antes de pedir otra—. ¿Aquí venden?

Ella negó despacio con la cabeza, mirándolo con la lejana atención de quien todavía está enganchado en las frases anteriores de una charla, desconectada violentamente de la noche y las carcajadas y la voz que terminaba de anunciar la segunda parte del show. La chica de las tetas fofas se acercó con las botellas y al ponerlas sobre la mesa junto a los vasos los miró sin disimulo.

—Que te aproveche, Alondra —dijo enconada antes de irse pisando con firmeza y bamboleando un culo redondo y descarado.

—¿Alondra? —preguntó Aníbal sirviendo las cervezas—. No me digas que ése es tu nombre real.

—Sí, sí lo es —contestó rápidamente ella, súbitamente en guardia.

—Bueno, disculpa —Aníbal se replegó en el asiento pidiendo paz con las manos. Hubo un instante en que se encontró con los ojos de Alondra brillando en la penumbra y supo que no era bueno arrancarse las máscaras en aquel baile de deshonestidad necesaria si quería disfrutarlo. «Al menos no aquí», se reconvino proyectando tácitamente otro encuentro y descubriéndose absolutamente infantil al imaginar una noche extendida más allá de sus propios límites, porque esas cosas son absurdas sólo de pensarlas, ¿no? No lo sé, dudó Mauricio, a veces sucede.

—¿Y tú, cómo te llamas? —preguntó Alondra apoyando la barbilla sobre dos puños escolarmente aplicados.

—Me llamo Carlos —dijo Aníbal ajustando la frase con lentitud, como si fuera un antifaz.

—Ése no es tu nombre —aseguró ella arrugando la nariz—. Yo no me llamo Alondra pero los dos estamos mejor así, ¿no crees, Carlos?

Aníbal rió con desparpajo, descubierto y feliz; ambos giraron para ver a la mulata que acababa de aparecer en la pasarela con movimientos tropicales y ansiosos.

—Esta Madeleine nunca aprenderá ni cuatro pasos —desaprobó Alondra cruzando las piernas—. Y eso que el viernes pasado Suárez ya se lo dijo y nosotras también; así no va a durar.

Se llevó una punta de cabellos a los labios, pensativa, evaluando con aire crítico los movimientos de Madeleine y luego, como si la idea le hubiera sorprendido de pronto y sin poder evitar un matiz burlón, preguntó:

—¿Te gusta venir aquí? —cogió otro cigarrillo de la cajetilla de Aníbal y le repasó la camisa, el saco sobre el respaldo, los gestos.

—Soy asiduo —dijo él recostándose en la pared para enfocarla por completo y sentirse lo más Warren Beatty posible.

Madeleine se quitaba el sostén de encaje descubriendo unos senos menudos que vibraron de frío o de noche o de nostalgia, provocando un desabrido rastro de aplausos.

—Asiduo —repitió Alondra con el mismo deleite con que antes había dicho «Campari»—. ¿Eres universitario, verdad? —añadió encantada de que Aníbal sirviera las cervezas con ademanes de prestidigitador.

—Este año termino Arquitectura —contestó Carlos sintiéndose algunos grados por encima de lo aconsejable. Se observaba relajado y libre, dotado de una lucidez extraña. Nuevamente empezó a sentir espantosas ganas de mear pero los labios de Alondra curvándose golosamente lo hipnotizaban. Si alargaba una mano podía alcanzar el rostro amable y casi sin maquillaje, sin los arañazos de un posible pasado desalentador y sórdido. Tenía aspecto de chica malcriada, de adolescente que huye de casa, pero no de copetinera, Mauricio. «Si la visto bonito me la paseo por Miraflores, me acerco a mamá que toma té en La Casita Blanca con las otras viejas pitucas y digo madre, te presento a Alondra, besos, cómo estás, hijita, muy bien, señora, siéntense a tomar algo, dirá la pobre, encandilada y amable antes de añadir qué guapa, ¿dónde la tenías escondida, hijo? Y las demás viejas que observan con arrobo la escena esperarán las frases previsibles, el desenlace natural, muy a tono con la chica pianista que acomete lánguidas piezas de Satie al fondo del restaurant, absolutamente acordes con la realidad tibia y sin sobresaltos del té a las cinco donde parecen naufragar de delicia hasta el momento en que yo repita con siniestra inocencia la pregunta de mamá, ¿que dónde la conocí, dices? Pues verás, la conocí en un antro de mala muerte, mamá; no estudia en la Unifé ni en la de Lima, no vive en Chacarilla ni en La Planicie, ni siquiera en Miraflores; en realidad es copetinera, mamá, y en ese momento Alondra hará una especie de reverencia mientras coge una biscotela y la muerde despacito, enseñando sus dientecillos voraces a las señoras que han palidecido igual que mamá y miran sin comprender nada, percatándose poco a poco de que no se trata de una broma de mal gusto sino de una realidad de mal gusto.»

—Eso es lo que yo llamo un happening, carajo, dinamitemos la realidad, hagamos pedazos ese alivio sin sorpresas que es la costumbre de la pituquería limeña —dijo Mauricio algo achispado y llenando los vasos.

—... Y ahora Educación en San Marcos —estaba diciendo Alondra llevándose nuevamente los cabellos a los labios como si fuesen un micrófono con el que traducía sus pensamientos, los globitos frágiles que constreñían las ideas. Olía suavemente a pan, a ropa limpia. Por un momento fue sólo una chica sin pasado y sin futuro, una sonrisa suspendida frente a Aníbal que llenaba los vasos de cerveza.

Sin él proponérselo, casi animada por una secreta voluntad, su mano colocó cuidadosamente el vaso a un costado y reptó floja, encaramándose sobre los dedos de Alondra, recorriendo morosamente, una a una, las pequeñas columnas frigias que sostenían la mano liviana y dubitativa. Ella fingió no darse cuenta.

—¿Así que Educación en San Marcos? —preguntó Aníbal, convencido de que el murmullo de aire acabado de pronunciar podía haberse llenado con cualquier otra frase. Sólo importaba el tono urgido de complicidad con que su voz amansaba el posible sobresalto de Alondra al sentir la audacia de los dedos masculinos que intentaban voltear su mano, tenderla palma arriba como si fuese una tortuga a la que es necesario acallarle la vida, las protestas, los inútiles pataleos del recelo.

—Sí —dijo ella en el mismo tono susurrante, más concentrada en ese acceso de ternura con que Aníbal recorría su mano y que tenía la obscenidad de la franqueza, como si estuviera acariciándole las piernas o los pechos a la vista de todos.

Mauricio lo miraba muy serio: ya no quedaba en la voz de Aníbal ningún rastro de esa burla con que empezó a soltarle las frases cuando inició aquella historia. Era extraño oírlo hablar así, tan de adentro. Encendieron casi al mismo tiempo los cigarrillos y fumaron un momento en silencio. Aníbal se llevó una mano a los cabellos y se recostó en la silla, los ojos fijos y atentos en eso que Mauricio sólo alcanzaba frágilmente.

—Así que tenemos una nueva Dora Mayer de Zulen —aventuró casi para él, sin dejar de acariciarla, cada vez más decididamente.

Alondra soltó una risa breve, divertida.

—No creo que llegue jamás a ser como ella —le contestó, y al ver la cara de asombro de Aníbal añadió con franqueza—: No creas que soy muy culta. Sé quién era porque estudié en un colegio que se llamaba así, Dora Mayer de Zulen. Además te dije que estaba haciendo mi traslado a Contabilidad.

—Sí, claro —mintió él, perdido enteramente en repasar la mano suave—. Ya me lo dijiste, pero no me has explicado por qué.

—Porque da más dinero —dijo ella zafándose de la caricia.

—¿Cómo te llamas? —preguntó Aníbal incongruentemente, apremiado por la necesidad de saber el nombre de lo que acababa de acariciar, de pronunciarlo para que no se esfumara en el bullicio, como Madeleine, que recibía escasos aplausos bajando de la pasarela—. Seamos sinceros, ¿sí?

—Carmen —resopló ella—. Me llamo Carmen.

—De Bizet.

—No —volvió a reír ella sin entender la alusión, o quizá sí—, de nadie aún —súbitamente agregó—: Sólo de mamá. Es ciega.

Mauricio se echó para atrás y estuvo a punto de decir que aquélla era la mentira típica, fratello, cómo iba a creerle semejante cuento a la putilla, hombre, pero al ver la expresión de Aníbal prefirió callar.

La frase zumbó como una fusta cortando el aire enrarecido y Aníbal sintió que había en ella más procacidad, más desnudez y pornotismo que en los movimientos de la gorda resoplante y agresiva que acababa de aparecer como una matriarca satisfecha, ondulante igual que un cetáceo, y que intentaba en la pasarela una lamentable danza milyunochesca tomándose ambas tetas con un gesto de propiedad contundente, dos cachorros de foca expuestos con ebria alegría a los aplausos y las carcajadas.

Aníbal meneó la cabeza sin saber qué contestar, admitiendo que él había pedido sinceridad y eso le estaban dando. «La sinceridad carece de escrúpulos, viejo, es o no es, te gusta o no te gusta. Como ir a la biblioteca y pedir un libro de Leibniz, por favor. Así, sin más, sin especificación alguna, y si luego te alcanzan el *Cálculo infinitesimal,* cómo alegas que tú querías la *Monadología,* aunque al final se trata de la misma chola con diferente calzón, pero como ejemplo vale.» Se maravilló de haber podido armar un pensamiento medianamente coherente después de tanta cerveza y tantas ganas de mear.

—Sí, no te he entendido muy bien, pero sí. ¿Qué hubieras querido que te diga? —sonrió burlonamente ella, y supe que había estado pensando en voz alta, como me ocurre de un tiempo a esta parte, ya te habrás dado cuenta.

—Ajá —dijo Mauricio arrugando el paquete vacío de Winston—. Voy a pedir cigarrillos. ¿Qué prefieres, Hamilton o Winston?

—Hubiera preferido que me digas que vives sola, que odias esto pero las circunstancias, que anhelas secretamente estudiar piano y que yo soy a quien estás esperando desde siempre —soltó las frases con audacia, envalentonado a medida que las iba armando, pero al terminarlas comprendió que sonaban falsas a fuerza de ser sinceras y se sintió ridículo, como si él también estuviera en la pasarela exhibiendo una desnudez turbulenta y equívoca.

—No odio esto, preferiría estudiar guitarra aunque me da lo mismo no aprender música, y en cuanto a ti...

Alondra lo calibró un buen rato con sorna, jugueteando con las fichas con que llevaba la cuenta de las copas bebidas, la medición práctica de sus madrugadas redituables: las fichas de ludo sonaban en sus manos.

—En cuanto a mí, soy lo menos parecido a Robert Redford que te hayas encontrado —culminó la frase él.

—Sí, sobre todo por esto —dijo ella contando unos billetes invisibles—. Anda, invítame un vermouth.

—Té aguado.

—Igual cuesta como vermouth. ¿Me lo invitas o me voy a otra mesa? —dijo Alondra observando a un grupo de oficinistas entusiasmados que acababa de entrar.

—Te podrías ir a la mierda también. Ni siquiera has terminado la chela, y te recuerdo que fuiste tú quien vino a mi mesa —dijo Aníbal fastidiado y decepcionado—. Después de todo estás aquí para atender a los borrachos, y ya sabemos que los borrachos somos tremendamente susceptibles.

—Y maleducados —sonrió Alondra como por primera vez, como si Aníbal hubiese pasado un examen—. Tienes razón, discúlpame. No sé por qué, pero me caes bien, ¿sabes?

Terminó la frase extendiendo su mano pequeña y flaca con la palma vuelta hacia arriba y la abandonó un momento, sincera y quieta. Aníbal la recorrió con la punta del dedo, cartografiándole con meticulosidad la breve línea de la vida, los pliegues y asperezas donde no hacía falta ningún conocimiento quiromántico para asomarse a un pasado inmediato de escobas y barras grandes de jabón, para adivinar un puñado de caricias y amores precipitados que todavía guardaban un relente de ternura escamoteada al miedo, soltada de a pocos en momentos fácilmente enumerables por esos cinco deditos sabios que se abrían como un cuenco de uñas, un recipiente frágil y duro a la vez; dedos que habrían visto tanto y tanto ya, dedos que cuentan fichas y empuñan baratos lápices de labios para orlar una boca sin besos; dedos que recuentan prioridades indisimulables y que aceptan de vez en cuando una caricia impaga, llana y sin más promesas que su recuerdo inútilmente cálido.

—Alondra.

La chola de tetas fofas apareció sorpresiva, mortificantemente. Aníbal retiró el dedo y Alondra se quedó mirando un momento la palma de su mano antes de cerrarla. Hubieras visto su expresión, compadre.

—Tu turno, hijita, qué esperas —dijo la chola burlonamente, contenta en su papel de bruja, magnífica manejando la pértiga del desencanto, dando el estoque al entregarle la cuenta antes de tiempo a Aníbal, que buscó la cartera en su saco colgado en el respaldo de la silla.

—Todavía no me voy —dijo contando los billetes y colocándolos en la mesa. «Chola conchatumadre», pensó.

—Disculpa, papito, pero el cajero me está pidiendo los consumos para empezar su arqueo. Los miércoles cerramos pronto, ¿sabes?

Alondra la miraba sin pestañear. Aníbal sonrió nuevamente, chola conchatumadre, e hizo un gesto de comprensión antes de guardar la billetera en el bolsillo del saco.

La chola conchesumadre se fue y Alondra dejó el cigarrillo apenas empezado, levantándose con una sonrisa burlona que la devolvió a la penumbra, al humo y a las carcajadas.

—Ya vengo, rico —le dijo con una arrechura falsa y excesiva, lanzándole al rostro una bocanada de humo que tenía mucho de autointerpretación.

Aníbal sonrió disipando con una mano el humo tras el cual desapareció Carmen, ya sensual y vaporosa, desdoblada, cortesana, endurecida, lasciva, contoneándose como un animal en celo: Alondra.

Acodado en la mesa, Aníbal bebía despacio. Pero ya no estaba seguro de que iba a ver un strip-tease sino una ejecución, a diez tipos uniformados y casi posando para el relámpago de una cámara fotográfica antigua y testimonial; una cámara que sabría congelar la expresión ansiosa y olfativa que asume un rostro vendado, orientado hacia esa fracción de vacío aterrador que sólo puede atisbarse desde la orilla de la muerte: el clavel rojo y humeante floreciendo en el pecho de Carmen, no de Alondra, que había desaparecido tras una puerta disimulada cerca a la barra y en la que hasta entonces Aníbal no había reparado. «Un strip-tease o una ejecución», siguió elucubrando Aníbal, «el mismo pelotón de fusilamiento, miradas o disparos horadando el cuerpo, alterando la íntima fluidez de la vida, esa viscosidad azul y mineral que se vuelve roja al entrar en contacto con el aire que la reseca y la va volviendo negruzca gradualmente, esos detalles que nadie quiere ver, qué horror, pero al final gana el morbo e hipnotiza, igual que en un strip-tease, idéntica y sedienta curiosidad de hurgar en el cuerpo ajeno hasta saciar la vista y dejarla ahíta de revelación, alimento para el rapaz que nos habita y que nos pasea enjaulado, aullando su hambre de cuerpo desnudo de ropajes, de adornos, de intimidad y piel, buscando en realidad entrañas y vísceras donde poder revolcar su ansia de ubicuidad eternamente insatisfecha».

«Tú tranquilo, viejo, si al fin y al cabo este circo no va contigo», se recomendó Aníbal intentando calmar la ansiedad de sus manos y prestando un interés exagerado a lo que decía el anunciador. Pero ya no se trataba de la misma voz profesional y de dentífrico que seguramente guardaría escasa relación con su dueño, como suele ocurrir con las voces bien moduladas; ahora se escuchaba una voz resfriada, acentuada con los resuellos del fumador viejo, quizá el patrón, pensó Aníbal, el tal Suárez preludiando que era un gusto lo que denominó, en un chispazo de originalidad, el broche de oro para un espectáculo sin igual (¿pero de qué está hablando este tipo?), la exótica belleza capitalina (sic) de la jovencísima contratación del Flamingo náitclub, la hermosa y sin igual Alondra. La voz hizo una pausa efectista o quizá simplemente recobraba el aliento para lanzarse a armar con palabras salivosas la semblanza de lo que el respetable iba a apreciar en unos momentos. Sin duda se trataba de un detalle novedoso en la mecánica fácil de la obscenidad. Hablaba de una yegua o un Ford Escort en remate, ya estaba metiendo algo de mierda entre sus frases prolijas, Mauricio, algo que pretendía ser el detalle de unos senos y un pubis y unas nalgas. Me imaginé al viejo restregándose temblorosamente el sexo lacio y pensé que merecía un buen rocoto en el culo. Salud.

—No es para menos —dijo por decir Mauricio bebiendo despacio su cerveza. La gran confesión, el nudo en la garganta, asomarse despacito al abismo de lo que no fue.

Redobló el tambor de siempre y luego el empalme de *Je t'aime, moi non plus*. «El sonidista debe ser el propio portero o la madre de Alondra», se dijo Aníbal rechazando de inmediato la idea.

Alondra apareció en ropa interior negra y con guantes largos de terciopelo. Caminó atrevidamente hasta el centro de la pasarela llevando apenas en los hombros el ritmo de la canción. Allí sacudió los cabellos y dejó que su sombra abriera los brazos proyectándose al infinito, obligando a mirar su inventado juego chinesco restregándose en la pared. «Al menos es original el inicio», anotó Aníbal intentando sentirse jurado de algún concurso y acomodándose doctamente en la silla. Quiso asumirse ajeno a Carmen pero era imposible zafarse de la tierna repulsa que lo mantuvo con los ojos fijos en los pasos que ensayaba Alondra, el ligerísimo movimiento de algas con que seguía el ritmo acezante de los saxos atacando una y otra vez la repetición sencilla de notas que ella aprovechaba para dosificar la lenta forma de despojarse del brassière, mostrando un hombro blanco y luego el otro: era increíble cómo aquel elástico delgadito podía haber ocultado tanto, pensó Aníbal; era Alondra y no Carmen quien lo sabía, era Alondra quien ocultaba el asomo tibio de unos senos menudos y suspendidos casi con magia en un nylon tejido por arañas, un brassière que sin atender a ningún principio físico conocido no caía mientras ella, poseedora de algún secreto que velaba sus ojos castaños, caminaba despacio con la cabeza ladeada, mimosamente acariciada por un hombre y luego por el otro, estremecida por el íntimo goce de reinventar su cuerpo, lamiéndose los labios y cimbreando las caderas como si la estuvieran penetrando, ofreciéndose a contraluz antes de descubrir —con un regocijo que sus ojos maravillados invitaban a compartir— la suavidad de sus piernas electrizadas por la expiatoria forma en que las uñas recorrían los muslos y acariciaban el pubis, la cintura, los senos descubiertos por fin en medio de un resuello que estalló como un chicotazo en la agonía común de los gestos inmóviles que la acechaban, en la atención de cigarrillos encendidos como pupilas rojizas espiando desde la oscuridad el mundo Alondra, su universo de crochet, su reino de pasos de baile mil veces repetidos frente al espejo del armario, espejito, espejito, en versión moderna y con alto contenido en nicotina, qué me cuentas, camarada: Aníbal quiso reírse pero sólo consiguió sentirse culpable, partícipe, presunto implicado en un espectáculo más bien triste y en el cual contaba mucho eso que tiene de penoso el teatro callejero con su hambre indisimulable de latita boquiabierta donde se echan los billetes, ese trasfondo miserable que rompe la magia cuando uno se detiene en los zapatos viejos del payaso, en el zurcido furtivo de la malla de ballet, ¿entiendes?; la fuerte impresión de no saber qué es lo real y qué lo actuado, las categorías de la realidad, o algo por el estilo. Medio kanteano el asunto, especuló Mauricio más que nada por detener el avance taimado de una erección, porque este Aníbal se regodea en tanto detalle, carajo, y ya Alondra acababa de echar el cabello hacia atrás y sus senos capturaban la luz ensangrentada que la bañaba despacio y no había nada porno en sus movimientos, eso era lo triste, evocó Aníbal, que era erótico y no pornótico, equivocada ilusión de Carmen —no de Alondra—, Carmen la que había estado sentada junto a mí, la de las manos pequeñas y más bien flacas, la que estudiaba Educación en San Marcos, la de la madre... Preferible concentrarse en el final esperado, se reconvino Aníbal, preferible olvidar a Carmen y disfrutar con el cuerpo de Alondra que enrollaba el calzoncito negro mostrando —después de pensárselo mucho y venciendo una duda que desapareció de su rostro con una sonrisa provocativa— el triángulo castaño e hirsuto donde ocultó un dedo antes de extender la mano hacia Aníbal y soplarle el orgasmo que había rescatado del fondo de su sexo: el cuerpo de Alondra prometiéndose para él. Ojo, loco, el cuerpo de Alondra, se puso tenso Aníbal aplaudiendo como los demás cuando Carmen desaparecía de la pasarela, otra vez Carmen, la espalda algo flaca de Carmen, la sombra gigantesca de Alondra descendiendo junto a Carmen hasta fundirse con ella en la oscuridad.

—Joder —suspiró trabajosamente Mauricio arrugando el paquete vacío de cigarrillos y abriendo el que acababa de comprar.

—Joder, sí —repitió Aníbal mirando fijamente el fondo del vaso que sostenía en la mano—. Salud.

Demoraría lo suyo en cambiarse, estimó caminando hacia el baño que hedía como la jaula de los leones del Parque de las Leyendas. Orinó largamente, con placer, y luego se humedeció el rostro intentando disipar la niebla de tanta cerveza, de tanta Alondra oliéndole en la piel. Regresó a la mesa algo despejado pero ya no muy seguro de quién se iba a sentar junto a él, esperando secretamente cruzado de dedos que fuera Carmen y no Alondra.

—¿Y? —preguntó ella aplicada en quitarse el maquillaje cuando lo vio venir—. ¿Qué te pareció?

—Muy bien, tienes un arte, un don especial para...

—Te puso caliente o no, papacito —lo cortó Alondra mirándose en el espejo de mano que sacó de su bolso.

—Eso no tienes ni que preguntarlo —contestó Aníbal sin mucho entusiasmo.

Alondra sonrió acercando su silla y pasando un brazo por el respaldo de Aníbal, acariciando el saco de pana.

—Si te gustó, entonces voy a decirte un secreto —dijo echándole su aliento caliente contra la oreja y rozando su mejilla con la punta de la nariz—. Búscame otro día y quizá te lo pueda repetir para ti solito.

Aníbal sintió entre sus dedos un papel doblado pulcramente. Enfrentó los ojos de Alondra que lo miraban fingidamente temerosos de un rechazo.

—¿Qué tal si te busco ahora mismo? —contestó él apoyando un dedo que pretendía ser convincente en la mejilla de la chica.

—No —dijo Alondra con rapidez—. Ahora no puedo.

Algo fallaba, intuyó Aníbal sin saber definir el asomo de desencanto que le cosquilleó en la boca del estómago. No había ni rastro de Carmen en la propuesta. Quiso insistir pero se encontró aceptando la negativa de Alondra, su beso fugaz que le dejó un sabor de rouge y travesura en los labios.

La vio perderse confundida entre las sombras que bailaban un bolero de letra melodramática, se puso el saco y salió del Flamingo. Casi no había nadie en la calle. Respiró hondo caminando noche afuera, con las manos escondidas en los bolsillos y el rostro hurtado a un viento fuerte que le soplaba desde adentro alborotándole un desvelo indefinido y horizontal como ese retazo de mar vespertino que le gustaba contemplar desde su terraza, agobiado por la misma incertidumbre de saberse siempre tangencial a todo, incapaz de señalar y nombrar ese fastidio que sentía de cuando en cuando y que ahora, en plena noche y lejos de casa, lo alcanzaba como un correteo de lagartija, como el vuelo rápido de un pajarillo, de un gorrión.

—O, ya que estamos, de una alondra —sonrió Mauricio.

Desdobló el papelito mientras se acomodaba en el taxi que cogió al llegar a la avenida Tacna: sólo había un número telefónico y el nombre, Alondra, que él repitió mentalmente despertando la acústica del recuerdo inmediato que empezaba a dejar atrás, como las luces del centro, a medida que el taxi se internaba buscando la Vía Expresa. Alondra. Y a quien él quería llamar era a Carmen; a la otra se la podía tirar, pero no era eso lo que quería, carajo. Quería hablar con Carmen, conversar con Carmen, escuchar sus proyectos, Educación o Contabilidad, saberla lejos del Flamingo (pero qué nobleza, compadre, inscríbete en la Cruz Roja, en algún programa de asistencia social, pide audiencia con el párroco de la Virgen del Pilar), lejos del Flamingo sobre todo, porque los madrugones y ese ambiente no te pueden ayudar a estudiar, Carmen, se vio hablando con ella, ofreciéndole su amistad, quizá podría frecuentarla, prestarle libros, conseguirle algún trabajito. «Y claro, tirártela», se descubrió. «Tirártela como te la podrías tirar a Alondra, la única diferencia es que prefieres el jueguito de la seducción, el orgasmo demorado del cortejo, el diletante circunloquio del romance para acabar finalmente en la cama, montado sobre una hembra y resoplando, lamiéndola y jadeando, respirando sin aliento, haciéndola gemir ya sin excusas, sin el preludio inventado del amor que sólo es la conciencia, el disfraz, la cautela del sexo; conversar, ayudarla, aconsejarla, sólo palabras que te frotas contra el miembro para estimular una erección, para justificarla con la dulce galantería del hombre civilizado, qué hijo de puta eres, si admitirlo es tan fácil, para qué disfrazar todo, homo sapiens soberbio, si en tus venas corre la misma fórmula rhesus de los ancestros, si la bestia que te horrorizas en admitir asoma sus colmillos detrás de las flores que regala, de las sonrisas que obsequia, del futuro que promete, de la conversación que ofrece.»

Sin darse cuenta el taxi había alcanzado la calle donde vivía. Aníbal bajó del auto mortificado porque era un abuso lo que le estaban cobrando y luego más mortificado aún y con una pincelada de pánico en los gestos porque no encontraba la billetera. Buscó en todos los bolsillos, incluso en los del pantalón, sabiendo de antemano que allí no la había puesto porque el saco siempre es más seguro. «Sí, cojudo, pero a condición de no dejarlo en el respaldo de una silla en un huarique de mala muerte porque nunca sabes quién se te acerca y caras vemos pero...» Ya no quiso pensar más.

—¿Me espera un momentito? —le propuso sonriente al taxista que lo empezaba a mirar un poco feo—. Yo vivo aquí en este edificio, si quiere le dejo mi reloj mientras tanto, voy a sacar dinero y bajo al toque, me han robado la billetera, ¿sabe?, en un puticlub, ¿sabe?, un minuto nada más.

—¿Te tiró la billetera? —Mauricio tenía una expresión entre burlona e incrédula, tanta huevada para un final así, pensó.

—No, no me la tiró —dijo Aníbal—. Pero sólo lo supe después, bastante después.

—¿Entonces la has vuelto a ver? —Mauricio se inclinó súbitamente hacia él.

—¿No te estoy contando? —dijo Aníbal, y apoyó perrunamente la barbilla en los brazos que había cruzado sobre la mesa—. El día aquel que me quedé botado en San Martín. Ella entró a la tiendita desde donde llamé a María Fajís. Como comprenderás me quedé de una pieza. Ella se cruzó de brazos como si me fuera a resondrar y preguntó que qué hacía allí. Era como si la cojuda estuviera pensando que la había seguido, que la había buscado. Antes de que le pudiera contestar me dijo: por cierto, tengo tu billetera. Me lo dijo de tal manera, Mauricio, que no pude hacer otra cosa que sonreír como un idiota, claro, verdad, creo que murmuré. Era como si tú o la Chata me estuvieran diciendo oye, Aníbal, el otro día te olvidaste la casaca en mi casa, así, con ese desparpajo me lo dijo: por cierto, tengo tu billetera.

—No jodas —dijo Mauricio abriendo unos ojos enormes.

Le pidió que la esperara un momento y desapareció. Al ratito, mientras Aníbal tomaba una Pasteurina tibia y dulzona, Alondra volvió a entrar en la tienda blandiendo una cartera de cuero en la mano. La puso sobre el mostrador mugriento.

—Cuenta el dinero —dijo con la misma seriedad de momentos antes—. No falta ni un billete, y eso que he estado muca.

—Recién después de decírmelo sonrió, otra vez era Alondra. Qué carajo me iba a acordar de cuánto llevaba encima, pensé diciéndole que no iba a contar nada, pero su gesto fue terminante.

—Prefiero que lo cuentes —así, con su tonito de fiscal, Mauricio—. El día que fuiste al Flamingo se te cayó del bolsillo. Cuando salí a ver si te encontraba ya te habías hecho humo y como no llevas ni siquiera una tarjeta..., pensé que me llamarías o que irías por ahí pero no diste señas de vida. De todas maneras, sabía que te volvería a ver.

Aníbal terminó de contar los billetes y levantó un rostro chino de felicidad.

—Pues te creo —dijo—. Porque hacía un huevo de tiempo que no tenía tanto dinero junto.

Alondra sonrió levemente envanecida y se llevó una mano a los labios, como si quisiera arrancarse un pellejito. Aníbal observó la cremallera entreabierta de la casaca deportiva y supo que no llevaba nada debajo. Sin poder evitarlo miró sus pantalones de buzo ceñidos, marcándole las piernas fuertes y largas, y se le puso que tampoco llevaría nada. De golpe recordó su cuerpo entero, sorprendiéndose de encontrar dentro de sí un hambre no saciada.

—¿Cómo sabías que volverías a verme? —le preguntó haciendo un esfuerzo por mirarla a los ojos. Pero Alondra se había humedecido los labios y resultaba difícil no clavar la vista en ellos.

—No sé, creo que porque aquella vez no nos despedimos bien. ¿Por qué no me llamaste? —dijo ella encogiéndose de hombros. Otra vez era Carmen, tímida, pequeñita, algo niña también.

—Las vainas de la esquizofrenia, chochera, a veces Carmen, a veces Alondra —suspiró Mauricio mirando el reloj, iba a llegar tan tarde a la radio que mejor llamaba para avisar que no iría hasta la hora del último noticiero.

—Estaba tan furioso que rompí el papelito —confesó Aníbal sintiendo calor en las mejillas—. Pensé que era una burla. Luego me arrepentí, claro, pero ya había tirado el papel a la calle.

—Claro —dijo ella con una voz opaca—. Pensaste que te la había tirado.

Aníbal iba a decir que no, que estaba furioso porque ella no había querido salir esa noche con él, pero al mirar sus ojos súbitamente oscurecidos decidió que no valía la pena mentir.

—Sí, eso fue lo primero que pensé —admitió apoyando los dedos sobre el mostrador.

Ella puso su mano sobre la de él y fue otra vez una calma y un gusto sedicioso que le borboteó en el estómago.

—Bueno, hombre, es normal que pensaras eso —pero su voz era muy triste, Mauricio, su tonito desencantado, la hubieras visto—; si ni siquiera me conocías.

Hacía ya un buen rato que había oscurecido. Se quedaron fumando en silencio, mirando apenas hacia la calle, fingiendo un repentino interés en el tráfico nocturno de Miraflores, en la gente que cruzaba hacia el Parque Kennedy, en los hippies que empezaban a instalarse en las veredas de enfrente, impávidos, sigilosos, adormecidos en una niebla de marihuana. De súbito Aníbal pareció volver a animarse.

—Y si aquello de encontrármela donde menos pensaba es de campeonato, no me creerás si te digo que ayer por la noche la volví a ver. Y donde ni siquiera te imaginas, Mauricio.

6.

Caminar por Miraflores se había convertido últimamente en una pequeña gran aventura, la ficción de la libertad y el cielo azul del verano que se va cerrando en los acantilados y en los vértices de los edificios de cristal, el paseo de la gente que avanza desde la avenida Larco hasta la Diagonal y de allí se dispersa hacia Shell y La Paz y Diez Canseco y Benavides viendo escaparates y jugando a tomar Coca-Colas y milk shakes en las cafeterías cuyas mesas al aire libre son también un escaparate: mirar y dejarse mirar, sentir los golpes marinos que a veces llegan desde el océano cercano como una bendición de yodo y salitre en pleno centro de la ciudad, sentarse en el Parque Kennedy o ir al bowling, o comerse una pizza en San Ramón, aunque aquello era más bien por la noche, cuando el boulevard estaba caldeado de gente y ellos —Mauricio y la Chata, ella y Aníbal, Ivo muy pocas veces— pasaban caminando despacio y sin enterarse de nada, aunque ella no, a ella se le iban los ojos. Simplemente cruzaban esa calle para alargar un poco el camino, conversando de política o de cualquier tema de esos que Mauricio y Aníbal sabían envenenar tan bien con sátiras y referencias bibliográficas, y la Chata siempre metiendo su cuchara, zahiriendo, zumbando como una mosca en torno a ellos dos, desconectados absolutamente del mundo exterior. Desde el ombligo mismo de su culpabilidad, María Fajís tenía que admitir que no podía seguirlos, al menos no en aquellos momentos. Se sabía débil, lastrada por la tangibilidad del mundo real. Para ella pasar por la calle de las pizzas era sufrir su íntimo e inconfesable Escila y Caribdis, aunque más de una vez hubiera querido gritar que se detuvieran para sentarse a tomar una pizza y media jarrita de sangría, o simplemente para recorrer la calle, sí, pero con los sentidos vueltos hacia afuera, alejarse de las tontas charlas, de las palabras y los conceptos para vivir ese momentito mundano, qué asco, no decía nada por pura vergüenza, miraba de reojo la efervescencia nocturna que iban dejando atrás y ya en Larco hacia Porta era nuevamente dueña de sí misma, se aferraba del brazo de Aníbal y escuchaba con atención las bromas cochinas de Mauricio, las risotadas escandalosas de la Chata que iba dando giros delante de ellos, pero siempre le quedaba un poso amargo en la boca del estómago, una sensación de zozobra que le traía de inmediato aquella frase de un tripulante del Apolo XI que había leído no sabía dónde: *Houston, tenemos un problema.*

Encontró una mesita libre y un poco a la sombra, qué suerte, y se sentó a esperar que la atendieran, mirando el ajetreo de la avenida Larco: Miraflores, ciudad heroica y turística, lo primero por la guerra del 79, claro, pero también por las bombas y los atentados que han agrietado su rostro con las esquirlas del miedo; lo segundo quién sabe por qué, si precisamente a causa de las bombas y los atentados ya casi no se ven turistas, salvo los que circulan en sus buses lujosos y de destellos metálicos, gringos esponjosos y rosados, con sus ridículos pantalones cortos y las cámaras al cuello, respirando un aire impoluto y de diseño que los confina aún más en su absurda parodia de aventura, herméticamente aislados de la ciudad que quieren conocer. Y de los buses a los hoteles cincoestrellas de acceso diners, visa y master card only, esos hoteles en cuyos bares a veces era bueno tomarse una copa con Aníbal y renovar el juego de la seducción, aunque hace ya tanto tiempo que no, hace muchísimo que no tantas cosas... Por eso, pasear por Larco o por la Diagonal, aquí nomás, a la vuelta de la esquina, era como abrir una ventana a pedradas y respirar el aire puro de la travesura, verse devuelta por los escaparates, casi fundida entre los maniquíes ostentosos, nadando voluptuosamente entre collares y relojes carísimos, observándose observar con ojos ávidos los zapatos y los vestidos que antes apenas codiciaba porque estaban al alcance de la mano, de la cartera, vaya, y no como ahora, irreales en sus colgadores, perdidos en ese mundo vedado de detrás del cristal en que se ha convertido Miraflores, una especie de paraíso refractario para los gnósticos que inventaron el concepto del dios-que-no-es, como escuchó decir a Ivo el otro día: lo imposible, lo inalcanzable, la rotura del cristal y échate a correr, sin posibilidad de escape, además, adónde íbamos a parar, qué país.

María Fajís vaciló un segundo con la carta en la mano, risueña y coqueta mientras el mozo del Manolo's esperaba sumido en un mutis bastante profesional pese a la camisa percudida. Al final se decidió por una butifarra sin cebolla y una Seven Up heladita, la Chata no debía tardar mucho, ya pasaban quince minutos sobre la hora acordada. ¿Qué le ocurriría ahora? Estuvo tan suspicaz por teléfono... Entre Mauricio y ella las cosas tampoco parecían marchar muy bien, últimamente peleaban por todo. ¿No sería por Ivo? Si la Chata empezaba a celar a Mauricio se estaba buscando una buena, a ella ni se le ocurriría hacer algo así con Aníbal, ya tenían suficientes problemas como para inventarse uno más.

Casi no tuvo tiempo de darle el primer sorbo a su gaseosa ni de seguir especulando: Elsa le hacía unos holas exagerados desde la esquina, los pantalones anchos flameando al viento, los aretes de bucanero, la cartera demasiado grande para ella tan pequeñita, pero quién se atrevía a decirle algo.

—Hola —dijo sentándose frente a María Fajís—. Vengo con la lengua afuera, he tenido que caminar un montón porque han desviado la ruta del Chama.

—Pensé que venías de tu casa —dijo María Fajís llamando al mozo.

—No, vengo de hablar con Mauricio. Ya se aclaró todo.

El mozo se acercó y la Chata revisó sin interés la carta. Acabó pidiendo lo mismo que la señorita, pero mejor, en lugar de Seven Up, una Fanta, oiga.

—Así que se trataba de Mauricio —dijo María Fajís una vez que el mozo se hubo alejado haciendo piruetas entre los clientes—. Ya suponía yo que no querías hablarme de tus clases en la universidad. Por cierto, ¿cómo te va?

Elsa chasqueó la lengua, no quería hablar de eso, tenía un sustitorio de Mate III bien jodidín, y ahora, con el asunto de Mauricio, apenas había podido estudiar. No había pegado un ojo en varias noches, debía tener un aspecto horrible.

—Pero bueno, vamos a ver —insistió María Fajís toda manos y gestos—. ¿Qué es lo que ocurre con Mauricito?

La Chata se llevó un dedo al collar y se puso a juguetear con él, mirando a la calle como distraída. Encendió un cigarrillo y fumó largamente.

—Estaba raro en los últimos días, y como me han pasado el talán de que en la radio hay una chola que anda detrás de él, no sé, se me puso que algo había ocurrido ahí. Mauricio es incapaz de fingir cuando ha hecho algo malo, es demasiado cándido pese a esa imagen de ogro autosuficiente que le gusta dar.

—¿Y quién te pasa el talán en la radio, Chata? No me digas que espías a Mauricio —dijo María Fajís llevándose alarmada una mano al escote.

La Chata la calibró un segundo y sus ojos brillaron divertidos, pero luego volvieron a oscurecerse. Por la avenida se acercaba una camioneta anunciando desde sus altavoces un mitin del Fredemo, marineras a todo volumen y Vargas Llosa Presidente.

—No lo espío, mujer, sólo me informo. Bueno, el asunto es que estaba raro, distraído, malhumorado, así como se ponen los hombres cuando tienen la cabeza caliente. Pero no era por una chica, sino por otra cosa.

El mozo se acercó con el pedido de la Chata y lo fue disponiendo en la mesa con una precisión algo maniática. Cuando por fin se marchó, María Fajís dijo:

—No me tengas en ascuas, Elsita, dime de qué se trata.

—Lo han amenazado, ¿sabes? El MRTA.

El rostro de María Fajís se desencajó de golpe. Elsa, como si no se hubiera dado cuenta, continuó hablando en el mismo tono lejano y algo didáctico:

—Él no me lo ha dicho y por eso quería hablar contigo, para saber si se lo ha dicho a Aníbal. Yo me enteré de casualidad, en la radio todo el mundo lo sabe y ayer que lo llamé contestó una chica, una tal Carola que trabaja allí como locutora y a quien conocí en una fiesta de la radio hace tiempo. Bueno, pues, ella me soltó el asunto pensando que yo lo sabía. «Oye, qué palta lo de Mauricio, ¿no?», me dijo. «Debe ser horrible estar en la mira de los terroristas.» Me quedé fría, Mariafá, no supe qué decirle, pero ahí mismito me hice la enterada de todo para seguir jalándole de la lengua. Resulta que ya hace un tiempo habían empezado enviándole notitas y cosas así, después hubo un intervalo en que pareció olvidarse la cosa

pero luego comenzaron a hacerle llamadas amenazantes.
Y yo sin saber nada todo este tiempo.

—Vamos, no llores, Chata —María Fajís le alcanzó un pañuelo y le pasó una mano por la cabeza—. Seguro que no le va a pasar nada.

—No lloro sólo por eso —dijo Elsa revolviéndo-
se con rabia—. Lloro porque no me ha dicho nada a mí.
No sé para qué demonios soy su enamorada. Esa imbécil
de la Carola y todo el mundo lo sabía, menos yo.

—Seguro no te quiere preocupar, no lo tomes
a mal.

—Mientras no me diga nada no podré ayudarlo
—Elsa levantó la mirada enrojecida hacia María Fajís—.
No quiero que lo maten.

Uno no puede encontrarse tres veces con una persona de quien se aleja cada vez pensando que jamás la
volverá a ver. Al menos no sin escándalo, pensó Aníbal
acercándose despacio a la silueta que fumaba en la esquina, sintiendo cómo se le desacompasaba el corazón porque ahora la silueta está de perfil, se difumina entre la luz
amarilla del farol y el humo que asciende de su boca, de
su nariz, pequeño dragón irremediablemente perdido y
vuelto a encontrar y perdido otra vez, qué juego es éste, a
qué juegas, Alondra, Carmen, Nadja, pequeña rufiana,
a qué estamos empezando a jugar sin darnos cuenta, quién
está jugando con nosotros, separándonos siempre con
la certidumbre de que sólo ha sido el azar el que nos ha
puesto uno enfrente del otro, y no, no es posible que le
llamemos a esto casualidad, es ridículo, es ofensivo, es terriblemente delicioso volverte a ver sin que tú todavía te
hayas dado cuenta, que sigas siempre de perfil, sumida

en tu silencio de humo y esquina y quién sabe qué esperas, a quién esperas, aquí, en la esquina de mi casa, al otro extremo de tu mundo, a varias horas de ómnibus, a tantas noches de distancia desde la última oportunidad que tuve para sentir esa cosa extraña que siento cuando te miro. Esto es de locos, pensó, aunque probablemente lo dijo o murmuró, porque ella se dio la vuelta rápidamente como si lo hubiera escuchado y hubo un segundo de desconcierto en sus ojos, una ráfaga de asombro que se disolvió casi de inmediato en una sonrisa.

—Hola —me dijo arqueando las cejas, con toda naturalidad, Mauricio, como si fuera lo más normal—. ¿Qué haces por aquí?

Aníbal la tomó de las manos y se las apretó con fuerza, mirándole la hondura de los ojos, sin saber qué contestar, sintiendo en el fondo ganas de reírse porque era absurdo que fuera ella la desconcertada. Un disparate mayúsculo.

—Más bien dime qué haces tú por acá, porque éste es mi barrio —dijo al fin, sin soltarle las manos.

Alondra lo miró burlonamente de arriba abajo.

—Debí imaginármelo. Un miraflorino hijito de papá.

—Papá no existe hace un huevo de años —dijo Aníbal bastante a la defensiva, cosa que en el fondo le jodió un poco—. Ven, vamos a tomar un café.

—No puedo.

Aníbal advirtió una nota falsa en la contundencia con que había respondido esa Carmen que salía a flote en algunos gestos de Alondra: Alondra malcriada y pueril, bonita y esquiva como un tigrillo.

—Sólo un café, mujer. ¿De qué tienes miedo? —le preguntó en un susurro, acercándose más a ella, pensando vertiginosamente que María Fajís no tardaría en llegar de la universidad y que, precisamente, vendría por aquella esquina donde ahora conversaba con Alondra y que empezaba a ser tenuemente impregnada por una llovizna ciega, apenas unas gotas tímidas que molestaban un poco y se escurrían, y ellos dos como un par de desconocidos mirándose sin saber muy bien qué decir, qué seguir diciéndose bajo ese cielo color pizarra.

—De nada, no tengo miedo de nada —dijo ella desafiante, pero de pronto bajó la guardia o simplemente cambió de opinión. Miró su reloj con atención y luego añadió—: Está bien, vamos por un café.

De manera que en casos como éste el café era la más tonta de las excusas, pensó Aníbal cuando entraron en aquel localcito solitario donde apenas había un hombre bebiendo con calma una cerveza en la mesa del fondo. Alondra se sacudió el cabello eligiendo algo vacilante una mesa cerca a la ventana, al otro extremo de aquel hombre que los miró despacio y sin interés antes de sumergirse en la lectura de su periódico: para ellos la tarde sólo era un par de tazas humeantes donde empapar los labios y las frases que se van soltando como piezas de un puzzle, el reconocimiento de las sonrisas como una evolución algo lenta y precavida, como el bostezo de la confianza y el volver, una y otra vez, a los ojos de esa mujer joven que sentada frente a él lo miraba sin poder ocultar un matiz de alerta en sus ojos.

—Ahora dime, Alondra —se oyó preguntar Aníbal frente a su taza, frente a Alondra y su taza—. ¿Qué haces tú por aquí?

Ella se entretuvo un momento revolviendo el azúcar, una mano apoyada en la mejilla, los ojos absortos en el fondo de la taza de donde ascendía un vaho tibio y aromático. Al fin lo miró sonriendo. Le quedaba linda esa sonrisa, Mauricio, la hubieras visto, caray.

—Ya no soy Alondra —dijo con naturalidad, como quien cambia de ropa, Mauricio, ya no era Alondra—. Me muero de hambre, ¿puedo pedir un sándwich?

—Dos —sonrió Aníbal sorbiendo su café—. Pídete dos si quieres, pero dime qué es eso de que ya no eres Alondra y también qué haces por aquí. En el orden que quieras.

—Esto parece un interrogatorio —ella empezó a juguetear con una cadenita que rescató del fondo de su escote—. Sólo quiero un sándwich. Ya no soy Alondra porque hace tiempo dejé el Flamingo. Bueno, en realidad me botaron. Las cosas no andan bien y han despachado a varias chicas.

—Qué bien —dijo Aníbal llamando al chico que leía un periódico detrás de la barra solitaria—. Ése era un sitio un poco..., no sé..., no era para ti.

Ella lo miró de arriba abajo y sus facciones se endurecieron repentinamente.

—Qué fácil es juzgar a la gente desde donde estás tú, oye. Además no he sido una puta pero casi, o mejor dicho, sí, sí he puteado, ¿ya?, sólo que no he hecho la calle. Si alguien me proponía irme a la cama me iba, y te aseguro que nadita gratis. Eres un poquito huevas, tú, no sé qué imagen estás haciendo de mí, no soy una niñita bien. Mucho cuento de hadas has leído.

—Okey, okey —dijo Aníbal bajando con toda intención el tono de su voz cuando el chico trajo el sándwich. El hombre del fondo se había vuelto a mirarlos de soslayo y Aníbal pensó vagamente que su rostro le era familiar, ¿pero de dónde?—. No es que te juzgue, al fin y al cabo tú puedes hacer lo que quieras con tu vida. Eso es cuestión tuya. Sólo te quería decir que para ganarte la vida hay mejores horarios.

Alondra soltó una carcajada rabiosa y el hombre volvió a levantar la vista del periódico, bebió un sorbo de cerveza, pidió la cuenta, dobló pulcramente su periódico y salió.

—Claro, hay muchísimo trabajo, con este gobierno de mierda hay trabajo para todos. ¿Pero tú dónde vives, hijito?

—No lleves las cosas a los extremos —dijo él con paciencia, procurando no amargarse—. Yo también vivo en el Perú de Alan García y las paso verdes como todo el mundo, Carmen. Aunque no lo creas. Caramba, no hay modo de hablar contigo. ¿Siempre tienes que estar a la defensiva?

Ella se cruzó de brazos y sonrió, desarmada quizá por el tono de Aníbal que ahora volvía a remover tontamente su café, a mirar por la ventana del local pensativamente. ¿Dónde carajo había visto a ese tipo? ¿Dónde esa cara de caficho, esos lentes oscuros?

—Discúlpame —dijo ella bajando la vista—. Estoy un poco preocupada, ¿sabes?

—¿Hay algo que yo pueda hacer? —preguntó Aníbal sintiéndose totalmente estúpido.

—No, no te hagas paltas. Son asuntos míos y de nadie más.

Sentirse blanco de esa especie de furor que le encendía las mejillas a Alondra —porque para él continuaba siendo Alondra aunque a veces Carmen— era también sentirse oscuramente culpable de algo más profundo, de eso que a veces lo alcanzaba oblicuamente, como un látigo, y que lo dejaba siempre en el umbral, en la otra orilla del río, qué absurdo, pensó Aníbal, que no se dé cuenta de que yo también estoy en su orilla, que ambos vivamos lo mismo, o quizá no, tal vez ella tenga razón y yo esté condenado a creerme cercano y es falso, todo es falso. Falso, todo falso: la frase lo aplastó sorpresivamente. Pensó en María Fajís que ya debería estar en casa, esperándolo. Cerró los ojos y sacudió la cabeza.

—Bueno —dijo al fin, intentando recobrar el tono jovial del principio—. Cuéntame qué hacías por allí, por mi casa. Pensé que por fin te habías dado cuenta de que no podías estar un minuto más sin mí y decidiste buscarme.

—Qué tonto eres —dijo ella buscándole la mano y dándole un apretoncito cordial y algo juguetón—. Iba a visitar a un profesor de la universidad que vive por allí justito.

Aníbal miró la mano de Carmen tendida como un lagarto en la orilla de sus dedos y le dio la vuelta con suavidad.

—¿Un profesor de la universidad? —preguntó mansamente, acariciándole la mano con un dedo como si estuviera untándola con el deseo que empezaba a sentir al mirar sus labios, el vaivén de sus senos respirando bajo la blusa.

—Sí —dijo ella—. ¿Recuerdas que te dije que estudiaba en San Marcos? Lo dejé durante el tiempo que estuve en el Flamingo pero después decidí continuar, y como estaba algo retrasada con los cursos... Pues este profesor me está dando clases particulares para recuperar Economía III. Somos un grupo, ¿sabes? Hoy llegué un poco temprano y estaba esperando a los demás porque no me gusta ser la primera en entrar. Me da un poco de roche. Es justo en ese edificio de la esquina donde nos encontramos.

Romero. El nombre le subió a la cabeza como una vaharada caliente. Tenía que ser, pensó de inmediato Aníbal. Romero era un profesor universitario. Era el profesor de Carmen. No podía ser otro. Dejó una sonrisa colgada en los labios y no dijo nada más, comprendiendo que en realidad ella no sabía que él vivía en el mismo edificio de Romero, que eran vecinos. No supo por qué decidió no decírselo, esperando que ella continuara hablando, pero como Carmen no dijo nada se atrevió a sondear:

—¿Desde hace mucho tiempo vas a tomar clases con ese profesor?

Ella arrugó la nariz, mordisqueó con apetito su sándwich y lo miró un rato en silencio, como calculando.

—No mucho en realidad, cosa de dos meses. Una amiga de la U me pasó la voz. Es un profesor bien chévere y además cobra poquito. A los más antiguos creo que ya ni les cobra. Se reúnen para conversar de política y cosas así y se quedan hasta más tarde en su casa. Yo al principio me iba porque no entiendo ni papa de esas cosas, pero me está interesando bastante, ¿sabes? La otra vez me quedé como hasta las once de la noche, escuchándolos discutir. Además el profe es bien buena gente: creo que algunos van para tomar lonche, también. Ya sabes, no todo el mundo come a sus horas como tú.

Aníbal bebió un sorbo de su café mirándola incrédulo: de manera que Carmen andaba desde un par de meses atrás bajo su piso, cruzaba por el traspatio de su vida con la comodidad de la inconsciencia, le trajinaba los martes y los jueves sin saber, sin sospechar siquiera que él se acercaba a la terraza a fumar sus recuerdos, sus repentinos asaltos de nostalgia, que la deseaba sin saberla tan cerca, tan allí abajo que era realmente una locura. Empezó a reírse suavemente.

—¿Qué te pasa? —dijo ella dándole una palmada en la mano, fingiendo enojarse pero buscando nuevamente atrapar sus dedos—. ¿Qué te hace tanta gracia?

—Nada —dijo Aníbal palpándose los bolsillos en busca de sus cigarrillos—. Me parece increíble que nos encontremos cada dos por tres y en los sitios más inverosímiles.

—¿Y qué?, ¿te molesta? —Carmen hizo un mohín coqueto y mordió el último pedacito de sándwich antes de coger una servilleta que pasó suavemente por sus labios.

—Por el contrario, me encanta —se oyó decir Aníbal inclinándose sobre la mesa y buscando resueltamente atraerla un poco hacia él porque de golpe comprendió que nunca la había besado y ahora se había hecho un silencio pesado entre ambos, incapaces de decirse nada más, buscándose finalmente los labios con un hambre que no dejó de sorprenderlos.

—Te estás metiendo en una buena, compadre —dijo Mauricio terminando su cerveza y mirando la hora: era tardísimo ya.

—No creas —dijo Aníbal desperezándose en su asiento como si acabara de levantarse de la cama—. Sólo es un plancito.

Pero luego se quedó callado, confusamente molesto.

Cuando ellas llegaron, Aníbal llevaba puesto un horrible pijama de rayas, estaba sentado frente a una taza de café y leía un libro grueso del que pasaba las hojas con reverencia monacal.

—Hola, Elsa —dijo algo desconcertado y mirando a María Fajís. Las visitas sorpresivas lo trastornaban un poco.

—Hola, no te levantes —dijo Elsa por joderlo, sabiendo que estaba a punto de hacerlo. En el fondo le molestaba ese exceso de corrección arequipeñísima que exhibía Aníbal con inocencia.

María Fajís le dio un beso ligero y suspirando pasó algunas páginas del libro que leía él, ya estaba otra vez con eso, murmuró, y la Chata, que había dejado su bolso en el sofá, preguntó que qué leía.

—El diccionario enciclopédico —dijo María Fajís moviendo con resignación la cabeza, y al ver la incredulidad de su amiga continuó—: Normalmente es su lectura de los domingos o de cuando está aburrido. Ya sé que si se pone ese pijama ridículo es porque va a leer el diccionario. ¿Un cafecito, Elsita?

—¿Me están tomando el pelo, no? —dijo la Chata cuando María Fajís se encaminó a la cocina.

—No veo por qué —Aníbal tomó un sorbo de café y pasó otra página, pero al momento cerró el libro que produjo un sonido contundente—. Es como el *Reader's Digest* pero en serio. Te encuentras con cada cosa que ni te imaginas. ¿Sabías por ejemplo que Zita es el nombre de uno de los cientos de miles de asteroides que tenemos en el sistema planetario?

Terminó de decirlo y supo que la había cagado. El inconsciente era un traidor.

—Apasionante —dijo la Chata buscando en su bolso los cigarrillos y sentándose frente a él—. ¿Y qué?

—Que Zita es el nombrecito de una argentinilla con la que salía este imbécil —la voz de María Fajís les llegó oscura desde la cocina—. Ya te escuché, Aníbal.

—Ay, Mariafá —dijo éste molesto cuando ella apareció con la bandeja y las tazas—, aquello fue hace mil años. Le he podido decir eso igual que cualquier otra cosa rara, como que aquelarre viene del vasco *akelarre* y significa prado del macho cabrío. Convídame un fayo, Chata.

—No me cambies el tema con tus brillanteces —dijo María Fajís sentándose junto a la Chata y cogiendo un cigarrillo del paquete de Elsa. Parecía realmente enojada.

Aníbal comprendió que mejor era no insistir. Realmente había metido la pata con su comentario y últimamente las cosas no iban muy bien con la Mariafá. Y muy dentro él, como un malestar que crecía musgosamente en sus vísceras, sabía que gran parte de culpa era suya. No quiso seguir pensando más y tamborileó con fastidio en la mesa después de apartar el libro. De pronto cayó en la cuenta de que las dos mujeres lo estaban mirando.

—¿Qué ocurre? —preguntó casi a la defensiva.

Elsa bebió un sorbo de su café e intercambió una rápida mirada con María Fajís.

—Vamos a ver, Aníbal —dijo muy seria—. ¿Tú qué sabes de Mauricio?

—Tiene veintiséis años, es periodista y le encantan los anticuchos con mucho picante.

—No te hagas el tarado —dijo María Fajís volviéndose hacia él.

Aníbal se levantó de la silla con brusquedad y se cruzó de brazos frente a María Fajís.

—No te pases, Mariafá, mejor mides tus palabras —dijo furiosamente. De golpe se sintió extraño, molesto de estar metido en una discusión casera justo frente a la Chata, y prefirió tranquilizarse—. Si me explican de qué se trata les contestaré lo que sepa, pero la pregunta de Elsa se presta a cualquier respuesta.

—Está bien, Aníbal, no te enojes —la Chata buscó suavizar su tono, al fin y al cabo Aníbal tenía razón, y ella también se sentía violenta en medio de ese amago de pelea, nunca había visto a María Fajís tan alterada—. Mira, te voy a ser franca: a Mauricio parece que le han amenazado los del MRTA y quería saber si tú que eres su amigo estabas enterado, porque yo no sabía ni michi y en la radio todo el mundo está al tanto. Y eso me repatea el hígado, ¿sabes?

Aníbal miró directamente a los ojos de Elsa.

—¿No me estás tomando el pelo, verdad?

—Cómo se te ocurre, Aníbal —terció María Fajís cogiéndole una mano, buscando en realidad hacer las paces con él—. Por eso estamos tan preocupadas.

—No sabía ni una palabra, pero si de verdad es así y mi compadre no me ha dicho nada entonces debe ser bastante serio. Si fuera una tontería ya me lo hubiera comentado para poder reírse conmigo.

Elsa fumaba callada, como calibrando las palabras de Aníbal.

—Creo que deberíamos hablar con él para saber qué ha hecho al respecto —dijo María Fajís soltando desencantada la mano muerta de Aníbal que seguía de pie junto a ella.

—No sé qué podría hacer —bufó Aníbal volviendo a sentarse frente a las chicas y tamborileando sobre las gruesas tapas marrones del diccionario enciclopédico—. La otra tarde estuve con él en el Haití y no me dijo ni michi —la voz de Aníbal sonaba decepcionada—. Conversamos de otras cosas, tonterías nada más.

—¿No les parece que deberíamos hablar con él? —insistió María Fajís mirando a ambos, preocupada por la reacción de la Chata que parecía lejana, fumando sin tregua y con la vista clavada en la pared.

—Elsa —habló Aníbal con cautela después de un momento de silencio—. María Fajís tiene razón. Tenemos que hablar con él para saber qué ha hecho o qué puede hacer. Quizá estamos exagerando las cosas. Yo mismo he exagerado. Quizá ocurra lo contrario a lo que te he dicho y resulta que es tan poco grave que ni siquiera ha considerado el comentármelo. Y menos a ti, porque ¿para qué preocuparte, Chata?

—Eso es lo que yo le digo —María Fajís puso una mano completamente solidaria sobre el brazo de su amiga—. No llores.

—Lo que está claro —continuó Aníbal— es que debemos hablar con él. Llámalo a la radio y dile que se venga para acá a recogerte y entre los tres lo hacemos confesar aunque sea a patadas.

La Chata sonrió débilmente y como a su pesar.

—Es el tipo más terco que jamás he conocido.

Ivo parpadeó sorprendido, ¿a la comisaría? ¿Y qué habían ido a hacer a la cómica?, preguntó sentándose en un banquito junto a la mesa mientras María Fajís lavaba unas tazas, cogía un paño y secaba el fregadero, acomodaba unos platos y abría finalmente la refrigeradora de donde sacó una lata de leche. Llevaba una falda larga y ligera que revoloteó volviéndose casi transparente cuando se acercó a la puerta de la terraza. Sus piernas y la trusa se marcaron con nitidez por un instante. Desde allí dijo a la nada: «Su lechecita». Al instante apareció el gato, la pelambre rubia del gato, la lengua rosada del gato como un trocito de mortadela que se sumergía una y otra vez en el plato que había puesto ella junto a la puerta. Se volvió hacia Ivo y encontró sus ojos pensativos, su sonrisa casi esfumada en el rostro anguloso. ¿En serio no quería un cafecito?, insistió sentándose frente a él. Ivo negó con la cabeza, vamos, que le contara.

—Nada. Te cuento —dijo vacilante, quedándose en silencio, jugueteando con los cigarrillos y el encendedor que él había puesto sobre la mesa. Pero al momento sacudió sus cabellos como si espantara malos presagios y volvió a decir—: Nada. Te cuento.

—Cuénteme —contestó Ivo apoyando la barbilla en un puño y acercando su rostro divertido y cómplice al de ella.

—¿Puedo? —preguntó María Fajís señalando los cigarrillos.

—Por Dios, mujer —Ivo le dio una palmadita en la mano y luego sus dedos se retiraron resbalando por el dorso femenino.

María Fajís encendió el cigarrillo y le dio dos pitadas echando el humo por encima de la cabeza de Ivo, como si estuviera sopesando lo que le iba a decir.

—Pasa que a Mauricito lo han amenazado los del MRTA —dijo finalmente, y se quedó un momento callada, esperando la reacción de Ivo que continuaba apoyado en su puño como el Vallejo indolente de tantos afiches. Pero como no dijo ni mu, María Fajís continuó, algo decepcionada—: Y entre la Chata, Aníbal y yo, lo hemos convencido de que tenía que poner una denuncia. Sobre todo porque puede ser peligroso que le encuentren el libro.

—¿Qué libro?

—Es que le han enviado algunas cartas y hace poco también un libro sobre los orígenes del MRTA, sobre su estructura y sus dirigentes. Una cosa increíble, ¿no crees? —María Fajís se levantó para coger un frasquito de esmalte que había dejado sobre la alacena. Lo sacudió con fuerza y luego lo abrió con cautela, como si temiera que escapase de allí un genio.

—Caramba —dijo Ivo observando el pincel que iba dando dulces lengüetazos sobre una uña, luego sobre otra—. Eso sí que puede ser peligroso.

María Fajís detuvo el pincel en el meñique y ladeó la cabeza intrigada.

—¿Tú crees? —susurró. El rostro de Ivo estaba muy cerca al suyo y casi podía sentir su aliento. Olía a chicle de eucalipto, pero no estaba masticando nada, qué extraño. Desde algún lugar remoto dentro de ella empezó a parpadear una lucecita roja y se retiró un poquito de Ivo que también debía haber visto la lucecita porque alejó su rostro algo bruscamente.

—Bueno, en realidad no —carraspeó, hizo tronar los dedos, pareció recobrar aplomo él—. Parece que lo que están haciendo los del MRTA es intentar captarlo.

—¿Captarlo? —preguntó María Fajís con un asomo de miedo en la voz, siguiendo con la vista a Ivo que se había levantado y daba algunos pasos alrededor suyo, husmeando entre los vasos y los platos, levantando apenas las cortinitas de la cocina, como si estuviera buscando algo. De pronto sintió su voz justo detrás de ella:

—Claro, mujer —empezó a decir—. Si realmente estuvieran enojados con él ya le habrían volado la tapa de los sesos —terminó la frase y se sintió un poco tonto por usar aquella expresión tan Marlowe o Dashiell Hammett—. Bueno, le hubieran metido un tiro, ya sabes. Imagínate, si es tan fácil hacerlo con políticos y empresarios que tienen no sólo a la policía cuidándolos sino cuerpos de seguridad propios, a un pobre periodista, pues no te cuento.

—¿Y lo de captarlo? —insistió María Fajís algo incómoda, nerviosa, porque Ivo se había plantado justo a sus espaldas. Desde allí le llegaba su voz suave y evocativa, como si en realidad estuviera hablando consigo mismo.

—Enviarle un libro conteniendo información como ésa es de alguna manera comprometerlo. Porque fijo que Mauricio no piensa ir a la comisaría a entregar ese libro y sólo hará lo propio con las cartas y demás papeluchos, ¿me equivoco?

—¿Cómo lo sabes? —preguntó ella maravillada, sintiendo el mismo estupor desamparado de cuando era niña y su padre le sacaba una moneda de la oreja.

—Muy fácil —dijo Ivo con una soltura algo vanidosa—. Mauricio es periodista y tiene en ese libro una información envidiable y valiosísima que, por añadidura, ha sido entregada solamente a él. O al menos eso cree. Por nada del mundo se va a desprender de ese libro. Y ése es el verdadero problema.

—¿Por?

—Porque lo compromete —susurró Ivo acercando su rostro a la nuca de María Fajís y colocando ambas manos en sus hombros. Apenas los sintió tensos les dio una palmadita jovial, casi fraterna, y dijo—: Ahora sí me tomaría ese cafecito.

María Fajís se levantó como propulsada por un resorte y en un tris puso agua en la cafetera, sacó la lata de nescafé de la alacena chiquita y colocó una taza sobre la mesa.

—¿Tú no me acompañas? —preguntó Ivo decepcionado.

—No —dijo ella compungida y soplándose las uñas—. Si tomo mucho café después no puedo dormir. Aníbal dice que pego patadas en la cama.

Ivo la miró sin rubor a los ojos y se hizo un silencio espeso, fragmentado apenas por los ruidos mínimos que llegaban de la calle, el goteo del caño mal cerrado y el rumor de la refrigeradora. De pronto María Fajís dijo «el agua», como desde muy lejos, pero sólo un segundo después pareció despertar, acercándose a la hornilla. Sirvió el café, preguntó cuántas de azúcar y colocó una servilleta amarilla y bien doblada junto a las manos de Ivo. Él levantó su taza como en un brindis y bebió un sorbo apreciativo.

—Entonces, Ivo —empezó a decir María Fajís vacilante, soplándose las uñas—. ¿Tú crees que el problema radica en conservar ese libro?

Ivo resopló y bebió otro sorbito de café.

—Bueno, si es discreto no creo que le ocurra nada. La discreción es una virtud que permite germinen las demás.

—Parece una frase de *Las mil y una noches* —dijo María Fajís soltando una risita divertida, pero al ver la expresión de Ivo se llevó ambas manos a la boca. Parecía una niña traviesa haciendo ese gesto, pensó él—. Lo siento, no he querido burlarme.

Ivo hizo un ademán con la mano y sonrió.

—No seas tonta, Sharazad, me has mirado como si fuera el mismísimo Shahryar —dijo buscándole los ojos.

María Fajís pensó que no hacía falta ser una trome en *Las mil y una noches* para entender la alusión. Era curioso cómo Ivo siempre tenía a mano alguna cita, alguna frase que ella comprendía, haciéndole sentir la franca paz de no saberse una tonta.

—Entonces habría que decirle a Mauricito que devuelva el libro —dijo ella incongruentemente.

Ivo soltó una risa suficiente y varonil y al ver las cejas interrogantes de ella levantó una mano como de stop, no se había querido burlar, retrucó, sólo que eso iba a estar bastante difícil, Sharazad. A los muchachos del MRTA no les gustaría nada que les hicieran un feo. Le dio dos sorbos más a su café y se quedó pensativo. María Fajís cogió otro cigarrillo y él se apresuró a disparar su encendedor. Fumó un rato sumida en el mismo silencio espeso desde donde le llegaba el rostro de Ivo.

—¿Por qué me llamas Sharazad? —preguntó al fin, reuniendo todo el coraje de su alma para decirlo, sabiéndose vulnerable al formular esa pregunta que era también la cara oculta de una confesión, una traicionera inquietud que había saltado a sus labios sorprendiéndola.

Ivo escrutó su rostro con curiosidad y allí en el fondo de sus ojos castaños ella vio como una nube fugaz, un momentáneo calibrar sus pensamientos.

—Porque eres como ella —dijo él con sencillez—. Te empeñas en salvar tu vida noche tras noche inventando historias, aunque en el fondo siempre sea la misma y aunque en el fondo, también, no las cuentas para los otros sino para ti misma, para mirarte al espejo y convencerte de que sigues allí. Y tú eres más que aquella historia que te inventas para concederte esos plazos, esas pequeñas y modestas metas como de saldo que has fijado sólo para escapar. Lo triste es que no te das cuenta.

—¿Cómo sabes...? —dijo ella con los ojos brillantes, incapaz de continuar la pregunta porque supo que la voz se le iba a quebrar.

Él abrió la boca para contestar pero de pronto se escuchó el hurgar de una llave en la puerta, pasos y voces. Recién entonces María Fajís advirtió que sus dedos estaban entre los de Ivo.

Mauricio seguía de brazos cruzados, sentado en el sofá frente a ellos, malhumorado y en silencio. De tanto en tanto movía un pie como si fuera la cola de un gato. María Fajís bebía sorbos de cerveza del vaso de Aníbal que miraba a su amigo con expresión preocupada. Ivo había estirado un brazo sobre el respaldo del sofá y se entretenía arrancando pelusillas del terciopelo. Elsa, junto a él, cruzaba y descruzaba las piernas, cada vez con más energía.

—Este huevón —dijo al fin—. Eres terco como una mula, Mauricio. ¿Por qué diablos no entregaste el libro? Eso los hubiera convencido. Además, tener el libro contigo es una imprudencia.

María Fajís sintió la mirada de Ivo por sobre el hombro de Aníbal, pero no quiso volverse.

—Ya te dije que no tenía sentido. La imprudencia fue haberles hecho caso a ustedes y sentar la denuncia. Ya viste cómo me trataron en la comisaría. Esos cojudos son unos paranoicos que ven un terrorista hasta en el tipo que se les acerca para preguntarles una dirección.

—¿Pero qué pasó, por fin? —dijo María Fajís.

—Así que denuncia —dijo el alférez que los recibió. Era larguísimo y orejudo y se mordía constantemente una punta del bigotito.

—Sí —Aníbal se adelantó un paso—. Es un caso de amenaza encubierta.

El alférez enrojeció y lo miró de lleno a los ojos, como si quisiera inmovilizarlo.

—¿Acaso a usted es a quien lo han amenazado? —a lo lejos se escuchaba el tableteo de las máquinas de escribir, en una banca larga y austera había dos señoras junto a un hombre que se llevaba un pañuelo ensangrentado a la cara.

—No, no es a mí, pero...

—Entonces que hable el amenazado —dijo el muy burro buscando desesperadamente alcanzar la punta de su bigote con el labio inferior.

Aníbal y Elsa iban a protestar pero Mauricio les hizo un gesto.

—Sí, yo he sido quien ha recibido esas cartas —dijo señalando los papeles que el alférez estrujaba nerviosamente—. Como ve, no se trata exactamente de una amenaza, pero además ha habido llamadas...

—¿Qué clase de llamadas? —el alférez se movía a cortocircuitos, como si recibiera intempestivas descargas eléctricas, volviéndose a mirar a cada uno de ellos con rapidez.

«Obscenas, rechucha de tu madre», pensó Aníbal, que había encendido despacio un cigarrillo. El hombre del pañuelo ensangrentado se quejaba monótonamente.

—Bueno —dijo Mauricio vacilante—. Al principio sólo insultos, jadeos, silencios y eso, pero luego me preguntaron cómo mierda quería morir, hijo de puta, concha tu madre, maricón de mierda.

El alférez desafió toda lógica al enrojecer aún más y miró con odio a Mauricio, quien se encogió tristemente de hombros como quien dice «ya ve lo que son las cosas».

—¿Todo eso te dijeron? —preguntó Ivo estirando una pierna muy flaca y sonriendo sobre la espuma de su cerveza.

—No, qué va —intervino Elsa resoplando—. Estaba caliente por la manera como nos estaba tratando ese idiota y lo dijo por joderlo. Por un segundo temí que se diera cuenta.

—Estos policías —exclamó María Fajís arrebatándole el vaso de cerveza a Aníbal que la miró sorprendido, de cuándo acá ella tomaba tanto.

—Bueno —dijo la Chata aferrando su bolso enérgicamente y mirando hacia las oficinas del fondo—. ¿Usted va a recibir la denuncia? ¿Sabe con quién está hablando, oiga?

Mauricio le apretó con tal fuerza la mano que la hizo pegar un gritito.

—Es que estuvo a punto de soltarle lo de su viejo, ésta —dijo Mauricio cogiendo su vaso de cerveza—. Y ahí sí que se jodía, porque como el comandante se llegue a enterar..., se friega conmigo. Ya le he dicho que ni una sola palabra a su viejo.

—Un momento, señorita —dijo el alférez—. El capitán Huarcaya los va a atender, pero antes tengo que saber de qué se trata.

—¿Se lo volvemos a contar? —bufó la Chata, y Aníbal pensó que todos iban a terminar en cana, lo que se hacía por los patas, carajo, seguro que ni en *Toraxis o de la amistad* había algo parecido. Como si fuera una gota china y desesperante escuchaba los lamentos del hombre ensangrentado. De pronto todo se difuminó para él y ya sólo se oía el lamento, como un balido flojo, monótono, milimétricamente ejecutado, dos, tres, cuatro segundos en silencio y otra vez.

—Vamos —Mauricio le dio un codazo y se pusieron en marcha detrás del alférez, del culo esmirriado y merecedor de una patada del alférez.

—El capitán sería peor, me imagino —dijo Ivo—. La estupidez es algo que aumenta con los galones.

—Oye, que mi viejo tiene galones y a mucha honra —la Chata frunció la nariz—. Aunque ahora esté en retiro.

—Sorry —murmuró Ivo—. Siempre existen excepciones.

—Mi padre también tiene fideos, y sí, tienes toda la razón —dijo Mauricio—. La estupidez es algo que aumenta con los galones.

—Pasen —al cabo de un rato el alférez abrió la puerta de la oficina donde había entrado minutos antes y se hizo a un lado: una mesa, un teléfono negro y prehistórico, legajos apilados y un olor a desinfectante barato. Al fondo, contra la ventana que daba a un patio, la bandera del Perú.

El capitán Huarcaya tenía un rostro asténico y un bigote marchito y pulcro que lamía con obstinación bovina. Los tres miraron hacia la puerta donde estaba el alférez y éste volvió a enrojecer, odiándolos seguramente con toda su alma.

—¿Quién de los tres es el amenazado? —mugió el capitán con una voz pedregosa. Había sillas, pero no los invitó a sentarse.

—Yo —dijo Mauricio sintiéndose vejado al oírse llamar así—. Yo soy el de las amenazas. Quiero decir, el que las ha recibido.

El capitán lo miró aletargadamente y a Mauricio le vino la imagen de una vaca pastando en un prado. Luego, el hombre volvió a sumergirse en las cartas: parecía estar leyéndolas atentamente. Al cabo de un momento carraspeó como si le costara tomar una determinación.

—Estas amables cartas no son una amenaza, joven —dijo al fin. En sus labios se dibujó algo que parecía una sonrisa.

«¿Y entonces qué son, huevonazo, declaraciones de amor?» Aníbal se llevó dos dedos a la nariz y silbó muy despacito el principio de un vals. Alguien había resoplado a su izquierda y él dijo o pensó, ya no sabía bien, «tranquila, Chata».

Mauricio iba a abrir la boca pero el capitán lo interrumpió mostrándole una mano cuadrada y perentoria, que no le dijera nada, mejor, joven, aquellas cartas tan amables eran cualquier cosa menos una amenaza. Luego, echando el cuerpo hacia atrás y haciendo crujir la silla, se abanicó con los papeles.

—Pero, capitán, además de esas cartas que usted interpreta como amables ha habido llamadas, se lo acabo de decir al alférez —Mauricio se volvió desamparado hacia el alférez y éste tembló un poco, mordiéndose el bigotito—. No hace falta mucha imaginación para sospechar que son algo más que recaditos amistosos, sobre todo viniendo de donde vienen.

El capitán Huarcaya lo contempló un momento con unos ojos llenos de piedad o de asco.

—Mire, joven —dijo sacudiéndose del sopor en que navegaba con beatitud—. Para hacer una denuncia en regla hace falta algo más que esto —y blandió los papeles con desgano—, simples notas en que le piden su colaboración para difundir propaganda subversiva. Y en cuanto a las llamadas telefónicas, si al menos las hubiese grabado...

—Decía «subversiva» y parecía que estaba a punto de vomitar —dijo Aníbal volviendo de la cocina con otra botella de cerveza—. El muy requetecontra chucha de su madre. La puta perra que lo trajo al mundo.

—Aníbal, por favor —dijo María Fajís separando mucho las sílabas.

—Ay, Mariafá —se quejó Elsa—. Aníbal tiene razón hablando así de ese desgraciado.

—El caso es que me hicieron llenar unos papeles con mis datos y dejar las cartas después de firmar una denuncia que según el alférez no tenía efecto de tal. Pura formalidad —dijo Mauricio dirigiéndose a Ivo y aceptando el vaso que le entregó Aníbal—. ¿Y todavía piensan que debía haberles entregado el libro?

—Sí —dijo la Chata, furiosa, casi sin dejarlo terminar la frase.

—Bueno —se apuró a decir Aníbal al ver que ya Mauricio iba a replicar seguramente alguna burrada—, quizá haya sido mejor no hacerlo, Elsa. A Mauricio lo han tratado poco menos que como a un terruco. No quiero ni pensar qué hubiera sucedido si decía lo del libro. Por cierto, ¿dónde está?

Mauricio los miró con una expresión pendejísima y cruzó ambas manos sobre su abdomen antes de hacer girar los pulgares.

—Está en tu carro, Aníbal —dijo al fin con una voz suavecita—. ¿Por qué no lo subes?

Aníbal sintió algo como una piedra resbalando hacia el fondo de su estómago y miró largo a Mauricio. María Fajís y Elsa se habían quedado en silencio e Ivo empezó a silbar con todo descaro, mirando hacia el techo.

—Ésta me la pagas —silabeó Aníbal incorporándose.

Apenas hubo salido, Elsa se volvió a Mauricio.

—Cómo puedes ser tan bruto, oye.

—Si no va a ocurrir nada, mujer —dijo Mauricio bebiendo un sorbo de su cerveza—. Están volviéndose paranoicos por nada y al final al único al que le puede ocurrir algo es a mí.

—Pero no tienes derecho a joder así a Aníbal. Te imaginas..., ay, no quiero ni imaginar.

—No debiste dejar el libro en el carro de Aníbal —terció María Fajís moviendo la cabeza—. Si alguien lo hubiera encontrado se mete en un problemón.

—¿Quién lo va a encontrar? ¿Un choro? ¿Un choro con hondo deber patriótico que vaya a la comisaría y diga señores, estaba robando tan tranquilo y en ésas me encontré un libro que habla claramente de la filiación ideológica y subversiva de mi cliente? Por favor, seamos un poco serios.

—Eres insufrible —dijo Elsa manoteando su cartera y mirando hacia otro lado.

Se quedaron callados, fumando. Al momento llegó Aníbal. Parecía haberse olvidado de la bronca, porque se abalanzó hacia la mesa y les dijo vengan, miren esto, es una delicia, pasando las hojas lustrosas del libro, esto es fabuloso. De inmediato los otros se acercaron a la mesa donde Aníbal colocó el volumen de carátula amarilla, oficiando esa especie de liturgia solemne que consistía en pasar en silencio las hojas desde donde los contemplaban adustos camaradas quién sabe si escondidos o ya muertos, desde donde leían minuciosos informes y estrategias, planes y proyectos que los iban situando un poco más cerca de la transgresión, de la otra versión de los hechos: el dibujo de un Perú distinto y maniqueo, era cierto, dijo Aníbal, pero hasta qué punto la otra versión, la de todos los días, la oficial, no era la falsa.

—Ay, Aníbal, cómo puedes decir eso —dijo María Fajís llevándose una mano a los cabellos.

Mauricio encendió un cigarrillo escéptico y pasó el índice por una esquina del libro haciendo correr las hojas.

—Las eternas dudas de mi compadre —sonrió—. ¿Cómo puedes creer que toda esta mierda tenga algo que ver con el Perú? Lo malo contigo es que cualquier cosa mediamente bien planteada te deja con la boca abierta.

—Lo único que creo —dijo Aníbal resoplando como si supiera hacia dónde iba esa charla y le cansara el saberlo— es que tú te sientes más cómodo aceptando a pie juntillas una única versión de las cosas, señalando a los buenos y a los malos con una confianza envidiable. A diferencia de ti, que tanto te gustan las doxas, a mí me interesa la episteme.

—¿Y si hablaran en castellano no sería mejor? —preguntó María Fajís levantando un dedo tímidamente.

Ivo soltó su risa de clown y miró aprobativamente a María Fajís.

—La señora tiene razón —dijo—. No conviertan esto en una contienda de abstracciones y dejemos el asunto en una charla de amateurs.

—¿En qué Perú vives tú, Mauricio? —dijo Aníbal hoscamente—. ¿En qué Perú vivimos nosotros?

—No sé, tú vienes de Arequipa.

—No jodas, hombre, esto es en serio. Somos de un Perú occidental que habla castellano y bebe Coca-Cola, que transita en un mundo que ni por asomo se parece a ese que le dicen profundo, y a lo mejor ése es el Perú. Al menos es más grande. El uso de la violencia no es una de mis pasiones, como bien sabes, y cualquier propuesta que la considere para llevarse a cabo queda descalificada, pero al menos quiero conocer el planteamiento de los otros.

—El problema —suspiró Ivo— es que desde el momento en que hablas de los otros te admites del lado de los unos.

—Que además eran muy malos —dijo Elsa.

—¿Quiénes? —preguntó María Fajís que no captaba ni mu.

—Los hunos, con hache, ¿recuerdas? —dijo Aníbal pacientemente, y María Fajís se replegó en su asiento como una colegiala reprendida—. De acuerdo, pero no existe ninguna otra alternativa. Toda noción de orden lleva consigo la aceptación de sus propios límites. Al menos yo sé que la versión de mi orden no es la única y admito que pueden existir otras. El Perú que yo vivo no es el único.

—Una Weltanschauung del carajo —sonrió Mauricio rescatando el libro que estaba al otro lado de la mesa y hojeándolo sin mucho interés—. Dudar de todo para liberarse de toda duda, ¿no? Es bastante cómodo.

—Más cómodo es no hacer nada —dijo Elsa buscando en su bolso un paquete de cigarrillos—. Que es lo que siempre terminamos haciendo aquí. Ya me fastidia tener que escucharlos especulando con el Perú o los Perúes, me da igual, y no mover ni un dedo. Ni para un lado ni para el otro.

—Entonces vete con la guerrilla, pues —dijo Mauricio resoplando como un dragón—. Y luego me envías notas a la radio y amenazas con matarme si no me solidarizo con tus ideas. A mí también me revienta toda esta charla.

Como si hubiera sido un acuerdo tácito, los cinco se quedaron en silencio, temerosos de hundirse en la bronca que habían descubierto en sus propias frases.

—¿Alguien quiere café? —preguntó María Fajís levantándose algo intempestivamente de la mesa.

—Yo me voy —bostezó Ivo, y luego añadió misteriosamente—: Tengo una cita.

—¿Con quién, si se puede saber? —Aníbal paró las orejas.

Ivo hizo un gesto críptico y se llevó un dedo a los labios. Luego miró a María Fajís, sonriente. Ella le devolvió la sonrisa con toda amabilidad y pensó que no quería tomarse un café sino una cerveza. O un whisky. Y doble, además.

—Nosotros también nos vamos —dijo Mauricio mirando rápidamente su reloj—. Tengo que chambear.

—Déjame el libro unos días, Mauricio —dijo Aníbal acompañándolos a la puerta—. Me gustaría darle una buena lectura, si no te importa.

—Si quieres... —Mauricio se encogió de hombros—. Pero me imagino que necesitarías alguien para que te vaya sacando de las dudas que te planteará su lectura. Ya sabes lo que advertían los griegos respecto al uso del kykeon sin leer la prescripción médica. Para estos casos es menester un guía, un oficiante.

—Pues fíjate que no es mala idea, so huevón. Vamos, los acompaño hasta abajo, así de paso voy por cigarrillos.

—Chao, Mariafá —dijo Elsa—. Nos vemos mañana, ¿no?

—Sí, claro —dijo ella distraída, mirando el perfil de Ivo que le rascaba la cabeza al gato murmurándole tonterías destinadas a vencer su recelo—. Tal como quedamos. Chaucito con todos.

Ivo se demoró un poco ya en la puerta y una vez que los otros hubieron bajado se volvió a María Fajís.

—Bueno, adiós, y muchas gracias por todo, señora —dijo, y ella volvió a sonreírle sin saber qué contestar.

Sólo quería tirarle la puerta en las narices y tomar una cerveza.

Cuando por fin Ivo se hubo ido, María Fajís cerró despacio la puerta y se apoyó en ella como si estuviera muy cansada. Entonces advirtió que el gato la observaba con una atención algo indiscreta.

—¿Y usted qué mira? —lo amonestó, y éste se limitó a mover las orejas, aparentemente sin comprender.

El profe Paz se había acercado el libro hasta casi pegárselo en la nariz. Sus ojos diminutos se movían como canicas encerradas en el cristal de sus lentes. Desde esa obsesiva atención en la que se había inmovilizado nada más sentarse frente al libro, al cabo de unos minutos en que todos parecían aguardar en silencio un veredicto, estiró una mano y pidió:

—Café, por favor.

María Fajís y Aníbal se abalanzaron por la taza hirviente, que en realidad estaba muy cerca del libro que el Chato Paz había puesto sobre la mesa, muy cerca de la mano que había alargado. Bebió dos sorbos ruidosos y María Fajís le dio un codazo a Elsa, se debe haber sancochado la garganta, le murmuró al oído, pero el profesor parecía estar tan concentrado en la lectura, garganta incluida, que no dio muestras de haberse quemado. Muy por el contrario, volvió a darle dos sorbos largos a su café, pasó otra página y entregó la taza vacía y aún humeante antes de insistir:

—Café, por favor.

Ivo, de pie y de brazos cruzados frente al profe Paz, agachó un poco la cabeza y deslizó un dedo por el puente de su nariz antes de mirar de reojo a María Fajís dedicándole una sonrisa que buscaba complicidad. Mauricio y Elsa se miraron incrédulos. El único que observaba a todos con aire suficiente era Aníbal, que parecía ufano de su profesor y buscaba la mirada de los demás como diciendo «ya se los había advertido, el Chato es así». María Fajís volvió a llenar la taza porque felizmente Aníbal ya le había explicado que el profe era un insaciable y casi patológico bebedor de café, de manera que cuando éste llegó a casa ella tenía preparado un termo lleno de café, muy cargado y dulce. Pero a este paso mejor iba a la cocina para preparar más, porque la que acababa de servir era la cuarta taza.

¿Usted me invitaría un cafecito?, había preguntado dirigiéndose a María Fajís nada más entrar a casa con Aníbal y después de saludar a Elsa y a Mauricio con una corrección algo marcial. A Ivo, que leía en el sofá, le dirigió una mirada algo displicente, cómo está, Givanovic, rezongó, y María Fajís recién cayó en la cuenta de que hasta entonces no había escuchado el apellido de Ivo. Miró a Aníbal que le sonrió jactancioso y dirigiéndose al profe le dijo por supuesto, no faltaba más, profesor, ahora mismo le sirvo su cafecito, pero ya el Chato se entregaba a la contemplación algo licenciosa de la garota llena de plumas y luego miró a la Monroe, que parecía cubrirse las piernas de la mirada impertinente del profesor Paz. Después observó el tercer afiche, se quitó los lentes y los limpió en el borde de su chompa, volvió a colocárselos y recién pareció descubrir decepcionado que se trataba de Humphrey Bogart. Entonces, señalándolo con el pulgar, dijo algo que a todos, a juzgar por las caras que pusieron, les debió parecer absurdo o incongruente: a éste también le conozco, y sonrió mostrando unos dientecillos perfectos como pastillas de chicle. María Fajís regresó de la cocina con una bandeja que guardaba para ciertas ocasiones y donde había dispuesto pulcramente dobladas unas servilletas, un azucarero y las tazas de porcelana, esas del juego que les había regalado su madre y que Aníbal descompletó rompiendo una a la primera semana, qué rabia. Sírvase, profesor, le dijo, y el Chato Paz cogió una taza que acabó, como parecía ser su costumbre, de dos sorbos, cuando los demás apenas habían empezado a endulzar. ¿No se sienta, profesor?, preguntó María Fajís, intranquila de verlo pasear de un extremo a otro de la sala, mirando todo con una curiosidad impertinente y voraz, acercándose a los cuadros y a los discos cuyas fundas cogía de las puntas y soltaba casi con asco, hasta que encontraba algo que parecía ser de su agrado (Inti Illimani, Brahms y Tchaikovski; a Bartók también le hizo muecas, igual que a Supertramp y a Ellington. Grapelli y Coleman Hawkins ni lo inmutaron) y entonces gruñía satisfecho, volvía a dejar el disco y luego cogía otro, y así como quince minutos en que los demás lo contemplaban sin saber qué decir, hasta que por fin Ivo le preguntó algo sobre un examen cuya fecha era incierta. El profe lo miró burlonamente y le dijo que mejor no hablaran de la universidad, Givanovic, usted me ha faltado a las tres últimas clases y su situación es algo delicada, qué desperdicio, podría ser mi mejor alumno si no se dedicara a vagar tanto, murmuró concentrado otra vez en los discos. Ivo soltó una carcajada envanecida y miró a María Fajís que miró a Aníbal que miró a Ivo. Mauricio pegó un bostezo bruscamente cortado por el codazo que le propinó la Chata y sonrió confundido, pero el profe Paz parecía no haberse dado cuenta de nada porque acababa de descubrir con regocijo el anaquel de los libros y fue como si todos pensaran «Dios mío, no», pero felizmente su inspección no fue tan meticulosa y además dio pie para que se cruzaran algunos comentarios. ¿Dónde consiguió esto?, le preguntó con envidia a Aníbal

cogiendo el Alexis Carrier bastante antiguo que estaba
sobre la repisa superior de la biblioteca, y Aníbal sonrió
esponjado como un pavo real: era de mi padre. Lo mismo
ocurrió con *The american mind* de Commanger, 1943, y
el *Economics of the free society* de Ropke, Chicago, 1963,
joyitas que Aníbal guardaba con celo, y también producto
de la herencia paterna. Qué buena biblioteca debía haber tenido su padre, caramba, me imagino que allí no
habría un solo libro de Engels, y todos soltaron la carcajada menos Aníbal que respondió imperturbable *Marx,
obras completas* y en una edición inglesa de 1954. Pues
no las veo, retrucó el profe cogiendo *Conversación en La
Catedral* con un pelín de asco. Las tuve que vender, dijo
Aníbal, que por nada del mundo se quería quedar atrás,
esas cosas son caras, usted sabe, la plusvalía. El profe Paz
volvió su cara de perro chico hacia él y le mostró sus dientecillos en una sonrisa algo cachacienta, ¿no leía nada en
castellano su padre?, sí, Arguedas, Ciro Alegría y Chura-
tas, replicó Aníbal encendiendo un cigarrillo. Bueno, dijo
al fin el Chato, frotándose las manos, ¿dónde está ese libro? Aquí, dijo Mauricio mostrándolo como si fuera un
trofeo. A María Fajís le pareció ver un destello fugaz en
los lentes del profesor, pero debía ser que estaba justo bajo la araña de la sala. A ver, insistió el profesor limpiando
sus gafas en el borde de la chompa y volviendo a colocár-
selas con rapidez. ¿Y usted, señora, me convidaría otro cafecito?, le mostró sus dientecillos a María Fajís. Elsa se levantó del sofá y dijo te acompaño, Mariafá, cuando ella se
dirigía a la cocina. Allí, mientras preparaban más café, la
Chata le dijo que mejor tomaba un té, algo que había co-
mido le había caído mal, seguro los tallarines de la universidad, estaba con náuseas y se sentía fatal. Luego, como al descuido, añadió si se había fijado en las miradas
que le mandaba Ivo. María Fajís se volvió resoplando,

muy seria, sintiendo una confusión extraña, ¿otra vez con eso?, qué imaginación tenía, Elsa, andaba viendo cosas donde no existían. Tranquila, mujer, dijo la Chata con una mueca traviesa, si no pasa nada, no tiene nada de malo que te miren un poquito, al contrario, a ver si al despistado de tu Aníbal le entran un poco de celos, porque no me dirás que las cosas entre ustedes van muy bien, ¿no? María Fajís se cruzó de brazos y luego la apuntó con una cucharilla amenazante, que no dijera tonterías, por favor. Después sirvió otra taza de café hirviente, le echó cinco cucharadas de azúcar y salió, seguida por la risa de Elsa, hay que ver cómo te pones, Mariafá. Colocó la taza en la mesa, al lado del libro que el profesor parecía estudiar con minuciosidad y éste levantó una mirada complacida. Gracias, dijo bebiéndosela de un sorbo, antes de seguir con la lectura.

Ahora el profesor Paz terminaba su cuarta taza de café y cerraba el libro.

—Increíble —dijo—. Estupendo. Éste es un material muy interesante. Desde el punto de vista académico, claro —se apresuró a agregar—. No hay aquí ninguna información que comprometa la estructura de la organización, por supuesto, pero sí valiosísimos datos sobre su formación, las directrices generales, el corpus ideológico.

—Cosas que cualquier estudioso de la materia debe conocer perfectamente —dijo Mauricio con escepticismo.

El profe Paz levantó el rostro y lo miró como si le costara reconocerlo.

—Claro, joven —dijo—, pero ésta es la visión desde adentro, no son las indagaciones intelectuales que ensayan los estudiosos de la materia, como usted dice.

—¿Y hay mucha diferencia? —insistió Mauricio a quien el tal Chato Paz le empezaba a caer antipático.

—Que si hay diferencias, dice —el Chato se volvió a los demás señalando despectivamente a Mauricio, que endureció las mandíbulas—. ¿Usted cree que es lo mismo un manual erótico que hacerle el amor a una mujer? No, pues, amigo. Tenga en cuenta que el MRTA es una organización mucho más cuidada que Sendero Luminoso porque sus planteamientos no tienen el verticalismo de éstos. Para decirlo a grandes rasgos, el planteamiento de Sendero se establece fundamentalmente como un plagio, más que una adaptación, del maoísmo. O sea, la presunción de que la revolución se tiene que efectuar desde el campo a la ciudad.

—Sí, algo de eso he oído —dijo Mauricio con voz glacial.

—Pero Sendero Luminoso parte de la base errónea de que la nuestra es una sociedad feudal y que el Perú es un país cuyo sustento económico es agrícola —insistió el Chato Paz cruzando las manos doctamente sobre su abdomen.

—Cuando en realidad es una sociedad incipientemente capitalista, una economía basada en el mercantilismo —acotó Ivo, y el profesor lo buscó con la mirada tratando de enfocarlo mejor.

—¿Y eso qué tiene que ver con el MRTA? —preguntó la Chata, sintiéndose pésima del estómago. Tenía unas náuseas espantosas.

—El MRTA está más cerca de la guerrilla urbana, sus postulados son izquierdistas, claro, pero brotan casi como una excrecencia del aprismo y están por lo tanto más cerca de cualquier ideología no transgresora.

—¿No transgresora? ¿Cómo que no transgresora? Si también son unos terroristas, que asesinan y matan y saquean —dijo María Fajís un poco caliente con el profesor, caramba.

—Entiéndame —dijo el Pato Chaz cogiendo la taza y dejándola en su sitio al darse cuenta de que estaba vacía—. Sólo estoy hablando de los planteamientos, no digo que los defienda ni que los comparta. Yo soy un estudioso de la materia, como dice este joven.

Mauricio lanzó una larga bocanada de humo. Como decía el argentino Mazzini en la emisora, le estaban empezando a hinchar las pelotas.

—En realidad se trata sólo de entender el funcionamiento de la organización, Mariafá —terció Aníbal—. Nadie está defendiendo el crimen ni el terrorismo. Cuando una organización política establece que la única forma de cambiar el sistema es por medio de la violencia lo único que pregona es la fatalidad de que el ciclo se repita. Las reformas, esas revoluciones en cámara lenta, son las únicas que pueden ir removiendo despacio las estructuras del poder.

—O sedimentarlo —dijo Ivo, nada más que por joder, mirando fijamente a María Fajís, que desde hacía cien horas parecía no haberse enterado de que él estaba presente.

—De acuerdo —admitió Aníbal hablando muy despacio—. O sedimentarlo. Pero la posibilidad de que ocurra de una u otra forma depende del pueblo, de su elección a través de un sistema democrático que vaya puliendo sus fisuras, regenerándose a través de sus propios mecanismos de defensa. Ocurrió en Inglaterra en el siglo pasado, ocurrió en España hace no mucho, ¿por qué demonios no puede ocurrir aquí?

—¿Usted qué nota sacó en mi último examen? —preguntó el Chato que miraba su taza insistentemente hasta que María Fajís fue por el termo y volvió a llenarla.

—Once —dijo Aníbal sintiendo una repentina bocanada de calor en el rostro.

—Me lo imaginaba —gruñó el Chato encendiendo un cigarrillo—. Eso que usted dice no es del todo cierto. Las reformas en una sociedad como ésta sólo pueden servir para mantener el sistema, para robustecerlo, nunca para cambiarlo. ¿Por qué? Pues sencillamente porque desde los tiempos de la Colonia en el Perú se ha gestado una doble sociedad donde la cultura indígena queda subordinada con respecto a la cultura foránea. El Virreinato creció articulado hacia la metrópoli y erigió su estructura sometiendo a los indios, sin darles oportunidad de integrarse y escalar dentro de un aparato estatal que simplemente los consideraba mano de obra barata. Y —dijo cuando Ivo pareció querer interrumpirlo— ese sistema no sólo se mantuvo durante la Emancipación sino que se hizo más fuerte, perdiendo incluso esa articulación que le había dado el Virreinato. Muchachos, por favor, en este país nunca hemos tenido una clase dirigente, sino dominante. La República mantuvo ese sistema y las reglas de juego de siempre.

—Pero la democracia... —empezó a decir María Fajís dubitativa.

—La democracia, mi querida señora —dijo el Chato pegándole dos sorbos de la madona a su café—, no puede funcionar mientras esté diseñada como un instrumento de dominación, mientras no contemple la existencia, ya no de las clases sociales más desfavorecidas, sino de esa ingente masa de inmigrantes andinos que han creado sus propias estrategias de supervivencia al margen del Estado y que están aquí, en Lima, en Arequipa, en Trujillo, en torno a las grandes ciudades. La democracia no ha sido creada para todos sino para unos cuantos. El sistema es el que falla, no los partidos políticos, que son tan sólo una contingencia, una anécdota dentro de ese aparato monstruoso que se devora las mejores intenciones. En el supuesto que existan. Y ese sistema está en plena descomposición. Sólo falta darle un empujoncito.

—¿El MRTA? —dijo Ivo burlón, y el profe Paz hizo un gesto de impotencia.

El gato apareció por la puerta de la cocina y los miró a todos con un desapego hierático, maulló muy quedamente y casi en puntas de pie se perdió por el pasillo.

—A mí me parece —dijo Aníbal rompiendo el silencio helado que se había hecho después del gesto del profesor— que ese empujoncito sólo se puede dar desde adentro. Darlo desde afuera, o sea, desde la violencia, sólo es pegarle una patada en el traste. Nuestra Constitución contempla mecanismos suficientes para ir dándole la vuelta al sistema, para poder luchar porque sea realmente más justo y efectivo.

—Sí, hijo —bufó el Chato Paz poniéndole una mano en el hombro—. ¿Pero cuánto tiempo tardará eso?, ¿cómo se lo explicas a la gente que se está muriendo de hambre en estos momentos?

—Okey, profe —insistió Aníbal—, pero creo que un país que se entrega al cinismo de la violencia como argumento para cambiar las cosas se encontrará siempre al borde de lo mismo, estará condenado a repetir su parricidio o como quiera llamarlo. Por ejemplo, el Chile de Pinochet...

—No me pongas a esa hiena como ejemplo, por favor —dijo el Chato entregándole su taza vacía a María Fajís que pavlovianamente ya había cogido el termo al ver las intenciones del profesor.

—Completamente de acuerdo: Pinochet es una hiena y un hijo de puta, esa sospechosa bonanza de la que tanto se dice que existe allí parece no haber alcanzado a muchos, pero ¿quiere decirme cuál es la diferencia con Fidel Castro?

—No vas a comparar, pues —dijo el profe Paz aplastando el cigarrillo en el cenicero como si en realidad hubiera querido matarlo—. Una cosa es Castro y otra Pinochet.

—Entonces —dijo Aníbal sonriendo suavemente—, ¿un tipo de violencia está justificada y otra no? Si es así, ¿cuál es la justa?

—La que tú eliges, hombre —Ivo le palmeó la espalda a Aníbal pero su vista estaba clavada en el profe Paz—. Al final todo planteamiento ideológico llevado a esos extremos es una cuestión de fe. Fíjate si no en los izquierdistas: empezaron mintiendo por convicción y han terminado haciéndolo por cobardía.

7.

No habría mucha gente en redacción. Era lógico, maldita sea, a esa hora todo el mundo aflojaba aprovechando que Montero y Jaramillo salían a beberse un café con leche en El Chicharrón después de terminar con el agobiante noticiero de las seis; un café con los grados alcohólicos suficientes para disponer el cuerpo a los ingratos menesteres que los devolvían a la emisora sonrientes y llenos de recomendaciones para con Mauricio, le estamos dando caña al diputado ese del Apra, seguimos con lo de las coimas en Enatru Perú, y los últimos mítines de Fujimori que está subiendo como la espuma, ahí te dejamos las declaraciones del ministro de Trabajo sobre la huelga y fíjate bien de no confundirte con el reportaje de la captura de unos terrucos en La Cantuta porque lo hizo Guillermo y como siempre está hasta las huevas: estimulantes datos similares que dejaban a Mauricio suficientemente convencido de que tendría bastante trabajo para armar el cierre de edición, puta vida.

Avanzó por el pasillo que conducía a la sala de redacción de donde emergía seco, breve, cortante, el tecleo de una solitaria máquina de escribir. Había algo de abnegado en aquel tableteo respondido únicamente por su propio eco, y Mauricio apostó doble contra sencillo: seguramente se trataba de la china Alicia terminando apresurada —practicante nuevecita, algo corcha pero con tremendas ganas de aprender— los gorros de las grabaciones.

—Qué hubo, jefe —saludó la china concentrada en su máquina. Tecleaba con tres o cuatro dedos que apresuraban el avance del carro al compás de un baile frenético.

—Hola. ¿Y la gente? —preguntó Mauricio descubriéndose tonto, ya rumbo a su escritorio, al pretender una respuesta no prevista por dos años de redactor jefe y bastante conocimiento de la psicología periodística peruana.

—Ya sabe —dijo Alicia obstinada en no mirarlo y arrancando la hoja del rodillo con gesto terminante. Se volvió hacia él— : A esta hora vuelan.

Mauricio miró desolado las mesas abandonadas donde, en el espacio que dejaban las máquinas de escribir, se apilaban secciones de periódicos descuartizados, cables de Efe y Reuter arrugados, papeles carbónicos que atestaban los tachos y la mesa central donde el teletipo continuaba escupiendo noticias que, a juzgar por el rollo alarmantemente largo que resbalaba hasta el suelo, nadie había revisado en mucho tiempo: tendría que hablar con Montero, los de las seis le dejaban aquel caos espantoso que estaba muy bien para que Aníbal —las veces que lo visitaba— exclamara entusiasmado que allí podría filmarse alguna película como *Primera plana,* pero de ninguna manera para pensar que el periodismo era la más noble de las profesiones; el más vil de los oficios, sin lugar a dudas. Y encima tenía que soportar las putadas sibilinas del maricón de Verástegui, «orden, señores, así no se puede trabajar», «¿qué hace la gente de la noche, pijama's parties?», notitas que Mauricio encontraba en el franelógrafo y que arrancaba con furia antes de arrojar al suelo y darse cuenta, qué borrico, caracho, que luego él mismo tendría que recoger a golpe de dos o dos y media de la madrugada, cuando terminaba el cierre de edición. Tendría que conseguir a como diera lugar el cambio de turno, ésa no era vida, maldita sea, debía volver a la mañana aunque tuviese que madrugar.

Suspiró resignado, dejando el paquete de cigarri-llos sobre la mesa, y la china lo miró de soslayo.

—¿Daniel y Antúnez? ¿Dónde están los otros re-porteros?

Alicia hizo un gesto de ignorancia, ella estaba ter-minando sus gorros y ahí le dejaba la cinta con las graba-ciones, eran seis y empezaban con la del volcán Pinatubo. Ya se iba.

—Deberías quedarte para reportear una primicia —dijo oscuramente Mauricio palpándose todos los bol-sillos en busca de fayos.

—¿La muerte de dos anónimos reporteros? —son-rió la china desde la puerta—. No te hagas mala sangre, jefe. Daniel ha ido por un sándwich aquí a la esquina no-más y Antúnez fue arriba porque los de deportes están entrevistando a Ramón Quiroga. ¿No escuchas radio?

—Cualquiera menos ésta. Carajo, no encuentro mis cigarrillos.

—Acabas de dejarlos sobre el escritorio. Hasta ma-ñana, jefe.

Encendió un Winston y luego de darle dos pitadas sintió un asco seco que le subió como un dolor, casi un dedo tentándole en el abismo abierto más allá del paladar. Tuvo una arcada violenta que lo dobló en dos llenándole los ojos de lágrimas. Observó afligido el cigarrillo antes de apagarlo, en cualquier momento le venía otra arcada, aque-lla inútil sensación de náusea que era sólo eso, una con-tracción, una falsa alarma. Se acercó los dedos a la nariz y olfateó concentradamente: si no estaba fumando tanto, maldita sea, y de un tiempo a esta parte..., carajo.

Se levantó resignadamente y fue en busca de los cables que cada cierto tiempo salían del teletipo acompa-ñados por ese sonido de sierra metálica y diminuta que emitía la impresora y que lo hacía sentir en un aserradero de gnomos. Antes de revisar el primero de los cables, haciendo un esfuerzo serio por concentrarse en la subida de las acciones de Olivetti en Wall Street, volvió a sentir el cosquilleo bajo las amígdalas (bueno, donde habían estado, se dijo recordando la espantosa operación de los catorce años), la arcada y un eructo ácido que le produjo más rencor que asco. Es la tensión, diagnosticó resentidamente encendiendo otro cigarrillo. A unos les da infarto o úlcera y a otros esta cojudez del píloro o algún otro conducto de mierda, vaya uno a saber.

Arrugó el cable antes de lanzarlo sin fortuna al cesto de papeles repleto y sentarse nuevamente en su escritorio. Se aflojó la corbata resoplando: y la otra embarazada. Coño.

—¿Embaraqué? —gritó María Fajís en el teléfono antes de bajar la voz a un tono que tenía más de inaudible que de confidencial, porque los palillos de crochet se detuvieron un segundo en las manos de doña Lucía, que la censuró detrás de sus bifocales. Había bajado algo inquieta cuando la anciana le dijo que tenía una llamada, sólo su madre y Elsa tenían el número de doña Lucía—. ¿Estás segura?

—Completamente —dijo Mauricio bebiendo su cerveza de un trago—. Le han hecho ya dos exámenes y ambos arrojaron positivo.

«La puta jerga médica», pensó Aníbal inadmisible y poco fraternalmente distraído de la preocupación de Mauricio, «positivo, negativo, bajos niveles de hematíes, defensas en tanto por ciento, caray, con esos términos cualquiera diría que las mujeres procrean androides —a lo mejor Huxley tenía su parte de culpa—, y resultaba curioso cómo el ciudadano de a pie los integraba rápidamente a su vocabulario; cualquier hijo de vecino, acostumbrado al argot callejero y al verbo fácil, a la burrada sintáctica y a la barrabasada semiótica, de pronto te habla plenamente convencido de leucocitos y ansiolíticos como si los hubiera conocido personalmente, como si manejara realmente los datos que le entregan en los diagnósticos, preocupado por esa cimitarra abstracta que pende desde la hermética jerigonza médica, porque a quién le consta nada, jugamos con nuestra salud como los agentes de bolsa en el mercado de futuros, pura especulación, es un escándalo... Si este que tengo enfrente me suelta algo sobre alcaloides lo rajo».

—¿No me estás escuchando? —María Fajís oyó la voz de Elsa, un extraño grito susurrado y nervioso que mordía las palabras—. Tienes que venir a mi casa, por favor.

—Sí, claro —contestó dedicándole una sonrisa hermosísima y casi histérica a doña Lucía, que la espiaba desde su mecedora, siniestramente estática.

—Si mi padre se entera me mata —decía Elsa atropelladamente—. No sé qué voy a hacer.

—Bueno, bueno —dijo María Fajís enredando un dedo en el cordón del teléfono y atenta a los ojillos de doña Lucía que seguían sus movimientos con una viveza aterradora—. Ahora paso por tu casa y me cuentas los detalles. Sí, como a las cinco, ¿te parece? No, no puedo. Sí, claro que está —María Fajís miró de soslayo a doña Lucía—. No digas eso, Chata. Bueno, se lo diré de tu parte. Okey, un beso y espérame.

Cuando María Fajís colgó no pudo contener un suspiro. Los dedos de doña Lucía volvieron a poner en marcha las agujas verdes y brillantes, otra vez lejana e indiferente.

—Gracias, señora —dijo María Fajís ya desde la puerta, vacilante antes de añadir—: ¿Si viniera mi madre le podría decir que me fui a casa de... una amiga, por favor? ¡Ah!, mi amiga Elsa le manda saludos —agregó antes de escabullirse en el pasillo.

Trepó con agilidad las escaleras, corrió a cambiarse de ropa, se aplicó dos segundos de carmín y en un papel garrapateó el mensaje escueto para Aníbal: *Fui donde la Chata. Estaré de regreso en la nochecita. Luego te comento. Besos.* Ya en la calle contó algunos billetes y se mordió los labios, ¿cogía o no cogía un taxi?

—Ni hablar —dijo Mauricio llamando al mozo y pidiendo un par de cervezas—. Ya se lo insinué a la Chata y no le gustó mucho. Además yo tampoco estoy muy de acuerdo, ¿sabes?

—Bueno, la situación es, por así decirlo, algo embarazosa —dijo Aníbal mirando los carteles de calatas que empapelaban las paredes de El Chicharrón.

—No jodas, hermano —dijo Mauricio dolido—. Te llamo para confiarte un asunto gordo y me sueltas una cojudez de ese calibre.

—No te resientas, disculpa —Aníbal iba a añadir que el asunto era, efectivamente, gordo, y que además el embarazo lo estaba volviendo susceptible, pero calló prudentemente.

—No sé qué carajo vamos a hacer —dijo Mauricio llevándose una mano a los cabellos—. El viejo de la Chata es un energúmeno y además tiene una colección de armas que me enseñó cuando recién lo conocí.

—¿De veras te las enseñó? —preguntó Aníbal con incredulidad—. No me habías contado ese pase.

Mauricio sonrió como abatido por la fatalidad. Bebió un sorbo espumoso y amargo de cerveza.

—Sí, el primer día que fui a su casa. Primero me sirvió una copita de jerez, se sentó frente a mí y cuando Elsa fue un momento a la cocina aprovechó para someterme a un interrogatorio despiadado e infame. Yo tenía los huevos de corbata, porque el viejo sabe poner esa miradita asquerosa que tienen los uniformados cuando han chambeado en alguna división especial.

—¿Qué miradita? —Aníbal se reclinó contra la mesa, ansiosamente divertido, ávido por conocer.

—Esa miradita, pues —Mauricio no encontraba las palabras—. Es algo así como un relente de lascivia y prepotencia: sacan la quijada así y atisban todo con superioridad castrense.

—¿La sacan así? —dijo Aníbal proyectando un mentón vengativo y tembloroso, como si tuviera rango de coronel.

—Sí —contestó Mauricio distraído—. Podías haber sido un excelente Pip. La cosa es que luego me cogió del brazo y me llevó a su despacho.

Allí estaban, relucientes y frías, dispuestas en un anaquel de cristales impecables y fondo aterciopelado. Parecían trofeos. «Ésta es una Beretta», comentó el comandante cogiendo una brillante pistola oscura como si fuese un pájaro negro y exhausto. Mauricio le sonrió al arma y dijo mentalmente «hola» antes de percatarse de que ya la tenía entre las manos. El artefacto parecía hibernar y Mauricio sintió un extraño hormigueo en las palmas resecas. «Es rápida y se maneja bien», dijo el viejo luego de colocarla nuevamente en su sitio. «Aquí tiene una Astra. Española. El cañón se recalienta con facilidad pero luego uno se acostumbra. Lo que·más me gusta es esa sensación de confianza que transmite.» El padre de Elsa tomó la pistola con ambas manos, separó ligeramente las piernas y simuló apuntar a un blanco inexistente, más allá de su butacón de cuero, antes de susurrar: «Bang, bang». Mauricio apretó las mandíbulas y sonrió. El hombre siguió sacando armas y explicando sus características y peculiaridades, pero Mauricio sólo escuchaba «bang, bang» cada vez que el viejo hablaba. Luego el comandante lo tomó del brazo y le mostró con orgullo los gruesos volúmenes, los libros empastados y antiguos que se apilaban ordenadamente en los estantes que recorría posando un dedo cauteloso y devoto en sus bordes: ¿y *Mein kampf?*, se preguntó Mauricio, ¿dónde está *Mein kampf?*, observando cómo el comandante sacaba un libro, hacía algún comentario sobre él, bang, bang, y le soplaba suavemente un polvo inexistente de los lomos antes de volver a colocarlo en su sitio. En algún momento Mauricio se supo conducido gentilmente de regreso a la sala donde los esperaba Elsa con las copas y una sonrisa algo alarmada. Allí se desplomó en un sofá para escuchar la estoica saga familiar, las añoranzas que sentía el viejo por el servicio activo, la muerte de la madre de Elsa cuando ella nació, el celo que el viejo había puesto en educarla, en cuidarla —lo decía mientras pasaba una mano nudosa por los cabellos de su hija, que ponía cara de poto intentando no reírse—, y lo mucho que le preocupaba saber qué sería de ella cuando él ya no estuviera. Mientras hablaba, advirtió Mauricio, pareció envejecer dulcemente hasta convertirse en un patriarca benévolo y manso. Siempre en el mismo tono beatífico preguntó, algo incongruentemente, «¿usted es comunista, joven?». Mauricio casi grita que leía con fervor a Popper y Hayek, y que había votado por el PPC, pero se limitó a decir que no con movimientos enfáticos de cabeza. El viejo pareció replegarse en un suspiro de alivio, los comunistas eran una plaga que había que limpiar del país, y cuando Elsa iba a protestar él se limitó a levantar un dedo admonitorio, que no le viniera con historias de jueguitos universitarios, hijita, ella a estudiar y punto, nada de meterse con los rábanos que había ahí, él sabía muy bien lo que decía, ya tenían a muchos en la mira, estaba en retiro pero no inactivo, aún tenía muchos contactos en la institución. En la Dincote venían trabajando en la desarticulación de muchos comandos subversivos, aunque no se hacía público. Miró a Mauricio suspirando resignado, qué se le iba a hacer, ya se habían malogrado muchas acciones por culpa de la prensa. ¿Él estudiaba Periodismo, verdad?, una carrera interesante. En fin, ahora andaban detrás de una célula senderista sanmarquina y era cuestión de poco tiempo que le echaran el guante, dijo en tono misterioso. Si viera, joven, la cantidad de terrucos que había en las universidades, en las fábricas y en los lugares menos pensados, le comentó a Mauricio, que se apresuró a mover la cabeza afirmativamente. Porque uno cree que el terrorista es un tipo barbudo, un tipo de baja condición social, un exaltado o un cholito resentido, y no, a veces resultaba que ese señor tan educado que nos saluda todos los días, ese obrero amable y respetuoso con sus patrones, ese profesor universitario irreprochable y ese jovencito callado que es nuestro vecino son unas fieras, unos asesinos desalmados, unos terrucos de porquería, caracho, dijo el comandante enrojeciendo y tosiendo hasta que Elsa le dio unas palmaditas en la espalda, que se calmara, papá, cada vez que hablaba del tema se ponía así, caramba. El comandante emergió del pañuelo que había hecho aparecer repentinamente llevándoselo a la boca, y con los ojos aguachentos y sonrientes pudo articular con voz carrasposa, bueno, él estaba cansado, que ellos se quedaran un momento si querían, pero que por favor no se les hiciera muy tarde. Mauricio se fue a los cinco minutos.

—Hey, aquí —Aníbal movía las manos frente al rostro ensimismado de Mauricio.

—Bang, bang —dijo éste casi imperceptiblemente.

—Pasa —Elsa abrió la puerta casi al tiempo que sonaba el timbre. Tenía el rostro descompuesto pese a que intentaba sonreír.

—¿Y tu papá? —preguntó María Fajís caminando detrás de ella hasta un salón de muebles antiguos donde la Chata la invitó a sentarse. Flotaba una penumbra de severos cuadros de la escuela cuzqueña, un sopor de espesas cortinas cerradas.

Elsa alargó una mano nerviosa hasta la mesita de centro y cogió una pitillera de plata.

—Mi viejo está en Piura. Viene mañana —dijo invitando un cigarrillo y encendiendo el suyo—. ¿Quieres tomarte un whisky?

—Bueno, una cervecita más —dijo Aníbal mirando despacio el local—. Pero mejor nos la tomamos en otro sitio donde podamos conversar mejor, ¿te parece?

—De acuerdo —María Fajís vaciló un segundo mordisqueándose levemente una uña, ella no estaba muy acostumbrada al whisky, pero en fin, la Chata ya se había acercado al extremo del salón donde estaba el barcito y desde allí le llegaba un tintineo frágil, un rumor de cristales y líquidos.

—No sé qué hacer, Mariafá —dijo Elsa volviendo con dos vasos largos y unas servilletas—. Tú no sabes cómo es de celoso mi viejo. Si ha aceptado a Mauricio es simplemente porque sabe que su padre es militar, figúrate.

—Carajo —dijo Aníbal, y una señora que estaba junto a ellos en la esquina se volvió a mirarlo ofendida. Cruzaron hacia el Milano, buscaron una mesa al fondo, pidieron cervezas—. O sea, que tu acceso a Elsa se lo debes a tu viejo. Mira tú por dónde.

Por el rostro de Mauricio cruzó una nube oscura y repentina, hizo un gesto de indolencia con la mano y volvió a apoyar la barbilla en un puño reflexivo.

—A la Chata la conozco desde que íbamos al colegio, pero eso fue cuando éramos chibolos. Luego yo salí de allí en segundo de media, ya tú sabes cómo fue la vaina.

—Claro —dijo Aníbal—: Niño rebelde y conflictivo, amonestado en muchas oportunidades, profesores hartos, quebradero de cabeza para mamá, expulsión e ingreso al Anchieta, escuela-prisión donde terminan todos los Mauricios de Lima. Fíjate qué curioso, en Arequipa no tenemos ese tipo de instituciones represivas.

—En una sociedad tan pacata resulta inútil, sólo hay colegios para niñitos católicos, buenos y reprimidos por tradición. Qué asco —Mauricio aplastó el cigarrillo en el cenicero y miró torvamente hacia la calle. En un momento más tendría que regresar a la radio—. El caso es que con o sin papá tira estamos jodidos. No sé qué vamos a hacer, loco.

—No te asustes, Elsa —dijo María Fajís dejando suavemente el vaso de whisky sobre la mesa de centro—. Alguna solución tiene que haber. ¿Y si te casas con Mauricio?

—Ni hablar, yo sé que él no quiere —dijo la Chata con los ojos aguados—. Mauricio es muy independiente, se sentiría atado, acorralado, qué sé yo. A veces pienso que somos tan distintos. Si se espanta con la sola idea de tener un hijo, imagínate, le dan esas arcadas horripilantes y la cara se le pone verde. Es un imbécil.

—Vamos, Chata, tú sabes muy bien que Mauricio te quiere —dijo María Fajís y de inmediato pensó en Aníbal: bebió un trago largo de whisky sintiendo una pena extraña y horrible—. ¿Acaso han hablado de casarse?

—No, la verdad, no creo que a ella le interese —murmuró Mauricio pidiendo otras cervezas—. La Chata es muy independiente, se sentiría atada, acorralada, no sé, a veces pienso que somos tan distintos. Y para qué te voy a mentir, creo que me gustaría tener un hijo. Eso, claro, en el supuesto que sobreviviera a la furia del viejo.

—Un hijo —dijo Aníbal, y no supo por qué, pero imaginó la palabra como un globo que ascendía suavemente en el aire—. La verdad es que deberías conversar del asunto con la Chata. Me refiero a conversarlo un poco más profundamente.

—No sé si valga la pena, Mariafá —dijo Elsa llevándose un pañuelo a los ojos—. Quizá lo mejor sea no tenerlo y chau, ¿no?

Preferible no pensar, pensó Mauricio cansado de dar vueltas en la cama, resignado a contemplar una luna excesiva que entraba por la ventana. Preferible no darle vueltas a un asunto que se decantaba solito, que soltaba amarras por su cuenta, ahí va, mira: apenas un soso despliegue de velas fatalmente imposibles de detener o manejar, sino de náufragos condenados a la derrota imprevista que señalan el viento y las mareas, atrapados en la doble condición que esconde el naufragio compartido: compañía e itinerario no elegidos, el mismo cielo y las mismas estrellas, las mismas tempestades que hacen escorar peligrosamente la nave de maderos podridos por el agobio, el norte abierto como un tajo ineludible por el que resbalan, ciegos, los días y las noches sucediéndose idénticos para ambos, los temas cotidianos agotándose hasta la exasperación en ese triste universo a la deriva que entraña toda no elección, el infame brote de la rutina como una peste de la que no se puede escapar, un *Titanic* crujiente y sin E. J. Smith en el puente de mando, un *Lusitania* mal diseñado y enviado a la muerte deliberadamente. Sí, así era, se reconfirmó Mauricio dando otra vuelta violenta en la cama, igualito; las analogías no estaban del todo mal. Naufragio y boda, el asunto estallando con las lágrimas de Elsa y esa confianza petulante hecha trizas frente a él cuando salían del consultorio ginecológico, sumidos en un silencio que Mauricio rompió en el snack cercano, dos cafés, por favor, sin atinar a otra cosa que entregarle su pañuelo a Elsa, para recobrarlo después empapado en *lágrimas negras de pasión o de pesar,* como dice Braulio en esa canción pasada de moda y que no obstante les gustaba en esa época en que les gustaba todo lo que tuviera el sabor travieso de las bromas y los paseos y los besos en cualquier cafetín miraflorino, jugando a enredarse los dedos y a adivinarse las bobadas y los enfados, las filias y las fobias, esos entendimientos callados que sólo ofrece el amor y el crepúsculo y la cama y el café con leche o las cervezas de esa media hora que Mauricio le robaba a la radio y Elsa a la universidad para encontrarse y seguir jugando a que se amaban sin cálculos y habitando un presente que se bastaba a sí mismo para seguir existiendo.

Y ahora esto, refunfuñó Mauricio dándole un manotazo a la almohada otra vez insoportable y caliente; no acababa de salir de la pendejada de los terrucos (¿había salido realmente?) y ya estaba metido en este otro miedo que lo enfrentaba de golpe ante un futuro sin consenso, un futuro no pedido (sí, pendejo, ¿pero qué futuro lo es?). De ahora en adelante —¿adelante es hacia adónde?, como suele decir Aníbal, qué manía— no habría tregua; el miedo a echar raíces ya estaba sembrado en cada cita, como cuando en el snack aquel le dijo a Elsa que no llorara, que encontrarían una solución, casi don't you worry, be happy, para ver si así sonreía un poco la pobre, que con los ojos negros a causa del rimmel corrido, como un boxeador apabullado o un desconcertado oso panda, lo miraba desde un desconsuelo casi histérico y bastante comprensible, pues el padre —Mauricio tenía fundadas sospechas para pensarlo— la mataba. Y de paso a él, tampo-

co era cuestión de replegarse en esa objetividad despreo-
cupada que mostró ante ¿su chica, su hembrita, su enamorada, su trufiñán, su novia, su amante, su prometida,
su futura esposa? Después de ese primer café que bebieron
en silencio, Mauricio la dejó en su casa con un sinfín de
recomendaciones. Nada de cortarse las venas, que mejor le
quedaban largas, dijo, pero Elsa ni siquiera sonrió. De allí
volvió a la radio a toda carrera porque antes del noticiero
iba a entrevistar al alcalde de La Victoria para que explicara un entripado de coimas y comisiones dudosas que había
salido a la luz por esos días. Se suponía que Mauricio le iba
a hacer pasar un mal rato al alcalde, que para eso estaba, pero su intervención fue lastimosa, estaba ausente, a duras
penas escuchaba lo que decía el alcalde, a cada momento lo
sorprendía la imagen de Elsa haciéndole adiós desde la
puerta de su casa, respiraba aliviado cuando en la cabina de
tráfico Álvarez le indicaba paso a comerciales y él se quitaba los cascos y fingía concentrarse en sus papeles para no
observar la cara de cretino del entrevistado, evitó las miradas de quienes se acercaban al otro lado del cristal para ex-
trañarse por el pésimo trabajo que estaba haciendo, qué
barbaridad, le buscaban el rostro, le hacían gestos fingidamente aprobatorios, le enseñaban el pulgar del triunfo, el
gesto redondo del okey, pero qué va, estaban desconcerta-
dísimos. «Desde cuándo Mauricio hace una entrevista tan
floja», escuchó decir a alguien cuando se apagó por última
vez la lucecita roja de micrófonos al aire y le dio la mano al
alcalde que se la estrechó efusiva y deportivamente, como
si hubieran estado en Wimbledon. Luego bajó a la sala de
redacción para sumergirse por completo en la confección
del noticiero de la mañana siguiente. Carlitos Cuenca estuvo conversador y jodido en Los Olivos y Mauricio tuvo
que acabar el gin-tonic de un trago para regresar a redacción, donde los compañeros lo recibieron tranquilitos y casi

escondidos tras sus máquinas de escribir. A las dos de la mañana ya estaba metido en la camioneta de la radio, fumando encogido en el asiento posterior y con ganas de dormir, dormir, dormir y no pensar, cosa que desde entonces intentaba infructuosamente porque ya eran casi las cuatro y él seguía dando vueltas en la cama, soportando la claridad excesiva de esa noche sin viento y propicia para negros presagios. La Chata estaría igual, ovillada en su propio miedo, pensando como él en las pocas alternativas que tenían. Casarse con veintiséis años tampoco era una falta muy grave, aunque Elsa sólo tuviera veintitrés y le faltara un año para acabar la carrera. Podían acomodarse aquí mismo, en la pensión, después de todo a él no le iba tan mal en el trabajo y quién sabe, quizá formar un hogar, abrir una libreta de ahorros, comprar un collie y soñar con el auto propio y la casita pagada a plazos no era ningún escándalo. Pero el problema era otro, claro. Tener o no tener al niño, he ahí el dilema. Veamos, ¿qué era más noble y airoso al espíritu? ¿Sufrir los duros y arteros embates del destino o darles fin a todos combatiéndolos? Dormir, tal vez soñar. Pero no estaba para Hamlet a esas horas en que un cansancio pesado y desprovisto de sueño le iba embotando los sentidos y enmarañándole las ideas: putamadre, dijo en voz alta, porque de golpe recordó la noche aquella de la ouija.

—Se soplaron todo, marabuntas —dijo Ivo contemplando la bandeja vacía.

—La situación del país, tú sabes —dijo Mauricio limpiándose restos de miga que habían caído en su pantalón.

Empezó a sonar muy tenuemente George Benson y María Fajís apoyó la cabeza en el hombro de Aníbal, que justo en ese momento decidió inclinarse hacia el cenicero donde colocó el cigarrillo con sumo cuidado.

—Todavía quedan de jamón —dijo Elsa sonriéndole al alcanzarle la bandeja que estaba sobre la estantería de libros.

Ivo aceptó un canapé y resbaló gatunamente contra el sofá, casi a los pies de Mauricio, frente a Aníbal que servía el vino.

—Veamos qué tal resulta este Tacama porque el vino de la otra noche... —dijo Mauricio recibiendo su copa.

—Agradece que todavía bebemos vino —amonestó Aníbal—. Dentro de poco será sólo cerveza.

—Y luego agüita —añadió María Fajís paladeando su copa.

—Y luego, luego, la nada —dijo Elsa que había estado hojeando distraída una revista.

—La mala educación que recibimos —dijo apenado Mauricio mirando su canapé antes de hacerlo desaparecer limpiamente en la boca—. Gente de clase media, media jodida, con gustos de clase alta y sueldos de clase baja.

—Para ir derechito al loquero, al fondo del río Rímac cuando hay crecida o al stress con tendencia a la depresión y barba de cuatro días —Aníbal estiró un brazo larguísimo en el respaldo de su sofá.

—O la guerra de guerrillas —dijo Ivo, que hasta ese momento se había limitado a jugar con sus pulgares, como María Fajís se imaginaba que hacían los psiquiatras antes de declarar neurosis en un paciente. Realmente tenía unas manos que parecían interesantes o cautas, unas manos inteligentes, pensó.

—Sí, a la guerra de guerrillas por pasar del vino al agua —se burló Elsa prácticamente sumergiendo la cara en el bolso de donde sacó una cajetilla de Hamilton. Levantó la mirada como constatando que todavía estuvieran todos allí y añadió—: Probablemente Albania se hizo así, ¿no?

—Hacerse no sé pero deshacerse, con seguridad —dijo Aníbal recordando una vieja enciclopedia, Tirana y Enver Hoxha; el glorioso 28 de noviembre y Ahmed Zogú, cosas por el estilo. Recibió una patadita de María Fajís.

—Tú qué sabes de Albania —Mauricio pasó por alto el comentario de Aníbal y le arrebató el paquete de cigarrillos a Elsa—. Además, en el fondo y para seguir con la analogía, todas las revoluciones se han hecho por pasar del vino al agua o para evitarlo. Llámale cerveza, barak o vodka, si prefieres.

—O sake —insistió Aníbal, que conocía con pelos y señales la rebelión del clan Matsuma.

—Mejor llamemos al pan, pan y al vino, vino —inter-vino Ivo.

—El vino vino de Chile —se le escapó a María Fajís, siempre permeable a slogans publicitarios, y entonces Ivo soltó una carcajada guiñándole un ojo.

—Sí, claro —remedó Elsa con una asombrosa capacidad para obviar los últimos comentarios y rescatando con violencia la cajetilla una vez que Mauricio extrajo un cigarrillo—. Del vino al agua, qué profundo te pones, amor mío, el 18 de Brumario se celebró con Moët & Chandon, ¿no es así?

—La conversación se está poniendo por encima de cualquier dosaje etílico y eso a la larga es peligroso —dijo Ivo apresurándose a tapar el hosco silencio que empezaba a formarse en el ambiente. Luego miró alternativamente a Elsa y a Mauricio igual que un árbitro amonestando a dos boxeadores y agregó—: ¿Por qué no conversamos sobre algo más edificante y dejamos a los albaneses quietecitos en sus Balcanes?

—El cuatro a uno del último Alianza Lima-Universitario, un partidazo —dijo Aníbal.

—El reciente affaire de Estefanía de Mónaco. Sabrán que se va a casar, ¿no? —propuso Ivo siguiendo el ritmo de *Mascarade* con el pie.

—Tengo unos *¡Hola!* pasados si quieren seguir proponiendo temas edificantes —María Fajís hizo el amago de levantarse.

—*El problema de la estética en Santo Tomás de Aquino,* entonces —Mauricio ofreció una mueca idiota antes de servir la segunda ronda de vino—. Creo que Umberto Eco ya se pronunció al respecto pero da lo mismo. ¿Tenemos otra botellita por ahí, no?

—Santo Tomás, aj, ya le salió el Opus Dei —Elsa se acomodó de perfil en el sofá y cruzó rotundamente las piernas.

Mauricio se llevó dos dedos al puente de la nariz y cerró con fuerza los ojos como si le ardieran.

—Ni Santo Tomás de Aquino ni el otro Santo Tomás tienen que ver con el Opus —dijo levantándose de su asiento con lentitud—. Además, lo viperino no le sienta bien a tu embarazo.

—Por favor, muchachos... —empezó a decir Aníbal antes de dirigirse a la cocina donde había desaparecido Mauricio.

María Fajís se acercó discretamente a Elsa que buscaba con manos furiosas y torpes un pañuelo en el bolso. Ivo estaba interesadísimo en un *Newsweek* pasado que encontró en el revistero junto al equipo y del que apenas asomaban sus orejas, divertido en el fondo y pese a que los llantos femeninos siempre lo desconcertaban, porque en tan escaso tiempo hubo desde una oscura relación con Escrivá de Balaguer hasta un embarazo. Sintió unas ligerísimas cosquillas en la pierna y saliendo un poco del *Newsweek* se encontró con el gato que lo miraba fijamente.

La famosa Leticia tenía las piernas un poco chuecas y a todo lo que le proponían contestaba ay, sí, abriendo unos ojos que seguramente creía hermosos, cuando solamente eran azules aguachentos, pensó María Fajís mirándola de reojo. La noche había empezado fatal, Miraflores estaba colapsada por el mitin del Fredemo que ellos habían sorteado porque esta noche nada de política, había dicho Elsa, y la tal Leticia dijo ay, sí, que ya estoy harta de tanta política. Mauricio la miró como si se le cayera la baba y María Fajís le dirigió una mirada un poco burlona pero no dijo nada, se aferró al brazo de Aníbal que andaba como últimamente ocurría, medio despistado, silencioso, y de pronto lo soltó sin saber por qué: «Que se jodiera», y miró de reojo a Elsa que le pegaba tremendo pellizco a Mauricio. El único que parecía no captar la tensión era Ivo, qué tal raza, él había invitado a Leticia y ahora se desentendía, pensó María Fajís sentándose una vez que al fin encontraron mesa libre en la pizzería.

—Bueno —dijo Ivo frotándose las manos cuando el mozo se acercó, imperturbable y bloc en mano—. ¿Una jarrita de sangría para empezar?

—Ay, sí, sangría, quiero sangría, sí —Leticia estiró ambas manos con regocijo y estrujó las de Ivo que sonrió azorado.

María Fajís y Elsa intercambiaron miradas breves y casi telegráficas.

—Una jarrita de sangría, de acuerdo —dijo Aníbal distraídamente y sumergido en la carta—. Yo quiero lasaña.

—Aníbal —le susurró María Fajís—: Sabes que aquí tardan mucho con la lasaña.

—Ay, sí —dijo Leticia—, yo también quiero lasaña, quiero.

La saña fue lo que se dibujó en el rostro de María Fajís, quien sin embargo tuvo arrestos para sonreír.

—Bueno, pues, lasaña para todo el mundo —dijo dirigiéndose al mozo que empezó a mover el lapicero.

—No —Elsa puso una mano enérgica sobre la carta. El mozo dejó el lapicero quieto, como al acecho—. Aquí tarda la lasaña, así que mejor pedimos pizza.

—Bueno —rezongó Mauricio—. Si ella quiere lasaña déjala que se pida una, Elsa, también tú...

—¡Paz! —exclamó Ivo como desde un púlpito—. Que haya paz —luego se volvió a Leticia sonriendo—. ¿No te provoca más bien una pizza? Mira que aquí las hacen bien ricas.

—Ay, sí, una pizza —dijo Leticia, y María Fajís, Elsa y el mozo se volvieron a mirarla. Justo es reconocer que la primera se controlaba mejor porque la Chata pegó un resoplido tremendo, se acarició nerviosamente un arete y encendió un cigarrillo colocándose de perfil a Leticia que seguía embobada mirando a Ivo, haciéndole guiños, disfrutando deliciosamente en su limbo particular. Aníbal murmuró una palabrota y dijo a mí una hawaiana, entonces.

—Ay, sí, para mí también —dijo Elsa sonriendo, y Mauricio la miró reprobador y alarmado antes de volver unos ojos tímidos a Leticia que seguía en la constelación del Cisne.

Después de una breve deliberación en la que el mozo intervino con parquedad y una voz alarmantemente neutra todos hicieron sus pedidos y esperaron fumando la jarrita de sangría que no tardó en llegar y ser despachada con prontitud y diligencia.

—Ah, caramba —dijo Mauricio saboreando el último sorbo de sangría—; quién hubiera dicho que Fujimori levantara tanto en las encuestas. Estoy por pensar que no habrá segunda vuelta.

—Hemos acordado que nada de política, caray —advirtió Elsa buscando en el bolso enorme un espejito que apenas abrió y cerró brevemente antes de volver a guardarlo.

—Bueno, pero es imposible sustraerse a lo que estamos viviendo —explicó Ivo de manera jovial al ver que Mauricio se aprestaba a soltar una de sus magníficas burradas.

—Estamos en el centro de las elecciones —acotó Aníbal que hasta entonces se había limitado a sorber su sangría en un áspero silencio—. No hablar de política equivale a darle la espalda a esa realidad que tú tanto defiendes como cuestión impostergable, Chata. Además tú debes estar encantada con tu futuro presidente.

—Qué jodidín te pones a veces, Aníbal —dijo Elsa remedando sus gestos.

—Tiene razón, caramba —dijo Mauricio—. Pedir que no toquemos el tema político hoy y aquí es como entrar a la Capilla Sixtina y pasarse todo el rato hablando de Buster Keaton. Más o menos— añadió, al parecer no muy satisfecho con su ejemplo.

—Ay, sí, la Capilla Sixtina, qué belleza.

—¿Tú has estado? —preguntó casi a bote pronto Elsa, y Leticia la miró perpleja, abriendo mucho sus ojos aguachentos.

—Llegan las pizzas —tintineó Aníbal falsamente entusiasmado—. Otra jarrita de sangría, ¿verdad?

—¿Te gustaría otra jarra? —preguntó Mauricio mirando a Leticia.

—A mí sí —dijo Elsa sin dejar que Leticia contestara—, ¿a ti, Mariafá?

María Fajís hubiera dicho mejor un whisky doble pero se limitó a sonreír asintiendo con la cabeza. Ivo parecía no haberse enterado de nada y apenas miró a María Fajís antes de coger la mano de Leticia acercando su rostro al de ella, murmurándole algo seguramente divertido porque la otra estalló en carcajadas y aplaudió como una foca amaestrada.

Dos jarritas de sangría después y acabadas las pizzas, ya a la hora de los cigarrillos y el cafecito, María Fajís y Elsa estaban tácita y plenamente de acuerdo en que la tal Leticia era una redomada cojuda. Aburridas de pronto porque Aníbal, Ivo y Mauricio estaban interesadísimos en lo que ella contaba con gran despliegue de gestos, piernas cruzadas, ojos enormes y sonrisas, resolvieron pedir permiso para ir al baño.

—¿Qué chucha se habrá creído ésta? ¿Un cruce entre la caperucita roja y Jessica Lange? —preguntó Elsa con veneno mirándose en el espejo del baño y retocándose los labios.

María Fajís sacó un peine de su bolso y empezó a darse furiosas cepilladas.

—No le hagas caso, Chata. Además tendremos que resignarnos a verla de vez en cuando con nosotros porque ya has visto cómo está Ivo. Se le cae la baba y no puede ni disimularlo. Sobre gustos y colores...

Elsa guardó el lápiz labial y miró a la María Fajís del espejo con unos ojos inquisitivos.

—Oye, Mariafá —habló con voz cauta después de unos segundos en que pareció elegir las palabras con mucho cuidado—. A ti te gusta, ¿no es cierto?

—¿De qué estás hablando, Elsa? —se revolvió ella con un punto algo histérico en la voz y dejando el cepillo sobre el tocador—. Ya tengo suficientes problemas con Aníbal como para que además tenga que aguantar tus tonterías. Desde que conocemos a Ivo no haces más que andar inventando historias.

Elsa se volvió a ella sorprendida.

—Está bien, amiguita —dijo no muy segura—. Sólo era un comentario, no te pongas así conmigo. La embarazada pareces tú y no yo.

—Ay, Chata, discúlpame —María Fajís sintió que los ojos se le anegaban de lágrimas. Tanta sangría le había caído fatal—. Ya no puedo más.

Elsa se asustó al ver cómo el rostro de María Fajís se descomponía en un llanto tembloroso y extraño, de súbito lleno de hipos y sollozos fuertes.

—¿Qué ocurre? —musitó con temor abrazándola fuerte. Alguien tocaba la puerta del baño con insistencia—. Un momento, caramba, ya vamos. ¿Qué te pasa, Mariafá?

—No sé, no sé lo que me ocurre —confesó María Fajís sintiendo que era bueno llorar, que de golpe todo se mezclaba y era extraño y Aníbal tan lejos ya de ella y la vida era horrible desde siempre, una farsa, un fraude, como decía el propio Aníbal las veces en que lo acorralaba ese pesimismo negro que él mismo no podía identificar pero que sin embargo la había alcanzado también a ella como una marea nefasta, sin saber desde cuándo ni por qué, desde siempre quizá, sin darse cuenta que de pronto convivía con un hombre extraño, hosco, lleno de silencios y enigmas que ella no alcanzaba a entender, la sangría seguramente, se sentía realmente fatal, humillada, hundida, frágil, niña, tonta, enamorada como una idiota.

María Fajís fue quien ofició de don Rodrigo de Triana y gritó allí viene, cuando Ivo y Aníbal empezaban a fumar con movimientos guiñolescos y nerviosos porque ya estaban media hora en la esquina y la Chata no aparece, carajo, las mujeres siempre impuntuales como tren turco, y para colmo la noche casi oxidada de humedad y de un viento que se enredaba entre los árboles del Parque Kennedy atacándolos súbita, sorpresivamente, sin que ellos pudieran encontrar el perfil adecuado y calmo de la espera. La Plaza Grau a estas horas estaría ya repleta, pancartas, gritos, marineras distorsionadas y cánticos desgañitados de la multitud, Li-ber-tad, li-ber-tad, un océano encrespado de voces y brazos en alto. En realidad encontraban difícil explicarse por qué iban al mitin de Vargas Llosa aunque ya lo habían conversado: inercia, curiosidad, joda y quién sabe cuántas cosas más por el estilo; como también era peliagudo explicarse por qué acudieron al de Fujimori (fujinercia, fujiocidad, fujijoda) ahora que la amenaza amarilla —como decía Ivo cada vez que daba bandazos hacia la derecha— había dejado de ser la nota simpática y bastante anecdótica de la primera vuelta para convertirse en aquel fuera de cálculo que tanto trabajo costaba a sociólogos, políticos y analistas explicar, entender, encuadrar en el orden previsible de dos o tres candidatos con opciones, principalmente la encantadora derecha de siempre, maquillada esta vez con Vargas Llosa, aunque entre aquellos hipotéticos desencuentros que orillaban al chino y al escritor en los extremos opuestos de la contienda había mucho más en común de lo que parecía, reflexionó Aníbal mirando a Ivo que intentaba encender la pipa. Las caras opuestas de una moneda de tres dólares: promesas de construir un país nuevecito, flamante y a la medida de todos los sueños; idénticos discursos, o quizá más bien complementarios, porque al menos Vargas Llosa parecía honesto, pero ya quién sabe, carajo, porque al fin y al cabo lo verdaderamente aterrador en todo aquello era la fe —puta palabreja, reducto último e inútil de la esperanza— mostrada por quienes escuchaban con fervor y aplausos y vítores a los mesías contendientes, redentores tardíos para un país sin remedio, puta qué joda, y entonces a qué demonios iban ellos, qué tipo de masoquismo los empujaba fuera de casita, de un buen libro, de un dormir la siesta hasta que acabaran estas fiebres (amarillas): Aníbal apagó el cigarrillo aplastándolo implacablemente con el pie y se dedicó —las manos enfundadas en la casaca verde esperanza— a observar el trotecito y la sonrisa de Elsa que se acercaba a ellos.

—Holas —saludó con su acento aniñado y pituco antes de brindar besos llenos de carmín.

—Pensamos que ya no venías —dijo Ivo intentando al mismo tiempo sonreírle y mirar el reloj que había hecho aparecer con un movimiento del brazo.

—Venir en micro es una odisea, una verdadera tragedia griega —contestó Elsa, mítica a las siete de la noche y en Lima, ofreciendo aún la sonrisa con la que no se daba por aludida de la cortés y fría furia de Ivo y Aníbal.

María Fajís, que sí se daba cuenta, murmuró algo sobre la necesidad de partir de una vez y cruzaron el Parque Kennedy, donde empezaban ya a instalarse los hippies con sus aretes, esclavas y sortijas deslumbrantes que ni Elsa ni María Fajís dejaron de mirar furtivamente, y alcanzaron la avenida Larco, hoy es viernes sangriento, aquí pronto habrá movimiento, tarareó la Chata sintiéndose repentinamente ajena, extraña, a la multitud hora punta que se arracimaba en los paraderos por donde cruzaban veloces los ómnibus y los colectivos repletos, apenas un trazo de rostros y brazos enganchados a los pasamanos, un brochazo de indiferencia que se pintaba frente a ellos, a los puños y maldiciones de quienes los veían pasar sin detenerse.

—Aquí vamos a estar horas —pitonisó Elsa al cabo de un momento, resoplando con fastidio e inconsciente del peligro que corría.

Como si lo hubiesen ensayado desde una bronca Primordial contra la impuntualidad femenina, Ivo y Aníbal giraron casi tres cuartos, sincronizados por la misma rabia e idéntico estupor.

Percatándose de algo, Elsa sonrió al vacío antes de dedicarse a mirar con atención la hebilla de su bolso.

—Sí, mejor tomamos un taxi —María Fajís se cruzó abnegadamente en la línea de fuego al ver que Aníbal se disponía a putear. En realidad prácticamente se inmoló con el comentario porque Aníbal se revolvió furioso hacia ella, dispuesto a embestir igual que un rinoceronte, y abrió la boca como para decirle algo pero luego pareció cambiar de opinión, dándole ostensiblemente la espalda, que siempre duele más, pensó María Fajís constatando que de un tiempo a esta parte sentía muchas espaldas en su vida.

Ivo, que íntimamente se complacía en la posesión de un fino sentido para captar sutilísimos cambios de temperatura, le guiñó el ojo a María Fajís y dijo que el taxi no era mala idea, si tenían en cuenta que, como acertadamente había hecho notar Elsa (y aquí se volvió hacia ella con una sonrisa fría y correcta), ya era bastante tarde y sería difícil tomar un colectivo; Mauricio los estaría esperando y por la Vía Expresa llegaban en un momentito. A la propuesta se unió con vehementes cabezaditas la propia Chata, quien intentó vencer el escepticismo de brazos cruzados con que Aníbal miraba la avenida congestionada, diciendo que como ella había sido la culpable —«indirecta», aclaró— asumía el pleno pago del taxi. Tan responsable determinación contentó a tirios y troyanos, menos a Aníbal, que, ni tirio ni troyano y sí en cambio demasiado arequipeño para captar los matices del arrepentimiento, se metió refunfuñando en el destartalado Opel que, ¡taxi!, detuvo con gesto lánguido Elsa y cuyo conductor, luego de obviar un semáforo en rojo y poner cara de autista ante las gramputeadas que recibió de varios conductores sorprendidos por la maniobra, enfiló hacia la Vía Expresa, maestro, que vamos al mitin de Vargas Llosa, Radiomar a todo volumen y zapatito mugroso colgado del retrovisor.

Las reacciones habían sido diversas, y dejando de lado el escalpelo periodístico de Mauricio —que llegó ufano, compadrón y canchero en la camioneta de la radio—, los pronósticos que hicieron en casa de Aníbal luego del mitin le daban poco margen de probabilidades a Vargas Llosa. Demasiado sincero, excesivamente honesto para un país que se deslumbra con la farsa de los mensajes encendidos, más o menos decían todos. María Fajís defendía a Marito —burguesita, católica, lecturas Theillard de Chardin, fresas con crema, cuarto ciclo de psicología medio abandonado, Recavarren cuadra dos, resumiendo, anotó Ivo entre dos sorbos de vino—, y aunque Elsa coincidía con ella en que el escritor tenía mucha clase, los dejó perplejos apostando cada vez más decididamente por Fujimori. Al principio hubo bromas y tomaduras de pelo, pero la Chata —Economía en la Católica, papá comandante Pip pero de buena familia, escarceo Marx— se atrincheró en una sonrisa roja y jodona, erre con erre, nadie la sacaba de sus trece; para ella el chino significaba el verdadero cambio, abajo la corrupción, porque Llosa (¿por qué coño lo llamas Llosa?, se enojaba inexplicablemente Mauricio, una y otra vez) tendría muy buenas, honestas y hasta profundas intenciones pero se había rodeado de pendejos. La frase divirtió horrores a María Fajís y fue óbice para que Aníbal, restablecido del humor de perros que mantuvo desde la escenita en Larco, se largara con una psicoanalítica explicación diciendo que la Chata descubría evidentes fijaciones fálicas comparando a Vargas Llosa con un pene al decir que tenía profundas intenciones y estaba rodeado de pendejos. Tan freudiana disquisición desvió el tema por un buen rato hasta que la misma Elsa, bueno, basta, retomó el caso Fujimori explicando que el ingeniero era la alternativa viable en un país cuya mayoría mestiza y olvidada por los grupos dominantes (sic) encontraba en él la imagen de sus anhelos, la proyección de sus esperanzas, la posibilidad de hacer realidad sus más elementales y justas aspiraciones (sic). Vete a la mierda, mi amor, fue la réplica redonda y contundente de Mauricio que acababa de abandonar el cigarrillo encendido antes de doblarse violentamente a causa de una arcada seca y horrible que alarmó a todos. Él entendía el fenómeno tsunami como la respuesta ciega de una masa indigente y olvidada por eso que el entusiasmo García Canclini había hecho definir a Elsa como clase dominante, pero de ninguna manera estaba de acuerdo con la efectividad electoral de los estómagos con derecho a voto, ojito, ojito, sólo hablaba de efectividad, que no de derecho a votar, eso por supuesto quedaba fuera de toda discusión. La aristocracia de la inteligencia era una utopía en este país de mierda, comentó Ivo de Rotterdam, que hasta entonces se había limitado a escuchar como de reojo mientras provocaba gozosos arqueos al gato pasándole las uñas por el lomo, michi, michi, ¿ya somos amigos, eh? Y en cualquier país, tampoco hay que ser tan ratas con el Perú, se apuró a replicar Aníbal, pero estaba de acuerdo con Mauricio acerca del peligro que entrañaba el cómputo de votos del aparato digestivo, sobre todo si tenían en cuenta que el chinito —como la simpatía popular ya lo había apodado— no tenía un puto plan de gobierno, y en ese caso votar por él era como apostar en una tómbola de barrio, la única diferencia era que el premio en este caso consistía en cinco años de gobierno y mira tú quién nos saca de ésta. Y diciendo así pidió permiso un momentito para ir a mear y menos bulla porque luego la bruja Lucía le hinchaba los huevos quejándose del escándalo. El escándalo era él con esa boca de camionero, carajo, dijo María Fajís reduciendo el volumen del equipo e invitando sutilmente a que todos bajaran la voz convirtiendo la suya en un murmullo al decir que Vargas Llosa no era ningún caído del palto y que difícilmente se dejaría dominar por la derecha, pues no debían olvidar que el Movimiento Libertad estaba integrado por gente nueva, principalmente empresarios no políticos, y decía no políticos en lugar de apolíticos porque ellos la entendían, ¿no?, había una diferencia bastante grande, ella se refería a eso, empresarios no políticos. De acuerdo, piernas bonitas, piropeó Ivo aprovechando que Aníbal no volvía del baño, empresarios no políticos que al volverse parlamentarios, horribles hipogrifos, leucrocotas y basiliscos de la demonología peruana, se convertían en animales doblemente peligrosos porque quién no conocía al empresario peruano, él particularmente sólo creía en empresarios como aquel pata que conoció..., ¡ah caracho!, ¿no les había contado el caso? Bueno, pues, se los contaba: un tipo que tenía su empresita informal, alegal, underground, chicha o como ustedes prefieran llamarla y que, metido en la vaina textil desde hacía varios años, exportaba, así como lo oyen, exportaba camisas al Brasil. Ése es el único empresario válido, precisamente el único que no ha contado ni cuenta para los políticos: el microbusero, el fabricante o comerciante que hace su fortunota de espaldas al Estado, porque éste y no aquél es quien ofrece las espaldas. Bebió un sorbo de su copa y antes de que Mauricio lo interrumpiera añadió sin transición: y ése tendría que estar con Vargas Llosa pero no lo está porque no es cojudo, sabe que mientras la derecha apoye al escritor él estará peor que ahora porque será un patito nadando entre tiburones. La cagada, comentó Mauricio, que empezaba a conocer los gestos de Ivo cuando se entusiasmaba. Ese verdadero capitalista, ese self made man que tuvo la desdicha de nacer en el Perú y no en Alemania —sólo un ejemplo, nada personal—, le dará su voto incondicional a Fujimori como antes lo hizo con la izquierda que unida hasta el momento siempre ha sido vencida. Y lo hará —insistió al tiempo que alcanzaba su copa para que se la llenaran, por favor— porque el chino, como dice la señorita aquí presente, la amenaza amarilla que sonríe como el Gato de Cheshire, representa el verdadero y profundo cambio. Gracias. ¿Y entonces por qué lo dices con tanta ironía y tanta cara de poto?, preguntó la señorita aquí presente, amoscada porque no hay nada peor que encontrarnos con alguien que está de acuerdo con nosotros pero por razones opuestas. Porque este hombre comprende que tal y como se presenta el circo lo más probable es que de ganar Fujimori el voto habrá sido entregado subliminalmente a Vargas Llosa, a lo que Marito ofrece, pero que no podrá cumplir mientras siga encamado con la derecha. En fin, lo importante es preservar el sistema, buena mierda el sistema pero así es, choca esos cinco, hermano, dijo Mauricio completamente convencido y resbalando del sofá hasta la terrestre altura de Ivo.

Y entonces la alternativa seria y factible es Vargas Llosa, dijo María Fajís completamente confundida pero a punto de gritar gol peruano. Con Vargas Llosa, chiquita, nos vamos inmediatamente a la mierda y nos quedamos allí un buen rato, susurró a gritos Ivo pidiendo un cigarrillo porque los suyos se habían acabado. Conmoción general cuando todos confesaron encontrarse en idéntica tesitura y casi simultáneamente se abalanzaron sobre el resto de Winston que había dejado Mauricio en el cenicero desbordante de puchos y una y media de la mañana, a esta hora no encontramos tabaco en ningún sitio, caramba, a menos que alguien se animara a caminar hasta El Pacífico. Como bien se sabe, María Fajís precavida vale por dos, así que se levantó con una sonrisa casi de acuarela, desapareció por el pasillo y reapareció casi al instante con una cajetilla medio llena: hubo aplausos y una nueva ronda de vino, alguien propuso un brindis, más bajito, carajo, pidió Aníbal, que acababa de hacer reaparición estelar con gestos de cine mudo y apagando una lámpara que dejó un ambiente propicio para los tiros cruzados con que volvieron a enfrascarse en una discusión que los arrinconó al filo de las dos de la mañana sin que se llegara a ninguna conclusión porque, exceptuando a Elsa que había tirado la toalla y dormitaba en el sofá, todos estaban de acuerdo en que Vargas Llosa representaba a la derecha, si no de fondo al menos de forma (y las formas son una putada imprescindible, filosofó Mauricio), en tanto que Fujimori representaba, en el mejor de los casos, las buenas intenciones, esos ladrillos con los que está empedrado el infierno, según Alighieri que sabía algo del tema. Quién lo hubiera dicho, caramba, dijo Mauricio, hace unos meses el chino era un perfecto desconocido. Elsa paró la oreja: el espíritu, bostezó adormilada, lo dijo el espíritu. ¿Qué espí...?, empezó a decir María Fajís pero se atragantó, igual que todos. Mauricio manoteó el silencio, cojudeces, dijo despectivo, pero en su rostro, como en los demás, revoloteó una sombra de malestar, hubo allí como un bache, una incomodidad que se llenó con sorbos de vino y uno que otro fayo; nadie quiso agregar nada y Elsa, inocente recadera del fastidio, volvió a cerrar los ojos después de haber hurgado en la llaga común. Por fin Aníbal decidió mentalmente que ya estaba bien y continuó hablando de las elecciones como si las güís, Fujimori era el salto al vacío, dijo mirando apenado su copa ya vacía, Fujimori era la apuesta a la nada, como ya empezaban a vocear *Expreso* y *Oiga* y hasta César Hildebrandt, y en fin, todos aquellos que apostaban —nunca fue mejor usado el término, acotó Ivo— por Vargas Llosa.

De tal manera que bastante pasadas las dos de la mañana el Perú se encontraba como siempre un escalón más abajo en la pendiente del desafuero, y si como parece ser, quien se colocará la banda rojiblanca es Fujimori, que no nos extrañe que los milicos..., ni lo pienses, hermano, porque allí sí que cagamos fuego, vamos, Elsa, despierta que ya es tarde, lo único que tenemos es este mamotreto de democracia, una mierda pero por algo se empieza. Sí, y la mierda no es un puerto sino un barco, creo que lo dijo Toynbee, ¿no? Bien dicho, caro entusiasta de las formas, a ver si te acuerdas de eso mañana que tenemos examen, ay, chicha, es cierto, pero con todo lo que está por ocurrir en el país quién puede pensar en algo tan proteico como un vulgar examen de Derecho Laboral; no sean trágicos que aún queda mucho pan por rebanar. ¿Ah, sí?, pues mañana vas tú a comprártelo porque yo ya estoy harta de hacerlo para que el niñito pueda desayunar, qué bostezos, madre mía, a esta hora un taxi nos costará una fortunota, oye, Aníbal, te ponemos la gasolina y nos jalas, de acuerdo, pero menos bulla, putamadre, y bajen con cuidado porque el foco está quemado y el pasillo más oscuro que el futuro del país, Mariafá, ya vengo, ¿cómo que ya vengo? ¿No te acompaño? Bueno, pues, allá tú, caray, qué friecito está haciendo, ay, mi chompa, la olvidaba, un día de éstos te vas a olvidar la cabeza, mujer, ¿de quién es esta mano?, shht, menos gritos, caramba, baja de una vez, Chata.

Desde donde se encontraban estacionados se veía el frente rosado de la casa, el jardincillo bien cuidado, la higuera escuálida tras los setos vivos. En la ventana aún seguía encendida la luz danzante de unas velas y de vez en cuando cruzaba una silueta pensativa y algo encorvada que desaparecía y volvía a aparecer, se detenía un momento y reiniciaba su marcha, como una imagen fantasmagórica e irreal aparecida en el centro mismo del apagón que había sumido en una tiniebla espesa aquel sector de San Isidro. Transitaban pocos autos que dejaban a su paso una estela rumorosa, un siniestro murmullo de huida. A lo lejos, inubicables y ansiosas, sonaban algunas sirenas de patrulleros.

Aníbal se acomodó mejor en el asiento del carro, tamborileando en el volante, y dijo sin mirar, María Fajís, dame un cigarrillo, por favor. La enfrentó por el espejo retrovisor: las manos nerviosas hurgando en el bolso, el resoplar fastidiado, la mano que se estiró ofreciéndole finalmente el cigarrillo. Es el último, dijo, y luego se volvió a Ivo, ¿tú todavía tienes? Él hizo un leve gesto afirmativo. Tenía un brazo colgando fuera del auto y miraba distraído hacia el fondo de la calle nocturna y como abandonada.

—¿Qué hora es? —preguntó Aníbal dándole dos chupadas nerviosas al cigarrillo.

—Ay, Aníbal, qué pesado —dijo María Fajís envuelta en una nube de humo—, cada cinco minutos preguntas lo mismo.

—Estoy nervioso, caramba, no sé qué le puede estar pasando a Mauricio —Aníbal giró el cuello para hablarle.

Ivo chasqueó la lengua y María Fajís pudo ver cómo brotaban mil arruguitas alrededor de sus ojos, el rictus de su boca. Se sintió avergonzada de discutir delante de él, por eso prefirió no contestar nada más y se limitó a decir parcamente: las once y diez.

—Más de dos horas aquí, carajo. Ya me está doliendo el culo y ni una señal de Mauricio.

—La única señal posible sería un disparo —habló Ivo con un tono agridulce y burlón—. ¿No esperarás a que salga un momentito para darnos un reporte de la situación, verdad?

Aníbal lo miró de reojo y se replegó en el asiento dándole otro par de chupadas irrefrenables a su cigarrillo. Encendió la radio y giró el dial dejando una estela de crepitares estáticos, voces fugaces y retazos de melodías antes de volver a apagarla. Iba a decir algo pero decidió quedarse en silencio, contagiado por el ensimismamiento de Ivo y de María Fajís.

La noche anterior Mauricio había llegado a casa y después de remolonear un rato sin decir nada en particular por fin se había decidido a soltarle a ellos que la Chata y él habían resuelto tener al niño, por lo cual no le quedaba otro remedio que enfrentarse al comandante, con todo lo que aquello significaba. Había intentado sonreír cuando lo dijo pero, como le hizo observar Aníbal, el color verde le quedaba fatal a esa sonrisa. Mauricio apenas hizo caso de la observación. Sentado en el sofá, ambas manos apoyadas en las rodillas, levantaba de vez en cuando unos ojos sin vida hacia ellos. Pero, Mauricito, dijo de pronto María Fajís, si la quieres a Elsa y ella te quiere a ti, ¿cuál era el problema? El problema, dijo pacientemente Aníbal antes que Mauricio respondiera, es que un hijo es cosa seria, Mariafá, pareces no darte cuenta de nada, tú. María Fajís lo miró con un rencor helado y cogió su copa de vino sin decidirse a darle un sorbo, meciéndola entre sus manos. No, no es tanto eso, escuchó la voz como convaleciente de Mauricio, a él en el fondo le gustaba la idea de ser padre, y a la Chata también. Sería difícil, claro, pero estaban dispuestos a asumir la responsabilidad. Eso estaba más que conversado. Aníbal enarcó una ceja, se arrepantigó en el sofá, bebió un sorbito de vino: ¿y entonces? ¿Cuál era el problema? El problema es el comandante. O le da un ataque o nos mata. María Fajís se acercó a Mauricio y le pasó un brazo por el hombro porque la frase le había sonado como una lápida, nunca lo había visto así, tan indefenso, tan desprotegido como un cachorro. Si hasta parecía otro Mauricio: vamos, quizá no era para tanto, hombre, a ella el padre de Elsa no le había parecido nunca tan ogro como lo estaba pintando. Aníbal la miró con sorna, eso decía porque ella nunca había embarazado a la Chata. María Fajís se volvió hacia él con el rostro iluminado por una sonrisa tierna y dijo «qué imbécil eres»; luego se interesó nuevamente en Mauricio: que se fijara, si quería ellos lo acompañaban. Ni hablar, reaccionó Mauricio volviendo a ser Mauricio, el padre voy a ser yo, no un comité, Mariafá. Yo me las arreglo solito. Pero gracias de todas maneras, flaca, suavizó la voz al ver el semblante compungido de María Fajís. Simplemente quería que supieran todo esto porque me gustaría que me recuerden con cariño, como el muchacho amable y cálido, el compañero mejor, el amigo de siempre, dijo levantándose del sofá después de terminar su copa. Si te esperas un poco voy por

un lapicero y un papel, se levantó también Aníbal acomodándose los tirantes, y me repites la frasecita para po-
nértela de epitafio. Sí, claro, dijo Mauricio ya con una
mano en el pomo de la puerta, y luego te encargarás tú
del nene. Tú y María Fajís, quiero decir, porque me imagino que aceptarán ser los padrinos, ¿verdad?, agregó con
una sonrisa boba, carraspeó, se alisó los cabellos comiéndose un pavo tremendo, ya lo habían conversado con la
Chata y bueno, ya estaba dicho, resopló, que ahora no lo
jodieran con escenas sentimentales, por favor, y levantó una
mano del todo inútil para contener a María Fajís que por
supuesto, Mauricio, ellos encantados de la vida, se abalanzó a darle un abrazo, ya pues, flaca, gruñó él sin convicción, haciéndole un guiño a Aníbal, nada de sentimenta-
lismos, please, estas mujeres, caramba.

Pero cuando Mauricio se fue de casa, siguió recordando Aníbal sin dejar de mirar hacia la ventana de la
casa por donde aparecía y desaparecía la silueta del comandante, ellos se entregaron con minucia a una rutina
algo histérica de lecturas —Aníbal— y planchado de ropa —María Fajís—, tan absortos en sus propias ocupa-
ciones que era horrible y evidente ese tránsito esmerado
por la periferia del otro. Sólo después de la comida, María Fajís se animó a coger el control remoto de la tele y
esfumar el rostro algo cachaciento de Gonzalo Iwasaki,
que daba cuenta de los últimos datos sobre la campaña
electoral. Aníbal iba a protestar, pero se limitó a mirarla
angelicalmente, no importaba, dijo con acidez, ya se sabía cómo estaba subiendo el chino en las encuestas. María Fajís compuso una expresión seria, casi teatral, y dijo
que ellos debían ir con Mauricio, o al menos acercarse
hasta la casa de la Chata, después de decírselo a ella, claro. Por si acaso. Aníbal dijo que no, que ni hablar, que era
una estupidez, que no debían meterse en los asuntos de

ese par, por muy amigos que fueran, pero finalmente aceptó que estaba bien, que bueno, irían. En el fondo él también lo había pensado así, sólo que un secreto e incontenible ánimo de contradicción lo obligaba a decir que no. Al día siguiente, luego de que María Fajís hablara con Elsa para decirle que ellos estarían por allí, por si acaso, Elsita, por acompañar, Aníbal habló con Ivo para que se uniera a la comitiva, aludiendo sobradas razones de amistad, chismosería y, quién te dice, la rara posibilidad de ser testigos presenciales de un hecho luctuoso. Ivo aceptó vivamente interesado, sobre todo por esto último. Y allí estaban ahora, fumando encerrados en el auto, en un mutismo tangencial que de vez en cuando Aníbal rompía con frases como ésta:

—¿Qué hora es?

—¿De nuevo? —se exasperó María Fajís enfrentando los ojos espías de Aníbal en el espejo retrovisor—. No seas pesado, hombre, acabas de preguntar lo mismo y no han pasado ni dos minutos.

Aníbal se volvió hacia ella para contestarle pero en ese momento Ivo les hizo un gesto terminante, allí estaba Mauricio, esa silueta en la puerta de la casa era él, allí estaba la Chata, y el otro es el papá, observó María Fajís. ¿Tiene una pistola?, se alarmó Aníbal llevando instintivamente la mano a la llave del contacto. Vieron a Mauricio que gesticulaba, se llevaba una mano a la cintura, asentía calladamente mirando hacia el suelo, hacia la Chata, cuando la otra silueta pareció interrumpirlo, gesticular a su vez, mirar a Elsa que se replegaba contra la puerta de donde emergía un chorro débil de luz, les hizo un tímido adiós cuando finalmente distinguió el auto de Aníbal, y ellos, casi encogidos en sus asientos, respondieron al saludo, esperando no sabían qué. Al fin Mauricio estrechó la mano del comandante —suspiro de alivio general en el auto—, besó castamente a la Chata y se dirigió hacia ellos sin vacilar.

—Chismosos de mierda. ¿Qué carajo hacen acá? —dijo apoyándose en la ventanilla como los sheriffs de las películas y saludando con un movimiento de cabeza a todos.

—De nada, hombre —dijo Aníbal—. No es necesario que nos des tan efusivamente las gracias por venir a ver qué mierda te podía ocurrir en manos del comandante.

—Ya ven —Mauricio los miró con picardía—. Fue una charla alturada, el viejo encajó bien el golpe. Al principio temí que le diera por mostrarme sus armas nuevamente. ¿Y si vamos a conversar a otro lado? Quisiera una chelita bien helada.

—¿Y la Chata? —María Fajís se hizo a un lado cuando Mauricio subió al carro.

—Se queda en casa. Vamos al Colinita, si les parece.

—Yo estaré sólo un momento —Ivo sacó un brazo negligente por la ventanilla, contempló las calles oscuras, el raleado tránsito de los peatones y los coches, las luces súbitas en Comandante Espinar, el ajetreo de Miraflores cuando por fin estacionaron el auto—. Mi vieja está un poco maluca y no quiero llegar tarde.

—No crean que fue fácil —advirtió Mauricio nada más pedir cigarrillos, servir las primeras cervezas, limpiarse la boca con una servilleta de papel—. Pero este pechito supo portarse a la altura y después del primer conato de ataque cardíaco y amenaza de muerte supo dominar al comandante. Eso sí: la Chata estuvo aterrada, pero creo que al final hasta sirvió su llanto.

—Entonces lloró —afirmó María Fajís aceptando la cerveza que le servía Ivo y murmurando gracias, sin apenas mirarlo.

—A lágrima viva. Como sólo puede hacerlo una mujer en estos trances. Creo que el comandante nunca había visto así a su hija.

En el tono de Mauricio había demasiada chanza, demasiada despreocupación para que fuera cierta, advirtió Aníbal. Bebieron las primeras cervezas después de brindar con gestos germánicos por el asunto, hicieron algunas bromas, comentaron la nueva situación de la Chata y Mauricio, aventuraron pronósticos de divorcio, pero pese al carácter risueño y a las risotadas, al buen humor y al alivio del protopadre, siguió elucubrando Aníbal, algo no marchaba del todo bien; el semblante de su amigo se oscurecía de súbito y volvía a iluminarse sin convicción cuando él o María Fajís —Ivo no: Ivo no ingresaba del todo en el asunto pese a sus corteses esfuerzos— hacían alguna observación, comentaban algo; seguramente Mauricio querría hablar a solas con él, contarle un poco más sinceramente todo lo que estaba pensando, discutir el rumbo intempestivo que habían tomado las cosas en su vida. Por eso agradeció que Ivo se levantara al poco rato mirando su reloj y anunciara que debía irse, sus congratulaciones porque siguiera con vida, Mauricio, sus condolencias más sinceras por el matri. María Fajís también se levantó después de terminar su cerveza, ella se moría de sueño, le pasó una mano traviesa por los cabellos a Mauricio y éste se zafó torpemente de la caricia, que se quedara con su amigote conversando. Nomás que no se lo devolviera en mal estado, y le hizo un guiño a Aníbal, le dio un beso algo forzado en los labios, que no se volviera muy tarde, ¿eh?, le susurró a los labios, y Aníbal se encogió de hombros con un punto de fastidio en la voz, nada, mujer, apenas unas cervecitas más y se volvía a casa. Ivo, tú coges el colectivo, ¿no? Si es así, ¿la acompañas, por favor?, agregó, y él por supuesto, contestó mirando distraído las empanadas, los dulces, los sándwiches en el mostrador. Cuando Aníbal vio que Ivo y María Fajís salían del Colinita se volvió con otro semblante a Mauricio que hacía bolitas con las servilletas de papel.

—Bueno —dijo, una ceja enarcada, los dedos doctamente entrelazados sobre el abdomen—. Ahora te dejas de pendejadas y me cuentas realmente qué pasó.

—Me voy a casar, Aníbal —Mauricio sonrió levantando unos ojos aterrados hacia él—. Voy a tener un hijo y me voy a casar.

La Chata se llevó una mano a la frente, ella le preguntó ¿otra vez?, sin poder esconder una nota de alarma en la voz, ¿otra vez las náuseas, Chata?, y Elsa apenas un movimiento de cabeza, luego varios más, frenéticos ahora: se levantó bruscamente, una mano a la boca y otra al estómago, sorteó las mesas, tropezó con un mozo, se perdió al fondo del local y María Fajís se apresuró a ir tras ella, murmuró disculpas a un hombre de terno con el que tropezó, esquivó al mozo que le dirigió una mirada perpleja, llegó finalmente a la puerta del baño y tocó tímidamente, pegando la oreja a la puerta, Elsa, ¿se encontraba bien? Del otro lado le llegó un rumor de movimientos, una arcada, la cadena del baño, el agua corriendo por el inodoro, un silencio pesado, un grifo abierto furiosamente. Al cabo de un momento apareció el rostro sudoroso y temblón de Elsa, sus ojos enrojecidos, la sonrisa débil.

—Esto es una mierda, Mariafá —dijo escocidamente mientras volvían a su mesa, se abanicó con unos papeles, resopló vencida, embarazada, exhausta—. Si llego a saber que iba a sufrir tanto creo que me hubiera ligado las trompas hace años.

—No seas exagerada —dijo María Fajís—. Debe ser tan bonito estar encinta.

La Chata la miró burlona. Desde la avenida les llegaban los gritos, las consignas, las pancartas de los manifestantes, Fujimori Presidente, el tráfico denso del mediodía como un olor caliente y sofocante: un olor de humanidad satisfecha.

—Ya me lo contarás cuando tú quedes encinta, hija.

El rostro de María Fajís se oscureció de pronto. Miró hacia la calle distraída: los brazos en alto, los gritos, los cartelones, la alegría de los rostros que coreaban el nombre de Fujimori. Era un hecho que ganaba las elecciones, caray.

—¿Cómo están las cosas entre ustedes? —Elsa dejó de abanicarse, bebió un sorbo de su Fanta, hizo una mueca de asco, estaba asquerosa, murmuró.

María Fajís se alzó de hombros, dos dedos furiosos a la punta de la nariz, el chispazo repentino de sus ojos entristecidos.

—No sé, ahora las cosas son distintas —Mauricio buscó los ojos de Aníbal en el espejo detrás de la barra. Engulló de un bocado su conchita a la parmesana y se limpió la boca antes de beber un sorbo de cerveza que lo hizo gruñir satisfecho.

—Ahora eres un hombre con responsabilidades —dijo Aníbal con un tono enjundioso y soberbio—. Ya vas a ver lo que es bueno, fratello. Estar casado es cosa seria.

—Ya, ya —Mauricio miró con avidez la fuente de conchitas a la parmesana que habían pedido, pareció calibrar con cuidado la que iba a elegir, cogió finalmente una—. Me habla la voz de la experiencia, ¿verdad? Ya bastante tengo con soportar al comandante: está de acuerdo en que nos casemos pero presiento que va a intentar disciplina cuartelaria con nosotros. Y eso sí que no lo voy a aguantar.

—¿Y qué piensas hacer? Porque van a vivir en su casa, ¿no?

—Sólo por el momento —Mauricio tamborileó impaciente en el mostrador de madera, cogió su vaso de cerveza y lo observó con meticulosidad—. Voy a tener que trabajar como un burro para alquilar un departamentito cuanto antes. Por lo pronto he aceptado cachuelar por las mañanas en *Expreso*. No será mucho pero algo es algo, ¿no?

—No sé, Chata, no sé qué es lo que ocurre. De pronto miro a Aníbal y me parece que es otro, que es un desconocido, alguien metido en mi vida como de contrabando. Yo misma me encuentro rara con él. Es como si ya no tuviéramos nada que decirnos, ¿entiendes?, como si hubiéramos agotado todos los temas del mundo.

Elsa la miró con severidad, cruzó los brazos y se quedó callada, esperando que María Fajís continuara hablando, pero ella se quedó un buen rato en silencio, mirando de tanto en tanto la calle por donde fluía la multitud, el acecho de los policías rompemanifestaciones avanzando a paso de procesión detrás de la gente que levantaba los puños, coreaba las consignas que una voz enronquecida iba proponiendo con precisión, con furia, bajo el sol despedazante del mediodía.

—Y lo peor de todo —dijo en voz tan baja que la Chata tuvo que acercarse un poco— es que no sé cómo lo vamos a arreglar, si tiene arreglo o no. ¿No crees que fue una tontería casarme con Aníbal así, tan rápido?

—Ay, qué preguntas haces, Mariafá —Elsa se llevó una mano nerviosa al arete, bebió un sorbito de gaseosa—. Claro que no, mujer, esos problemas les ocurren a todas las parejas, son pequeñas crisis, nada más. Ustedes se quieren, ¿no es cierto?

—Ojalá que consigan pronto un departamento. Necesitan intimidad —Aníbal engulló otra conchita, se apoyaba alternativamente en un pie y luego en el otro—. Por lo pronto debes saber que las cosas en el matri son bien bravas, sobre todo cuando pasa un tiempo. Si sobreviven al lanzamiento de platos, quiere decir que la relación tiene visos de durar un buen tiempo.

Mauricio dejó a medio camino el vaso de cerveza, se llevó una mano a la boca, murmuró perdón y luego habló despacio, mirando a la gente que bebía ruidosamente en el bar.

—Las cosas entre tú y la flaca andan fatal, ¿verdad?

—Uno de esos baches por los que pasan todas las parejas, nada más —dijo Aníbal chasqueando la lengua al terminar su cerveza, que les pusiera dos más, por favor, se encaró con el mozo—. Ya sabes cómo son las mujeres.

Mauricio asintió con la cabeza, despacio, con una expresión neutra que hizo sonreír sin convicción a Aníbal, a mirar distraído hacia la calle. El Queirolo empezaba a llenarse de oficinistas que comentaban a gritos el inminente triunfo de Fujimori, de hombres en saco o en mangas de camisa que pedían cervezas, chilcanos de pisco, piqueos cuyos aromas empezaban a flotar densamente en medio del bullicio de voces y vasos que chocaban entre sí.

—Mejor nos vamos —dijo Elsa abriendo su bolso gigantesco y atajando la mano de María Fajís, ella invitaba, mujer—. Estas manifestaciones me ponen nerviosa, cuando menos te lo esperas, zas, empiezan los gases lacrimógenos, los correteos, los rochabuses chicoteando agua contra todo el mundo.

Caminaron en silencio hasta la esquina de Shell y todavía esperaron un rato hasta que por fin apareció el micrito morado, reverberante de destellos metálicos bajo el sol vengativo, atiborrado de pasajeros. La Chata le dio un beso apresurado en la mejilla, ella la llamaba un día de éstos para que la acompañara al ginecólogo, ¿okey? María Fajís se esforzó en sonreír, en parecer amable, feliz de la vida, pero cuando echó a andar hacia la casa tuvo el presentimiento maligno de que no debía ir allí, que mejor se tomaba un cafecito en cualquier snack, o se compraba una revista y se sentaba en el parque, cualquier cosa menos llegar a casa, cualquier cosa menos ponerse a llorar como una tonta, se dijo alcanzando la recta de su calle. Un cholo de lentes oscuros y blue jeans apretados que estaba comiéndose una raspadilla justo en la esquina de la panadería la miró con insolencia, con una avidez quieta de jaguar que la hizo estremecer.

—Me tengo que ir —dijo Mauricio mirando su reloj—. Harta chamba en la emisora con esto de Fujimori. Tiene las elecciones prácticamente ganadas el chino después del debate con Vargas Llosa.

—Ya —dijo Aníbal inflando los carrillos como una ardilla—. Yo me quedo un rato aquí.

Mauricio se dio vuelta antes de partir y le dio unas palmaditas afectuosas en el hombro:

—Mira, compadre —dijo con toda su atención en unas chiquillas que pasaban por la puerta del bar—. Yo no soy quién para meterme en tus asuntos, pero creo que lo mejor que puedes hacer es ir a tu casita y hablar con la flaca.

—Pásate por casa un día de éstos para devolverte el libro —dijo Aníbal con voz helada—. Ya lo leí de cabo a rabo.

Mauricio le buscó los ojos y apenas hizo una mueca antes de dejar unos billetes sobre el mostrador.

—Está bien, compadre, no he dicho nada.

El problema con Aníbal, había empezado a decir María Fajís antes de quedarse bruscamente callada, mirándose las manos como si ellas fueran las culpables de su silencio. Levantó el rostro y descubrió los ojos atentos de Ivo, su sonrisa circunspecta, el cigarrillo en los labios. ¿Cuál era el problema con Aníbal en realidad?, pensó de inmediato y sintió que se le encendían las mejillas. En el fondo a Ivo apenas lo conocía, estaba frente a un extraño, pero sabía que un oscuro sentimiento de culpabilidad le impedía conversar el asunto con Elsa. ¿Cómo hablarle de lo que estaba ocurriendo entre ella y Aníbal? Además la Chata ahora estaba metida de lleno en su flamante estado y hasta parecía la hermana menor de la Virgen de Fátima o algo así: el rostro beatífico y resplandeciente, las maneras suaves, la risa sosegada. Un mes ya, cómo pasaba el tiempo.

De manera que sin darse muy bien cuenta de lo que estaba haciendo había aceptado el ofrecimiento gentil y algo casual de Ivo repitiéndose una y otra vez que tal vez aquello tendiera un puente entre ella y Aníbal, que todo sería más fácil así, aunque tampoco sabía qué era lo que debía ser más fácil. Le había aceptado el café, la charla un poco clandestina en esa tarde que se iba cubriendo de hojas quebradas en el Parque Kennedy por donde ella cruzaba después de bajar del micro. De pronto sintió que le silbaban y siguió caminando de largo, algún cholo insolente, pensó fastidiada, y bajó un poco la cabeza para luchar contra los remolinos de hojas que el viento levantaba a su paso. Entonces sintió la mano fría en su hombro y se volvió dispuesta a pegar la cachetada: Jesús, Ivo, qué susto me has dado, dijo llevándose una mano a la blusa, en realidad para calmar ese otro nerviosismo que se le enroscó en el pecho al saberlo sonriente, confiado, buscándole los ojos para decirle discúlpame, no te quise asustar, pero pasaste a mi lado y ni te diste cuenta, y ella ya ves, aquí estoy, había dicho después sin mucha confianza, frotándose las manos y mirando a su alrededor. El tráfico se embotellaba cerca a la Municipalidad y los limpiacarros se acercaban blandiendo sus trapos sucios. ¿Un café?, dijo Ivo al fin con aire corrido, por más que intentó sonreír. María Fajís dudó por un instante pero después pensó que por qué no, hizo un gesto leve de asentimiento y dijo claro, por qué no, y sin agregar nada más se dejó conducir hacia Balta. Al fondo, sobre el puente de cuyo nombre nunca se acordaba, el sol iba dejando caer un telón encendido de naranjas intensos sobre el que navegaban nubes siniestras, y ella sintió una tristeza inexplicable, unas ganas espantosas de huir.

Ahora estaban frente a dos tazas de café en el bowling, mirando las pistas semivacías, el juego alborotado de unos chicos en la pista veinte, allá al fondo, los strikes que retumbaban cada cierto tiempo.

—Me hacen recordar a Rip Van Winkle —había dicho ella más que nada para romper el silencio, para escapar de su melancolía.

Ivo la miró desconcertado.

—¿Qué tiene que ver?

—Sí —dijo ella animándose un poco—. En la historia, ¿recuerdas el cuento de Rip Van Winkle? Bueno, en esa historia hay unos gnomos que se encuentran con el tal Rip Van Winkle en el bosque y lo engatusan, convenciéndolo de que deje de hacer lo que tenía que hacer (¿cortar leña? No sé, algo así), y él acepta y se queda jugando a los bolos con ellos. Después se duerme y cuando despierta han pasado no sé cuántos años, la cosa es que al regresar al pueblo ya nadie de su época vivía. Cuando era niña vi unos dibujos animados sobre el tema y siempre que vengo aquí el golpe de las bolas contra los pinos me hace recordar aquella historia.

—Cuando eras niña —sonrió Ivo como si se lo estuviera diciendo a una niña.

María Fajís sintió que sus mejillas ardían y bajó la cabeza, endulzando el café muy suavemente.

—Es una historia tonta, ya sé —dijo al fin con una sonrisa apagada.

—Al contrario —dijo Ivo casi a la defensiva—. Es una historia bonita. Pero tú quisieras hablarme de otra historia, ¿no es cierto, Sharazad? Quisieras hablarme de Aníbal.

María Fajís levantó unos ojos resignados hacia él y suspiró fuerte. Ivo había vuelto a acertar, no tenía sentido refugiarse en un no, decirle que no tenía nada que hablar respecto a Aníbal. Por eso, tomando aliento, dijo «el problema con Aníbal», y se quedó callada, pensativa antes de repetir «el problema con Aníbal...», pero inmediatamente volvió a replegarse, mirándose las manos, sin saber cómo continuar. ¿Y si le ocurría como al pobre Rip Van Winkle y quedara ella también hechizada por el estrépito de los pinos derribados, por la charla de Ivo? Salir a la calle y encontrarse con otro tiempo, bajo un cielo engañosamente gris e idéntico al abandonado momentos antes, cuando descendían al bowling en silencio. Regresar al nivel de la tierra e ir descubriendo que habitaba otro tiempo, otra vida donde ella era amada por Aníbal, por un Aníbal distinto al de los últimos meses. Absurdo.

—El problema con Aníbal... —retomó la frase Ivo y la dejó flotando en el aire, invitándola a continuar.

—Nada, Ivo, mejor no hablemos de esto —claudicó ella sin decidirse a mirarlo, sintiendo que si pronunciaba una palabra más, una sola palabra más, se iba a poner a llorar.

Ivo dejó su taza y estiró una mano: alcanzó la diestra inerme de María Fajís y estrujó sus dedos. Ella no levantó la vista, y se quedó quieta, respirando apenas, observando el tenue reflejo de su rostro en la taza de café.

Se incorporó exhausto, resoplando, sintiendo la otra respiración como un crepitar ansioso contra su cuello, se supo emergente entre los rescoldos de una fiebre cuyas brasas aún lo quemaban. Un rayo de luz se filtraba por el resquicio que dejaba el ondear de las cortinas entregándole en una ráfaga celeste el temblor de unos pechos como duraznos, el brillo de los ojos cafés que lo contemplaban. *Petit mort,* pensó mirándola, todavía acezante, *petit mort.* De afuera provenían voces, pasos, risotadas femeninas. En la habitación flotaba un olor sumiso y caldeado, un olor como a moho y asfixia. Sentía la nariz congestionada, el bombeo poco a poco más pausado de su corazón cuando sentado en la cama estiró una mano para alcanzar el paquete de cigarrillos que había sobre el velador. Enciéndeme uno a mí, por favor, dijo ella también incorporándose, pasando sus manos tibias por el cuello y los hombros de él, le buscó el rostro para darle un beso, aceptó finalmente el cigarrillo que le ofrecían encendido y fumó con fruición, con un deleite sin recato, cuando volvió a tenderse en la cama, plenamente consciente de su desnudez, de la mirada larga y abrasante con la que él contemplaba su cuerpo. Le devolvió el cigarrillo y él fumó concentradamente antes de apagar el fayo con fastidio: aquí hay una humedad del carajo, dijo sonándose la nariz con un pañuelo, paseando unos dedos absortos por el vientre de ella. Ahora la luz que se filtraba desde la ventana exponía un mechón triangular e hirsuto de vellos color cobre, unas piernas interminables que se restregaban contra las sábanas. Y suciedad, dijo ella mirando las paredes desnudas, los muebles vetustos, el espejo enmohecido donde se reflejaban las siluetas de ambos. Él volvió la mirada hacia la ventana de cortinas batientes y cerró los ojos, pero su mano seguía explorando aquel cuerpo de animal satisfecho, recorriendo dubitativamente sus formas, circunnavegando los pechos suaves, acariciando los pezones retráctiles, rozando apenas el mentón fugaz, los labios que mordisquearon traviesamente un dedo, lo untaron de saliva, lo dejaron finalmente libre para que siguiera su camino hasta bordear el lunar junto a los labios. Ella murmuró: ese lunar que tienes, cielito lindo, interrumpiéndose con una carcajada de cortesana libertina. Soy sagitario, agregó incongruente antes de volver a la caza del dedo que engulló y succionó de pronto con voluptuosidad hasta advertir que él se volvía nuevamente a mirarla, a respirar agitado. ¿No quería encender la luz, amorcito?, le ronroneó en la oreja, ¿no quería?, y las manos femeninas se hundieron entre sus piernas, le hurgaron con avidez hasta sentirlo despertar, acomodarse a su lado en la cama crujiente, amoldar su perfil contra el de ella con movimientos torpes, vacilar antes de tocarla y dejar por último una mano suspendida frente a ella. ¿Qué ocurría?, preguntó, pero él no respondió, ¿qué ocurría?, insistió buscándole el rostro, sintiendo apenas su respiración dificultosa. Nada, murmuró finalmente, y ella nada, claro, nada. Se incorporó de un salto y pasando dificultosamente sobre el otro cuerpo se sentó en el borde de la cama y encendió la luz cruda de la lámpara: él entrecerró los ojos con fastidio, caray, que no hiciera eso, se llevó una mano de vigía a la frente, ¿no se daba cuenta de que acababa de acostarse con el conde Drácula?, pero ella no hizo caso de la broma y cogió el cigarrillo del cenicero, volvió a encenderlo, fumó con algo de rabia, soltando el humo poco a poco. Ya sé, ya sé, lo atajó cuando él se volvió para hablarle, pero luego atemperó la voz, acercó su rostro al rostro compungido, mejor no toquemos el tema, ¿sí?, he aceptado esto contigo sabiendo que me estoy buscando un problemón, que nos estamos buscando un problemón, corrigió de inmediato, pero no quiero pensarlo. Buscó sus labios resecos y le dejó un par de besos. ¿Sabes por qué me gustas?, dijo él de pronto, y ella ensayó un amago de sonrisa, si me dices que porque soy comprensiva te mato, y atenazó ambas manos sobre su cuello. No, dijo él, porque eres... Pero dejó la frase inconclusa, pues entendió que iba a decir «comprensiva», y que tenía que admitir que decirlo era casi ofensivo, relegarla a un papel terapéutico, a ser apenas un refugio, la presa finalmente alcanzada. ¿Porque soy...?, instó ella pasándole una mano por los cabellos, y él dijo «comprensiva», antes de echarse a reír, a cubrirse el rostro de los almohadonazos que ella empezaba a darle, a detener sus manos y a arrastrarla hacia su cuerpo, somos un par de locos, alcanzó a escuchar que decía ella, y pensó que sí, que lo eran, y que en el fondo ya nada importaba.

De pronto se dio cuenta: era tan sencillo extender los dedos sobre la blusa y preguntar ¿tienes frío?, y escuchar que ella murmura «un poquito», aceptando el saco que él pone sobre sus hombros y se retira ligeramente, comprendiendo que no ha sabido alejarse a tiempo y ha dejado que esos dedos extraños le caminen suavemente por la espalda sintiendo cómo empieza a estremecerse, igual que una hoja batida por el viento, a abandonarse, sabiendo que esa mano larga es un deseo que la recorre como por casualidad primero, con más confianza después, con

deleite y obstinación por último, y ahora él la ciñe enca-
jándola sin temor a su silueta tensa, aspirando el olor íntimo de sus cabellos que le hacen cosquillas en la nariz
cuando ella cede y se apoya y se refugia como una novia
en el cobijo que él acaba de inventarle a su cintura fugaz
sin saber exactamente dónde empieza su propia necesidad y dónde la de ella, como si en el fondo la agitada torpeza y el hambre con el que se exploran fueran afluentes
de un único, caudaloso río. De golpe todo se vuelve pres-
cindible y no existe otro motivo que el buscar el fondo
de esa calle solitaria que parece esperarlos con los árboles
abiertos como en un abrazo, empotrarla a esa pared oscura y lavada por la lluvia donde la humedad es un mus-
go suave y él puede atraerla casi de puntillas, buscarle
con delicadeza la boca pequeña donde su lengua hurga
afanadamente, entregada a su pesquisa encendida, y sentir el cuerpo femenino amoldándose en silencio al suyo,
un pacto sordo, una tregua para conjurar los temores
que se despiertan en los labios de ella cuando se debate y
murmura compungida no, qué haces, qué estamos haciendo, qué quieres, y una lágrima redonda como una perla
le resbala por la mejilla que la luna acaba de alumbrar.
Un pedazo de luna, piensa él sintiendo una pena horrible
porque el deseo es una marea que lo devora y lo obliga a
volver a probar esos labios salados que murmuran y so-
llozan y al fin se abandonan largamente a los suyos. Siente las manos confiadas que han dejado de ser puños ino-
fensivos y que ahora le buscan la espalda, aferrándose a
él como si fuera lo último que estaba haciendo en su vida, como si él supiera el lenguaje cifrado de esas uñas que
protestan y se clavan provocándole un dulce daño, qué haces, qué estamos haciendo, el blando apoyo de sus senos,
y a lo mejor sí, a lo mejor él también estaba comprendiendo todo lo que aquello significaba en ese momento, en el

centro mismo de la noche solitaria que los ha elegido para inmolarlos en su altar oscuro, aunque fuera incapaz de nombrarlo, de señalar con el dedo la culpa y la tristeza que le pasean por el pecho: sólo sabe que ella lo está mirando ahora asustada, que es un temblor y unos ojos inmensos, unas manos que se escabullen y cubren su rostro. Un carro ha pasado veloz hiriéndolos con su luz como si fuera una cuchillada, después todo ha vuelto a quedar en silencio, la oscuridad goteando de los árboles, el pañuelo absurdo que él ha sacado de su bolsillo para ofrecérselo como una bandera blanca, como un armisticio que flamea inútilmente albo. Vamos, ha dicho ella tan bajito que él ha tardado un segundo en entender. Vamos, ha insistido sin atreverse a mirarlo a los ojos y se ha puesto a andar. Puede ver su silueta triste dando unos pasos y volviéndose nuevamente, luego de recorrer unos metros, vamos, que es tarde, ha dicho, y él ha creído tontamente que no se estaba refiriendo a la hora.

8.

Sin necesidad de saber nada sobre fluidos o física elemental, por una simple cuestión de lógica, de experiencia compartida y universal, Aníbal, que estaba acostado de perfil y con los ojos fijos en nada, adivinó que el avance lento y salado de la lágrima buscaría su ruta horizontal produciéndole un cosquilleo de pluma antes de instalarse ciclópeamente en el puente de la nariz. Luego la lágrima, como un travieso dedo ajeno caminándole una tristeza que él observaba de lejos, seguiría avanzando con un último impulso antes de agotarse para siempre más allá de la nariz, en el lado oscuro de su rostro. ¿Así era ya no tener más a María Fajís? ¿Una confusión de lágrimas, un dolor de músculos en la garganta que se niega a pronunciar palabra? ¿Unas ganas ancestrales de refugiarse con el rostro escondido contra la almohada para no sentir ese viento que le sopla desde María Fajís y que empezó al encontrar la notita sobre la mesa de la cocina, *Aníbal, me marcho. No me busques porque es inútil. Creo que lo nuestro ya no funciona más. Y tú lo sabes?* ¿Unas ganas de ovillarse bajo un baño de luz eléctrica, de saberse escondido en un blackout de ojos cerrados como si así le negase la posibilidad a esa jauría de recuerdos que le ladraba furiosa a su miedo? Pero, se planteó con voz descompuesta pese al retintín de objetividad, ¿cómo cerrar los ojos sin evitar que al hacerlo se escurran las lágrimas? Quiso reírse, jugar a reírse para matar una tristeza sin límite que comenzó mucho antes de que María Fajís empezara a marcharse como un residuo de naufragio que flota a la deriva, más allá del tiempo, como un adiós deliberadamente prolongado, igual que las tardes que empiezan tras la ventana encendiendo luces ajenas, remotas, tristes, y él intuye, cuando comienza a caer la ceniza azul sobre la ciudad, que las luces se van a encender para velar otro día muerto, otra tarde en que María Fajís va a empezar —sin siquiera saberlo, la pobre— a preparar paquetitos de nostalgia, inevitables bártulos de quien parte para siempre, palabra de compromiso eternamente roto porque la vida no está hecha de juramentos sino de claudicación y desencuentros. Ay, suspiró Aníbal componiendo una sonrisa, estás peor que Milan Kundera, loco. Buscó los cigarrillos y el encendedor y fumó hasta sentir el humo reconciliándose nuevamente con su cuerpo. Aceptó cerrar los ojos y desandar las imágenes últimas de la Mariafá archivadas desde los días en que sintió que le había ganado al fatalismo y bajó la guardia: allí empezó a perderla. Alondra como un puño fiero le golpeó el corazón. De a pocos se dejó castigar blandamente por los recuerdos de hacía mil años, más o menos, cuando «María Fajís y yo» era una ecuación que culminaba siempre en equilibrio, en risas y minucias donde se estrellaba la rutina, las señales inequívocas que nunca vemos, ciegos por convicción de lo muy nuestro; que nunca queremos oír, sordos de miedo mutuo, ignorantes y vanos como los que arman castillos de arena, empecinados en desoír el avance de la marea que los desbaratará algún día, un buen día, un puto día.

Un puto día María Fajís empezó a irse, a dejar colgadas unas sonrisas ausentes en la ventana que elegía para acodarse cuando cada vez tenían menos tiempo para ellos, y sin embargo el silencio llenaba espacios destinados a las voces y a las risas sin que ninguno de los dos se diera cuenta, al menos según Aníbal, cuando María Fajís le vino con el asunto de una especie de nostalgia clavada aquí, explicó hundiéndose el índice entre los senos. Aníbal, que por esas extrañas casualidades que tiene la vida estaba estudiando, dejó el libro sobre la mesa y acercó la oreja al pecho de su mujer con seriedad reconcentrada. Él no oía ni michi, le dijo ceñudo, luego frotó la mejilla en la piel tibia que respiraba bajo la blusa y la acarició murmurando desvaríos, empezando a desearla como hacía mucho tiempo no le ocurría. María Fajís lo apartó secamente y se acercó furiosa a la ventana donde había estado apoyada. Luego, inexplicablemente, salió de la habitación diciendo que tenía que ir a la universidad y ya se le había hecho tardísimo. Se fue sin escuchar a Aníbal, que no supo si pedir o dar explicaciones y terminó embrollándose en una disculpa ofrecida en tono de reproche que María Fajís no admitió, a juzgar por la violencia con que cerró la puerta de calle.

Esa noche comieron en silencio, temerosos de dar un paso en falso, de aventurarse en territorio abierto y desconocido. Pero al acostarse, Aníbal estuvo dándole vueltas al asunto mientras escuchaba la respiración de ojos abiertos a su lado. Se incorporó a medias en la cama y colocó un dedo temeroso y frágil como la antena de un caracol en el pecho de María Fajís: ¿aquí?, preguntó con miedo. María Fajís ladeó el rostro hasta enfrentar sus ojos y dijo sí, antes de hundirse en un llanto que los dejó a ambos asustados y en silencio.

Sí, admitió Aníbal pasándose el dorso por la mejilla, esa misma noche comprendió que la quería; lo otro había sido sólo un paso en falso, una nadería de besos y frases bobas, de calenturas temporales que lo habían alejado momentáneamente de la Mariafá. Pero era necesario admitir que allí empezó todo. «Allí empezó todo», se dijo ridículamente satisfecho, como si encontrarle epitafios a los muertos pudiera devolverlos a la vida. Así, buscar frases que explicaran lo ya acabado era como enfrascarse en un ejercicio de bicicleta estacionaria y nada más, porque no sirven ni para avanzar ni para retroceder, sino tan sólo para hacernos sentir felices con esa estúpida ficción de ruta que proporcionan durante un momento. En fin, siguió recordando, después de aquella noche que el calmoso ingreso a la rutina de la ducha y el café matinal disolvió despiadadamente, dejando sólo vestigios tibios de llanto sobre la almohada, ninguno quiso tocar el tema. El paroxismo de la incomunicación, dijo Aníbal calculando cuántos pasos hasta la sala, porque allí recordaba haber dejado una cajetilla de Winston y hacía una eternidad que no se levantaba de la cama. Efectivamente, siguió pensando sin decidirse aún a ir por los cigarrillos, ninguno quiso tocar el tema quedando así completamente separados, como les había ocurrido ya otras veces, cuando lo de Romero, cuando lo del ratón, como tantas otras veces. Los dos solos, aunque ella un poco más allá en su soledad, pero los dos solos, sin poder avisarse, como en las pesadillas en que uno quiere gritar y sólo nos brota de la garganta un remedo de voz, un quejido de mudo ansioso. Los dos solos, contemplándonos desde una zona de tránsito, tras un cristal grueso y pavorosamente infranqueable, y allí estamos, ajenos a una distancia que crece o como mierda se defina esto que nos pasa, la encaró Aníbal días después, acercando una silla para ella y acomodándose él en otra. Mirémonos, Mariafá, le dijo acariciando una mano de dedos largos y delgados; mirémonos ahora que podemos hacerlo, digamos lo que tengamos que decirnos, añadió con una seriedad desacostumbrada. Paseó por la terraza y contempló la noche sosegada y azul de Miraflores y, por un segundo, estuvo a punto de contarle todo. Sin embargo se acercó a ella que continuaba sentada, y acuclillándose para tomarle una mano dijo: yo por mi parte no tengo nada que decirnos —mintió sin rubor—, pero nos escucharé con mucha atención. Sí, sí, ya sé que te lo digo haciendo mierda la sintaxis pero es que no entiendo nada, Mariafá, y estoy asustado de que me mires así y no sé qué decir pero en todo caso escucharnos atentamente me hará bien a nosotros dos y es exacto pues si tú hablas es como si lo hiciera yo también, ¿no? Siempre es así, Mariafá, necesito más que nunca escucharte y escucharme explicar eso que me está doliendo a ti, eso que tengo como un miedo bajo tu piel. Aníbal estiró la otra mano y le dibujó delicadamente el rostro a una María Fajís que lo miraba alarmantemente triste. Hablémonos, por favor, abejita tierna, digámonos eso que está empezando a dolernos, ¿soy yo?, ¿eres tú?, ¿somos nosotros? Quiso reírse de sí mismo pero en la mirada de María Fajís se empozaba una resignación anticipada, una odiosa comprensión de adivina frente al hombre que le muestra la palma de la mano donde ya no hay futuro. Aníbal cerró los ojos con fuerza: dime, por favor, qué está ocurriendo, solucionémoslo, torzámosle el cuello a este miedo, Mariafá, dime algo, por favor, ya no me mires así. María Fajís lo abrazó sin decir palabra, haciendo esfuerzos por no llorar y ocultando su rostro al apoyar la barbilla en el hombro de Aníbal. Desde allí, mirando al gato que había contemplado la escena en silencio, sentado junto a la puerta del dormitorio, encontró voz para decir Aníbal, no me dejes nunca.

Pero al fin y al cabo, quien terminó dejando todo fue ella, reflexionó Aníbal, que después de levantarse a buscar los cigarrillos le dejó un plato de leche al gato que bebió apenas unos sorbos. Pero no fue capaz de admitir que había existido, aunque fugaz como esas estrellas que se desploman repentinamente en el cielo, Alondra. No tuvo valor para decírselo, comprendiendo que confesarlo hubiera significado perderla. No tuvo agallas para hacerlo y, bah, tampoco fue necesario porque ella se había ido y ni Elsa ni Mauricio sabían nada. Los había enloquecido a preguntas, sobre todo a la Chata, pensando que su amistad con María Fajís la obligaba a callar dónde se escondía, pero Elsa le dijo que no, no sabía nada. La madre de María Fajís estaba hacía tiempo en Estados Unidos y era improbable pensar que ella se hubiera comunicado con la vieja. De Ivo ni señales de humo, como si se lo hubiera tragado la tierra. Aníbal hubiera querido conversarlo con él, conversarlo largamente con Ivo. Pero ni rastro y ya casi una semana. Poco antes de las elecciones (las elecciones, bah, ¿a él qué le importaba que hubiera ganado el chino?, ayer había seguido por televisión el triunfo de Fujimori) Ivo había desaparecido de la universidad.

El gato maulló lastimeramente y Aníbal lo miró: el pobre había acompañado en silencio y sin quejarse de la falta de alimento, con un estoicismo y una solidaridad impropia de un gato, acto elogioso y recompensable con unas palmadas en el lomo. Aníbal recordó las manos de María Fajís surcando la pelambrera rubia del gato que parecía no extrañarla y bebía largos sorbos de leche. Eres un valiente, le dijo con sincera aprobación, porque a ti también te abandonó María Fajís y aquí sigues. Machazo. Aquí seguiremos, dijo con firmeza, observando la tarde que empezaba a caer sobre la ciudad. Ahora sólo quedaba seguir viviendo, buscando reingresar a la cotidianeidad y continuar adelante. Sí, pero ¿adelante es hacia adónde?

El timbre de la puerta sonó repentinamente y él se levantó de un salto, el corazón bombeando enloquecido, tenía que ser, tenía que ser.

—Qué milagro, tú por aquí, no te veo desde que Alan García era presidente —dijo abriendo del todo la puerta después de atisbar por la mirilla.

—Sólo he venido por mis cosas —María Fajís no pudo enfrentar su mirada, pasó de largo, como un fantasma altivo, rumbo a la habitación.

Aníbal se quedó un momento en la puerta, como si esperase a alguien más; luego la cerró y avanzó despacio por el pasillo, guiado por la luz que ella había encendido en el cuarto. ¿De manera que te vas definitivamente?, atinó a decir acercándose a ella. ¿Se podía saber adónde? María Fajís recogía la ropa del armario, la acomodaba lastimosamente en la bolsa que había traído, concentrada en su inventario. No, no se podía saber, dijo de pronto, cerrando la cremallera de la bolsa con un movimiento ofuscado. Ya te enterarás. Aníbal avanzó hacia ella con la turbia sensación de estar frente a otra María Fajís, más resuelta y adulta, y la tomó de un brazo. Ahora no me vengas con jueguitos cojudos, se oyó decir, sorprendiéndose de su voz quebrada, de las lágrimas que le llenaron súbitamente los ojos. Tengo derecho a saber qué carajo pasa, adónde te vas. Si te vas a largar al menos tengo derecho a saber por qué. Cálmate; no tienes derecho a nada, María Fajís se zafó de la mano con violencia. El timbre de la puerta volvió a sonar estridentemente, dos, tres veces. Si era la vieja Lucía la echaba a patadas, dijo Aníbal casi a gritos.

Sólo una llamada, había dicho él, permítanme que les explique: pálido, asustado, se había vuelto hacia donde María Fajís, que pidiera ayuda, que llamara a Mauricio, al viejo de la Chata, mientras uno de los tiras lo empujaba hacia la puerta, que mejor se pusiera a caminar de una vez, y los gritos de María Fajís, ¿qué pasaba, qué ocurría?, alcanzándole una casaca que Aníbal no tuvo tiempo ni de ponerse, una cachetada lo derribó intempestiva-

mente, ¿y esto qué era, so conchatumadre?, dijo uno de
los tiras blandiendo el libro del MRTA, y Aníbal sintió
que las piernas se le volvían de hule, él podía explicarlo,
todo era un espantoso equívoco, y se le iba quebrando la
voz mientras se sabía arrastrado hacia afuera.

—¿Chata? —dijo ella pegando la boca a la bocina, intentando hablar con calma, sintiendo la mano cáli-
da aferrando su hombro—. Sí, sí, soy yo, Elsa. Escúchame,
por favor. Ha ocurrido algo horrible.

Lo hicieron desbarrancarse por las escaleras, alcanzó apenas a vislumbrar las manos cautas, los ojos fis-
gones, el rostro de doña Lucía que cerraba su puerta violentamente, María Fajís, pídele que te deje hacer una
llamada, carajo, gritó antes de sentir cómo le crujían las
mandíbulas después de un puñetazo, a callar, terruco de
mierda, y con horror, con incredulidad, se contempló a
sí mismo aventado al asiento posterior de un coche azul,
desde cuya ventanilla apenas alcanzó a ver la silueta de
María Fajís arrodillada en la calle, gesticulando frenética-
mente, y casi un segundo después divisó a Ivo en la esquina, estaba seguro, era Ivo que observaba todo desde la
esquina, Ivo, esa silueta que se acercaba a María Fajís antes de que la oscuridad los devorara a ambos del todo.

—Vente volando a mi casa. Coge un taxi y aquí
te lo pago —dijo Elsa—. Tranquilízate, por favor.

Mientras el auto alcanzaba rápidamente Larco él
intentó serenarse, respirar más pausadamente, pensar: de
pronto se aferró con vehemencia a la idea de que todo era
una pesadilla, que los dos hombres que hacía un momento
habían entrado a casa violentamente blandiendo unas placas fugaces entre improperios y amenazas, tirando las cosas con violencia, registrándolo todo, eran sólo fantasmas
de su sueño, una ficción inaudita de la que apenas podía
arrancarse ahora, encogido en el asiento posterior del auto

que sorteaba silencioso y veloz el tráfico nocturno de la avenida Arequipa.

—Pasa, pasa, Mariafá —Elsa abrió la puerta, le hizo una caricia leve en el cabello al ver que temblaba, le sonrió a él con una expresión dura, se hizo a un lado para que también pasara.

¿Era Ivo el que estaba en la esquina? El auto alcanzó rápidamente las calles del centro y él supo adónde se dirigían, no le fue necesario ver el edificio oscuro, desvencijado: abajo, conchatumadre, le dijeron entre empellones cuando llegaron al estacionamiento, y Aníbal veía todo como si fuera un sueño, corredores siniestros, policías de paisano, escaleras, un olor fuerte a creso, la metralla furiosa de mil máquinas de escribir inubicables, por aquí, mierda, y una mano que lo aferraba fuertemente, haciéndolo girar hacia otro pasillo, María Fajís ya habría llamado a los amigos, pensó caminando apresurado, quizá al viejo de la Chata, mirando de reojo al cholo de lentes espejo y jeans flamantes, al otro hombre que nunca había visto, ¿se podía saber qué carajo pasaba?, a callar, mierda.

—No sé qué decirte —Elsa se sentó frente a ella, que bebía temblorosa una taza de té—. Es terriblemente comprometido, Mariafá. Si quieres te puedo ayudar a buscar un abogado, pero lo de mi viejo..., no sé qué decirte. Acabo de hablar con él y se niega en redondo.

—Elsa tiene razón —dijo Ivo, que hasta entonces apenas había abierto la boca, fumando sin pausa—. Es una cosa muy seria y todos podemos salir mal parados.

Lo aventaron en una celda minúscula, le cerraron la puerta con un estrépito irreal y metálico que retumbó en sus oídos largamente. Se sentó en un catre crujiente que olía a berrinches, a mierda fresca. Buscó sus cigarrillos en el pantalón y tuvo que ayudarse con ambas manos para acercar el fósforo al fayo que se llevó a la boca. Fumó con urgencia. Apoyado contra la pared, tiritando violentamente, cerró los ojos, intentó respirar hondo para pensar con claridad, pero sólo era capaz de sentir que sus músculos estaban tensos como una cuerda, que tenía la piel erizada, que se moría de ganas de mear.

—Entonces déjame hablar con Mauricio —dijo ella levantándose violentamente del asiento—. Él tiene la culpa de todo esto.

—No alces la voz, por favor. Mauricio no tiene la culpa de nada —la Chata endureció el tono de la suya, volvió a suavizarla, intentó sonreír—. No te alteres, mujer, vamos a ver la manera de ayudarlo, pero, por favor, no comprometas a Mauricio. Precisamente ahora no.

—Tranquilízate, Mariafá —dijo Ivo acercándose a María Fajís, que discaba el número de la emisora con dedos violentos—. Vamos a serenarnos todos y a pensar.

—Al menos déjame hablar con tu padre —dijo María Fajís después de soltar el teléfono, Mauricio no había ido a la radio, le habían dicho—. Ya sé que Mauricio no quiere dar la cara, Elsa, ya se lo dijiste, ¿verdad?

—Desaparece por unos días, Mauricio, ya hablé con mi viejo y dice que mejor ni aparezcas; si hay algún problema él verá qué se hace.

—Qué cosas, dices, Mariafá —dijo Elsa.

Encendió el segundo cigarrillo con la colilla del anterior y comprobó con desesperación que era el último. De afuera le llegaban ruidos metálicos, voces apagadas, máquinas de escribir y pasos que se acercaban siniestramente hacia él, que apenas los escuchaba a causa de la sangre agolpada en sus oídos. Seguramente ya María Fajís había contactado con la Chata o con Mauricio. ¿Aquel que se había acercado a ella en la calle era o no era Ivo? Se levantó del catre y caminó por la celda apurando un par de pitadas del cigarrillo antes de apagarlo cuidadosamente contra el borde del catre y meterlo en el bolsillo. Sintió que la puerta se abría y otra vez, como una punzada en la vejiga, las ganas de orinar, incontenibles, apremiantes. Afuera, mierda, escuchó que le decían con asco desde la puerta. El corazón le dio un vuelco, seguro que ya María Fajís había hablado con Elsa, seguro que lo estaban sacando, que todo era un malentendido.

—Ni hablar, hija —el comandante movió la cabeza rotundamente, sus ojos centellearon en la penumbra del despacho—. Acabo de hablar con el coronel Hinostroza. Es una situación extremadamente comprometida: a ese viejo ya le habían echado el ojo desde hacía tiempo. Se escapó por los pelos, pero la chica no.

Lo arrastraron de nuevo por un pasillo iluminado por una luz parpadeante, agónica: una salita húmeda, dos sillas de forro reventado, un escritorio atiborrado de legajos, una banderita del Perú en la esquina como pisapapeles, otra puerta hacia el fondo de la oficina. Apareció un hombre joven, vestido deportivamente, fumando un cigarrillo que colocó en el borde de la mesa después de buscar inútilmente un cenicero. Parecía no haberse dado cuenta de que Aníbal estaba allí. Por fin lo miró y volvió a concentrarse en la búsqueda de unos papeles. Se desplomó en el asiento y, de súbito, como si fuera un acto de magia, lanzó sobre la mesa una carpeta abierta, de la que resbalaron unas fotos: el rostro imperturbable y algo anodino, los ojos oscuros, minuciosos, la calva brillante.

—¿El señor Romero? ¿El señor Romero terrorista? —dijo María Fajís con dificultad—. De qué chica me habla, por favor.

—De Carmen Arizaga —el comandante se cruzó de brazos, extendió una mano gruesa que posó con suavidad sobre su escritorio—. La chica con la que estaba saliendo tu marido. Hay cuatro o cinco personas más, todas vinculadas con el MRTA.

La otra foto era de ella, su perfil afilado, su rostro severo, el lunar junto a la boca. Aníbal miró al hombre moviendo la cabeza, incapaz de pronunciar palabra. El tipo se había cruzado de brazos y tenía clavados sus ojos en él. Aníbal parpadeó varias veces, dio un paso adelante, él la conocía, era cierto, pero no sabía nada, ¿le podía explicar de qué se trataba todo esto, por favor? El hombre pareció no haberlo escuchado, ladeó imperceptiblemente la cabeza y en su semblante se dibujó una mueca de profundo desencanto. Qué ganas de joderse la vida, caramba, dijo como para sí mismo con una voz pedagógica y algo nasal; hablaba con frases cortas, como si estuviese dictando un telegrama. Qué ganas de jodérsela a uno mismo y de jodérsela de paso a los demás. ¿No era más fácil admitir todo de una puta vez y colaborar un poco, flaco? A ver si así le caían menos años. Aníbal sintió que le dolía terriblemente la nuca, indicó una silla, incapaz de hablar, y el hombre le hizo un gesto cortés, por supuesto, flaquito, que se sentara nomás. ¿Un cigarrillo?

—Yo no sabía nada —María Fajís estaba encorvada en la silla frente al comandante, tenía los ojos ensombrecidos y una expresión absoluta de estupefacción—. ¿Aníbal salía con una terrorista?

—Acabo de hablar con mi compadre el coronel Hinostroza —el comandante estiró ambas manos sobre el escritorio y cruzó los pulgares: dos aspas diminutas y perfectamente sincronizadas—. Tienen fotos y todo. Un trabajo limpio. Lo del libro es la gota que ha rebalsado el vaso. En realidad no tiene sentido hablar de ese loco de Mauricio, no hay razón para comprometerlo, hija.

—Pero el libro es de Mauricio...

—Ya sé, ya sé —el comandante hizo un gesto enérgico, su semblante se endureció y ella tuvo miedo—. Pero te estoy diciendo que en realidad no es lo importante. ¿Cómo sabes que Aníbal no está metido con el MRTA?

—No quiero escuchar más —María Fajís cogió su bolso, se levantó del asiento—. Gracias.

Aníbal suspiró derrotado, el Perú todavía era una democracia, ¿verdad?, él podía hacer una llamada, ¿verdad?, preguntó con una voz enferma, y el hombre tardó un segundo en contestar, en mover la cabeza afirmativamente señalándole el teléfono, para que viera que estaba dispuesto a cooperar, flaco, que colaborara él también, que no se hundiera más en la mierda. Sólo querían saber dónde estaba el viejo. ¿Por qué seguía haciéndose el cojudo para proteger a los otros si le habían vuelto la espalda? Aníbal se llevó dos dedos a los ojos, meneó la cabeza con amargura, él no sabía nada, ¿cuántas veces tenía que decirlo? Él no tenía nada que ver con el MRTA.

—¿Profesor Paz? —María Fajís se llevó una mano al oído: por el fondo de la calle aparecía una manifestación con pancartas, el rostro triunfante de Fujimori, los gritos, los aplausos.

—Acabo de hablar con tu mujer —la voz del profesor Paz sonaba apesadumbrada, seria—. En mi situación es terriblemente comprometido que me meta, muchacho. Incluso puede resultar peor para ti, ya sabes que mi pasado político es un poco peliagudo, y más aún en estos momentos en que tenemos un régimen nuevo, completamente desconocido. ¿Por qué no hablas con algún otro profesor? Me encantaría ayudarte pero resulta imposible. ¿Muchacho? ¿Estás ahí?

Aníbal se volvió hacia el tira que fingía mirar papales, anotar algo con un lapicito cuya punta chupaba una y otra vez. ¿Ya había terminado su llamadita?, dijo de pronto con aire cándido. Entonces que se pusieran a hablar en serio y sin jodas, flaco, que no lo hiciera perder el tiempo.

—Pero usted lo puede ayudar, profesor —María Fajís buscó un pañuelo en su bolso sin dejar el teléfono. La manifestación pasaba ahora frente a ella, apenas oía la voz del profesor Paz.

—Imposible, muchacha, tienes que entenderlo. A mí me tienen fichado hace tiempo, intentar ayudar a Aníbal sólo lo hundiría más. Si quieres puedo ponerte en contacto con otros profesores.

¿Quién de los dos era el que hacía de bueno?, preguntó Aníbal, y casi de inmediato el ardor sorpresivo, la bofetada contra la mejilla, ninguno, conchatumadre, dijo uno de los tipos mostrándole un puño tembloroso. Cuántas horas habían pasado, pensó él acomodándose en la silla, ¿dos, tres, cuatro horas? Después de hablar con el tira en aquella oficina lo habían vuelto a traer a la celda desnuda y sucia. Le llegaba el rumor antiguo de las máquinas de escribir, voces apagadas, fantasmales, pasos que se acercaban y alejaban, ¿cuántas horas? Sintió que lo levantaban de los cabellos y no pudo contener las lágrimas de dolor, uy, ahora el maricón se va a poner a llorar, despreció el otro tira acercando su rostro al de Aníbal, el niñito no aguanta unas caricias, dijo con desprecio, y Aníbal alejó su rostro asqueado por el aliento del hombre.

—No, María Fajís —dijo él mirando su cigarrillo sombríamente—. Yo me quedo. Mi vieja no está bien y si algo me pasa se queda sola, tienes que entender.

—Claro que sí —dijo ella mirándolo asqueada. Luego se volvió a la Chata—: Adiós, Elsa.

¿Cuántas horas? La pregunta se abrió paso en su mente a través de los gritos e insultos, de la blanda sensación de los golpes escrupulosos en las costillas, de sus propios rugidos furibundos, de las paradas y los escupitajos. ¿Cuántas horas? ¿Cinco, diez? María Fajís ya tendría que haber hablado con la Chata, con su viejo, con el propio Mauricio. ¿Por qué carajo tardaban tanto? De pronto entendió que hacía un buen rato estaba solo en la celda, que los hombres se habían marchado dejándolo a la deriva en esa especie de calma agónica y sopor tibio. Apenas sentía una punzada en la frente y un gusto dulzón en los labios hinchados. Con esfuerzo se acercó al retrete abierto y oloroso. Intentó mear y tuvo que apoyarse en la pared para no caer de bruces a causa del dolor en los riñones. Arrinconado contra la pared fría escuchaba como desde lejos una radio encendida, los últimos datos sobre Fujimori como vencedor en las elecciones, la voz del comentarista que hablaba con entusiasmo del triunfo popular, la consolidación del sistema democrático en un país desgarrado por el odio y la violencia. Se abrió la puerta nuevamente y aparecieron otra vez los dos hombres. Aníbal supo que ahora venía lo peor: sólo tengo que aguantar un poco más, pensó con los músculos súbitamente tensos, viendo cómo uno de ellos se quitaba el saco y lo doblaba cuidadosamente sobre el carre. María Fajís ya no podría tardar. Aguantar un poco más, se repitió al sentir la primera bofetada.

Este libro
se terminó de imprimir
en los Talleres Gráficos
de Mateu Cromo, S. A.
Pinto, Madrid (España)
en el mes de enero de 2003